Birgit Wilhelmy & Gabriele Schenk

Todesreim

Hachenberg und Reiser ermitteln

W0359118

Birgit Wilhelmy und Gabriele Schenk sind Schwestern, geboren in Wipperfürth im Oberbergischen Land. Den größten Teil ihrer Kindheit und Jugend verbringen sie jedoch in Köln, wo sie auch beide einen kaufmännischen Beruf erlernen.

Birgit Wilhelmy, Jahrgang 1959, verbrachte viele Jahre im Ausland, u. a. in England, Indonesien und Abu Dhabi. Sie hat drei erwachsene Kinder und lebt jetzt mit ihrem Mann in einer Kleinstadt im Bergischen Land.

Gabriele Schenk, Jahrgang 1955, ist ebenfalls verheiratet und hat zwei erwachsene Kinder. Sie lebt in Köln.

Schon seit vielen Jahren sind die Schwestern begeisterte Krimileserinnen. Mit ihrem ersten selbstgeschriebenen Kriminalroman „Todesreim" verwirklichen sie sich einen lang ersehnten Traum.

Mehr über die Autorinnen und Bücher:
www.wilhelmy-schenk.com
http://wilhelmyschenk.tumblr.com

Birgit Wilhelmy & Gabriele Schenk

Todesreim

Hachenberg und Reiser ermitteln

Kriminalroman

Bücken Sulzer

© 2014 by Bücken & Sulzer Verlag GbR, Overath-Witten
Alexander Bücken und Fabian Sulzer
www.buecken-sulzer.de

Das Werk ist urheberrechtlich geschützt. Sämtliche, auch auszugsweise Verwertungen bleiben vorbehalten.
Illustrationen: Michael Schenk
Layout und Satz: Fabian Sulzer
Umschlaggestaltung: Fabian Sulzer
Umschlagabbildung: Michael Schenk
Druck und Bindung: PrintGroup Sp. z.o.o.

Printed in Poland

ISBN: 978-3-936405-79-8

Für unseren Vater
Walter Wilhelmy

Zu diesem Buch

Nach über 40 Jahren kehrt Molly Josefine Hazelwood erstmalig wieder in ihren Geburtsort Heiligenburg zurück.

Dunkle Wolken und gewaltige Unwetter ziehen über den sonst so beschaulichen Ort hinweg.

Da geschieht ein erster Mord. Für die Kommissare Hachenberg und Reiser beginnt ein Wettlauf mit der Zeit, als kurz darauf ein weiterer unbegreiflicher Mord passiert. Die Ereignisse überstürzen sich. Erpressung, Drogenhandel, ein zusätzlicher hinterhältiger Mordversuch und eine Geiselnahme halten den kleinen Ort in Atem. Heiligenburg droht in einem Morast aus Hass, Eifersucht, Habgier und Verzweiflung zu versinken.

Mit der ihr eigenen Hartnäckigkeit und Neugier, ganz unter dem besonderen Schutz ihres verstorbenen Gatten Eduard stehend, taucht Molly Hazelwood in diese spannungsgeladene und gefährliche Welt hinab. Auf ihrem Weg begegnen ihr viele unterschiedliche Menschen.

Da wäre Hubert Stein, ihr Cousin, gerissener und rücksichtsloser Besitzer des „Steinhofes", der nicht nur in skrupellose Grundstücksspekulationen verwickelt ist.

Auf der anderen Seite Karl Pütz, ihr lieber alter Freund aus Kindheitstagen, der trotz seines Alters noch aktiv in einer Bürgerinitiative mitwirkt, die sich gegen das Abholzen des ortsnahen Waldes zugunsten eines Gewerbegebietes vehement zur Wehr setzt.

Und nicht zuletzt Christoph Stein, Molly's Neffe, der just zum Zeitpunkt ihrer Ankunft ermordet wird und dessen ruhelose Seele in ihrem Häuschen herumgeistert und keinen Frieden findet.

Doch zum guten Schluss hat Molly mit Intelligenz und Charme, immer einen passenden Spruch ihres Lieblingspoeten Shakespeare auf den Lippen, das Ihrige zur Rettung des Städtchens beigetragen.

Prolog

Ich träume.

Ich werde erwachen und keine Erinnerung wird geblieben sein aus der Zeit des Abtauchens in eine andere Welt. Doch noch befinde ich mich im Strudel des Unterbewusstseins, im Glauben, dass alles, was geschieht, real ist. Es passiert wirklich. Jetzt, in dieser Zeit. In meinen Träumen.

Ich beobachte mich. Ich bin nicht ich in diesem Traum. Ich sehe mich von außen. Nicht wie im wirklichen Leben von innen. Und doch weiß ich nicht, dass ich träume.

Die Bilder meines Traumes laufen davon. Ich kann sie nicht halten, sie sind fort, bevor sie richtig da waren. Alles passiert zu schnell. In einem Zeitraffer. Und doch sind die Bilder gestochen scharf, jedes einzelne brennt sich in meinem Kopf ein, für die Zeit des Träumens.

Gibt es Parallelen zu den Empfindungen, die jemand fühlt, wenn er stirbt? Wenn wir sterben, läuft das gelebte Leben wie ein Film vor unseren Augen ab? Ein ganzes Leben in einem Zeitraffer?

Im Traum ist es ähnlich. Der Schlaf ist der kleine Bruder des Todes.

Doch die Bilder sind anders. Ich träume nicht immer von Vergangenem, nicht alles, was in meinen Träumen geschieht, habe ich jemals erlebt und manches werde ich, so Gott will, auch niemals erleben.

Es sind Dinge, die so unfassbar furchtbar sind, dass ich mich aus diesem Grund nicht daran erinnern werde. Ich kann es nicht. Wenn ich es täte, würde ich wahnsinnig werden.

Wenn ich erwache, schweißgebadet, dann weiß ich, dass ich geträumt habe. Doch das Unbegreifliche bleibt verborgen in meinem tiefsten Inneren.

Bis zu meinem nächsten Traum. Und da bin ich jetzt. Es passiert. Jetzt in diesem Moment.

Sie sind zu dritt. Ein unsichtbares Band verbindet sie. Ich kann es sehen. Sie stehen auf einem Gerüst, das so hoch ist wie ein Wolkenkratzer. Sie halten ihre Hände. Es sind kleine Hände. Sie

halten sie so fest, dass es schmerzt. Ihre Füße berühren den Rand. Die Angst lähmt sie. „Schaut nicht hinunter!", rufe ich. „Schaut nicht in diesen Abgrund!" Etwas nähert sich von hinten, ganz still schleicht es an sie heran. Sie wissen, dass es kommen wird. Tränen der Furcht kullern aus ihren weit aufgerissenen Augen. „Lasst euch nicht los!", schreie ich. „Niemals! Lasst euch niemals los!" Sie spüren das Grauen, der Atem des Bösen streift ihre Nacken. Es zerrt an ihnen. Immer wieder zerrt es. Sie wanken, doch sie halten einander fest. Das Teuflische spielt mit ihnen, es will sie trennen, doch nichts und niemand wird sie trennen. Niemals.

Ich wache auf. Warum zittere ich? Ist mir kalt?

Doch mein Körper glüht. Ich bin müde. Ich will schlafen, nur noch schlafen.

Wäre ihr Gegenüber in der Lage, Molly Jo Hazelwoods Gedanken zu lesen, würde er mit großer Wahrscheinlichkeit voller Panik das Weite suchen. Doch war dem Tankstellenpächter glücklicherweise diese Gabe nicht zuteil geworden, sodass er weitgehend uninteressiert die ältere Dame mit den zerzausten Haaren betrachtete, die vor wenigen Minuten seine Tankstelle betreten hatte. Teilnahmslos nahm er die Geldscheine entgegen, die sie ihm reichte. Es dauerte einige Sekunden, bis er begriff, dass er englische Pfund in den Händen hielt.

„Was soll das werden?“, fragte er die Frau schroff. „Wir sind hier in Deutschland, da können Sie nicht mit Ihrem Spielzeuggeld bezahlen.“

Seine Stimme hatte er leicht erhoben, als wäre er der Meinung, seine Kundin sei entweder taub oder senil, oder beides.

Als er widerwillig den Kopf hob, schaute er in ein rundes, mit feinen Falten durchzogenes Gesicht. Ihr Blick aus sanften braunen Augen war freundlich, doch es lag noch etwas Geheimnisvolles in diesen Augen, etwas nicht Greifbares. Ein undefinierbares Gefühl überkam ihn, und es machte ihn wütend.

„Also Lady, ich hätte gerne 78,20 Euro von Ihnen.“ Energisch reichte er ihr die Geldscheine zurück.

„Sorry, my dear. Ein Versehen“, antwortete die kleine Dame mit einem starken englischen Akzent. Sie lächelte ihn an und sagte:

„Oh, richtet nicht, denn wir sind alle Sünder. Die Alten sind vergesslich!“ Spätestens nach diesen Worten war sich der Pächter im Klaren, dass es sich bei seiner Kundin um eine Verrückte handeln musste. Nervös blickte er in die Überwachungskamera über ihm, doch zu seiner Erleichterung zahlte die Frau den von ihm verlangten Betrag nun in Euro und verließ ohne ein weiteres Wort das Geschäft.

Molly Jo Hazelwood stieg langsam in ihren bunt bemalten VW-Bus und steuerte müde die A4 Richtung Köln an.

Sie hatte England schon früh am Morgen verlassen, um die Autofähre von Dover nach Ostende rechtzeitig zu erreichen. Beinahe hätte sie es nicht geschafft, als ihr geliebter Bus plötzlich recht merkwürdige Geräusche von sich gegeben hatte, was ja an sich nichts Ungewöhnliches bei einem 78er war. Doch diese Geräusche hatten neu, anders geklungen, und Molly Jo war sich sicher gewesen, dass Eduard, ihr kürzlich verstorbener Mann dahinter stecken würde, um sie daran zu hindern, die Insel zu verlassen. Aber ihr Entschluss hatte festgestanden. Da würde auch kein Eduard ihr einen Strich durch die Rechnung machen. Sie würde diese Reise antreten. Basta.

Bis zum plötzlichen Tod von Eduard war Mollys Leben weder durch schwere Krankheiten noch durch unvorhergesehene Unfälle heimgesucht worden. Auch das Dahinscheiden ihres geliebten Gatten war auf eine ruhige und seinem Naturell entsprechende Weise geschehen.

Nach einem gemeinsam genossenen Mittagsmahl – ein leichtes, luftiges Soufflé und Rapunzelsalat – fühlte sich Eduard plötzlich ein wenig unpässlich und schwach.

Ganz ohne Grund, dachte er noch auf dem Weg zu seinem Lieblingssessel. Denn diese wunderbare, von seiner lieben Frau zubereitete Speise lag ihm keineswegs schwer im Magen. Mit zittrigen Beinen ließ er sich schwerfällig in seinen Sessel gleiten und versuchte, noch einmal tief durchzuatmen – und hatte damit, ganz unspektakulär, seinen letzten Atemzug getan.

Molly, die, nicht wissend, dass ihr Gatte soeben das Zeitliche gesegnet hatte, mit dem Vanille-Dessert aus der Küche zurück in das Esszimmer kam, wunderte sich über das verlassene Zimmer.

„Eduard, es gibt noch dein Lieblingsdessert, bayerische Creme!“, rief sie in das Wohnzimmer, wo sie ihren Ehemann vermutete.

Als niemand antwortete, schaute sie nach und fand ihren geliebten Eduard tot mit friedlich entspannten Gesichtszügen in seinem Ohrensessel.

„Oh Eduard, das Dessert hättest du aber noch essen können!“, empörte sie sich, obwohl sie intuitiv spürte, dass Eduard nicht mehr unter den Lebenden weilte. Jedoch hatte sie sein plötzliches Ende noch nicht endgültig akzeptieren können, deshalb hatte sie auch weiterhin auf eine andere, übersinnliche Weise mit ihm kommuniziert. Und das sollte auch noch eine lange Zeit so bleiben.

Nach einer langen und zermürbenden Autofahrt hatte Molly ihr Ziel fast erreicht. Die Autobahn hatte sie hinter sich gelassen und fuhr jetzt mitten durch das hügelige Bergische Land, ihrem Geburtsort Heiligenburg entgegen.

In der guten alten Zeit war der kleine Ort ein Ausflugsziel für die nahewohnende Bevölkerung aus Köln gewesen, ein Paradies für Familien, ein Erholungsgebiet. Auf dem hübschen Kahnweiher im Ort schipperten kleine Ruderboote und ins Mühlenhäuschen, ein weit bekanntes Ausflugslokal, kehrte man zu Kaffee und Kuchen ein. Ein schmaler Weg, an der alten Heiligenburger Waldkirche vorbei durch einen weiteren großflächigen Wald, führte nach Burgmühle an den Mühlensee, ein ebenfalls idyllisch gelegener See, auf dem Schwäne und kreischende Gänse ihre Runden zogen. Bergansteigend, durch den kleinen Ort Engelshof, erreichte man das Burgschloss, von wo aus der Ausblick nach Köln und in entgegengesetzter Richtung ins Bergische Land unbeschreiblich war. Sanfte Wiesen und dicht bewaldete Hügel prägten diese Landschaft.

Kleine Bäche flossen durch die engen Täler und mündeten in Flüsse, deren Reise im „Vater Rhein“ endete.

Die Bötchen auf dem Weiher waren nun schon lange verschwunden, das Wasser verdreckt und die drei riesigen Hochhäuser, die dort in den 80er-Jahren in unmittelbare Nähe des Weihers gebaut worden waren, gehörten zu den vielen Bausünden, die diesen einst so wunderschönen Ort entstellt hatten.

Aber für all das hatte Molly keinen Blick mehr. Sie war einfach hundemüde und wollte nur noch ausruhen. Sie suchte sich ein wenig abseits direkt neben dem Kahnweiher ein schönes schattiges Plätzchen für ihren Bus und wurde augenblicklich vom Schlaf übermannt.

Theresa hasste es, früh aufzustehen. Aber sie hatte ihrer Tochter Charlotte versprochen, den Stand auf dem Heiligenburger Flohmarkt mit ihr zu teilen, um den ganzen Krempel zu verkaufen, der sich in den letzten Jahren in Theresas Leben angehäuft hatte.

„Wegschmeißen, bist du verrückt", hatte Charlotte gesagt, „da mache ich wenigstens ein bisschen Kohle mit. Wir gehen zusammen auf den Trödel und du wirst sehen, es wird dir Spaß machen."

Spaßig war anders, dachte Theresa, als sie um 6 Uhr aus dem Bett stieg. Und zu allem Überfluss hatte der sympathische Wettermann aus dem Radio für diesen Samstag Regenschauer angesagt.

Aber sie wollte bei ihrer Tochter nicht wieder – wie so oft in letzter Zeit – als Spielverderber dastehen, und Charlotte hatte natürlich recht: Sich in Selbstmitleid zu suhlen, hatte noch keinem etwas genutzt.

Sie schaute aus dem Fenster in die Dunkelheit und hoffte darauf, dass sich ihre depressive Stimmung legen würde.

Die ganze letzte Woche hatte sie damit verbracht, die Sachen ihres verstorbenen Mannes zu sortieren. Sie wollte nichts behalten. Zu groß waren die Verletzungen an ihrer Seele, die er ihr sogar noch nach seinem Ableben zugefügt hatte. Ein großer Teil seiner Besitztümer landete im Müllcontainer, hauptsächlich Papierkram, Zeitschriften und die Kleidung, die nicht mehr tragbar war. Seine Bücher, seine CDs und seine persönlichen Gegenstände packte sie in Umzugskisten.

Verschwinde einfach aus meinem Leben, du Verräter. Ich werde dir keine Träne nachweinen. Freilich wusste sie, dass sie sich selbst belog. Sie hatte schon viele Tränen vergossen und endlose Nächte wachgelegen, in denen sie darüber nachdachte, wie es denn nun weitergehen sollte.

Der Trödelmarkt fand auf dem großen Parkplatz der Felsbreche vor der Sporthalle statt. Freitags war hier Markttag, auch der ansässige Schützenverein feierte mit einer kleinen beschaulichen Kirmes jährlich das Schützenfest. Der Trödelmarkt, über die Stadtgrenze hinweg bekannt, lockte besonders bei schönem Wetter scharenweise Besucher an.

Es herrschte bereits emsiges Treiben auf dem Platz, als Theresa eintraf. Ein munteres Durcheinander und lautes Stimmengewirr begrüßten sie.

Zahlreiche Trödler kannten sich schon seit etlichen Jahren, trafen immer wieder auf verschiedenen Märkten aufeinander.

Wie eine große Familie, dachte sie.

Sie parkte ihr Auto neben dem Stand, den man ihnen zugewiesen hatte, und stieg müde aus.

Charlotte bemühte sich gerade, den Tapeziertisch aufzubauen. Sie sah hübsch und ausgeschlafen aus, denn im Gegensatz zu ihrer Mutter war sie eine Frühaufsteherin. Braune glatte Haare umrahmten ein rundes offenes Gesicht. Charlotte war immer fröhlich, obwohl auch sie schon viel in ihrem kurzen Leben mitmachen musste.

„Hi Mamsell, da bist du ja endlich. Komm, wir müssen uns beeilen. Hast du den Pavillon dabei? Für heute Nachmittag haben sie Regen angesagt. Sebi hätte das auch für uns machen können, aber der hat ja keinen Bock auf so etwas." Charlotte hegte keinerlei Illusionen ihrem Bruder gegenüber. In ihren Augen war er faul, labil und egoistisch. Doch er war ihr Bruder und sie liebte ihn.

„Nein, er lag noch im Bett, als ich ging, und er wollte zum Mittag noch im Fitness-Studio trainieren gehen. Also wie immer keine Zeit. Du weißt doch, Schatz, selbst ist die Frau, das wird ab jetzt mein neues Motto sein." Theresa versuchte zu lächeln, aber ihre Augen füllten sich mit Tränen.

„Ach Mum, sei nicht traurig. Wir machen uns heute einen schönen

Tag, nur wir beide, und mit dem Geld, das wir hier verdienen, gehen wir am Abend schick zu Leonardo und genehmigen uns eine kalorienreiche, fette Pizza und eine leckere Flasche Chianti." Charlotte nahm Theresa behutsam in den Arm und streichelte ihren Rücken. „Nicht weinen, Mama, weine nicht. Alles wird gut. Ich bin ja da."

Theresa wischte sich die Tränen ab, gab ihrer Tochter einen Kuss auf die Wange und begann ohne einen weiteren Kommentar, die Kisten aus dem Auto zu laden. Sie schämte sich für ihre Schwäche.

Der Pavillon war schnell aufgebaut. Sie hatte ihn unzählige Male für irgendwelche Grillpartys, die ihr Mann für Geschäftsfreunde gegeben hatte, aufbauen müssen, das kam ihnen heute zugute.

Am Stand links von ihnen räumte ein junges Pärchen seine Waren aus und Charlotte registrierte mit Freude die modischen Second Hand-Klamotten. Rechts von ihnen legte ein alter Mann Bierkrüge, Schallplatten, alte Comic-Heftchen und Briefmarkenalben aus, und als sich die Sonne wider Erwarten zeigte, wurde es schlagartig wärmer.

„Ich gehe uns Frühstück holen, ich habe einen Mordshunger!", rief Charlotte ihr wenig später zu und verschwand in der Menge. Der alte Mann schaute ihr nach.

„Das ist ein verdammt nettes Mädel, bestimmt Ihre Tochter. Sie ist genauso hübsch wie ihre Mama." Das zahnlose Lächeln im Gesicht des Alten wirkte freundlich und dennoch fühlte sich Theresa unbehaglich. „Passen Sie gut auf sie auf. Es gibt so viel Schlechtes in der Welt." Seine Stimme klang von den vielen Zigaretten kratzig und Theresa bildete sich ein, eine schwache Alkoholfahne zu riechen.

Um nicht ganz unhöflich zu erscheinen, nickte sie und betete, dass Charlotte bald zurückkommen würde.

Ihr Blick schweifte gedankenverloren über den Marktplatz und blieb an einem alten VW-Bus hängen, der sie an längst vergangene Hippiezeiten erinnerte. Sie schien nicht die Einzige zu sein, die sich für den buntbemalten Bus inmitten der vielen Trödelstände interessierte.

Mittlerweile herrschte rege Betriebsamkeit. Die Menschen trudelten nach und nach ein. Manche kamen nur zum Bummeln, andere schienen auf der Jagd nach dem tollsten Schnäppchen zu sein, denn an verschiedenen Ständen wurde gefeilscht, diskutiert und gehandelt.

Eine ältere Dame, mit einer als recht mollig zu bezeichnenden Figur, weckte ihre Aufmerksamkeit. Gekleidet in ein luftiges, mit großen Blumen bedrucktes Sommerkleid, die Haare zu einem unordentlichen Dutt frisiert, wirkte sie wie ein bunter Farbklecks in einem grauen Gemälde. Trotz ihres reifen Alters, sie schätzte sie auf Mitte sechzig, erschien sie jung und unbeschwert. Verzaubert verfolgte Theresa jede ihrer Bewegungen.

Irgendwo dudelte ein Radio. Es fühlte sich gut an, zwischen all diesen gutgelaunten Menschen zu sitzen. Charlotte hatte recht gehabt, es fing an, Spaß zu machen.

Mit einem Lächeln beobachtete Theresa, dass auch der zahnlose alte Herr neben ihr ein Auge auf die sich, ihrer Körperfülle wohl nicht bewussten, langsam nähernde Dame geworfen hatte. Mit hektischen Bewegungen begann er seine Auslage umzuräumen, eine ihrer Meinung nach völlig überflüssige Prozedur.

In einem kurzen Moment, sie konnte später nicht sagen, wie lange dieser Augenblick währte, kreuzte sich ihr Blick mit dem der molligen Dame. Und für den Bruchteil einer Sekunde hatte sie das Gefühl, vor dieser ihr fremden Frau ihre Seele zu offenbaren. Irritiert schloss sie die Augen, um das Band zu trennen. Ein kalter Schauer lief ihr über den Rücken und eine seltsame innere Unruhe überkam sie. Eine besondere Botschaft schien in ihr Unterbewusstsein eingedrungen zu sein und das leichte Gefühl des Glückes, das sie noch vor wenigen Minuten empfunden hatte, wich einem Gefühl der Beklemmung. Als sich ihre Augen wieder öffneten, stand die geheimnisvolle Dame unvermittelt vor Theresas Stand und lächelte ihr hintergründig, aber freundlich zu.

„Sie haben hier ein paar wunderschöne silberne Fotorahmen, wie mir scheint noch aus einer längst vergangenen Zeit“, begann sie ein Gespräch.

„Schauen Sie sich nur um, der ganze Krempel ist aus dem Nachlass meines verstorbenen Mannes“, murmelte Theresa noch ein wenig befangen. Diese Frau war ihr nicht geheuer.

„Entschuldigen Sie bitte, wenn ich mich vielleicht kurz vorstellen darf, mein Name ist Josefine Hazelwood. Ich bin eine geborene Stein, meine ganze Familie stammt aus diesem Ort, den ich allerdings schon vor sehr vielen Jahren verlassen habe.“ Sie wandte sich kurz um und zeigte auf den farbenfrohen Bus. „Zurzeit wohne ich dort. Nur vorübergehend natürlich. Mein Besuch hat vorrangig geschäftlichen Charakter, allerdings, in meiner freien Zeit begebe ich mich auf Spurensuche. Und wie der Zufall es will, habe ich genau auf diesem Foto“, die Dame hielt Theresa den besagten Fotorahmen hin, „meinen Vater Heinrich und seinen Bruder Friedrich wiedererkannt.“

Auf der schon recht vergilbten Fotografie waren neben den beiden Brüdern noch zwei weitere junge Männer abgebildet.

„Einer der Männer wird mein Schwiegervater gewesen sein“, vermutete Theresa. „Ich habe mich nie für die alten vergammelten Familienfotos meines zweiten Mannes interessiert. Zuhause gibt es noch einen ganzen Schuhkarton voll davon, auch ein paar alte Fotoalben müssten noch existieren. Dafür interessiert sich kein Mensch mehr. Nicht einmal mein Stiefsohn Phillip. Ich werde wohl alles wegschmeißen.“

Die Dame in dem bunten Kleid hob entsetzt die Hände und rief: „Bitte tun Sie das nicht! Wenn Sie erlauben, würde ich Ihnen den ganzen fotografischen Nachlass Ihres Mannes abkaufen. Es würde mir sehr viel bedeuten, vielleicht noch weitere Zeugnisse meiner Vergangenheit zu finden.“ Sie versprach, demnächst bei Theresa vorbeizukommen, um sie von dem unerwünschten Erbe zu erleichtern. Dann bezahlte sie einen angemessenen Preis für ihr silbernes Fundstück und verabschiedete sich von einer völlig perplexen Theresa.

Wo blieb denn nur Charlotte? Langsam bekam auch Theresa Hunger. Es war mittlerweile 9 Uhr und die Sonne brach hoffnungsvoll durch die Wolken. Sie fühlte die wunderbare Wärme und erinnerte sich plötzlich an ein Lied, das so treffend ihre jetzige Gefühlslage beschrieb:

Ein Tag ist niemals wie ein Tag schon war,
die Nacht nicht immer sternenklar.
Das Leben ist nicht anzuhalten,
die Zeit nicht an- und auszuschalten.

Es zog vorbei, das letzte Jahr,
ein kurzer Moment, den ich kaum sah.
Die Sonne kämpft mit aller Macht,
sodass mein Herz bald wieder lacht.

„Was soll diese Uhr kosten?" Theresa erschrak, denn sie hatte, ganz in ihren Gedanken versunken, den Mann nicht bemerkt, der nun vor ihrem Tisch stand und auf die Armbanduhr ihres verstorbenen Mannes zeigte. Sie blickte auf und schaute in warme braune Augen.

„Ach herrje", verwirrt schüttelte sie ihren Kopf, „wenn ich das nur wüsste."

Der Mann mit dem freundlichen Blick fragte: „Darf ich?", nahm die Uhr – ohne eine Antwort abzuwarten – hoch und betrachtete sie eingehend von beiden Seiten. „Ein gutes Stück", sagte er.

Ja, dachte sie bitter, *nur das Beste für meinen Mann.*

Er hatte es verstanden, sich reich zu beschenken und sie kurz zu halten, doch das behielt sie für sich.

„100 Euro und keinen Cent weniger!" Charlotte war, unbemerkt von beiden, plötzlich neben sie getreten und funkelte den netten Mann angriffslustig an.

„Charlotte!" Theresa war empört über Charlottes Benehmen und lächelte den Interessenten verlegen an.

„Meine Tochter", sagte sie und es klang wie eine Entschuldigung.

„Nein, das ist schon okay", erwiderte der Mann, „Ihre Tochter und ich, wir kennen uns, darf ich mich vorstellen: Dieter Hoffstedt." Theresa schaute ihre Tochter fragend an, als Herr Hoffstedt sogleich weitersprach: „Charlotte und ich kennen uns aus dem Fitness-Studio, und sie hat natürlich vollkommen recht." Er grinste breit. „100 Euro ist ein absolut realistischer Preis für diese tolle Uhr. Ich nehme sie."

Mit diesen Worten zog er zwei Fünfzig-Euro-Scheine aus seiner Brieftasche, gab sie ihr und legte die Uhr geradewegs um sein Handgelenk. Dort betrachtete er sie zufrieden, sagte wie beiläufig:

„Hat mich sehr gefreut, Sie kennenzulernen", und verschwand sodann in der Menge.

Theresa blickte ihm fasziniert nach. Sie verspürte leichtes Herzklopfen und stellte mit Bedauern fest, dass sie sich wieder einmal zu dämlich angestellt hatte und kein vernünftiges Wort aus ihrem Mund gekommen war. Sprach ein netter Mann sie an, geriet sie gleich in Panik und verschanzte sich in ihrem Schneckenhaus.

Schade, dachte sie, *er war wirklich sehr nett gewesen, aber immerhin, die ersten Euro sind verdient, ist ja auch schon etwas.* Ihre Stimmung besserte sich. Sie wandte sich ihrer Tochter zu:

„Wo warst du eigentlich die ganze Zeit? Ich dachte, du wolltest nur Frühstück holen. Lässt mich hier so lange alleine. Dieser Herr Hoffstedt hat bestimmt gedacht, ich wäre komplett blöde. Ich habe mich total blamiert." Theresa schubste Charlotte leicht von der Seite an, doch die lachte nur.

„Ach was, Mamsell, der Hoffstedt ist okay, der denkt so etwas nicht. Und ich hab ein paar Bekannte getroffen und mich verquatscht, tut mir leid, Mama, aber schau, leckere Brötchen und heißer Kaffee, nur für dich."

Theresa lächelte. Sie konnte ihrer Tochter nie lange böse sein. Ganz plötzlich schien die Welt wieder in Ordnung zu sein. Ihre Sorgen würde sie heute einfach mal für ein paar Stunden vergessen.

Sie dachte nicht mehr an die ältere Dame.

Viktoria schlief schlecht. Eigentlich schlief sie so gut wie gar nicht mehr. Und man sah es ihr an. Ihr sonst so makelloses Gesicht wirkte an diesem Morgen müde und alt, die dunklen Ringe unter ihren Augen, die Fältchen um ihren Mund, all das wurde auch durch das teuerste und beste Make-up in keiner Weise gemildert.

Viktoria betrachtete ihr Spiegelbild mit wachsendem Abscheu und schierer Verzweiflung. „Was hast du dir dabei nur gedacht? Du blöde, bescheuerte, idiotische dumme Kuh!“, zischte sie ihrem Antlitz zu. „Hast du denn total den Verstand verloren? Hast du gedacht, er wäre der Prinz, der dich aus deinem langweiligen, trostlosen und lieblosen Leben entführen würde, dich bis ans Ende des Lebens lieben und beschützen würde?“ *Ja,* dachte sie, *genau das habe ich mir gewünscht, das habe ich mir erträumt, doch nun ist der Traum ausgeträumt*. Tief gekränkt und wütend schluchzte Viktoria auf. Das gerade frisch aufgetragene Make-up zerlief und verwandelte ihr Gesicht in eine groteske Maske.

Sie durfte sich nichts anmerken lassen. Niemand, absolut niemand durfte von ihrer Affäre mit Chrissy erfahren. Sein Alter, das wusste Viktoria, spielte eine untergeordnete Rolle. Vielmehr war von Bedeutung, dass sie die Frau eines der wichtigsten Männer aus Heiligenburg war. Sie lebte an der Seite des Mannes, dem die halbe Stadt gehörte. Ein Leben im Luxus war ihr vergönnt. Das war ihr durchaus bewusst. Der nagelneue Jaguar XF stand seit einer Woche in ihrer Garage, sie wohnte in einem eleganten Haus und Shoppen in den teuersten Läden überall auf der Welt betrachtete sie als ihren kleinen Zeitvertreib.

Das übliche Klischee, wie schon so oft in Büchern und Filmen beschrieben, erfüllte Viktoria bis ins kleinste Detail.

Es war das Bild einer gelangweilten Frau im besten Alter. Sie war die Ehefrau eines reichen Mannes, der nie Zeit für sie hatte. Ihre erwachsene Tochter, die völlig desinteressiert an dem Leben ihrer Mutter war, ignorierte sie.

Hatte sie sich deshalb aus purer Enttäuschung und Trostlosigkeit einen jungen Liebhaber genommen?

Und dann war alles so perfekt gewesen. Viktoria schauderte, als sie an die letzten gemeinsamen Stunden dachte.

Die Vorfreude, die sie empfand, bevor sie ihn sah. Die heimlichen Treffen im Restaurant des Flughafen-Hotels und der sich anschließende leidenschaftliche Sex im Hotelzimmer waren für sie zum Mittelpunkt ihres Lebens geworden.

Er sah so umwerfend gut aus, dass es ihr jedes Mal den Atem verschlug. Sein ganzer Körper bestand nur aus Muskeln, kein Gramm Fett würde jemals an diesen Körper gelangen, dafür trainierte er zu hart, diszipliniert und ausdauernd. Er lebte nur für diesen Körper und sie liebte seine harten Muskeln. Allein sein Anblick erregte sie jedes Mal aufs Neue.

Sie war so ausgehungert gewesen, durstete nach Liebe und Befriedigung.

Er hatte leichtes Spiel mit ihr. Sie brauchte ihn so sehr, dass sie alles um sich herum vergaß.

Ihr Verstand wollte es immer noch nicht wahrhaben. Sie fühlte sich so elend, als sie an den letzten Abend dachte und erkennen musste, wie ihr ganzer Traum zerplatzte.

Chrissy traf immer wenige Minuten später ein als sie, sodass sie ihn beobachten konnte, wenn er das Lokal betrat und langsam auf den Tisch zukam, an dem sie saß. Trotz seiner Körpermasse waren seine Bewegungen geschmeidig. Er wusste genau, dass sie ihn beobachtete, dass jeder seiner Schritte für sie im höchsten Maße erregend waren.

Wie immer lächelte er dieses wissende Lächeln, gab ihr einen Kuss auf den Mund, der mehr ein zärtlicher Hauch als ein richtiger Kuss war. Wie zufällig streiften seine Finger ganz leicht über ihre Brust und sie spürte unmittelbar ein aufregendes Kribbeln durch ihren Körper jagen. Ohne viel darüber nachzudenken, hätte sie sich ihm sofort und gleich hingeben können.

„Hallo, schöne Frau“, sagte er mit vertrauter Stimme, „es ist schön, dich zu sehen, mein Engel. Hast du mich vermisst?“

Er grinste breit und enthüllte dabei eine Reihe strahlend weißer Zähne. Schwungvoll setzte er sich auf seinen Stuhl.

Sie aßen, neckten sich, lachten zusammen und nichts deutete darauf hin, dass der Abend in irgendeiner Weise anders verlaufen sollte als die vielen Abende zuvor, die sie miteinander verbracht hatten.

Wie kann sich ein Mensch nur so verstellen?, dachte Viktoria bitter. *Ein Schauspieler hätte es nicht besser machen können.* Wie sollte sie sich jetzt nur verhalten? Sie hatte einfach keine Wahl. Sie musste das tun, was er von ihr verlangte. Sie musste zahlen.

Niemand, absolut niemand dürfte diese Fotos jemals zu Gesicht bekommen, dann wäre sie erledigt. Bye, bye Luxusleben, dann wäre alles vorbei. Hubert würde sich scheiden lassen, da hatte sie keine Zweifel.

Sie hatten jedes Mal dasselbe Zimmer gebucht. Das Hotel befand sich in unmittelbarer Nähe des Kölner Flughafens, für beide gleich günstig erreichbar. Heiligenburg war keine 15 Minuten entfernt und für Chrissy, der als Berufssoldat bei der Luftwaffe diente, lag es auf dem Heimweg.

Das Zimmer wirkte bei indirektem Licht recht gemütlich, obwohl die Einrichtung und die Ausstattung des Raumes sie ohnehin nie interessiert hatte. Das Zimmer war sauber und das Bett war groß.

Endlich war der Moment gekommen, dem sie so sehnlichst entgegengefiebert hatte. Sie wollte, sie musste ihn berühren. Zärtlich strich sie ihm über seine glänzende unbehaarte Brust, strich weiter über seinen muskulösen Bauch, ihre Hände umspannten seinen straffen Po und ihr Mund suchte seinen erigierten Penis. Ihre Zunge spielte mit ihm, fand die richtigen Stellen und brachte ihn zum erlösenden Höhepunkt.

Als sie die Rollen tauschten und er anfing, sie zu liebkosen, war sie so erregt, dass es nur wenige Sekunden dauerte, bis alle Sinne in ihrem Körper explodierten.

Befriedigt rekelte sich Viktoria auf dem Bett und Chris zündete erst sich und dann ihr eine Zigarette an. Er betrachtete sie mit diesem speziellen Lächeln, das sie so sehr liebte, und das Wissen und die Sicherheit, dass sich ihr Körper dank des regelmäßigen FitnessTrainings noch in einem guten Zustand befand, ließ sie entspannen. Ihre Brüste waren zwar klein, aber sie waren straff und sie würde auch nicht zögern, falls es einmal nicht mehr so wäre, sich unters Messer zu legen, um der Natur ein wenig nachzuhelfen.

„Vicky, du musst mir glauben, dass es mir sehr leid tut, aber ich habe leider keine andere Wahl." Er lächelte immer noch und streichelte ihre Brüste. Dann lehnte er sich über sie und flüsterte in ihr Ohr: „Ich brauche das Geld, Schatz, und ich brauche viel und ich brauche es schnell."

Nachdem Viktoria ihr Make-up in Ordnung gebracht hatte, kleidete sie sich an, verließ ihr Zimmer und stieg langsam die breite, mit Teppich belegte Treppe hinab zum Erdgeschoss ihrer Villa. Ihr Weg führte sie am großen Wohnzimmer mit dem altmodischen Kachelofen und dem angebauten Wintergarten vorbei. Die Tür zu Huberts Arbeitszimmer war geschlossen.

Sie fühlte sich schwach, ihre Beine zitterten, als sie in Richtung Küche schritt.

Als sie die Stimme ihrer Tochter hörte, zögerte sie einen Moment, bevor sie die Tür öffnete und eintrat.

Annabell stand mit dem Rücken zur ihr vor dem weit geöffneten Kühlschrank, ihr Mobiltelefon zwischen Schulter und Ohr geklemmt und sprach äußerst lautstark mit einer Person, von der Viktoria annahm, dass es sich um Annabells Freundin Charlotte handelte.

„Er ist voll das Arschloch!" Solch ein Wort aus dem hübschen Mund ihrer Tochter veranlasste Viktoria stets dazu, Annabell scharf zurechtzuweisen, jedoch erschien es ihr heute angesichts ihrer eigenen Probleme nebensächlich und sie murmelte nur ein kurzes „Guten Morgen, Schatz".

Ihre Tochter ignorierte sie wie üblich vollkommen. Sie hatte wahrscheinlich noch gar nicht bemerkt, dass ihre Mutter die Küche betreten hatte.

„Ich sag's dir, er beobachtet mich, wer weiß wie lange schon." Ihre Stimme, ein Hauch zu hysterisch, ebbte ein wenig ab und sie flüsterte fast. „Ich mach ihn kalt, wenn er mich nicht in Ruhe lässt, ich schwöre es dir."

Hitzig griff sie sich einen Joghurt, schmiss anschließend geräuschvoll die Kühlschranktür zu und drehte sich im gleichen Moment schwungvoll um.

Beim Anblick ihrer Mutter erschrak sie wie ein kleines Kind, das verbotenerweise genascht hatte und dabei ertappt wurde.

„Hey Mama, muss das sein, was schleichst du dich denn so an? Ich telefoniere, siehst du das nicht?"

Annabell, nur bekleidet mit einem kurzen buntbedruckten T-Shirt und einem Slip, der so winzig war, dass man ihn eher erahnte als sah und der kaum dazu in der Lage war, etwas von ihrer Haut zu bedecken, setzte sich an den Küchentisch, um ihr Frühstück zu sich zu nehmen, das wie jeden Morgen aus besagtem fettarmen Joghurt und einer Tasse Kaffee bestand. Annabell war groß und schlank, genau wie sie, doch ihre Gesichtszüge spiegelten eindeutig die ihres Vaters wieder. Auch charakterlich glich sie ihm, sie war aufbrausend, ungeduldig und wusste genau, was sie wollte.

Und dies versuchte sie mit allen Mitteln durchzusetzen.

Sie hatten Erfolg, beide, denn Annabells Vater war einer der einflussreichsten Männer in dieser Gegend. Den Grundstein zu seinem Erfolg bildete zunächst einmal die Erbschaft der direkt im Ort gelegenen Gaststätte seiner Eltern, die sich von jeher in Familienbesitz befand. Seit 1920 bewirteten seine Großeltern das Heiligenburger Publikum in der Gastwirtschaft „Zum Steinhof" und sorgten so mit viel Fleiß und harter Arbeit dafür, dass Hubert Stein eine wahre Goldgrube erbte. Es war für jeden im Ort eine riesige Überraschung gewesen, als Hubert sich nach dem Tod seiner Mutter entschloss, das Gasthaus fortzuführen, da er als studierter Jurist mit politischen Ambitionen einen ganz gegensätzlichen Weg eingeschlagen hatte. Doch nun stand er Abend für Abend hinterm Tresen und sorgte dafür, dass das Kölsch nie ausging. Und zur gleichen Zeit machte er Politik. Politik im Hinterzimmer, wie er es nannte. Die bedeutendsten

Männer des Ortes gingen bei ihm ein und aus, manches Arrangement und diverse Entscheidungen wurden bei ihm an der Theke gefällt.

Noch vor wenigen Tagen hatte sie rein zufällig, bei welcher Gelegenheit war ihr entfallen, ein Telefongespräch belauscht, in dem es um die illegale Vergabe von Baugenehmigungen ging. Eines der ehrgeizigsten Hobbys ihres Gatten.

Viktoria wusste davon, allerdings interessierte sie es nicht besonders.

Es kam selten vor, dass sie in dem Gasthof ihres Mannes verkehrte. Trotz des steigenden Niveaus des Publikums seit der Übernahme ihres Mannes war ihr dieser Ort zu bürgerlich, zu spießig und ihrer nicht würdig.

„Okay, ja ..., bis heute Abend dann." Annabell, ihre Stimme um einige Dezibel reduziert, beendete ihr Telefonat und blickte in Viktorias Richtung, die sich ihr mit einer Tasse Kaffee und der Tageszeitung gegenüber an den Tisch gesetzt hatte.

„Mama, du siehst echt schlecht aus. Bist du krank?" So viel Mitgefühl in der Stimme ihrer Tochter war nicht ungewöhnlich und der Grund dafür war meist ein Wunsch Annabells, den ihre Mutter ihr erfüllen sollte.

„Ich glaube, es wäre besser, wenn du wieder ins Bett gingst, Mama. Deine Augen sind ganz rot. Ich könnte mir dann eventuell für heute den Jaguar ausleihen."

Schon als kleines Kind versuchte Annabell ihre Mitmenschen zu umgarnen. Das hatte sich bis zum heutigen Tag nicht geändert.

„Nein, Schatz, das wird heute leider nichts", antwortete Viktoria, „den brauche ich heute selbst. Ich habe einen Termin beim Friseur und anschließend treffe ich mich mit einer Freundin zum Brunch im Burgschloss. Tut mir leid."

„Na, da solltest du dein Make-up vielleicht noch einmal überprüfen, sonst verwehren sie dir womöglich den Eintritt ins ehrwürdige Schloss."

Genervt und enttäuscht, dass man ihrem Wunsch nicht stattgab, verließ Annabell die Küche. „Und tschüss!“, rief sie noch und Viktoria war endlich allein.

Sie goss sich eine zweite Tasse Kaffee ein und fing an, lustlos in der Zeitung zu blättern. Die ersten Seiten überschlug sie, denn sie interessierte sich nicht sonderlich für Politik und Wirtschaft. Auch den Sportteil beachtete sie nicht. Diesen Teil der Zeitung hob sie ausschließlich für Hubert auf.

Viktoria bevorzugte die Kulturund Lokalnachrichten. Aufmerksam las sie alles über das Leben der prominenten Schauspieler und beliebtesten Sänger dieser Zeit.

Sie empfand sich selbst nicht als oberflächlich, denn sie hatte sich durchaus ein Wissen in den Bereichen angeeignet, die sie persönlich interessierten, und was andere Menschen über sie dachten, war ihr zwar nicht gänzlich egal, jedoch erschien es ihr auch nicht zwingend wichtig.

Wichtig war jetzt nur, eine Lösung zu finden, um ihr Problem aus der Welt zu schaffen. Denn sie war nicht bereit, sich in der Öffentlichkeit zu blamieren, sie wollte beneidet und nicht belächelt werden. Sie musste handeln.

Vorsichtig stieg die Gestalt die schmale steile Holztreppe hinauf, immer darauf bedacht, bei keiner der Stufen ein knarrendes Geräusch zu verursachen. Ein leicht modriger Geruch lag in der stickigen warmen Luft, nicht der kleinste Windhauch war zu verspüren.

Das leise, kaum wahrnehmbare Schnarchen hinter der verschlossenen Tür am Ende der Treppe durchbrach die unheimliche Stille, die sie vor wenigen Minuten in diesem Haus empfangen hatte.

Für einen kurzen Moment verharrte die Gestalt regungslos vor der Tür, als zögere sie, den Raum zu betreten. Dann, ganz sachte, drückte sie die Türklinke. Ihre Hände zitterten und in den Plastikhandschuhen bildete sich klebriger Schweiß. Wieder hielt sie inne und lauschte den regelmäßigen Atemzügen.

Zaghaft öffnete sie die Tür und betrat leise den Raum.

Ein Blick auf den tief Schlafenden genügte und ganz langsam erfasste sie eine innere Ruhe. Das Zittern ihres Körpers verebbte, als ihre Finger den Gegenstand in ihrer Jackentasche berührten.

Wie von einer unsichtbar gelenkten Hand zog es die Gestalt hin zu dem großen, in der Mitte des Raumes stehenden Bettes. Der plötzliche Schrei eines Vogels aus dem an der Rückseite des Hauses gelegenen Waldes hallte durch das weit geöffnete Fenster.

Hastig trat die Gestalt einen Schritt zurück und hielt den Atem an. Ihre Sorge war unbegründet, der Schlafende rührte sich nicht. Sie wusste, jetzt war der Augenblick gekommen, sie musste handeln.

Als sie ihm die Spritze in den Oberschenkel stieß, erwartete sie ein Gefühl der Reue, doch es blieb aus.

Mit fasziniertem Blick, so als ob sie das Geschehen von außen nach innen betrachten würde, registrierte sie den gequälten Gesichtsausdruck des durch die plötzlich verursachten Schmerzen erwachten Mannes.

Sie erkannte die Überraschung und das Nichtverstehen in

seinen Augen, als er versuchte aufzustehen und mit unkoordinierten Bewegungen auf sie zutorkelte.

Wieder trat sie einen Schritt zurück und beobachtete mit Genugtuung, wie er sich stöhnend die Spritze aus dem Bein zog.

Er hob den Kopf und starrte sie aus verzweifelten Augen an, doch sie erkannte auch die aufsteigende Wut, die sich in seinem Ausdruck zeigte, als er ihre Tat zu begreifen versuchte. Sie wartete nicht länger, sie drehte sich um und lief mit eiligen Schritten die Treppe hinunter. Diesmal achtete sie nicht auf die Geräusche, die ihre Schuhe auf den Stufen verursachten.

Mist, was sollte sie jetzt machen? Was war, wenn er nicht sterben würde? Oh Gott, das durfte nicht geschehen.

Schnell lief die Gestalt über den mit kleinen Kieselsteinen bedeckten Hof in die gegenüberliegende Garage.

Hektisch schaute sie sich um und ihr Blick fiel auf die im hinteren Teil der Garage gelagerten unzähligen Werkzeuge. Ohne zu überlegen, schnappte sie sich einen Hammer, und genau in diesem Moment vernahm sie ein schlurfendes Geräusch an der Garagentür.

Sie drückte sich fest an die Wand, den Hammer in ihrer Hand leicht angehoben, und wartete.

Das kleine schmucke Fachwerkhäuschen lag etwas abseits von der Straße. Ein breiter Kieselweg, umrahmt von hohen Koniferen, führte zum Haus. Es war schon dunkel und die zwei altmodischen Laternen links und rechts hätten mit ihrem recht spärlichen Licht nicht viel dazu beigetragen, diesen Weg zu beleuchten.

Doch die vielen blinkenden Lichter der Polizeiautos, des Krankenwagens und die Beleuchtung der Spurensicherung erhellten das gesamte Areal, als Reiser langsam die Auffahrt hinauffuhr. Er hörte die kleinen Kieselsteine unter seinen Rädern knirschen.

Hoffentlich zerkratzen die Steine mir den Lack nicht, überlegte er ärgerlich, fuhr aber weiter.

Er bemerkte die wenigen Schaulustigen, die sich hinter der rotweißen Absperrung versammelt hatten und wie gebannt miteinander tuschelnd auf die dem Haus angrenzende Garage blickten.

Fraglich, ob einer der Beamten so schlau gewesen war, die Personalien der neugierigen Nachbarschaft zu erfragen, dachte er.

Müde stieg er aus dem Auto.

Reiser versuchte sich die Gesichter einzuprägen. Er hatte sich diese außerordentliche Gabe zu Nutze gemacht, denn in vielen Fällen kehrten Verbrecher an den Tatort zurück und mischten sich unter die Schaulustigen.

Ein Polizeibeamter in Uniform kam auf ihn zu und begrüßte ihn.

„Toter, Mitte zwanzig, Todesursache bis jetzt unbekannt, keine sichtbar schweren äußeren Verletzungen. Wir wissen zu diesem Zeitpunkt noch nicht genau, ob ein Selbstmord, ein Unfall oder ein Tötungsdelikt vorliegt. Er liegt in der Garage, sein Name ist Christoph Stein."

„Wer hat ihn gefunden?"

„Sein bester Freund. Er sitzt dort drüben am Haus unter dem Vordach und heult sich die Seele aus dem Körper."

Reiser blickte kurz in die Richtung des mit Efeu bewachsenen Fachwerkhauses und sah einen jungen Mann auf den Stufen vor der Haustür kauern, den Kopf auf die Knie gelegt und die Arme über den Kopf verschränkt. Seine Schultern zuckten. Er schien tatsächlich zu weinen.

„Okay, ich werde später mit ihm sprechen. Ist die Rechtsmedizin schon eingetroffen?"

„Ja, sie sind drinnen." Reiser wollte sich gerade umwenden, als der Beamte ihn noch einmal ansprach: „Der Junge", er machte eine kurze Kopfbewegung, „faselte die ganze Zeit von Mord, und von einem Gedicht. Ich weiß nicht, ob die Spurensicherung schon etwas gefunden hat."

„Danke, ich gehe jetzt rein und mache mir mal ein Bild. Ach ja, habt ihr die Personalien von den Personen dort?"

„Nein, noch nicht, wird sofort erledigt." Reiser stöhnte innerlich, sagte aber nichts.

Durch eine doppelflügelige Tür betrat er die Garage, die eher wie ein kleines Holzhäuschen aussah als eine ihm bekannte Autogarage. An der Rückwand befand sich ein kleines Fenster mit einer schmalen Tür, links und rechts an den Wänden waren Regale mit Werkzeugen, Farben und anderen Utensilien. Ein kleiner Werktisch mit einem Drehstuhl davor stand unter dem Fenster. *Scheint handwerklich begabt gewesen zu sein, der junge Mann,* urteilte Reiser, *falls das all seine Sachen waren.*

Der Tote lag in der Mitte des Raumes auf dem Rücken, Arme und Beine gespreizt.

„Abend, Reiser, scheiß Wetter draußen, was? Bin auch eben klatschnass geworden." Tom van de Camp, ein junger aufstrebender Beamter der Spurensicherung, beugte sich über die Leiche.

Mist, dachte Reiser, *wo ist Maike?* Er wollte schon fragen, dann traute er sich doch nicht, denn er wusste, dass das sofort wieder für Klatsch im KK1 gesorgt hätte und er hatte keine Lust, sich wieder zum Gespött zu machen. Denn irgendein Idiot hatte durchsickern lassen, dass er von Rechtsmedizinerin Dr. Maike Gottburg einen Korb bekommen hatte, nachdem er sie gefragt hatte, ob sie mit ihm zum Essen gehen würde.

Als ob er seine Gedanken gelesen hätte, sagte Tom: „Maike ist auf einem Seminar in Köln, deshalb bin ich hier. Ich vertrete sie."

„Habe ich gefragt?", erwiderte Reiser unfreundlich und ignorierte Toms Lächeln. „Gibt's hier kein Auto?", rief Reiser in den Raum.

„Wir haben auf jeden Fall noch keins gefunden, auch kein Motorrad, muss jedenfalls einmal etwas drin gewesen sein. Es sind Ölflecken auf dem Boden."

Reisers Blick fiel wieder auf den toten jungen Mann. Bekleidet nur mit einer Unterhose, Socken und einem eng anliegenden T-Shirt vermittelte dieser Anblick einen irritierenden Eindruck. Sein Körper war extrem durchtrainiert und sein muskulöser Oberkörper erinnerte ihn augenblicklich an Arnold Schwarzenegger.

„Wo ist seine Hose, und gibt's Schuhe?"

„Negativ, Oberkommissar", antwortete einer der Männer.

„Wieso geht einer ohne Hose und ohne Schuhe in die Garage?" Reiser überlegte laut. „Und das bei dem Wetter."

„Keine Ahnung, scheint ein ganz Harter gewesen zu sein. Ach übrigens, der Junge hat so nicht gelegen, als man ihn gefunden hat. Er lag auf der Seite und sein Freund hat ihn umgedreht und versucht, ihn zu reanimieren. War leider sinnlos, der Typ ist schon seit Stunden tot."

„Genaue Todeszeit?"

„Wie immer, Reiser, nach der Obduktion wissen wir mehr. Was ich dir allerdings sagen kann, er hat mehrere Einstiche im Oberschenkel."

„Drogen?"

„Sieht ganz so aus, oder er war Diabetiker. Genaues nach der Toxi."

„Habt ihr irgendetwas gefunden, eine Spritze oder irgendwelche Drogen?"

„Auch negativ, Chef", rief einer der Jungs vom Erkennungsdienst.

„Jede Menge Kippen hier, Marke Camel, ganze Aschenbecher voll. Da wird das Labor einiges an Arbeit haben. Und das hier haben wir gefunden.“ Er reichte Reiser ein zerknülltes Blatt Papier. „Das hat auf dem Werktisch gelegen.“

Reiser glättete das Papier, hielt es etwas von ihm ab und las den kurzen computergeschriebenen Text mit zusammengekniffenen Augen. Seine Lesebrille lag irgendwo zuhause, er konnte sich einfach noch nicht daran gewöhnen, dass er so etwas überhaupt schon brauchte. Schließlich war er ja noch kein alter Mann.

„Oh, holy shit“, sagte er, nachdem er zu Ende gelesen hatte, „was ist das denn? Sieht nicht nach einem Abschiedsbrief aus.“

„Zeig mal her, was steht denn da?“, fragte Tom.

„Da steht etwas, was mir überhaupt nicht gefällt und die ganze Sache hier gefällt mir auch nicht. Jetzt muss ich wohl Simon aus seinem wohlverdienten Urlaub zurückbeordern. Was meinst du, Tom?“ Tom nahm das Stück Papier und begann laut zu lesen:

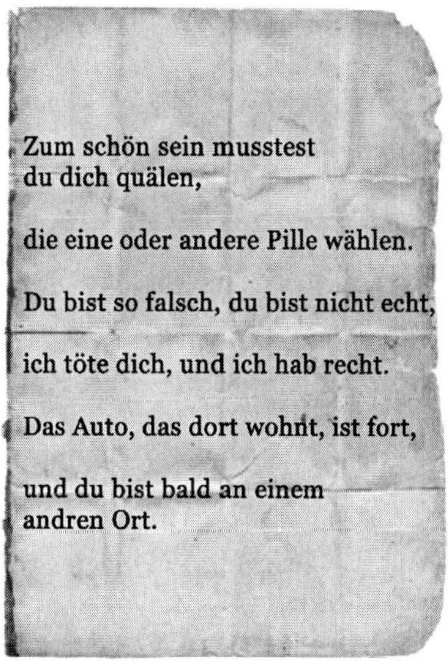
Zum schön sein musstest du dich quälen,

die eine oder andere Pille wählen.

Du bist so falsch, du bist nicht echt,

ich töte dich, und ich hab recht.

Das Auto, das dort wohnt, ist fort,

und du bist bald an einem andren Ort.

„Das kann doch wohl kein Zufall sein, oder? Wie krank ist das denn?“, bemerkte Reiser fassungslos.

„Kann er auch selber geschrieben haben, als eine Art Abschiedsbrief. Er schreibt das Gedicht, dann bringt er sich selbst mit einer Überdosis um. Vielleicht wollte er ja, dass die Leute glauben, er wäre ermordet worden. Kennst du das Sprichwort: Alles, was denkbar ist, ist machbar, und alles, was machbar ist, passiert“?

„Der Junge sieht nicht so aus, als ob er Gedichte geschrieben hätte.“ Reiser runzelte die Stirn und tütete den Zettel ein.

„Hahaha, Reiser, immer wieder diese Vorurteile. Nur weil man Muskeln hat, muss man nicht blöd sein und außerdem, dieses Gedicht hätte auch ein Viertklässler hinbekommen.“

„Und trotzdem, meine Füße jucken, und die jucken nur, wenn irgendwas faul ist.“

„Warten wir die Obduktion ab“, erwiderte Tom. „Und deine Füße, die solltest du mal wieder waschen.“

„Sehr witzig, ich nehme mir jetzt mal das Jüngelchen da draußen vor. Und wenn ihr hier fertig seid, macht im Haus weiter!“, rief er den Männern vom Erkennungsdienst zu. „Vielleicht finden wir ja dort noch eine Spur. Ich glaube, draußen bei dem Wetter werden wir nicht sehr viel Glück haben.“

Schwerfällig verließ Reiser die Garage. Er hatte die letzte Nacht wenig geschlafen und fühlte sich völlig erschöpft.

Der junge Beamte, der ihn begrüßt hatte, kam auf ihn zu, sein Regencape vollkommen durchnässt, und sprach ihn an:

„Ich habe alle Personalien von den Leuten da draußen, zwei Männer, eine Frau und zwei Jugendliche.“

Das macht nur fünf! Verdammt, da waren sechs gewesen. Er war sich ganz sicher. *Da hat sich wohl wieder einer aus dem Staub gemacht.*

„Okay“, sagte er nur und ließ den Beamten im Regen stehen.

Den Jungen hatte man zwischenzeitlich in den Krankenwagen gesetzt. Bekleidet in Jeans und T-Shirt starrte er, vollkommen durchweicht vom strömenden Regen, mit ausdruckslosen Augen vor sich hin. Kein Schluchzen kam mehr über seine Lippen.

„Guten Abend. Mein Name ist Reiser. Ich bin hier der leitende Beamte und das hier ist mein Ausweis. Können Sie sich bitte ausweisen."

Der Junge nahm ihn gar nicht wahr und blickte einfach durch ihn hindurch.

„Er steht unter Schock." Die Sanitäterin, ein junges hübsches Mädchen, schaute mitleidig auf den jungen Mann. „Wir haben ihm ein leichtes Beruhigungsmittel gegeben. Sein Name ist Sebastian, Sebastian Witt."

„Hm, ein paar Fragen wird er mir noch beantworten müssen, aber ich verspreche Ihnen", und dabei versuchte er freundlich zu lächeln, „wir werden ihn heute nicht zu sehr beanspruchen. Wenn Sie netterweise draußen warten würden." Seiner Aufforderung folgte sie, das konnte er sehen, mit Widerwillen, und er konnte es ihr fast nicht verübeln, denn der Junge sah trotz allem ausgesprochen gut aus.

Doch im gleichen Moment, als die junge Frau den Krankenwagen verlassen wollte, sprang der Junge auf, schubste die Sanitäterin grob zur Seite und verschwand in der Dunkelheit.

„Na, das scheint wohl noch nicht richtig gewirkt zu haben. Ein wahres Teufelszeug, Ihr Beruhigungsmittel", meinte Reiser ironisch und folgte dem Jungen widerwillig. Als Reiser allerdings erkannte, dass der Junge mit einem auf der Straße geparkten Auto flüchten wollte, kam Bewegung in seine schwachen Beine, und noch während er auf die Straße lief, brüllte er den Beamten eines Streifenwagens zu: „Tempo, Jungs!", stieg schnellstens in ihren Wagen und ordnete den Männern an, dem fliehenden Auto zu folgen.

„Mein Gott, der ist doch völlig zugedröhnt. Beeilen Sie sich, der ist sonst gleich über alle Berge." Reiser ärgerte sich über sich selbst. Ein Fehler zur falschen Zeit.

Mit Blaulicht jagten sie hinter dem Flüchtenden her und verloren ihn nur kurz aus den Augen. Als sie um die Ecke fuhren, war er verschwunden.

„Verdammt, wo ist er hin?", keuchte Reiser.

„Da vorne!“, brüllte sein Kollege. „Da ist er, ich sehe ihn. Er verschwindet im Leonardo.“

*

In der Pizzeria „Leonardo“ an der Ecke zur Hauptstraße herrschte an diesem Samstagabend lebhafter Betrieb, als Annabell und Charlotte das Lokal betraten. Die zwei Freundinnen verbrachten des Öfteren ihre Abende im „Leonardo“, das aufgrund seiner Schlichtheit und moderaten Preise hauptsächlich junge Leute anzog. Italienische Musik spielte leise im Hintergrund.

Enzo Rossi, der Sohn des Besitzers, lief emsig von Tisch zu Tisch, um die Bestellungen entgegenzunehmen. Er war von kleiner Statur, dunkle lange Locken umrahmten sein schmales, an sich hübsches Gesicht, doch die überdurchschnittlich große Nase gab ihm einen an einen Raubvogel erinnernden Ausdruck. Als er die beiden Mädchen zur Tür hereinkommen sah, leuchteten seine Augen auf und er kam ihnen freudig entgegen.

„Hi, Annabell, schön, dich hier zu sehen. Ich habe dir einen Tisch freigehalten, dort drüben.“ Charlotte ignorierte er, als ob sie gar nicht anwesend wäre. Er schien nur Augen für Annabell zu haben, die ihn auf ihre herablassende Art kühl anlächelte.

„Das ist so nett von dir, Enzo“, sagte diese spöttisch und zog Charlotte zu dem hübsch gedeckten Ecktisch. Flackernde Kerzen in hohen silbernen Kerzenständern zierten den Tisch, der mit einem typisch italienischen Tuch mit rot-weißen Karos gedeckt war.

„Anna, ich muss gleich mal mit dir reden, geht das?“ Enzo war ihnen gefolgt und sprach leise, er flüsterte fast.

„Annabell, mein Name ist Annabell. Freunde dürfen mich Anna nennen. Jetzt nicht, Enzo, ich habe endlich Freizeit und will meine Ruhe haben“, erwiderte Annabell ungeduldig.

Sie hasste die ewigen Avancen des jungen Italieners, das wusste Charlotte. Dieses unterwürfige Verhalten nervte ihre Freundin und für gewöhnlich ignorierte sie ihn völlig, doch aus einem ihr unbekannten Grund zögerte Anna.

Vielleicht war es der Blick, den er ihr zuwarf, ein Blick, den Charlotte nicht deuten konnte und zu ihrer Überraschung hörte sie ihre Freundin missmutig sagen:

„Also los dann, rede schon, ich habe nicht den ganzen Abend Zeit, und Lust habe ich schon gar nicht." Sie blickte dabei Charlotte an, die jedoch völlig unbeeindruckt so tat, als ob sie intensiv die Speisekarte studierte.

„Alleine, ich muss mit dir alleine reden, gleich." Diesmal sah auch er Charlotte an, so als ob er ihr Einverständnis suchte. Er drehte sich um und verschwand in Richtung Küche, ohne ihre Bestellung aufgenommen zu haben.

„Was soll denn das nun wieder werden? Ich sag dir, Charlotte, wenn der Typ mich nicht bald in Ruhe lässt, komme ich nicht mehr hierher. Irgendwie wird der mir langsam unheimlich. Ich höre mir jetzt von dem das letzte Mal an, was er Wichtiges zu sagen hat, dann ist Schluss. Bin gleich zurück."

Annabells Laune war auf den Nullpunkt gesunken, als sie nach kurzer Zeit wiederkam, hingegen Charlotte nur lachte und etwas von einem kleinen unbedeutenden Wurm murmelte, der sich manchmal ein wenig zu wichtig nahm.

„Wir wissen doch alle, was er macht. Er versucht halt ein ganz Großer zu sein, dabei ist er nur ein winziger Wicht, völlig bedeutungslos, also komm, lass uns Spaß haben. Ich war so froh, als meine Mutter mir sagte, dass sie zu müde wäre, nach dem anstrengenden Tag auf dem Flohmarkt mit uns herzugehen. Ich weiß, ich bin eine schlechte Tochter, nur manchmal geht sie mir gewaltig auf die Nerven mit ihrem Gejammer." Charlotte wirkte entspannt und fröhlich, wie sie eigentlich immer war. „So und jetzt lass uns bestellen, ich habe einen Bärenhunger."

Sie legten die Speisekarten beiseite, denn sie hatten sich längst – wie schon so oft in der Vergangenheit – für die Tortellini alla pana entschieden. Dazu tranken sie eine Flasche Chianti.

„Erzähl, wie war es denn so auf dem Flohmarkt? Hast du viel

verkauft?“ Annabell nahm ihren letzten Bissen und wischte sich anschließend den Mund mit einer Serviette ab. Ohne auf Charlottes Antwort zu warten, fuhr sie fort: „Ich hatte heute einen wahrhaftig beschissenen Tag im Fitness-Studio. Manche Leute sind so bescheuert, die denken tatsächlich, wenn sie an zwei Tagen trainieren, würde das Fett, das sie sich seit Jahren angefuttert haben, einfach so wieder verschwinden. Ich finde so dicke Leute ziemlich unmöglich, obwohl ich mir natürlich denken kann, wie schwer es für manch Moppel ist, dem Teufelskreis zu entfliehen. Warum ich mir das antue, weiß ich auch nicht, aber mein Vater meint, ich müsste mir etwas von meinem Taschengeld dazuverdienen. Also habe ich die Wahl zwischen Fitness-Studio oder unter Papas Fittichen in der Kneipe, und da habe ich überhaupt keinen Bock drauf.“

„Na komm, Annabell. Du kannst dich ja wohl kaum beklagen. Dein Papa küsst doch den Boden, auf dem du stehst und gehst, und deine Mutter wickelst du auch ständig um den Finger.“

Charlotte war amüsiert, sie wusste zu genau, wie sorglos Annabells Leben im Gegensatz zu ihrem eigenen war. Annabell musste sich nicht stundenlang auf den Flohmarkt setzen und alten Krempel verkaufen, damit sie es sich überhaupt leisten konnte, hier ab und zu essen gehen zu können. Annabell hatte keine depressive Mutter zu Hause, die kaum noch aus dem Haus und unter Menschen ging, die sich Abend für Abend mit Rotwein tröstete und sich in ihrem Selbstmitleid suhlte. Und es tat Charlotte wirklich weh, ihre Mutter so zu sehen. In manchen Augenblicken erschien sie ihr wie früher, bevor das Entsetzliche passierte, jedoch immer nur von kurzer Dauer. Wenigstens gab es ihr ab und zu ein wenig Hoffnung, dass irgendwann alles einmal wieder gut sein würde. Ihr Bruder war ihr keine große Hilfe. Es hatte den Anschein, dass er irgendwie in seiner Entwicklung stehen geblieben war. Für einen fast fünfundzwanzigjährigen Mann benahm er sich noch recht kindisch und dachte im Prinzip nur an sich.

Tapfer unterdrückte sie die Gedanken, zeigte Annabell ihr fröhliches Lächeln und prostete ihr mit ihrem Glas Rotwein zu.

„Auf einen netten Abend, und ja, es war ein äußerst zufriedenstellender Tag. Deshalb sitzen wir heute hier und ich kann es mir auch ausnahmsweise einmal leisten."

Die Weingläser klirrten, als sie aneinander stießen. Der Wein wippte hin und her, er war kräftig und dunkelrot in der Farbe und roch wunderbar nach Kirsche. Sie nahmen einen großen Schluck, der Wein lief durch ihre Kehle in ihren Magen und hinterließ ein wohlig warmes Gefühl. Sie sahen sich an und wussten beide, wie sehr sie sich mochten. Sie verstanden sich auch ohne Worte.

„Chrissy ist tot!" Völlig überraschend und von ihnen unbemerkt stand Charlottes Bruder plötzlich an ihrem Tisch. Erschreckt blickten sie auf. Sein beängstigender Anblick zerstörte augenblicklich ihre unbekümmerte Stimmung, die zwischen ihnen geherrscht hatte.

Charlotte starrte ihren Bruder entsetzt und ungläubig an. Sebastian zitterte am ganzen Leib. Unter seiner völlig durchnässten Kleidung zeichneten sich deutlich seine Muskeln ab und erinnerten ein wenig an einen Wet-Shirt-Contest. Sein Haar hing ihm wirr ins Gesicht und seine geschwollenen Augen blickten sie voller Verzweiflung an.

Als sein Blick auf Enzo fiel, der neugierig auf ihren Tisch zusteuerte, verwandelte sich Sebastians Gesichtsausdruck in Sekundenschnelle von gequälter Trauer in rasende Wut.

Wie besessen stürmte er auf ihn los.

„Du verdammtes Schwein", schluchzte er, „du hast ihn umgebracht, er ist tot! Verdammt, er ist tot!" Und er fing an, wie ein Verrückter auf Enzo einzuschlagen. „Du Mistkerl hast ihm diesen Dreck verkauft, ich weiß das."

Enzo, chancenlos aufgrund seiner schmächtigen Statur, fiel auf der Stelle um und lag gekrümmt auf dem Boden. Er probierte erst gar nicht, sich zu wehren, sondern versuchte lediglich, die Schläge mit seinen Armen abzuhalten.

Die Gäste einschließlich Annabell und Charlotte schienen wie erstarrt. Sie alle beobachteten die unwirkliche Szene hilflos, nicht wissend, was zu tun war. Doch als Herr Rossi mit seiner Frau aus der Küche ihrem Sohn zu Hilfe eilten, löste sich ihre Verkrampfung und einige der Anwesenden halfen Herrn Rossi, den tobenden Sebastian von Enzo fortzuziehen, während Annabell und Charlotte dem bleichen und verschreckten Enzo beim Aufstehen halfen.

„Pezzo di merda! Was ist das hier?", polterte Enzos Vater los. „Vai quel paise! Was fällt dir ein, meinen Sohn zu verprügeln und zu beschmutzen. Verschwinde hier, aber pronto. Sonst ruf ich die polizia."

Der kleine weißhaarige Mann war außer sich vor Wut.

„Nicht nötig. Die ist schon da."

Reiser, der unbeachtet von den Gästen kurz hinter Sebastian das Lokal in Begleitung der uniformierten Polizisten betreten hatte, zeigte ihnen seinen Dienstausweis.

Annabell nahm den Ausweis und schnalzte mit der Zunge.

„Oberkommissar Reiser. Ihr seid aber von der schnellen Truppe. Respekt, Respekt. Schneller als die Polizei erlaubt."

Die zwei männlichen Gäste, die den jetzt schluchzenden Sebastian festhielten, zerrten ihn zum Ausgang.

Charlotte folgte ihnen, um ihrem Bruder beizustehen. Als sie ihn in die Arme nahm, fragte sie:

„Was ist passiert, Sebi? Warum ist Chris tot? Und was hat Enzo damit zu tun?"

„Ich habe ihn gefunden, in der Garage", jammerte er unglücklich, „die Polizei ist überall. Sie wollten mir Fragen stellen. Ich bin einfach abgehauen." Dabei schaute er Reiser an, der ihnen gefolgt war. „Lotte, ich habe noch versucht, ihn wiederzubeleben, er war schon tot. Ich weiß nicht, warum er tot ist, aber ich glaube, er wurde ermordet. Und dieses Schwein da drinnen hat irgendwas damit zu tun, ich weiß das."

Er wollte sich losreißen, doch seine Beine knickten ein, sodass die Männer ihn stützen mussten. Benommen ließ er den Kopf hängen. Jegliche Kraft war aus seinem Körper gewichen. Besorgt wandte sich Charlotte Reiser zu:

„Ich nehme meinen Bruder jetzt mit nach Hause. Sie können ihn später vernehmen. Ich glaube, er wird Ihnen heute nicht mehr helfen können."

„Warten Sie." Reiser hielt sie zurück. „Sollen wir Sie nach Hause begleiten?"

Charlotte schüttelte den Kopf.

„Danke, ich schaffe das schon. Mein Bruder wird sich bei Ihnen melden."

Charlotte spürte den Blick förmlich im Nacken, den der bullige Polizist ihnen hinterherwarf, und sie ahnte, dass es nur ein kleiner Aufschub war, bis die Polizei an ihrer Tür klopfte.

Annabell kochte vor Wut. Was bildete sich dieser nichtsnutzige Zwerg überhaupt ein? Glaubte diese Kreatur wirklich, mit seinen dummen Äußerungen, ihre Sympathie zu gewinnen? Obwohl ihr jegliche Art von Gewalt zutiefst zuwider war, musste sie sich beschämt eingestehen, einen Hauch von Befriedigung verspürt zu haben, als Sebastian Enzo so gnadenlos auf die Bretter geschickt hatte. Sie fand, er hatte es durchaus verdient. Es war ein offenes Geheimnis, was Enzo in seiner Freizeit trieb, dennoch schien es niemanden ernsthaft zu interessieren. Bis jetzt. Bei dem Gedanken an Christophs Tod fühlte sie einen kleinen Stich in ihrem Herzen. Warum musste er sterben? Hatte Enzo wirklich etwas mit seinem Tod zu tun? Sie musste es herausfinden und sie musste Enzo davon abhalten, Dinge über sie und ihre Familie zu verbreiten, die andere Menschen in keiner Weise etwas angingen.

Verärgert machte sie sich auf den Weg zu ihrem MiniCabrio und grübelte darüber nach, was sie als nächstes unternehmen sollte.

Es war nicht von Belang, dass Enzo über sie und Phillip Bescheid wusste. Das wussten viele. Diese unbedeutende Tatsache jedoch an die große Glocke zu hängen und aufzubauschen, konnte Phillip in Zeiten des Wahlkampfes mit Sicherheit nicht gebrauchen. Auch wenn es ihr ein wenig leid tat und sie viel Spaß miteinander gehabt hatten, würde sie Phillip den Laufpass geben. Zu seinem eigenen Schutz natürlich.

Sie öffnete das Verdeck ihres Cabrios per Knopfdruck, nahm einen tiefen Atemzug und blickte versonnen in den sternenbedeckten Himmel. Erst dann ließ sie den Motor an und lenkte ihr Auto zur Straße.

Sie hoffte, dass der kühle Fahrtwind ihre verwirrten Gefühle beruhigen würde. Vielmehr als alles andere hatte es sie zutiefst bestürzt und verunsichert, was Enzo ihr über ihre Mutter erzählt hatte. Konnte es wirklich wahr sein? Sie hatte es sich nicht anmerken lassen, wie zerrissen sie sich fühlte. Vor Enzo würde sie niemals ihr Gesicht verlieren.

Sollte sie ihre Mutter zur Rede stellen? Schon als kleines Kind hatte Annabell geahnt, dass ihre Eltern nicht glücklich miteinander waren. Auch wenn beide versuchten, es vor ihr zu verbergen, hatte sie die unterschwellige Abneigung ihrer Mutter und ihres Vater gegeneinander gespürt. Wie erleichtert hatte sie sich gefühlt, als sie nach dem Abitur für ein Jahr in die Staaten verschwinden durfte. Jetzt war sie wieder da und nichts hatte sich geändert. Oder doch? Hatte ihre Mutter sich einen jugendlichen Liebhaber genommen, der jetzt tot in seiner Garage lag?

Sie musste es ihr sagen. Ihre Reaktion würde ihr die Bestätigung geben, die sie brauchte. Und dann? Was dann? Sie wusste es nicht.

Wieder lenkte sie ihre Gedanken zu Enzo und es schüttelte sie vor Ekel. Ein pochender Schmerz kroch in ihren Kopf und verweilte dort hartnäckig, als das Haus ihrer Eltern immer näher kam. Sie öffnete das Gitter, schloss das Verdeck des Autos und näherte sich schweren Herzens der Eingangstür.

Dichter Rauch erfüllte den Raum. Phillip Richter atmete noch einmal tief durch, bevor er eintrat, denn für die nächsten Stunden hieß es Abschied nehmen von der frischen, kühlen Luft des Abends.

Hubert hatte ihn angerufen, seine Stimme klang müde und gereizt, als er ihn bat, in den Steinhof zu kommen.

Kurzerhand hatte sich Phillip auf den Weg gemacht. Es machte ihm nichts aus, am Abend noch einmal auszugehen, er liebte Spaziergänge bei jedem Wind und Wetter und er war immer froh, seinem Haus zu entkommen.

Die Ehe und Vaterschaft zerrten an seinen Nerven. Er fühlte sich gefangen und hatte es sich zur Gewohnheit gemacht, nach getaner Arbeit eine kleine Runde um die Häuser zu ziehen, den Tag ausklingen zu lassen und seine Gedanken zu sortieren.

Für ihn als Politiker und jüngsten Anwärter eines Bundestagsmandates gab es kaum Gelegenheiten zu entspannen, der Wahlkampf hatte begonnen und er war mittendrin.

Sein Ehrgeiz fraß ihn auf, einen Skandal konnte er sich nicht leisten. Die Wähler vergessen und verzeihen niemals, das wusste Phillip.

Das Telefonat mit Hubert beunruhigte ihn. Er konnte es nicht genau beschreiben, es war ein ungutes Gefühl. *Warum zitiert er mich an einem Samstagabend hierher? Und warum sagt er mir nicht am Telefon, was passiert ist, obwohl ich ihn mehrmals darum gebeten habe? Er sagte einfach nur: Komme vorbei, dann reden wir. Ob er etwas weiß? Hubert sollte es doch wohl egal sein, wen seine Tochter vögelt.* Nur Phillips Familie und die Menschen, die ihm ihre Stimme gaben, sollten davon tunlichst nichts erfahren, und Hubert würde bestimmt nichts ausplaudern, da war er ganz sicher. Er würde ihm höchstens den Marsch blasen, ihm sagen, dass er auf der Stelle die Affäre mit Annabell beenden müsste. Hatte ihm Annabell etwas gesagt?

Das glaube ich auf keinen Fall, aber vielleicht waren wir nicht vorsichtig genug und es hat uns jemand gesehen. Mist, das kann ich jetzt überhaupt nicht gebrauchen, überlegte er.

Als Phillip gegen 22 Uhr das Lokal betrat, herrschte reges Treiben in der Gaststätte. Fast alle Stühle an der Theke waren besetzt, auch an den Tischen ringsherum gab es kaum freie Plätze.

In dem vorderen Bereich der Kneipe wurde trotz Rauchverbots weiterhin kräftig gequalmt, nur der hintere Bereich des Lokals war rauchfrei und menschenleer. Das Leben spielte an der Theke, und der Wirt war der Spielleiter.

Hubert Stein, ganz in seinem Element, zapfte ein Kölsch nach dem anderen. Ausschließlich dem Gastwirt persönlich unterlag diese Aufgabe.

Seine Angestellten eilten von Tisch zu Tisch.

Der Steinhof strahlte trotz seiner altbürgerlichen Einrichtung eine warme Gemütlichkeit aus. Viele der Gäste wollten nur klönen, tratschen und trinken. Einige kamen, um das hervorragende Essen zu genießen.

Phillip war aus keinen dieser Gründe an diesem Ort, an dem er jetzt eigentlich auch gar nicht sein wollte. Er setzte sich an einen freien Platz an der Theke und wartete, bis Hubert ihn entdeckte. Es schien ihm, als ob Hubert ihn missbilligend anschaute, allerdings hätte er sich auch täuschen können. Hubert schaute eigentlich immer etwas griesgrämig in die Welt, was seine vielen Gäste nicht davon abhielt, bei ihm ein und aus zu gehen.

Phillip wartete. Nach einigen langen Minuten stellte ihm Hubert ein frischgezapftes Kölsch hin und sagte wie beiläufig, und wenn Phillip später darüber nachdachte, eiskalt:

„Wir haben ein Problem, Herr Abgeordneter, Christoph ist tot."

Er schämte sich dafür, aber Phillip verspürte sofort eine gewisse Erleichterung bei dieser Aussage. Er glaubte nun, dass Hubert nichts von Annabell und ihm wusste.

„Annabell hat mich eben angerufen." Hubert sah Phillip mit zusammengekniffenen Augen an und wartete auf eine Reaktion, doch Phillip war zu keiner Regung fähig. „Was ist, hat es dir die Sprache verschlagen? Weißt du, was das bedeutet? Annabell hat erzählt, dass er vielleicht ermordet wurde. So ein verfluchter Mist, echt." Hubert wirkte eher ärgerlich als besorgt.

„Verstehe ich nicht." Phillip versuchte sich zu konzentrieren. Der Zigarettenqualm benebelte seine Sinne. „Ist das nicht gut für dich? Er hat uns nur Ärger gemacht. Jetzt steht dem Abriss des Hauses nichts mehr im Wege. Und die alten Leutchen haben niemanden mehr, der sich für sie stark macht. Ist doch alles bestens."

„Oh Gott, Phillip, bist du eigentlich so blöd oder tust du nur so?" Mit diesen Worten zog er sich kurzfristig zurück, um die anderen Gäste wieder mit frischem Kölsch zu versorgen. Phillip dachte nach, jedoch gelang es ihm nicht, Huberts Problem zu erkennen.

Christoph war ein Querulant gewesen, ein Arschloch, der Phillip des Öfteren die Tür vor der Nase zugeschlagen hatte. Und er hatte ihn, Phillip, beleidigt, übel beschimpft und bedroht. Und nun war er tot. Ermordet. Wer tut so was?

Oh, verdammt, die Polizei, sie wird Fragen stellen, sie werden natürlich ermitteln. Jetzt weiß ich, was Hubert meint. Wir könnten ein Problem haben. Aber eigentlich glaubte er es nicht. *Was interessieren sich die Bullen für irgendwelche gefälschten Gutachten?*

„Mach dir keine Sorgen, Hubert", sagte er, als dieser wieder zu ihm getreten war. „Es ist nur noch eine Frage der Zeit, und wie du siehst", er prostete Hubert mit seinem Kölsch zu, „lösen sich die Probleme meist ganz von selbst."

*

Molly war sich durchaus bewusst, dass sie mit ihrem Vehikel und der Art, wie sie sich kleidete, in einer spießigen Kleinstadt wie Heiligenburg auffallen würde. Allerdings traf das Wort spießig nicht exakt des Pudels wahren Kern.

Engstirnig oder verschlossen allem Fremden gegenüber wäre wohl in ihren Augen die bessere Wahl gewesen.

An dem Tag, als sie Heiligenburg vor über vierzig Jahren verlassen hatte, da hatte sie sich geschworen, nie wieder einen Fuß in dieses Haus zu setzen.

Doch auf wundersame Weise hatte sich ihr Wohnmobil plötzlich selbstständig gemacht und zog mit knatterndem Motorengeräusch wieder und wieder an dem Gasthaus vorbei. Es war nicht sie, die den Wagen steuerte, das war ihr bewusst. Es waren die Geister der Vergangenheit, die das Steuer übernommen und Kontrolle über ihren Körper ergriffen hatten. Eigenartigerweise ließ sie es geschehen.

Sie erkannte die vielen kleinen, doch tiefgreifenden Veränderungen, als sie neugierig und zu ihrer Verwunderung keineswegs ängstlich durch den ehemaligen Garten das Haus betrat. Der dichte Rauch verhüllte wie ein Schleier den Raum. Lärmende Geschwätzigkeit begrüßte sie. Eine andere Zeit, eine vergangene Welt lag vor ihr. Sie war plötzlich wieder sieben Jahre alt. „Josefine", sie erkannte die strenge Stimme ihrer geliebten Großmutter. „Josefine. Komm zu mir. Wie schaust du denn wieder aus?" Molly lächelte.

Warum ihre Eltern ihr diesen Namen gegeben hatten, war ihr schleierhaft. Alle nannten sie einfach nur Molly. Ihre Großmutter allerdings weigerte sich strikt, einen solch wenig schmeichelhaften und aus einem nicht besonders erfreulichen Grund entstandenen Namen zu gebrauchen. Es nützte nichts. Der Name Molly blieb, und als Eduard sie bei ihrem ersten Rendezvous in Stratford-upon-Avon nach ihrem Namen gefragt hatte, hatte sie für einen kurzen Moment gezögert. Wäre es nicht jetzt an der Zeit, ihre Identität zu ändern, ein ganz neues Leben zu beginnen, nicht mehr zurückzublicken?

Mein guter alter Eduard, dachte sie.

Er hatte sich ihr Zögern nicht erklären können, glaubte er doch, sie wolle ihm den Namen nicht verraten. Nie würde sie seinen dümmlichen Gesichtsausdruck vergessen und noch heute, nach so vielen Jahrzehnten, konnte sie herzlich darüber lachen.

„Mein Name ist Molly", hatte sie in ihrem unbeholfenen Englisch geantwortet und er hatte glücklich ihre Hände in seine gelegt und gesagt: „Wonderful, ein wunderbarer Name."

Ein lautes Klirren brachte Molly wieder zurück in die Gegenwart, ein Glas war wohl zu Bruch gegangen und zwang sie, sich dem lebhaften Treiben in der Wirtsstube zu stellen.

Sie ließ ihren Blick umherschweifen und erfasste sehr schnell, dass es nur im vorderen Bereich, in dem auch die Theke stand, derart turbulent und lärmend zuging, der hintere Teil der Gaststätte war fast leer. Erleichtert lenkte sie ihre Schritte dorthin, um an einem der letzten Tische Platz zu nehmen. Versonnen betrachtete Molly das zum vorwiegenden Teil noch alte rustikale Mobiliar der Großeltern. Nur wenig hatte sich verändert.

Auch wenn sie nicht mehr so viele gute Erinnerungen an diesen Ort hatte, so fühlte sie sich urplötzlich wieder auf eine merkwürdige Weise heimisch.

„Was darf ich Ihnen zu so später Stunde noch bringen, Gnädigste?“, unterbrach eine etwas gereizte Stimme Mollys Gedankengänge. Sie schaute in das Gesicht eines sehr gut aussehenden Mannes mittleren Alters, der sie leicht spöttisch von oben bis unten taxierte.

Etwas unverschämt, der Herr, dachte Molly. *Aber irgendwie kommt er mir bekannt vor.*

„Ich muss Sie darauf hinweisen, dass die Küche in wenigen Minuten schließt, wenn Sie also noch etwas bestellen wollen?“

„Kartoffelsalat!“, kam es Molly spontan in den Sinn. „Das war eine Spezialität meiner Großmutter, als sie hier im Steinhof noch ihr strenges Regiment führte. Die Leute kamen von weit her, um ihren frisch zubereiteten Kartoffelsalat mit Schnitzeln zu genießen.“

Die Miene ihres Gegenübers nahm einen reichlich verblüfften Ausdruck an. „Sie sind mit meiner Großmutter Alma Stein verwandt?“, fragte er ungläubig.

Molly wusste im ersten Moment nicht, was sie sagen sollte, dann hatte sie eine Eingebung. Ihr Neffe Christoph, mit dem sie seit dem Tod ihres älteren Bruders gelegentlich korrespondierte, hatte ihr von ihrem „schrecklichen“ Cousin Hubert berichtet. Der einzige Bruder ihres Vaters, Erbe des Steinhofes, hatte kurz nach Mollys

„Flucht“ nach England vor langer Zeit doch noch den ersehnten Erben bekommen. Konnte es sein, dass dieser jetzt vor ihr stand? Sollte sie sich zu erkennen geben? Hatte Hubert eine Ahnung, wer sie war? Hundert Fragen schossen ihr durch den Kopf. Wie sollte sie sich verhalten? Am liebsten hätte sie ihm ihre Identität erst einmal verschwiegen, nun hatte sie sich ja leider selbst verraten, indem sie von ihrer Großmutter erzählte. So konnte er leicht eins und eins zusammenzählen.

Doch dazu kam es gar nicht, denn im vorderen Bereich der Gaststätte brach plötzlich ein Tumult los. Zwei junge, stark alkoholisierte männliche Gäste hatten eine heftige, lautstarke Auseinandersetzung, sodass Hubert augenblicklich Mollys Tisch den Rücken kehrte, um den beiden zu zeigen, wer hier der Herr im Hause war.

Bereit sein ist alles!, dachte Molly und nutzte die Gunst der Stunde, um sich heimlich durch die hintere Tür zum Biergarten zu verabschieden. Schade um den Kartoffelsalat, aber es wird sicher noch eine bessere Gelegenheit geben, sich mit diesem unangenehmen Zeitgenossen bekannt zu machen.

Er liebte dieses Land, diesen Ort, diese Menschen. *Ich hätte bleiben sollen,* dachte er. *Einfach bleiben sollen.* Hier in dieser Idylle mitten in dem kleinen englischen Ort Norton-on-Tees, nicht weit von der rauen Nordsee und der schottischen Grenze entfernt, fühlte er sich zuhause. Hier kam er zur Ruhe und konnte sich von seinem Beruf bei der Polizei erholen. Simons Blick wanderte über Norton Green, mit seinen um einen großen Teich gebauten typisch englischen Häuschen.

Die rote Telefonzelle stand immer noch am gleichen Platz, genau wie vor über zwanzig Jahren, als er zum ersten Mal in dieses hübsche Städtchen kam und er den schönsten Sommer seines Lebens verbrachte. Ganz am Ende der Green stand sie, die alte Kirche St. Mary the Virgin, mit den uralten Gräbern, die viele Geschichten zu erzählen hatten.

Am anderen Ende, gesäumt von hohen alten Bäumen, erstreckte sich die High Street mit den vielen Cafés, Geschäften und Pubs und ebenfalls wunderschönen Häusern, einige mit runden Erkern und in allen Farben gestrichenen und verzierten Holztüren. Gerade diese Eingangstüren faszinierten und erfreuten ihn. Alle waren sie unterschiedlich und trotzdem passte alles so wunderbar zusammen. Sein größter Traum war es einmal gewesen, eins von diesen Häusern zu besitzen, als er jung war und verliebt, verliebt in Catherine.

Das Klingeln seines Mobiltelefons holte ihn aus seinen sentimentalen Erinnerungen zurück in die Gegenwart, und als er die Nummer des Dezernats in Heiligenburg erkannte, zu dem er nach über fünf Jahren Auslandsdienst wieder als Hauptkommissar zurückkehren würde, zögerte er. *Mist, nicht einmal im Urlaub lassen sie mich in Frieden,* dachte er verdrießlich, doch sein Pflichtbewusstsein, in mehr als zwanzig Jahre Polizeiarbeit verinnerlicht, ließ sich nicht so einfach abschütteln.

„Simon, bist du es?" Die Stimme am anderen Ende der Leitung klang verzerrt. Sie gehörte Oberkommissar Reiser, seinem zukünftigen Partner im KK1. Anfang vierzig und unverheiratet, wohnte dieser tatsächlich noch bei seiner Mutter.

Im Widerspruch dazu, auch wenn zugegebenerweise das eine mit dem anderen nicht zwingend etwas damit zu tun hatte, spielte er im Job den knallharten Bullen.

Diese Tatsache machte es nicht immer einfach, mit ihm zusammenzuarbeiten. Aber Simon wusste, auf Reiser war Verlass. Er war ein guter Polizist, das hatte er in den früheren Jahren, bevor sich Simon ins Ausland hatte versetzen lassen, oft bewiesen. Damals arbeiteten sie zwar nicht in einer Abteilung, dennoch hatten sich bei dem einen oder anderen Fall ihre Wege gekreuzt.

„Hallo, kannst du mich hören?"

„Ja doch, ich hör dich, Reiser. Was ist denn los?"

„Mord, Simon. Wir haben einen Mord. Bist du noch dran?"

„Ja, Reiser, ich bin hier." Wehmütig schweifte sein Blick über den kleinen Teich. Er beobachtete zwei Kinder, ein Mädchen und einen Jungen, die freudig die Enten mit Brotkrumen fütterten.

Bei der ersten Dienstbesprechung hatte er seiner Dienststelle KK1 strikte Anweisungen gegeben, ihn nur aus dem Urlaub zurückzubeordern, falls das Gebäude brennen sollte oder, was in diesem Bezirk zum Glück eher selten vorkam, ein Mord geschehen war. Doch genau das war geschehen. Simon Hachenberg, neuer Hauptkommissar aus Heiligenburg, befand sich gerade einmal seit achtundvierzig Stunden im Urlaub.

Der Flug LH 771 aus Newcastle nach Düsseldorf hatte Verspätung. Eine Stunde später als vorgesehen, jedoch leider eine Woche zu früh, trat Simon seinen Rückflug nach Deutschland an. Seinen nostalgischen, in Erinnerungen schwelgenden Urlaub musste er erst mal bis auf weiteres verschieben.

So viele Jahre war er nicht dort gewesen.

Warum habe ich eigentlich so lange gewartet?, fragte er sich jetzt und wusste eigentlich die Antwort, schon bevor er sich die Frage gestellt hatte. Zu schmerzhaft waren diese Erinnerungen, wenn er an Catherine dachte, an die glückliche Zeit, die sie zusammen verbracht, und die Pläne für eine gemeinsame Zukunft, die sie zusammen geschmiedet hatten.

Eine hübsche Stewardess begrüßte ihn mit einem freundlichen Lächeln an Bord der Maschine und Simon schlängelte sich durch den engen Gang zu seinem Platz im hinteren Bereich des Flugzeuges, was immer aufs Neue ein schwieriges Unterfangen bedeutete mit seinen fast 1,95 m und seinem massiven Körperbau.

Mit Erleichterung stellte er fest, dass sein Platz neben ihm frei bleiben würde und er beschloss, ruhig und entspannt den Rückflug zu genießen. Es nützte ja nichts, sich aufzuregen.

Er wusste, dass eine Menge Arbeit auf ihn wartete und er konnte natürlich nicht behaupten, dass er sich auf die Aufgabe freute.

Mord war schließlich keine erfreuliche Angelegenheit, aber sein beruflicher Ehrgeiz war geweckt und deshalb sah er dem Abbruch seines Urlaubs gelassen entgegen.

Und vielleicht war es Schicksal, wie alles im Leben, sinnierte er, dass er jetzt nicht im Flieger nach London saß, um am folgenden Abend Catherine auf der Bühne zu bewundern – als eine der erfolgreichsten britischen Schauspielerinnen, die es sogar bis nach Hollywood geschafft hatte, seine kleine Catherine, mit den rotblonden Haaren, dem hellen Teint und den lustigen Sommersprossen auf ihrer Stubsnase –, sondern dass dieses Flugzeug ihn nach Hause flog, zurück in sein Leben, zu seiner neuen Arbeit. Und zu seinem Sohn Julian.

Zu unser beider Sohn, Cath, dachte er, *den du bei mir zurückgelassen hast, um eine Karriere in der großen weiten Welt anzustreben.*

Das Flugzeug startete mit dröhnenden Triebwerken Richtung Heimat, und Simon blickte durch das kleine Fenster hinunter auf das sich immer weiter entfernende Land, in dem seine Vergangenheit lag und seine große Liebe, die er niemals vergessen konnte.

Als er Julian nach so vielen Jahren das erste Mal wiedergesehen hatte, hatte er ihn so stark an sie erinnert, dass ihm bei ihrem Wiedersehen kein Wort über die Lippen gekommen war und er ihn sprachlos angestarrt hatte. Er hatte ihre Locken, ihre Augen und die Nase inklusive der Sommersprossen von ihr geerbt, seine Augen sprühten und er konnte die Abneigung spüren, die Julian ihm entgegenbrachte. Dies konnte er ihm nicht verdenken. Auch er, sein Daddy, ließ ihn im Stich. Völlig überfordert wälzte er die Verantwortung auf seine Eltern ab und bat sie, den Jungen großzuziehen. Sie haben ihn geprägt und sie stillten seine Tränen im Schmerz um den Verlust seiner geliebten Mummy, die vor fast zwanzig Jahren von einem auf den anderen Tag aus seinem Leben verschwunden war.

„Kann ich Ihnen etwas anbieten?" Die hübsche Stewardess lächelte ihn an. „Kaffee oder Tee oder lieber ein kaltes Getränk?"

Simon, noch ganz in Gedanken versunken, erwiderte das Lächeln. Er wusste, dass er ein sogenannter Frauentyp war und ganz passabel ausschaute, wie ihm ständig jemand unter die Nase rieb. Im nächsten Monat würde er vierundvierzig sein, ein Mann im besten Alter, zu jung, um ewig alleine zu sein, hatte seine Mutter noch letzte Woche zu ihm gesagt.

„Schließe das Kapitel mit ihr endlich einmal ab", meinte sie, „und verliebe dich neu. Kann doch nicht so schwer sein?" War er deshalb nach England gereist, um endgültig einen Schlussstrich zu ziehen?

Simon hatte es sich nie anmerken lassen, wie verletzt er war, und er hatte über Catherine nie ein schlechtes Wort gesagt, zu niemandem. Als Julian klein war, sprach er oft mit ihm über seine Mummy, die ihn, auch wenn sie nicht zu ihm kommen könnte, trotzdem ganz lieb hätte.

Natürlich hatte Julian tausend Fragen gehabt und alle führten immer zu dieser einen Frage: „Warum kann Mummy nicht kommen?"

Simon ahnte, dass es ihr nicht leichtgefallen sein konnte, denn die ersten zwei Jahre, die sie mit Julian verbracht hatte, waren zärtlich und voller Liebe gewesen. Sie war eine wunderbare Mutter, auch wenn sie immer ein wenig abwesend erschien, kümmerte sie sich hingebungsvoll um Julian. *Und doch ... Sie hat uns verlassen.* Und nie mehr zurückgeschaut, es gab nur einen Brief, in dem sie ihm erklärte, dass sie ihren großen Traum verwirklichen wollte, dass es in diesem Leben keinen Platz für ihn und Julian gab und es für Julian besser wäre, wenn sie aus seinem Leben verschwinden würde. Sie wollte sich auch nicht ab und an einmal melden, um die Wunden nicht jedes Mal wieder aufzureißen. Und dann hatte auch er Julian verlassen.

Wie sehr musste sein Sohn ihn verabscheuen. Wie sehr musste er gelitten haben. Simon verabscheute sich am meisten selber. Er war ein Feigling gewesen und hatte sich in seinem Schmerz gesuhlt und verkrochen.

Simon spürte, wie sein Magen rebellierte. Nach all diesen Jahren, die vergangen waren, schmerzte es nicht mehr wie am ersten Tag und dennoch fühlte er sich jedes Mal erbärmlich, wenn er an diese Zeit zurückdachte.

Catherine Bryan-Hachenberg, warum hast du mir das angetan?

Die Antwort kannte er natürlich, ihre großartige Karriere hatte er über viele Jahre hinweg verfolgt. Sie war schon als junges Mädchen äußerst talentiert gewesen, hatte alle Hauptrollen im Schultheater gespielt und sich die eine oder andere kleine Rolle in Fernsehserien und in der Werbung ergattert. Sie war ein wildes junges Mädchen, das den großen Traum träumte, einmal eine berühmte Schauspielerin zu werden.

Und dann traf sie ihn. In diesem Sommer wurde Simon Hachenberg einundzwanzig. Direkt nach dem Abitur musste er zum Wehrdienst. Er wollte keinen, wie so viele seiner Kumpels in dieser Zeit, Zivildienst absolvieren, denn für ihn stand es fest, dass er einmal Polizist werden würde, und die Ausbildung beim Bund war fast wie eine Eintrittskarte für die Polizeischule. Seine Eltern, das wusste er, waren nicht sonderlich erbaut von seiner Idee, zur Polizei zu gehen. Seine Mutter, ängstlich besorgt um ihn, er könne ja erschossen werden, versuchte es ihm auszureden und sein Vater erklärte ihm, dass es noch viele andere interessante Berufe gäbe, er solle sich nicht sofort festlegen. Er schlug ihm vor, ein Jahr in England zu verbringen, er hätte dort einen Freund, der bei einer großen Chemiefirma in Billingham arbeiten würde und er könne ihn dort als Praktikant unterbringen. „Dann könntest du die Sprache lernen, richtig lernen", meinte sein Vater, und Simon willigte ein, denn er sagte sich: Ein Jahr früher oder später auf die Polizeischule, was soll's?

Natürlich hatte er dies gegenüber seinen Eltern mit keinem Wort erwähnt. Für ihn hatte nach wie vor festgestanden: Er würde Polizist werden.

Die Stimme des Piloten mit der Ankündigung der baldigen Landung in Düsseldorf brachte ihn zurück in die Gegenwart und mit gemischten Gefühlen verließ er das Flugzeug und ging Richtung Terminal.

Er erwartete niemanden, doch als er Julian am Ausgang entdeckte, schlug sein Herz schneller. Julians hochgewachsene Statur und seine blonden Haare waren schon von Weitem sichtbar und Simon winkte seinem Sohn zaghaft zu.

„Schön, dass du mich abholen konntest, und das auch noch so früh am Tag." Er wusste, dass Julian an einem Sonntag ein ausgesprochener Langschläfer war.

„Anweisung von Oberkommissar Reiser", antwortete Julian mit gleichgültiger Stimme. „Als Praktikant muss man leider auch Dinge erledigen, die einem nicht so gut gefallen."

Das saß.

Wortlos verließen sie das Flughafengebäude. Simon begriff nicht, wie seine Mutter auf die Idee gekommen und der Meinung war, er solle sich nun endlich einmal um seinen Sohn kümmern und Julian sollte sogar bei ihm wohnen. Sie wäre jetzt zu alt dafür und sie wolle sich in ihrem Alter anderen Dingen zuwenden. Genau so hatte sie ihm das gesagt.

Also hatte Julian drei Wochen zuvor mit Sack und Pack vor seiner Wohnung gestanden, in die auch er gerade erst wieder neu in Heiligenburg gezogen war, und hatte es sich im Gästezimmer bequem gemacht. Aus seiner Abneigung seinem Vater gegenüber machte er keinen Hehl und sprach nur das Allernötigste mit ihm.

Simon hegte den Verdacht, dass sein Sohn aus reiner Bequemlichkeit das Dach mit ihm teilen würde und er aus diesem Grund keinerlei Widerstand erkennen ließ.

Als seine Mutter Simon eines Tages erzählte, dass Julian sich als Praktikant bei der Polizei beworben hatte, war er überrascht und es zeigte ihm wieder nur einmal, wie wenig er seinen Sohn kannte. In seinen Vorstellungen sah er Julian eher als Lehrer oder Künstler, und wenn er ehrlich sein sollte, erfreute ihn diese Mitteilung, denn es gab ihm das Gefühl, seinem Sohn ein kleines bisschen näherzukommen. Glücklich hatte er sich eine Zukunft ausgemalt, die Vater und Sohn verbinden würde, wenn auch erst einmal nur rein beruflich.

Er wusste, dass er seinen Fehler nie wiedergutmachen konnte, aber er hoffte, dass sie eines Tages vielleicht Freunde werden könnten. Ein Blick in Julians Gesicht zeigte ihm, wie fern dieser Tag noch war.

„Reiser erzählte mir, dass der tote Junge ein Freund von dir war. Stimmt das?“, versuchte er das Gespräch in Gang zu bringen.

„Ja. Die Geschichte hat mich voll umgehauen.“ Der Ausdruck seines Gesichtes zeigte tiefe Betroffenheit. „Ich will bei den Ermittlungen dabei sein“, sagte er bestimmt und schien es tatsächlich ernst zu meinen.

„Jule, das ist noch eine Nummer zu groß für dich.“ Simon schüttelte den Kopf. „Wir reden hier von Mord, Jule, das schlimmste Verbrechen überhaupt.“

„Das hier war ein Kumpel von mir, ich will wissen, wer das getan hat und ich will helfen, den Mörder zu fassen.“ Entschlossenheit stand in Julians Gesicht, und Simon ahnte, dass er auf eigene Faust ermitteln würde, deshalb beschloss er, ihn unter seiner Kontrolle an den Ermittlungen teilhaben zu lassen.

„Okay, Jule, ich werde sehen, was ich machen kann, allerdings tust du das, was ich und Reiser dir sagen. Keine Alleingänge, haben wir uns verstanden?“

Julian nickte nur wortlos und marschierte Richtung Parkdeck, ohne sich weiter um seinen Vater zu kümmern.

Simon seufzte und ergab sich seinem Schicksal. *Vielleicht ist es genau das, was wir brauchen. Wir müssen uns erst einmal richtig kennenlernen.*

„Also gut, als erstes fahren wir nach Hause, ich brauche dringend eine Dusche und dann rufe ich Reiser an. Und Julian, tu mir einen Gefallen", sagte Simon, als sie ins Auto stiegen, „du weißt, wenn wir zusammenarbeiten wollen, bedeutet das, dass ich das Sagen habe und ...", er machte eine kleine Pause, „... wir müssen miteinander kommunizieren, verstehst du das?"

Er sah förmlich, wie die Gedanken in Julians Kopf rasten und wie er mit sich kämpfte. Simon wusste, dass er viel riskierte und hoch pokerte, doch er hoffte, dass sich der Einsatz lohnen würde.

Keiner der beiden senkte den Blick. Sie waren beide auf Augenhöhe und sie starrten sich sekundenlang abwartend an. Dann, völlig unerwartet für Simon, lächelte Julian und sagte in einem fast freundlichen Ton:

„He Dad, wie war eigentlich dein Trip? Wirst du, wenn der Fall gelöst ist, deinen Urlaub in Good old England fortsetzen? Aber Mum wolltest du nicht besuchen, oder?"

Simon konnte seine Überraschung nicht verbergen. Er hatte Julian nicht in seine Pläne eingeweiht, hatte ihm nur erzählt, dass er ein paar Freunde von früher besuchen wollte, mehr nicht.

Julian hatte nichts weiter dazu gesagt, trotzdem sich allem Anschein nach so seine Gedanken gemacht.

„Sie verdient es nicht, dass du ihr nachweinst, Dad." Bitterkeit floss in Julians Stimme mit. „Ich tue es ja auch nicht, sie gehört nicht mehr zu unserem Leben, sie ist jetzt reich und berühmt."

Die Sonne schien grell durch die Fenster des FitnessStudios und offenbarte den ganzen Dreck und die Schmiere, die der viele Regen an den Scheiben hinterlassen hatte. Die vergangene Nacht hatte es in Strömen geregnet, Pfützen säumten die Straßen und die Luft fühlte sich feucht und drückend an. Das Studio BFit lag in einem kleinen Gewerbegebiet von Heiligenburg umgeben von hässlichen dreigeschossigen Wohnhäusern, die unmittelbar an den Gierather Wald grenzten.

Dieter Hoffstedt war besorgt. Als er seine Sorgen seinem Bruder Rainer mitteilte, winkte dieser nur genervt ab.

„Mensch, Dieter, du siehst wieder Gespenster, hier läuft nichts. Rein gar nichts. Das würde ich schon mitbekommen. Mach dir mal nicht so viele Gedanken." Rainer ließ ihn im Büro im hinteren Teil des Fitness-Studios stehen und verschwand im Trainingsbereich. Sein Bruder dachte nur ans Geld. Sie konnten es sich nicht leisten, wertvolle Mitglieder zu verlieren.

„Du weißt, dass wir die Jungs rausschmeißen müssen, wenn sie diesen Dreck nehmen. Und ich bin mir ziemlich sicher, dass hier was läuft", hatte er zu seinem Bruder gesagt, allerdings hatte dieser nichts davon wissen wollen und nur gemeint:

„Sie trainieren hart, vielleicht nehmen einige Eiweißpulver, da ist wirklich nichts dabei. Und wenn es Probleme gäbe, die lösen sich meist von alleine."

Doch, verdammt noch mal, Dieter wusste, dass den Jungs das irgendwann nicht mehr reichen würde. Früher oder später werden sie ungeduldig, weil ihre Muskeln nicht mehr weiter wachsen, und dann probieren sie es aus. Ja, er wusste, wovon er sprach, weil er diesen Unsinn selber praktiziert hatte, damals in den 80er-Jahren in seinem alten Viertel Köln Kalk, wo er und sein Bruder aufgewachsen waren.

Er hatte Glück gehabt. Irgendwann kam einer ins Jugendzentrum, ein ehemaliger Bodybuilder, der aussah wie ein Wrack, zeigte ihnen Bilder und Filme und erzählte ihnen schreckliche Geschichten über Anabolika, wie das Zeug seinen Körper fertiggemacht hätte, dass die Haut auf Dauer Risse bekommen hätte und dann aufplatzt sei. Und er erzählte ihnen von den anderen Nebenwirkungen, wie Impotenz, Krebs und Depressionen. Den meisten im Zentrum war es egal gewesen, was der Typ zu berichten hatte, aber Dieter hatte es mit der Angst zu tun bekommen und die Finger davon gelassen.

Er wusste, dass der Wunsch, dabei zu sein, so stark war, dass viele ihre Bedenken einfach über Bord warfen. Sie steckten ihren Kopf im wahrsten Sinne in den Sand.

Dieter folgte seinem Bruder und gelangte in das Herzstück des Fitness-Studios. Im letzten Jahr hatten sie etliche tausend Euro in neue Geräte investiert, die Kredite mussten abbezahlt werden. Die Schulden erdrückten sie, vielleicht hatte Rainer ja doch recht, wahrscheinlich sah er nur Gespenster.

Aber, dachte er missmutig, *ich werde ein wachsames Auge auf ein paar Jungs haben, die mir verdächtig vorkommen.*

Chris war einer von ihnen. Seine Muskeln waren in den letzten Monaten regelrecht explodiert. Sie konnten es sich nicht leisten, in irgendeiner Form mit Anabolika in Verbindung gebracht zu werden. Das würde dem guten Ruf, den das BFit genoss, schaden und in eine finanzielle Katastrophe führen und das würde er niemals zulassen.

Ich werde mit ihm sprechen. Er wird es leugnen, wird sein breites Lächeln im Gesicht zeigen und voller Spott sagen: Nein, Dieter, so etwas nehme ich nicht, Kumpel. Du musst doch wissen, wie viel ich hier trainiere.

Ja, im Leugnen waren sie stark. Er erreichte die kleine Theke, die sie in der Mitte des Fitness-Bereiches platziert hatten, um die Durstigen während des Trainings mit Getränken zu versorgen. Auf der Theke stand eine kleine bunte Schale gefüllt mit frischem Obst, ein kostenloser Service, den die Sportler gerne in Anspruch nahmen.

Dieter lächelte, als er die Schnabelspuren in einem der Äpfel entdeckte. Er sah sich nach dem Missetäter um und entdeckte ihn schließlich in der großen Palme am Eingangsbereich. Als ob Bandit seinen Blick gespürt hätte, flog er im Sturzflug auf ihn zu, setzte sich auf seine Schulter und zwickte ihn leicht ins Ohr. Eigentlich war es Rainer gewesen, der den Vogel angeschafft hatte, jedoch sein Interesse an Bandit war schnell vergangen. Also übernahm er die Fürsorge und Pflege des Kakadus, der im Laufe der vergangenen Jahre zum Maskottchen des Studios geworden war.

Annabell, die an fast jedem Wochenende den Dienst übernahm, nickte ihm zu, als sie ihn sah, ein leichtes Lächeln umspielte ihren Mund.

„Ah, Hallo Dieter. Gut, dass du kommst. Hast du Zeit für eine Trainings-Einführung? Ich habe, wie du siehst, alle Hände voll zu tun. Das nette Pärchen dort drüben“, sie schaute in Richtung Eingang und er folgte ihrem Blick, „würde gerne einmal zur Probe trainieren.“

„Nötig hätten sie es ja“, sagte Dieter leise und erwiderte ihr Lächeln.

„Ja, da könntest du recht haben“, stimmte Annabell fröhlich zu, doch plötzlich verschwand ihr Lächeln und ihr Gesicht wurde ernst.

„Hat Rainer es dir schon erzählt? Das von Chris?“

„Was soll er mir erzählt haben?“ Dieter blickte alarmiert auf.

„Nein, er hat mir nichts gesagt. Was ist mit Chris?“

„Sebi hat ihn gestern Abend tot in seiner Garage gefunden, vermutlich eine Überdosis, keine Ahnung. Ich wusste gar nicht, dass er auf Drogen war.“ Dieter schaute sie entsetzt an. „Sebi war gestern so durch den Wind, dass er sogar Enzo, den Wurm, bezichtigt hat, Chris das Zeug verkauft zu haben. Weißt du etwas davon? Ich blicke da nicht mehr durch.“

Oh, mein Gott, dachte Dieter bestürzt. *Chris tot. An einer Überdosis gestorben. Ist doch klar, dass die jetzt zu uns kommen, die Bullen. Ich ahnte, dass da was nicht stimmt und Rainer ... Hat er das alles gewusst? Und warum hat er mir den Tod von Chris verheimlicht?*

„Sebi wird heute verhört, und dann knöpfen sie sich Enzo bestimmt auch vor.“ Annabell schien gelassen. „Und schau, da kommt die Kripo ja schon.“ Sie lächelte, als sie Julian erblickte, der gerade zur Tür hereinkam. Dieter schaute grimmig, war jedoch erleichtert, als er Julian erkannte, nickte ihm zu und ging, um nach seinem Bruder zu suchen.

Julian Bryan-Hachenberg war nicht im Geringsten erstaunt über den regen Betrieb und die vielen sporthungrigen Menschen, die sich heute hier aufhielten.

Der Geruch von Schweiß gemischt mit Desinfektionsmittel schlug ihm entgegen und im ersten Moment war er angewidert, doch sobald er die Tür hinter sich geschlossen hatte, befand er sich in einer anderen Welt, in einer Welt, in der viele Frauen und Männer von wohlproportionierten, durchtrainierten und schlanken Körpern träumten.

Zielstrebig marschierte Julian an Laufbändern, Steppern und Ergometern vorbei, an denen sich die schwitzenden Gäste abmühten. Er wollte in die im hinteren Teil gelegene Hantel-Ecke des FitnessStudios. Einige der Gäste grüßten ihn freundlich.

Julian, selbst ein eher schmächtiger, schlaksiger und recht hochgewachsener Junge, fand es ungemein faszinierend, wie viele verschiedene Charaktere von Menschen sich aus den unterschiedlichsten Gründen in der liebevoll genannten „Muckibude" abrackerten.

Bandit begrüßte ihn auf seine wie immer recht charmante Art und Weise, indem er ähnlich wie ein Kamikaze-Flieger kreischend auf ihn zuflog, um in letzter Sekunde die zu erwartende Kollision mit flatternden Flügeln abzuwenden.

„Der Herr Kommissar persönlich? So früh schon aus dem Bett gefallen?" Ironie lag in Annabells Stimme, denn kaum einer der jungen Leute ließ sich sonntags vor dem Mittag blicken.

„Ich weiß, ich musste meinen Vater vom Flughafen abholen." Julian war noch ziemlich verschlafen und gähnte lauthals. „Du weißt das schon, das mit Chris?"

„Allerdings, dafür hat Sebi gestern Abend schon gesorgt."

„Ach ja, wie das denn?" Julians Neugierde war geweckt. Er wollte unbedingt an diesem Fall mitarbeiten und hier im Fitness-Studio wäre der ideale Ort, mit den Ermittlungen zu beginnen.

Annabell erzählte ihm in kurzen präzisen Sätzen von den Geschehnissen im „Leonardo" am gestrigen Abend. Julian war verwirrt und fragte nach:

„Bist du dir sicher, dass Sebi von Drogen gesprochen hat?" Annabell überlegte kurz.

„Er hat nur gesagt, dass Enzo ihm irgendetwas verkauft hätte, was, hat er nicht erwähnt, aber ich gehe mal von Drogen aus. Was sollte es denn sonst sein?" Annabell lehnte sich zu ihm hinüber. „Hoffentlich buchten die den kleinen Wurm jetzt ein", flüsterte sie, „ich mag ihn kein bisschen, schleicht sich immer so heimlich an dich ran, und es wundert mich auch gar nicht, dass er dealt. Passt irgendwie zu ihm." Sie verzog ihren hübschen Mund und schüttelte sich, so als ob sie sich ekeln würde.

Julian wunderte sich über Annabells heftige Reaktion.

„Na, hundertprozentig wissen wir das noch nicht, Annabell, bis jetzt sind das nur Vermutungen und die Aussage von Sebi scheint auch nicht gerade aufschlussreich zu sein."

„Ja, ich weiß, aber die Prügel hat er auf jeden Fall verdient. Sebi hat ihm voll eine verpasst. Ich hätte es nicht besser machen können." Bei diesen Worten grinste sie Julian an. „Ich weiß, du willst so was nicht hören, Julian. Du bist ja einer von den Guten." Julian sah sie neugierig an.

Flirtet sie etwa mit mir?, dachte er entgeistert. *Sie ist so wunderhübsch und bei allen Männern äußerst begehrt, dass ich mir kaum vorstellen kann, sie wäre an mir interessiert.*

Julian verkniff sich jeglichen Kommentar und montierte mit ruhiger Hand die Eisenscheiben auf die Stange. Er war eher der stille Typ, der mit seinem etwas schrägen Humor bei seinen TrainingKumpels sehr beliebt war. Die Mädels sagten immer, er wäre süß, was in seinen Augen nicht gerade das bevorzugte Adjektiv in Bezug auf seine Person war.

Es war schon eine ganze Weile her, als er das letzte Mal mit einem Mädchen ausgegangen war. Trotzdem hatte er Annabell irgendwie nie in Betracht gezogen. Zu hübsch, zu verwöhnt und zu reich. Sie erinnerte ihn sehr an seine Mutter. *Diese Art von*

Frauen verführen, wickeln dich ein, um dich dann anschließend wie Müll zu entsorgen. Niemals würde er sich auf so etwas einlassen.

Aber das hier war etwas anderes. Er benötigte Informationen von Annabell. Sonst nichts. Also lächelte er freundlich zurück und bemerkte wie beiläufig:

„Du doch auch, oder?"

Enzo war spät dran. Aber er hatte seiner Mutter versprochen, noch mit Jackie eine Runde durch den Wald zu laufen, wie jeden Tag zur gleichen Zeit, auch bei diesem Mistwetter, da kannte sie kein Pardon. „Sie wird fett", pflegte seine Mutter zu sagen, „und ich will keinen fetten Hund." Also streifte er seine Regenjacke über, denn seiner Mama etwas abzuschlagen, war schier unmöglich. Eher schneite es im Juli, als dass er sich dies trauen würde.

Er rief den Hund zu sich und beide marschierten in Richtung Gierather Wald, ein kleiner dichtbewachsener Mischwald direkt vor ihrer Haustür. Bei schönem Wetter traf man immer jemanden an.

Doch heute werde ich den Wald wohl für mich alleine haben, dachte sich Enzo, schloss den Anorak und zog die Kapuze tiefer in die Stirn.

Es regnete in Strömen. Pfützen bildeten sich im matschigen Waldboden. Der Schlamm erschwerte das Gehen und Jackie war schon nach wenigen Minuten völlig durchnässt und verdreckt. Enzo wählte stets die gleiche Strecke, für Experimente blieb keine Zeit.

Links vom Weg standen hohe Fichten, auf der rechten Seite wuchsen Laubbäume. Er überquerte die erste Gabelung und lief weiter den kleinen Bach entlang, der wiederum in einem Tümpel endete.

Erschrocken zuckte Enzo zusammen, als er plötzlich ein Geräusch wahrnahm. War das ein Knacken im Unterholz gewesen? Hastig zerrte er die Kapuze vom Kopf und horchte. Doch er hörte nichts außer dem prasselnden Regen und den raschelnden Blättern im Wind. Und dennoch hatte er schlagartig das Gefühl, nicht mehr allein zu sein.

Vielleicht gibt's ja noch mehr so Verrückte wie uns, versuchte er sich selbst zu beruhigen und stampfte weiter durch den aufgeweichten Boden, vorbei an dem Grillplatz mit dem kleinen Holzhäuschen, der bei schönem Wetter ein beliebtes Ausflugsziel war. Heute lag die Hütte einsam und verlassen dort.

Er spürte die Unruhe, die Jackie gepackt hatte. Sie war nicht unbedingt ein Beschützer-Hund, eher ängstlich und sie lief so nah bei ihm, dass er fast über sie gestolpert wäre. Seltsamerweise schlug sein Herz wie rasend. Dieses Gefühl der Angst hatte er bis dahin nie gekannt. Die kleinen Härchen im Nacken stellten sich auf und seine Augen versuchten irgendeine Bewegung zwischen den Bäumen auszumachen. Der Regen war stärker geworden, das Wasser lief in Rinnsalen aus seinen langen Haaren über sein Gesicht, sodass sein Blick verschwommen war.

„Hallo?" Er kam sich ziemlich dumm vor, als er in den Wald rief: „Ist da jemand?"

Keine Antwort, nur das Rauschen der Bäume und das Plätschern des Regens. *Verflucht*, dachte er, *ich sehe schon Gespenster*, und setzte seinen Weg fort.

Jackie folgte geduckt und ohne große Begeisterung in geringem Abstand. Es war nicht mehr weit, nur noch ein paar Minuten, dann waren sie zuhause. Enzo freute sich auf eine warme Dusche und einen starken Espresso, allerdings so wie ihn die Italiener tranken. Die Deutschen hatten keinen blassen Schimmer, wie ein richtiger Espresso sein sollte. Das wässrige Zeug, das die Gäste von ihnen verlangten, war einfach nur widerlich.

Früher, als er klein war, wurde er immer von seiner Mama aufgezogen. Als Kind und auch heute noch hasste er die Tatsache, der Kleinste zu sein. Irgendwie dachte Mama wohl, sie könnte ihn damit aufmuntern oder trösten, deshalb sagte sie ständig: „Du bist wie ein richtiger Italiener, darauf kannst du stolz sein, denn ein richtiger Italiener ist wie ein Espresso: kurz und dunkel. Und stark." Dabei lachte sie immer ihr fröhliches Lachen und strich ihm über sein dunkles lockiges Haar.

Die Stärke, schmunzelte er innerlich, musste er sich weiterhin hart erarbeiten. Seine Mama konnte man eher mit einer Pizza vergleichen: rund und üppig, eine italienische Mama wie aus dem Bilderbuch. Die Gäste des „Leonardo" liebten sie. Seit sein Bruder das Weite gesucht hatte, war er ihr Ein und Alles. Ja, auch er liebte seine Mama.

Und ich liebe Annabell! Habe ich gestern den größten Fehler meines Lebens begangen?, fragte er sich. Enzo seufzte. *Verdammt, ich wünschte, ich hätte sie nicht angesprochen.*

Sie war so wütend gewesen, dass er schon dachte, sie wolle ihm die Augen auskratzen.

„Halt bloß die Klappe, du elender Mistkerl!", hatte sie ihn angeschrien, ihre Stimme sich überschlagend. „Sonst mache ich dich fertig. Was fällt dir eigentlich ein? Für wen hältst du dich?"

Er fühlte sich wie erschlagen. Und im nächsten Moment hielt sie inne, beugte sich zu ihm hinüber und flüsterte mit leiser Stimme in sein Ohr: „Oder soll ich der Polizei erzählen, was Klein Enzo für ein Hobby hat?"

Er war tief verletzt gewesen, doch seine Liebe zu ihr war so groß, er würde ihr alles verzeihen.

Meine schöne Annabell, schlank und blond, der Traum eines jeden Jungen. Unerreichbar. Sein Magen zog sich zusammen, als er an sie dachte. Und er musste immerzu an sie denken.

Wieder nahm er dieses seltsame Geräusch wahr, brechende Äste vielleicht. Voller Panik drehte er sich um und es schien ihm, im Dickicht eine Bewegung wahrgenommen zu haben.

Enzo beschleunigte seine Schritte, doch plötzlich stockte sein Atem und er hielt ruckartig inne. Fassungslos starrten seine Augen auf die großen gegenüberliegenden Eichen, diese drei wunderschönen riesigen Bäume mit den weit ausladenden knorrigen Ästen, die er schon so oft bei seinen Spaziergängen mit Jackie bewundert hatte. Jedes Mal hatte er sich gefragt, wie viele Jahre diese Riesen wohl schon auf dem Buckel hatten.

Was war das? Ungläubig erkannte er an der in der Mitte stehenden Eiche eine Schlinge, unter einem großen Ast stand ein niedriger Holzschemel.

Ein grässlicher Gedanke schoss ihm durch den Kopf.

Wie in diesen Wild West-Filmen, die ich mir als Kind immer so gerne angesehen habe, mit Bud Spencer und Terence Hill, die Italo Western natürlich, das waren die besten. Oder wie in „Spiel mir das Lied vom Tod". Ein Klassiker. Genauso.

Genauso wie in dem Gedicht, dem er keinerlei Bedeutung beigemessen hatte, als er es heute Morgen als Kurznachricht auf seinem Handy erhalten hatte. Wie sollte er auch?

Da treibt scheinbar jemand ein ganz albernes Spiel mit mir, dachte er ärgerlich. Das Seil schaukelte im Wind und Regen hin und her, als er neugierig ein paar Schritte auf den Baum zuging. Das ganze Szenario erschien ihm unwirklich.

Jetzt hörte er es ganz deutlich. Es war genau hinter ihm.

Enzo blieb ruckartig stehen und aus den Augenwinkeln erkannte er, wie sich Jackies Nackenhaare aufstellten und sich ihr Bellen ins Unermessliche steigerte.

Im gleichen Moment, als sich etwas um seinen Hals legte, eine unbeschreibliche Angst durch seinen Körper floss und er sich einnässte, wusste er, dass er sterben würde.

Das rot-weiße Absperrband flatterte im Wind auf und ab. Der Regen hatte etwas nachgelassen, doch von den Bäumen tropfte nach wie vor das Wasser auf den völlig durchweichten Boden. Zwischen dunklen Wolken lugte die Abendsonne hervor und tauchte den Ort in ein unwirkliches Licht.

Na klasse, dachte Reiser, als er sich angesichts der hohen Luftfeuchtigkeit leicht schnaufend dem Tatort näherte. Fußspuren würden hier wohl kaum zu finden sein. Er atmete tief ein. Es roch aromatisch nach Harz und frischer Erde.

Die Beamten des Erkennungsdienstes in ihren weißen Plastikanzügen bewegten sich wie in Zeitlupe. Jeder Zentimeter musste akribisch untersucht, jedes noch so scheinbar bedeutungslose Teil nicht nur fotografiert, sondern auch in eine gesonderte Beweismitteltüte eingepackt werden.

In dem Zelt, das aufgebaut wurde, um eventuellen Schaulustigen die Sicht zu nehmen und um weiteren Regen abzuhalten, lag der zweite tote junge Mann. Das Dezernat hatte Reiser schon telefonisch in groben Zügen den Sachverhalt geschildert. Es handelte sich um einen erhängten jungen Mann, zirka Mitte zwanzig, ausländischer Herkunft.

„Hallo Leute, habt ihr schon etwas Brauchbares?“, begrüßte er die Kollegen vor Ort.

„Ey, Rio, die Sonne geht auf an der Copacabana.“ Die Männer von der Spurensicherung lachten und amüsierten sich köstlich. „Aber, aber. Gib uns noch ein paar Stunden, denn so lange weilen wir noch nicht an diesem düsteren Ort.“

Im Hinblick auf den Grund ihrer Anwesenheit konnte Reiser die gute Laune seiner Kollegen kaum nachvollziehen. Er ignorierte die Anspielung auf seinen Namen und schaute sich um. Ein idyllischer Ort. Mystisch, entschied er. Wäre dort nicht gerade ein junger Mann gestorben, hätte ihm dieser Ort durchaus gefallen. Wie alt mögen diese riesigen Eichen mit ihren großen ausladenden knorrigen Ästen und der dicken Rinde wohl sein? Hundert Jahre, mehrere Hundert Jahre? Er hatte keine Ahnung, war aber durchaus beeindruckt.

„Hier ist es richtig zur Sache gegangen", meinte einer der Beamten. „Schau hier. Der Boden unter der Eiche mit der Leiche, hah, reimt sich sogar. Vielleicht sollte ich Dichter werden." Sein dümmliches Grinsen hätte Reiser ihm mit Vergnügen aus dem Gesicht gewischt. „Die Erde an dieser Stelle ist völlig aufgewühlt. Falls hier nicht eine Horde Wildschweine durchgerast ist, würde ich darauf tippen, dass der Junge sich nicht alleine aufgeknöpft hat."

„Irgendwelche brauchbaren Schuhabdrücke?", fragte Reiser.

„Nein, bis jetzt leider nicht. Der Regen hat ganze Arbeit geleistet. Da seine Kleidung nicht nur an der Hose, sondern überall Dreck aufweist, können wir eine Fremdeinwirkung nicht ganz ausschließen."

„Also Mord, kein Selbstmord?"

„Sieht ganz so aus. Es kann allerdings auch sein, dass der Kampf stattfand, um ihn vom Selbstmord abzubringen. Macht nur nicht viel Sinn. Erst versuchst du ihn abzuhalten und dann verpisst du dich doch noch? Wie du siehst, wir haben noch viel Arbeit vor uns."

„Ja, ja", knurrte Reiser, „wenn ihr etwas findet, sagt mir Bescheid. Ist die Rechtsmedizin eigentlich schon da?"

„Nee, die werden unterwegs sein."

„Und weißt du, wen sie schicken?"

„Willst du jemanden bestimmtes, Rio?", fragte ein Beamter mit einem unterdrückten Lächeln.

„Sehr witzig, Jungs, und lasst das gefälligst!"

Mittlerweile wussten alle im Kommissariat 1 um Reisers unerwiderte Zuneigung zur Rechtsmedizinerin Dr. Maike Gottburg. Einige Male hatte er sie gefragt, ob sie mit ihm ausgehen würde. Sie hatte stets irgendwelche fadenscheinigen Ausreden parat: zu viel Arbeit, zu wenig Schlaf, kranker Vater. Irgendetwas war immer und nach mehreren Versuchen hatte er es ganz aufgegeben. Und trotzdem glaubte er, dass sie ihn mochte, und er begriff nicht, warum sie ihn abwies. *Vielleicht sollte ich sie einfach einmal direkt darauf ansprechen*, überlegte Reiser, als er ihr Auto erkannte, das langsam den Waldweg heruntergefahren kam.

Als sie aus dem Wagen stieg, schlug sein Herz ein wenig schneller und er fragte sich schon zum hundertsten Mal, wieso er sich wie ein kleiner Junge fühlte, wenn er sie erblickte. Okay, sie war hübsch. Dennoch so etwas Besonderes nun auch wieder nicht, vielleicht sogar ein bisschen pummelig. Er konnte Bohnenstangen sowieso nicht leiden, dachte er und beobachtete Maike aus sicherer Entfernung, wie sie ihre Regenjacke auszog, ihr langes braunes Haar zu einem Pferdeschwanz band, den weißen Plastikanzug mit Kapuze und die Überzüge für die Schuhe überstülpte und sich in Richtung Absperrung und Zelt bewegte. Sobald sie ihn erblickte, hob sie kurz ihren Arm zum Gruß und verschwand im Zelt.

Für ein ausführliches Begrüßungsgeplänkel hatte sie keine Zeit übrig. Reiser dagegen, der im Grunde genommen keine Spur anders und anfänglich Fremden gegenüber äußerst mundfaul war, fühlte sich irgendwie übergangen.

Er wusste, dass er sie jetzt erst einmal nicht stören durfte und musste mit seinen Fragen bezüglich Todeszeit und Ursache warten, bis sie fertig war. Das konnte in der Regel mehrere Stunden dauern. Trotz alledem ging er, nachdem auch er sich mühsam einen Anzug übergezogen hatte, zum Zelt, um sich ein Bild zu machen.

„Ich will ihn mir nur kurz anschauen." Reiser hob abwehrend die Hände, bevor Maike überhaupt irgendetwas sagen konnte. „Keine Fragen, ich weiß."

Große grüne Augen in einem sommersprossigen Gesicht blickten ihn an und sie antwortete mit einem Lächeln in der Stimme:

„Hallo Reiser, du kannst ruhig bleiben, wenn du möchtest. Leitest du den Fall hier? Und wo ist Simon?"

Er konnte sein Glück nicht fassen. Dieses wunderbare Geschöpf sprach mit ihm und sie hatte ihn angelächelt. Reiser verschlug es kurzzeitig die Sprache. Doch dann erkannte er schmerzhaft, dass sie eigentlich keine Antworten auf ihre Fragen erwartete, denn sie widmete sich wieder konzentriert ihrer Arbeit.

Ein Beamter der Spurensicherung half ihr, den toten Jungen vollständig zu entkleiden. Reiser kannte diese notwendige Prozedur, um eventuelle Wunden oder irgendwelche anderen Auffälligkeiten zu entdecken.

Der schmächtige Körper des Jungen lag ausgestreckt auf einer Plane, die Strangulationsmarke am Hals war deutlich erkennbar, seine Augen in dem bleichen Gesicht waren weit geöffnet und sein langes dunkles Haar war nass und vollkommen verdreckt. Seine Nase, die ungewöhnlich groß im Gesicht wirkte, war blutverkrustet.

Es fiel Reiser immer noch schwer, solch einen Anblick zu ertragen. Er würde sich nie daran gewöhnen und der Gedanke an den qualvollen Tod, den dieser junge Mann erleiden musste, erfüllte ihn mit Trauer und Wut. Egal, ob es Selbstmord oder Mord war, beschissen war es alle Male, entschied Reiser und wandte sich ab.

„Eins kann ich auf jeden Fall schon einmal ausschließen." Maikes Stimme unterbrach seine Gedanken und er drehte sich erneut zu ihr hin. „Das war kein Selbstmord, eindeutig erdrosselt."

„Was veranlasst Sie zu dieser Annahme, verehrte Kollegin Gottburg?" Erfreut blickte sich Maike um und ihre Augen strahlten, als sie Simon erkannte, der lautlos das Zelt betreten hatte.

Reiser wusste, dass die zwei gute Freunde gewesen waren, bevor Simon seinen Dienst im Ausland angetreten hatte. Doch er hoffte inständig, dass es keine Liebesbeziehung zwischen den beiden gab und geben würde. Der Stachel der Eifersucht machte sich in seinem Herzen breit, als er Maikes Blick auffing. War sie in Simon verknallt und ging deshalb nicht mit ihm aus?

„Reiser." Simon nickte kurz in seine Richtung. „Was haben wir, Maike?"

„Die Sache ist ziemlich eindeutig. Tod durch Erdrosseln! Schau hier am Hals, die Marke verläuft zirkulär. Es gibt kein Ansteigen der Marke. Hätte er sich erhängt, würde die Strangulationsmarke zum Knoten hin verlaufen."

Simon blickte in das starre Gesicht des toten Jungen.

„Kannst du uns schon ungefähr sagen, wann er getötet wurde."

„Ich denke, so vor 2 bis 4 Stunden, die Totenstarre ist noch nicht voll ausgeprägt. Genaues sag ich euch nach der Obduktion. Ich mach jetzt mal weiter, bis später, Jungs."

Simon und Reiser waren entlassen und sie wussten beide, dass weitere Fragen zu diesem Zeitpunkt Maike nur verärgern würden und das wollte keiner der beiden riskieren.

„Wartet, Jungs!" Sie waren gerade dabei, das Zelt zu verlassen, als Maike sie zurückrief. „Er hat sich gewehrt, es gibt Spuren an den Fingern, die darauf hinweisen. Ich dachte, das solltet ihr noch wissen."

Simon und Reiser verließen das Zelt, bückten sich unter dem Absperrband hindurch und beobachteten die Spurensicherung bei ihrer Arbeit. Simon schaute nachdenklich. Reiser griff in seine Hosentasche, fand die zerknüllte Schachtel und zündete sich eine Zigarette an. Er nahm einen tiefen Zug und atmete den Rauch geräuschvoll wieder aus.

„Im Wald darf man nicht rauchen", sagte Simon missbilligend.

„Ich bitte dich, Chef. Es hat die ganzen Wochen nur geschüttet. Du glaubst doch wohl nicht im Ernst, dass ich damit einen Waldbrand auslösen könnte. Das würde momentan noch nicht einmal ein Flammenwerfer schaffen." Reiser grinste vor sich her. „Schau dich doch mal um."

„Wer hat ihn gefunden?" Simon ignorierte seinen Einwand.

„Ich habe noch keine Ahnung", erwiderte er, „ich bin ja auch gerade erst angekommen. Aber Chef, ich bin mir ziemlich sicher, dass ich den Jungen gestern Abend am Tatort unter den Schaulustigen gesehen habe. Ich kann mir gut Gesichter merken und die Nase ist ja auch kaum zu übersehen. Und da ist noch etwas. Er war mit dem Jungen, der den ersten Toten gefunden hatte, in eine Schlägerei verwickelt. Ich fragte ihn natürlich, was er am Tatort zu suchen hatte. Allerdings leugnete er, dagewesen zu sein. Der Name des Toten ist Enzo Rossi."

„Also gibt es eine Verbindung“, bemerkte Simon. Natürlich gab es eine Verbindung, zwei Morde innerhalb von vierundzwanzig Stunden in ihrem Bezirk konnten kein Zufall sein.

„Okay, lass uns herausfinden, wer ihn gefunden hat und dann fahren wir zu den Angehörigen. Das gefällt mir hier alles überhaupt nicht. Wieso inszeniert jemand zwei Selbstmorde so stümperhaft, dass man sofort weiß, es ist Mord?“

Simon und Reiser entdeckten einen Polizeibeamten, der zusammen mit einem alten Mann am Ende des Weges stand und auf ihn einsprach. „Das wird wohl die Person sein, die die Leiche gefunden hat.“

Der hochbetagte Mann stützte sich schwer auf einen Stock und schüttelte immer wieder seinen Kopf. Er war kreidebleich. Als der Polizeibeamte die beiden Kommissare erblickte, kam er ihnen entgegen, grüßte höflich und erstattete sofort Bericht:

„Karl Pütz, 82, hat den Toten vor ca. 1 Stunde gefunden, redet ziemlich wirres Zeug, irgendetwas Konkretes habe ich nicht aus ihm rausbekommen. Auf die Frage, was er hier denn gemacht habe, hat er auch äußerst ungewöhnlich geantwortet, er sagte wörtlich“, dabei schaute der Beamte auf seinen Notizblock. „Den Wald, den wollen sie uns auch noch wegnehmen. Bestimmt wollen sie uns den auch noch wegnehmen, aber das lass ich nicht zu. Das sind alles Verbrecher.« Ich habe keine Ahnung, was er damit gemeint hat. Jedenfalls hat er so ein beschriftetes Laken dabei, schauen Sie.“ Er hob das Laken in die Höhe und sie konnten kindlich gemalte Bäume erkennen und dazwischen den Spruch lesen:

Wir wollen den Wald behalten, abholzen verboten!

Simon schaute auf den kleinen alten Mann, der verwirrt und unsicher auf den Boden starrte.

„Habt ihr mal einen Hocker oder einen Stuhl!“, rief Simon laut und jemand brachte ihm eine kleine Trittleiter, auf der sich der Alte dankbar niederließ.

„Guten Abend, Herr Pütz, mein Name ist Simon Hachenberg,

ich bin Hauptkommissar. Das hier ist mein Kollege Oberkommissar Reiser. Können wir Ihnen ein paar Fragen stellen?"

Simon hatte unbewusst seine Stimme erhoben, zwangsläufig davon ausgehend, dass die Hörfähigkeit seines Gegenübers nicht mehr hundertprozentig funktionierte.

„Sie müssen mir helfen, Herr Kommissar!" Runzelige Finger legten sich auf Simons Hand. „Sie haben mir mein Haus gestohlen, bitte helfen Sie mir doch! Sehen Sie dort drüben", er zeigte mit seinem Stock in die Richtung der naheliegenden Häuser, „dort liegt mein Häuschen, sie wollen es abreißen. Mein Häuschen."

„Beruhigen Sie sich, Herr Pütz, Sie können uns später alles über Ihr Haus erzählen, bitte beantworten Sie jetzt unsere Fragen. Sie haben den toten jungen Mann gefunden?"

„Wir müssen uns ja wehren, verstehen Sie, Herr Hauptkommissar, sie nehmen uns ja alles weg, unsere Häuser, unsere Erinnerungen, alles nehmen sie uns weg."

Karl Pütz ballte seine Hand zur Faust und hob sie kämpferisch in die Luft. Auch wenn sich der alte Mann bemühte, Stärke und Zielstrebigkeit zu zeigen, so wirkte diese Geste aufgrund seines Alters und seiner gebrechlichen Statur kläglich und bedauernswert.

„Herr Pütz, bitte erzählen Sie uns jetzt genau, was Sie hier im Wald gemacht haben, und versuchen Sie sich bitte zu konzentrieren, denn es ist wirklich von höchster Wichtigkeit. Wir verstehen ja, dass Sie wegen Ihres Häuschens aufgebracht sind, aber jetzt geht es um Mord. Können Sie uns helfen, Herr Pütz?" Simon versuchte ruhig zu bleiben.

„Unsere Häuser und jetzt auch unseren Wald, sie wollen alles und jetzt haben sie auch noch Chris ermordet. Nur weil er uns helfen wollte ... Mörder, sie sind Mörder!" Karl Pütz schluchzte. Simon und Reiser schauten sich erwartungsvoll an.

„Herr Pütz, wen meinen Sie damit?"

Doch Karl Pütz konnte nicht mehr antworten. Überwältigt von Weinkrämpfen zuckte sein zerbrechlicher Körper unkontrolliert und sie erkannten, dass ihnen der alte Mann heute bedauerlicherweise nicht mehr weiterhelfen konnte.

Der Regen hatte sich für diesen Tag wohl endgültig verabschiedet. Warmer abendlicher Sonnenschein erwärmte die Luft und erweckte die Hoffnung auf ein Wiederkehren des Sommers.

Auf jeden Regen folgt Sonnenschein – das war der Lieblingsspruch seiner Mutter gewesen. Besonders in jener Zeit, als Catherine ihn verlassen hatte, liebte sie es, ihn mit Zitaten oder Sprichwörtern aufzumuntern. Jetzt war er auf dem Weg zu einer anderen Mutter, einer Mutter, die in wenigen Minuten erfahren würde, dass für sie lange Zeit keine Sonne mehr erstrahlen würde, deren Sohn auf furchtbare Weise ermordet und dessen Leiche in diesen Minuten in die Gerichtsmedizin nach Köln gefahren wurde. In solchen Momenten hasste er seinen Beruf.

„Dort drüben." Reisers Stimme durchbrach die bedrückende Stille, die während der kurzen Autofahrt vom Tatort bis jetzt zwischen ihnen geherrscht hatte. Er zeigte auf ein hinter mehreren großen Tannen verstecktes zweigeschossiges Wohnhaus, direkt gelegen an der verkehrsreichsten Straße zwischen Engelshof und Heiligenburg.

„Ich werde wohl hinten parken müssen", entschied Simon und lenkte den Wagen in eine kleine Nebenstraße.

„Frau Rossi?" Enzo Rossis Mutter öffnete schon nach einmaligem Betätigen der Klingel die Haustür, so als ob sie auf jemanden gewartet hätte. In ihrem Gesicht zeigte sich Ärger, als sie Simon und Reiser erblickte.

„Oh, no! Sono spiacente, ich habe keine Zeit, bitte, machen Sie einen Termin im Restaurant mit meinem Mann. Er ist zuständig für die Vertreter, la ringrazio. Ich muss sofort weg." Italienisches Temperament sprühte förmlich aus der kleinen rundlichen Frau heraus und machte es Simon und Reiser schier unmöglich, irgendetwas zu erwidern.

Just in dem Moment, als Frau Rossi ihnen die Tür vor der Nase zuschlagen wollte, erwachte Simon aus seiner Erstarrung und sagte schnell: „Es tut uns leid, Frau Rossi." Er zeigte ihr seinen Ausweis. „Wir sind von der Polizei. Dürfen wir hereinkommen?"

Schlagartig breitete sich Sorge und Angst in Frau Rossis Gesicht aus, aber sie öffnete die Tür und bat sie hinein.

„Bitte, bitte nicht, sagen Sie mir nicht, dass etwas mit meinem Enzo ist, ich flehe Sie an, sagen Sie es nicht."

Ahnen es Mütter immer sofort, wenn etwas mit ihren Kindern geschehen ist, oder auch Väter? Würde er es wissen, wenn seinem Julian etwas zugestoßen wäre? Simon war verblüfft.

„Es tut uns so leid, Frau Rossi. Wir müssen Ihnen mitteilen, dass Ihr Sohn einem Tötungsdelikt zum Opfer gefallen ist. Bitte setzen Sie sich, wir werden Ihren Mann verständigen. Gibt es jemanden, der sich um Sie kümmern kann?" Immer wieder dieselben Sätze, die die Angehörigen in diesem schrecklichen Moment kaum mehr wahrnehmen können. Jeder Mensch reagiert auf unterschiedlichste Weise auf Schreckensnachrichten, manche Menschen erstarren förmlich, während andere sich die Seele aus dem Leib schreien. Frau Rossi tat letzteres. Sie schrie und heulte wie ein verwundetes Tier.

„Ruf den Notarzt, Reiser! Sie wird sich so schnell nicht beruhigen." Als Reiser die Haustür öffnete, um draußen zu telefonieren, schoss ein kleiner verdreckter Hund auf Frau Rossi zu und sprang winselnd an ihr hoch.

„Jackie", flüsterte Frau Rossi und fing wieder an zu schreien.

„Ich habe ihr etwas zur Beruhigung gegeben, ich glaube nicht, dass sie heute noch vernehmungsfähig ist. Sie steht vollkommen unter Schock." Der Notarzt, ein junger Mann mit runder Brille, schaute mitleidig auf Frau Rossi, die gekrümmt auf dem Sofa lag und immer und immer wieder den Namen ihres Sohnes rief.

„Bitte, Doktor, können Sie noch einen Augenblick warten. Ihr Mann wird bald mit einem Streifenwagen eintreffen und ich weiß nicht, in welcher Verfassung er ist. Es könnte gut sein, dass auch er etwas zur Beruhigung gebrauchen könnte."

Simon fuhr sich mit der Hand durch sein Haar. Er wusste, dass nun Geduld sein zweiter Vorname sein würde. Aber er wusste auch, dass es äußerst wichtig war, so zügig wie möglich zu ermitteln, um keinerlei Spuren oder Indizien zu übersehen.

„Komm, Reiser, wir warten in der Küche auf Herrn Rossi." Der kleine Jack Russel folgte ihnen neugierig und Reiser bückte sich, um den Hund zu streicheln.

„Na, du kleiner dreckiger Köter", sagte er mit freundlicher Stimme, „wo hast du dich denn rumgetrieben, bist ja ganz schön versaut." Er tätschelte den Kopf des kleinen Hundes, und Simon sah ihn ganz verdutzt an, denn so viel Hundeliebe hätte er Reiser keineswegs zugetraut.

„Als Kind hatte ich auch mal einen Hund, sie hieß Coco und war eine Boxerdame." Reisers Stimme klang wehmütig. „Sie war eine Schönheit und verdammt schlau. Wir mussten sie einschläfern lassen ..." Er brach den Satz ab und starrte irritiert auf den Hund.

„Schau mal, Chef", bemerkte er und zeigte auf das rote Halsband des Hundes, „da hängt ein Zettel." Reiser zog sich Handschuhe an, entfernte das Band und zeigte Simon das in Klarsichtfolie um das Halsband gewickelte Papier. „Hier, mit Klebefilm befestigt." Vorsichtig legte er das Halsband auf den Tisch und fing langsam an, den Klebestreifen zu entfernen.

„Wahrscheinlich haben die Rossis ihre Adresse und ihre Telefonnummer auf den Zettel geschrieben, falls der Hund wegläuft." Simon zeigte nicht ganz so viel Enthusiasmus, beobachtete Reiser jedoch mit Interesse.

„Das macht man schon lange nicht mehr so umständlich, Simon. Die Hunde haben heutzutage alle einen Chip unter der Haut. Hier, eine Plakette mit seinem Namen hat er auch", erklärte Reiser aufgeregt. „Er heißt Jackie."

„Ja, so hat ihn Frau Rossi genannt, als er reimgestürmt kam. Also, was ist das jetzt für ein Zettel?" Simons Neugierde war geweckt.

„Ich muss ganz vorsichtig sein, sonst mache ich es kaputt. Ich glaube, die Folie werde ich etwas einreißen müssen." Reiser schwitzte.

Langsam zog er das kleine gerollte Stück Papier aus der Folie und begann die mit Computer geschriebenen Worte laut zu lesen:

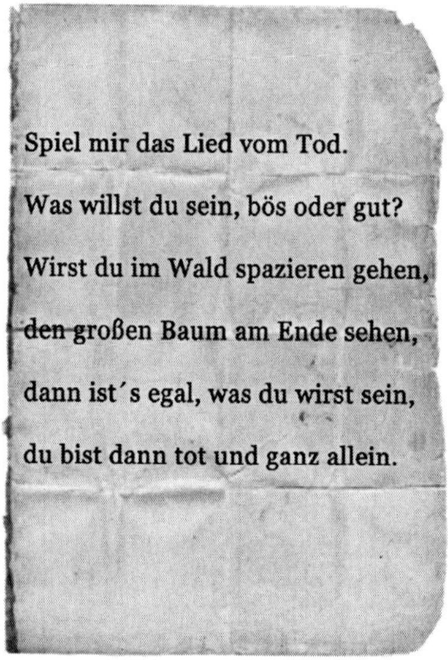

Spiel mir das Lied vom Tod.

Was willst du sein, bös oder gut?

Wirst du im Wald spazieren gehen,

den großen Baum am Ende sehen,

dann ist´s egal, was du wirst sein,

du bist dann tot und ganz allein.

Die beiden Männer blickten sich an.

„Oh Scheiße, Mann, ich fasse es nicht. Wir haben es tatsächlich mit einem verfickten Serienmörder zu tun."

Simon zuckte zusammen. Er hasste solch derbe Ausdrucksweise, maßregelte Reiser jedoch nicht, da es wenig Sinn gemacht hätte, denn bei ihm würde er auf taube Ohren stoßen.

„Sieht ganz so aus, Reiser." Simon war verwirrt. „Was geht hier vor sich? Zwei junge Männer innerhalb von vierundzwanzig Stunden ermordet. Das wird der Staatsanwältin gar nicht gefallen und die Presseleute werden sich wie die Aasgeier auf uns stürzen. Okay, Reiser, wir dürfen keine Zeit verlieren. Du fährst jetzt zu diesem Sebastian Witt, und ich mache hier vorerst alleine weiter. Ich schaue mich in dem Zimmer des jungen Mannes um."

„Der Hund, er war die ganze Zeit bei dem Mörder und der wird ihn auch hier abgesetzt haben, denn er wollte ja auf jeden Fall, dass wir den Zettel finden. Das ist schon ganz schön riskant." Reiser strich sich über seinen kurzgeschorenen Kopf. „Ich hab das Gefühl, hier will jemand mit uns Katz und Maus spielen. Na ja, ich fahre dann mal zu dem Witt. Vielleicht ist er ja unser Mann. Verdächtig hat er sich auf jeden Fall gemacht, als er gestern so einfach mir nichts, dir nichts abgehauen ist. Er hat übrigens deinen Sohn als Alibizeugen benannt. Wirst du mit Julian darüber sprechen, von wann bis wann der Witt wo war? Die zwei trainieren wohl zusammen in dem Fitness-Studio, hinten am Wald."

„Ach, ja." Diese Tatsache beunruhigte Simon. Er hatte keine Ahnung, warum. „Ich kümmere mich", versprach er, ohne Reiser seine Sorgen mitzuteilen.

Als Reiser im Begriff war, das Haus zu verlassen, kamen ihm zwei Beamte in Begleitung von Herrn Rossi entgegen. Der Vater des Toten war ein gebrochener Mann. Gekrümmt und mit starrem Blick schlich er an ihm vorbei, um ins Wohnzimmer zu gelangen. Dort nahm er seine Frau liebevoll in die Arme und die beiden umklammerten sich und weinten jetzt leise vor sich hin. Zwischendurch schrie Frau Rossi immer wieder den Namen ihres Sohnes, aber manchmal waren sie auch ganz still, wie gelähmt und vollkommen abwesend.

Bestürzt und voller Anteilnahme für diesen unsagbaren Kummer suchte Simon nach den richtigen Worten:

„Ich weiß, es ist jetzt keine gute Zeit für Sie, mir Fragen zu beantworten. Wenn es Ihnen irgendwie möglich erscheint, wäre ich Ihnen sehr dankbar. Denn es ist sehr wichtig, so früh wie möglich allen Spuren nachzugehen, damit derjenige, der Ihrem Sohn dies angetan hat, schnell gefunden werden kann."

Simon sprach leise und fürsorglich. Er wusste, dass er nur dann das Vertrauen dieser Leute bekam, wenn er behutsam vorging. Die Hauruck-Methoden von Reiser wären hier fehl am Platz gewesen, deshalb hatte er ihn vorsorglich entfernt.

„Frau Rossi, wann ist Ihr Sohn aus dem Haus gegangen? Versuchen Sie sich an die ungefähre Uhrzeit zu erinnern."

Frau Rossi antwortete mit tränenreicher Stimme:

„Oh, mama mia, ich habe ihm gesagt, er soll mit Jackie raus. Sie war heute fast noch gar nicht draußen und sie braucht doch Bewegung." Sie schaute ihren Mann hilfesuchend an. „Er geht ja eigentlich immer mit Jackie, bevor er ins Restaurant fährt, so gegen fünf. Dann kommt er nach Hause, duscht und fährt zur Arbeit. Aber heute sagte er, er wolle nicht gehen, weil er noch etwas anderes vorhätte. Ich habe geschimpft und ihm gesagt, Jackie wäre ja schließlich sein Hund, also müsste er auch mit ihr gehen." Sie fing wieder an zu weinen. „Ich bin schuld, oh, verzeih mir, meiner Kleiner, ich bin schuld." Sie legte ihren Kopf auf Herrn Rossis Schulter, ihr gesamter Körper bebte. Simon ließ ihnen ein paar Minuten Zeit, bis sie etwas ruhiger wurde.

„Ging Ihr Sohn immer die gleiche Strecke durch den Wald oder änderte er schon mal seinen Weg? Wissen Sie das, Frau Rossi? Es wäre sehr wichtig."

„Nein, ich glaube, er ging immer den gleichen Weg, immer zur gleichen Zeit, dieselbe Strecke." Diesmal antwortete Herr Rossi. Seine dunklen Augen blickten ihn voller Kummer an. „Warum ist das wichtig, Herr Hauptkommissar?"

„Wir versuchen uns ein Bild zu machen, wir müssen Puzzleteilchen für Puzzleteilchen zusammensetzen, um später ein ganzes zu bekommen. Das gehört zu unserer Ermittlung. Wir sammeln erst einmal Informationen. Alles, was Ihnen jetzt einfällt, könnte wichtig sein, Herr Rossi."

„Gestern Abend, da war dieser Streit mit diesem Jungen." Herr Rossis Gesichtsausdruck zeigte Trauer, aber auch Wut. „Dieser Junge, ich glaube, er heißt Sebi, stürmte urplötzlich ins Restaurant und schlug einfach ohne Vorwarnung auf meinen Jungen ein. Dabei brüllte er die ganze Zeit: Du hast ihn umgebracht, du bist schuld! Wir mussten ihn gewaltsam von meinem Sohn wegziehen. Er war wie von Sinnen." Herr Rossi strich sich über die Augen, seine Hände zitterten, als er weitersprach: „Ist er der Mörder meines Sohnes? Aber warum? Mein Sohn hat doch niemanden umgebracht. Niemals. Warum sagt dieser Junge so etwas?"

„Können Sie sich noch an die Gäste erinnern, die bei dem

Streit dabei waren, Herr Rossi?“ Simon dachte nach. Konnte es wirklich sein, dass dieser Sebi der Mörder war?

„Annabell war da, die Tochter von Hubert Stein, mit einer Freundin. Sie kannte ich nur vom sehen. Sie war schon des Öfteren bei uns. Wer sie war, wusste ich nicht. Nachher sagte mir jemand, dass es die Schwester des Jungen sei, von diesem Sebi. Sie hat ihn ja dann auch von dort weggeschafft. Keine Ahnung, wer die anderen Gäste waren, keine Stammgäste an diesem Abend, außer Annabell.“

„Entschuldigen Sie mich einen Moment, ich muss mal kurz telefonieren.“ Simon verließ das Wohnzimmer, die Luft war klamm und er hatte das Gefühl, sein Kopf würde jeden Moment platzen. Er rief Reiser an.

„Okay, Reiser, bringe den Jungen ins Dezernat, wir nehmen ihn uns zusammen vor. Wir dürfen jetzt keine Fehler machen.“ Simon war zuversichtlich, die Mordfälle bald gelöst zu haben. Das einzige, überlegte er, was noch keinen Sinn ergab, waren diese merkwürdigen Gedichte.

„Ha! Seine Mutter und seine Schwester lassen mich immer noch nicht zu ihm. Sie meinten, es ginge ihm nicht gut genug, um eine Befragung durchzuhalten.“ Reisers Stimme klang spöttisch, so als ob er nicht glaubte, dass diese Aussage ganz der Wahrheit entspräche. „Ich habe ihnen eine Einladung für eine Zeugenbefragung dagelassen. Da bin ich ja gespannt, ob er dieser morgen Folge leisten wird.“

Da war sie wieder: Geduld, sein zweiter Vorname. Simon Hachenberg musste sich wie alle an die Vorschriften halten und nun hoffen, dass der Verdächtige freiwillig zu ihnen ins Dezernat kam, ansonsten müsste sich Simon eine staatsanwaltschaftliche Vorladung besorgen und Sebastian Witt als dringend tatverdächtig beschuldigen. Allerdings war es dafür nach dem Stand der Ermittlungen vielleicht wirklich noch etwas zu früh. Die Staatsanwältin Schmidt würde ihn höchstpersönlich aus seinem Büro katapultieren.

„Okay, Reiser, ich schaue mich noch einmal im Zimmer des

Opfers um, vielleicht finde ich irgendwelche Hinweise, die uns weiterhelfen könnten."

Er ging zurück ins Wohnzimmer und fragte Enzo Rossis Eltern um Erlaubnis, sich im Zimmer ihres Sohnes umschauen zu dürfen.

„Die Treppe hoch, den Flur entlang bis zum Ende. Es ist die Tür, auf die Sie zugehen", sagte Herr Rossi mit leiser Stimme.

„Es tut mir leid, Herr Rossi. Die Spurensicherung muss gleich anschließend in das Zimmer Ihres Sohnes. Wir dürfen auf keinen Fall etwas übersehen." Bedauern klang in seiner Stimme. Langsam schritt Simon die Treppe hinauf und ging weiter den spärlich beleuchteten Flur entlang bis hin zu der Tür, die Herr Rossi ihm beschrieben hatte. Simon betrat den Raum.

Die Ähnlichkeit mit Julians Zimmer verblüffte ihn. Es standen natürlich nicht die gleichen Möbel im Raum, er dachte viel mehr an das organisierte Chaos, das ihn empfing. Jeder verfügbare Platz war mit Kleidungsstücken bedeckt. Auf der Fläche hinter dem Bett stand ein Schreibtisch, auf dem sich außer einem Computer und einem Aschenbecher nichts weiter befand.

Den PC müssen die Jungs mitnehmen, dachte Simon und schaute in den Aschenbecher. *Marke Camel.*

Vorsichtig öffnete er die oberste Schublade. Dort lagen neben den Computerspielen noch diverse DVDs und USB-Sticks, die eventuell von Interesse wären. Die zweite Schublade enthielt allerlei Krimskrams, nichts von Wert. Ganz hinten, in der äußersten Ecke der Schublade, entdeckte er eine Art Notizoder Adressbuch. Behutsam und voller Spannung zog er das Buch heraus und begann, neugierig geworden, Seite für Seite zu lesen.

Na, das ist ja mal interessant, dachte Simon erfreut. Auf jeder einzelnen Seite stand der Name eines Fitness-Studios und darunter fein säuberlich gelistet diverse Vorund Nachnamen, teilweise sogar mit Handynummern.

Zufrieden verließ Simon das Zimmer und schritt gedankenverloren die Treppe hinab.

Für den nächsten Vormittag hatte sich Simon vorgenommen, das kleine Fachwerkhaus am Wald zu besichtigen, um sich selbst ein Bild vom ersten Tatort zu machen. Nachdem er in Begleitung seines Partners Reiser die Garage inspiziert hatte, befanden sie sich nun seit wenigen Minuten im Schlafzimmer des getöteten Christoph Stein.

„Schau dir das an, ich werd verrückt", Reiser hielt Simon einen schwarzen Dildo vor die Nase und schaltete ihn ein, „die ganze Schublade voller Sexspielzeuge. Der Junge muss es voll drauf gehabt haben." Reiser bewegte seinen Unterleib vor und zurück und grinste vor sich hin.

„Reiser, lass das", brummte Simon und fühlte die Hitze, die sein Gesicht in ein dunkles Rot zu verwandeln schien. Verlegen schubste er Reiser von sich. Es war ihm schon immer unangenehm, sobald die Sprache auf Sex kam oder alles, was damit in Verbindung stand. Dabei fühlte er sich unwohl.

„Was denn, was denn, Mr. Simon wird doch wohl nicht prüde sein?" Reiser lachte. „Zeig mal, du wirst ja auch rot?"

„Das hat mit prüde überhaupt nichts zu tun, sondern einzig und allein mit Professionalität. Wir sind hier, um zwei Morde an zwei jungen Männern aufzuklären. Zwei Morde, Reiser, an einem Wochenende, und das in meinem Bezirk."

„Es ist nicht nur dein Bezirk, Simon."

„Das ist mir klar, Reiser, war auch nur so dahingesagt."

„Wie hast du es eigentlich geschafft, deinen Sohn zu zeugen?" Reiser ignorierte seinen Einwand. „Haben sie dir da Alkohol eingeflößt, damit du dich nicht wehren konntest? Du bist echt der Hammer, Junge. Du musst mal wieder ordentlich flachgelegt werden, sonst fällt dir dein bestes Stück irgendwann einmal ab. Was hast du eigentlich in den letzten fünf Jahren während deiner Abwesenheit alles so getrieben? Wahrscheinlich rein gar nichts." Schon früher, bevor Simon ins Ausland ging, hatte es Reiser amüsant gefunden, Simon aufzuziehen. Er meinte, er wäre zu steif und zu ernst und wollte ihn ständig aus der Reserve locken. Simon konnte sich nicht daran erinnern, dass es ihm jemals gelungen war.

„Das sagt der Richtige, eine Frau an deiner Seite gab es doch weiß Gott schon ewig nicht." Simon war sauer, er hasste es, auf sein Liebesleben beziehungsweise fehlendes Liebesleben angesprochen zu werden. Nicht, dass er keine Chancen bei den Frauen hätte und sich die eine oder andere Gelegenheit keineswegs hatte entgehen lassen. Damit ging er nicht hausieren. Es war nicht das, was er wollte. Es genügte ihm nicht.

„Stimmt, Chef", erwiderte Reiser ironisch, „da muss ich tatsächlich dran arbeiten, sonst werde ich noch wie du. Sieht ganz danach aus, als ob der Junge weniger Probleme damit hatte als wir."

„Ich bin mir da nicht sicher, vielleicht eben nicht und deshalb diese ganze Schublade voll mit dem Zeug. Vielleicht hat er es nicht mehr gebracht."

„Du meinst von dem Dreck, den er da genommen hat, sind seine Eier geschrumpft? Und er musste die Ladies mit Spielzeug beglücken? Ich weiß nicht, ziemlich weit hergeholt. Viele Menschen benutzen Sexspielzeuge, das ist nichts Außergewöhnliches heutzutage. Aber nachfragen, ob mit ihm da unten alles in Ordnung war, kann ja nicht schaden. Maike kann uns bestimmt mehr dazu sagen." Reiser schien sich köstlich zu amüsieren.

Derweil schaute sich Simon in dem unter dem Dach gelegenen geräumigen Schlafzimmer um. Ein großes Doppelbett stand in der Mitte des Zimmers, die völlig zerwühlte Bettwäsche war von der Spurensicherung schon zu weiteren Untersuchungen abgezogen worden. Der Erkennungsdienst war immer noch vor Ort, es gab zu viele Hinweise und die Männer und Frauen von der Spurensicherung hatten alle Hände voll zu tun. Im Kleiderschrank lagen ausschließlich T-Shirts und Jeans, nur die Bundeswehruniform hing ordentlich an einem Kleiderbügel. Neben dem Schlafzimmer lag ein schmales Badezimmer, in dem ein junger Polizist arbeitete und sie freundlich begrüßte, als er sie sah.

„Nur Schlafzimmer und Bad hier oben", sagte Reiser zu Simon, „unten gibt's den Wohnraum und die Wohnküche mit einer kleinen Abstellkammer. Das war es. Hübsches kleines Häuschen. Er hat hier alleine gewohnt."

„Warum geht er nach einem Stelldichein – oder vielleicht hat er ja auch nur geschlafen – ohne Hose und ohne Schuhe in die Garage?“, fragte Simon, während sie die schmale Treppe nach unten gingen. „Das macht doch keinen Sinn. Vielleicht hat man ihm die Hose und die Schuhe ausgezogen, nachdem er ermordet wurde.“

„Hm, glaub ich nicht.“ Reiser zog die Schultern hoch. „Oder aus irgendeinem Grund hatte er keine Zeit mehr, sich vollständig anzuziehen. Es sind halt die Socken, die mich irritieren. Es soll ja Männer geben, die beim Sex die Socken anlassen. Furchtbare Vorstellung.“

„Mal angenommen, du liegst im Bett, aus welchem Grund auch immer – Sex können wir wohl angesichts der Socken ausschließen –, und plötzlich hörst du etwas, etwas, das dich beunruhigt. Was würdest du machen?“

Reiser überlegte einen Moment und antwortete:

„Ich springe also aus dem Bett und schnappe mir meine Klamotten.“

„Genau“, unterbrach ihn Simon, „und was würdest du zuerst anziehen?“

„Meine Hose natürlich.“ Reiser blickte Simon triumphierend an.

„Ja, so würde ich es auch machen, Reiser.“

„Ob es darüber irgendwelche wissenschaftlichen Untersuchungen gibt, auch das wäre eine Frage für Dr. Maike Gottburg. Ich glaube, wenn ich ihr damit komme, bin ich vollkommen abgemeldet bei ihr.“ Reisers Lächeln wurde immer breiter. „Ach, wahrscheinlich liegen wir vollkommen falsch und es hat im Grunde gar nichts zu bedeuten.“

„Nein, Reiser, ich glaube schon, dass es etwas bedeutet, nur wissen wir halt nur noch nicht, was. Die fehlende Hose muss ein Indiz für etwas sein, genauso wie sein fehlendes Auto.“

„Vielleicht, um Spuren zu beseitigen?“

„Könnte ein Grund sein, ja.“

„Es wäre doch auch durchaus denkbar, dass man ihn im

Schlaf überrascht und ihn dann gezwungen hat, ohne Hose und Schuhe in die Garage zu gehen. Aber warum sollte der Mörder das machen? Das ist zu aufwendig und die Gefahr, gesehen zu werden, ist viel größer. Er hatte doch die Möglichkeit, ihn direkt im Schlafzimmer zu ermorden."

„Genau, Reiser, genau das hat er auch gemacht, ihn im Schlafzimmer ermordet."

„Wie? Wie das denn, er lag doch in der Garage."

„Exakt, Reiser, da ist er dann auch gestorben. Er hat noch versucht, zum Auto zu kommen, aber das war gar nicht da."

„Hat man eigentlich sein Handy gefunden?"

„Nein, soviel ich weiß, nicht. Keine Hose, keine Schuhe, kein Handy und kein Auto, da wollte wohl jemand auf Nummer sicher gehen."

„Wir müssen Sebastian Witt auf jeden Fall fragen, wie er in die Garage gekommen ist, ob die Tür offen stand oder ob sie abgeschlossen war."

Sie verließen das Haus durch die Vordertür. Im Haus war es dunkel, sodass die grelle Sonne sie blendete. Dabei übersahen sie die ältere Dame.

„Was machen Sie in meinem Haus? Wo ist Christoph?", fragte eine helle, jedoch energische Frauenstimme. Die Frau sprach eindeutig mit einem ausgeprägten englischen Akzent. Simon konnte nicht gleich reagieren, so perplex war er. Mit seinen Händen schirmte er seine Augen ab und starrte die Frau an, als sei sie eine Fata Morgana.

Reisers erster Gedanke, der ihm durch den Kopf schoss, war die Vorstellung, einen wahrhaftigen Geist vor sich zu sehen, obwohl er als, seiner Meinung nach, völlig rational denkender Mensch solchen Unsinn nicht glaubte. Stets hatte er mit einer gewissen Großspurigkeit nur ein müdes Lächeln für seine Mitmenschen übrig gehabt, die am Aberglauben, wie Maskottchen, schwarze Katzen oder Pechzahlen, festhielten, als ob es das Normalste von der Welt wäre. Reiser hingegen, ein Hüter der Vernunft, glaubte nur an das, was er mit seinen eigenen Augen sehen und verstehen konnte. Für einen kurzen Moment, als er die Erscheinung – in ein wallendes helles Gewand gekleidet – im gleißenden Sonnenlicht erblickte, zweifelte er ernsthaft an seinem Verstand.

„Also, Gentlemen?", sprach das Wesen und Reiser überlegte krampfhaft, aus welchem Grund ein ausländisches Gespenst vor ihnen erscheinen und sie mit funkelnden Augen anstarren sollte.

„Wo ist mein Neffe? Und was machen all die Leute hier?"

Langsam löste sich Reiser aus seiner Erstarrung und allmählich kam ihm die Erkenntnis, dass er sich nicht gänzlich zum Affen machen sollte. Sein Blick fiel auf Simon, dessen Mimik sichtlich zwischen Komik und Ernst hin und her schwankte. Mit anderen Worten ausgedrückt: Man hätte seinen Gesichtsausdruck auch als töricht bezeichnen können.

Simon räusperte sich und fand als Erster seine Sprache wieder:

„Madam", automatisch, ohne überhaupt darüber nachzudenken, bediente er sich dieser höflichen britischen Anredeform, „würden Sie uns bitte ins Haus folgen. Ich muss Sie darauf aufmerksam machen, dass Sie das Gelände ohne unsere Erlaubnis nicht einfach so hätten betreten dürfen." Leichter Unmut schwang in Simons Stimme, doch ein Blick auf das blasse Gesicht der älteren Dame stimmte ihn ein wenig milder. Das Unverständnis in ihren Augen war einer Besorgnis gewichen.

„Ist Ihnen das Absperrband nicht aufgefallen?", fragte er überflüssigerweise, denn im gleichen Moment, als er diese Worte aussprach, ahnte er wohl, dass diese Frau sich nicht so leicht von etwas abhalten lassen würde, schon gar nicht von einem rot-weißen Plastikband der Polizei.

Die Dame ignorierte seinen Einwand, wandte sich in der Hoffnung, endlich die geforderten Antworten auf ihre Fragen zu erhalten, direkt an Reiser und erkundigte sich ein weiteres Mal eindringlich nach ihrem Neffen.

„Hören Sie, gute Frau. Wie war doch gleich Ihr Name?", herrschte Reiser sie entrüstet an. Insgeheim schien er ihr die Schuld an seiner kurz entflammten Unsicherheit wenige Minuten zuvor zu geben, die in seinen Augen einer Todsünde gleichkam. „Wir sind von der Polizei und wir stellen hier die Fragen. Also, wer sind Sie und was machen Sie hier unbefugt an einem Tatort?"

„Er ist tot, nicht wahr?" Wieder ignorierte sie die ihr gestellte Frage und fuhr mit trauriger Stimme fort: „Mich überkam eine unheilvolle Ahnung gestern Nacht, wissen Sie. Als wolle Chrissy mir etwas mitteilen." Sie seufzte. „Ich konnte nicht schlafen. Glauben Sie mir, meine Herren, vor 30 Jahren fiel es mir noch bedeutend leichter, in meinem Bus zu nächtigen." Simon und Reiser folgten ihrem Blick und starrten verdutzt auf den schrillen VW-Bus, der einträchtig in Gesellschaft der blau-weißen Streifenwagen mitten in der Hofeinfahrt geparkt war."

„Madam." Auch Simons Geduld schien zu wanken. „Wer sind Sie?"

„Mein Name ist Josefine Hazelwood, geborene Stein. Mir gehört dieses wunderhübsche Häuschen. Christoph Stein ist mein Mieter. Und wer sind Sie?" Ihre Antwort machte die beiden Kommissare für einen kurzen Augenblick sprachlos. Damit hatten sie nicht gerechnet.

„Also gut." Resignierend kramte Simon in seiner Hosentasche und hielt ihr den Dienstausweis direkt unter die Nase. „Hauptkommissar Hachenberg und das ist mein Kollege Reiser. Sie haben recht mit Ihrer Vermutung. Christoph Stein wurde ermordet." Die Frau erstarrte, ein schmerzvolles Flackern huschte über ihr Gesicht, dann wurde ihre Miene abweisend.

„Wenn Sie mit Ihrer Arbeit fertig sind, würde ich mich gerne ins Haus zurückziehen. Ich muss Zwiesprache mit meinen beiden Toten halten, dem armen Christoph und meinem geliebten Eduard. Sie werden verstehen, dass ich jetzt meine Ruhe brauche. Zu gegebener Zeit werde ich Ihnen selbstverständlich meine Dienste zur Verfügung stellen." Molly machte Anstalten, an den beiden Kommissaren vorbei ins Haus zu marschieren.

Das kann doch alles nicht wahr sein. Reiser explodierte innerlich, und nur das Wissen, einer völlig verwirrten Person gegenüberzustehen, hielt ihn davon ab, seinen Gefühlen freien Lauf zu lassen.

„Wer zum Teufel ist Eduard?“ Ärgerlich schüttelte er den Kopf. Er nahm Simons Arm und zog ihn ein wenig zur Seite.

„Simon, die Frau ist übergeschnappt. Was machen wir mit ihr?“ Diese Aussage wiederum erzürnte Mrs. Hazelwood. Da ihre Sinne noch durchaus brauchbar waren, blieb ihr Reisers Bemerkung nicht verborgen.

„Eduard ist mein lieber verstorbener Ehemann, Sie ungehobelter Kerl, Sie. Im Gegensatz zu Ihnen besitzt er einwandfreie Manieren. Er ist ein wundervoller Mann“, ihr Lächeln wirkte verletzlich, „leider ein klein wenig besitzergreifend.“

„Sagten Sie nicht gerade, er ist tot?“ Reiser verstand die Welt nicht mehr.

„Was spielt das für eine Rolle? Ich glaube daran, dass die Verstorbenen als Totengeister Verbindung zu uns Sterblichen aufnehmen können. Sie etwa nicht? Das sollten Sie aber. Sie kennen doch bestimmt den großartigen William Shakespeare, nicht wahr?“ Ihre Augen suchten Simons Blick. Von Reisers literarischer Bildung schien sie nicht allzu viel zu halten. „Es gibt mehr Ding' im Himmel und auf Erden, als Eure Schulweisheit sich träumt.“ Sprach's und verschwand im Haus.

Nachdem Molly von den beiden Kommissaren über den Tod ihres Neffen Christoph nicht besonders einfühlsam – wie sie im Nachhinein sinnierte – informiert worden war, stand sie eine ganze Weile schockiert und wie gelähmt in der Diele des alten Fachwerkhäuschens, in dem sie eine glückliche Kindheit verbracht hatte. Sie konnte keinen klaren Gedanken fassen.

Freitag spätabends war sie in Heiligenburg angekommen und hatte ihren VW-Bus vorerst auf einem Parkplatz am alten Kahnweiher abgestellt. Dort hatte sie auch, obwohl es nicht erlaubt war, unbemerkt drei Nächte verbracht. Bevor sie mit Christoph Kontakt aufnehmen würde, um den Hausverkauf zu besprechen, wollte sie sich erst einmal einige Tage in ihrer alten Heimat umschauen. Sie brauchte Zeit, um die ersten Eindrücke und die vielen Veränderungen zu verarbeiten.

Was hatte sie erwartet? Dass die moderne Zeit mit all ihren negativen Einflüssen, den hässlichen Gebäuden, der Verkehrsbelastung und der Verwahrlosung der Grünflächen ihren Geburtsort verschont hatte? Sie wusste es nicht. Aber 40 Jahre waren eine lange Zeit. Auch wenn sie nicht im Guten weggegangen war, so hatte sie sich in ihren Gedanken viele schöne Erinnerungen bewahrt. Sie war sich sicher, wenn sie nur lange und geduldig suchen würde, würde sie sicher auch Positives in diesem Ort entdecken.

Doch jetzt musste sie zunächst einmal die schreckliche Realität verdauen. *Tee,* dachte Molly daraufhin mit der ihr eigenen praktischen Veranlagung. *Ein schöner, starker englischer Tee beruhigt die Geister und wärmt von innen. Nur nicht die Contenance verlieren, jetzt einen Schritt nach dem anderen machen.* Sie eilte zurück in ihr Wohnmobil, das sie vor dem Haus abgestellt hatte, um sich ihre Teeutensilien zu holen. Ohne sich weitere Gedanken über die Raumaufteilung zu machen, lief sie wie von Geisterhand gezogen durch die Diele in eine für heutige Verhältnisse große Küche. Ja, früher waren diese Räume immer der Mittelpunkt der Familien gewesen, heutzutage wurden sie eher winzig gebaut oder aber man favorisierte amerikanische Küchen, die in den Wohnraum integriert wurden. Nein, Molly bevorzugte eine geräumige und gemütliche Wohnküche, in der man viele schöne Stunden mit netten Leuten oder auch allein verbringen konnte. Sie entdeckte einen Wasserkocher, und während sie sich den Tee zubereitete, schaute sie sich in der Küche ihres verstorbenen – den Gedanken an eine Ermordung schob Molly erst einmal von sich – Neffen aufmerksam um. Die Möbel schienen größtenteils noch aus der Zeit der 50er-Jahre zu stammen, an die bequeme Sitzecke, die aus massivem Holz gefertigt worden war, mit ihren bunten Kissen konnte Molly sich noch vage erinnern. Allein einige hochmoderne, silberglänzende elektrische Geräte ließen einen Bezug zur Gegenwart herstellen.

Was ist Christoph wohl für ein Mensch gewesen?, fragte sich Molly. Sie hatte ihn nur oberflächlich durch einige Briefe und wenige Telefonate in den letzten Jahren kennengelernt. Als vor einiger Zeit ihr Bruder, der aufgrund seines Lebenswandels von ihren Eltern enterbt worden war, verstarb, informierte sie ein von ihr beauftragter Anwalt schriftlich. Er war der Einzige, dem ihr Aufenthaltsort bekannt war. Dieser erzählte ihr dann von Christoph und so kam ein Kontakt zustande. Sie vermietete ihm das Haus weiterhin wie zuvor ihrem Bruder. Und vor einigen Wochen äußerte er dann den Wunsch, das Haus, in dem er ja aufgewachsen war, zu kaufen. Molly hatte keinerlei Bedenken. Sie waren sich schon fast einig geworden, als sie dann plötzlich und unerwartet Witwe wurde. Eine Zeit lang war sie wie gelähmt, eine tiefe Trauer legte sich wie ein alles umhüllender Mantel auf ihr Gemüt. Doch selbst in den schwärzesten Nächten spürte Molly die fürsorgliche Obhut ihres Mannes, der sie auch aus dem Totenreich tröstete und unterstützte. Schnell fasste sie wieder neuen Lebensmut.

Einem inneren Drang folgend machte sie sich dann auf den Weg in die alte Heimat, um den Verkauf des Hauses mit ihrem Neffen persönlich abzuschließen und anschließend noch eine Weile mit ihrem Wohnmobil durch Deutschland zu reisen. Sie hatte durch den Beruf ihres Mannes, der als angesehener Architekt darauf spezialisiert war, historische Gebäude zu restaurieren, viele unterschiedliche Länder kennenund liebengelernt. Um ihre alte Heimat hatten sie aber immer einen großen Bogen gemacht.

Armer Christoph, dachte Molly mitleidig, *du hattest das ganze Leben noch vor dir. Ich hoffe, die beiden Kommissare finden deinen Mörder. Aber bitte schnell, damit deine Seele Ruhe im Jenseits findet und nicht auf immer und ewig in diesem schönen alten Haus herumgeistern muss.* Denn eines glaubte Molly aus tiefster Überzeugung: In jedem Gemäuer, in dem ein Mensch gewaltsam zu Tode gekommen war, spukte es. Ein Zitat von Shakespeare kam ihr in den Sinn und stimmte sie noch trauriger: „Doch eh ein Mensch vermag zu sagen: schaut! Schlingt gierig ihn die Finsternis hinab: So schnell verdunkelt sich des Glückes Schein!"

Tief in Gedanken versunken trank Molly ihren Tee, erhob sich nach einer kleinen Weile und wandelte dann still durch die restlichen Zimmer ihres vorläufigen Zuhauses. Sie hatte sich auf die Suche nach den Gespenstern der Vergangenheit und der Gegenwart gemacht.

Die Bagger kamen am Montag. Der kleine alte Mann stand versteinert, seine Hände zu Fäusten geballt, auf der gegenüberliegenden Straßenseite. Mit Tränen in den Augen verfolgte er den Abriss des kleinen Hauses am Waldrand.

Staub wirbelte auf, als der riesige Hydraulikbagger die Außenwand einriss. Verzweiflung und Wut überwältigten ihn. Er dachte an die vergangenen Tage, an den Umzug aus seinem alten Leben in eine winzige Wohnung im Altersheim, und er erinnerte sich an das Versprechen, das er ihm gegeben hatte:

„Sei unbesorgt, Karl, wir werden ein nettes junges Pärchen für dein Häuschen finden, eine kleine hübsche Familie, die wie du dort glückliche Zeiten erleben wird." Als Sohn seines alten verstorbenen Freundes hatte er ihm vertraut und ihm sein Haus, das er über sechzig Jahre bewohnt hatte, schweren Herzens verkauft.

Er hatte gewusst, dass er es alleine nicht mehr schaffen würde. Die hohen Kosten an dem alten Gebäude hatten ihn erdrückt und seit dem Tod seiner geliebten Maria vor drei Jahren hatte ihm die Kraft gefehlt, das Haus zu pflegen und zu bewirtschaften. Kinder hatten sie keine, obwohl sie sich immer welche gewünscht hatten. Ihre Kinder waren die vielen Hunde gewesen, die über lange Jahre ihr Leben begleitet hatten.

„Und mit dem Erlös, Karl", hatte Hubert mit freundlicher Stimme gesagt, „mit dem Erlös kannst du ein unbeschwertes Leben führen. Du wirst sehen, es wird dir bestimmt gefallen. In der Altersresidenz Sonnengarten wirst du bald neue Freunde finden und du brauchst dich um nichts mehr zu kümmern."

Betrogen haben sie mich, und belogen, niemals haben sie davon gesprochen, dass unser Häuschen abgerissen werden sollte. Getäuscht haben sie mich, die ehrenwerten Herren, diese Verbrecher! Die Gedanken des alten Mannes drehten sich im Kreis. Er fühlte sich erschöpft, seine Beine zitterten und er suchte Halt an einem Gartenzaun.

Er zuckte zusammen, als der Bagger sich weiter durch die

Mauern fraß, ein Monster, das durch Marias geliebten Garten wütete und alles zerstörte, was er und seine Frau in all den Jahren aufgebaut hatten. Sie waren so jung gewesen, frisch verliebt, und als sie geheiratet hatten, hatten sie mithilfe beider Eltern dieses kleine Haus am Wald gekauft. 1936 gebaut, war es ein typisches Arbeiterhäuschen, nichts besonderes, aber für ihn und seine Frau bedeutete es alles.

Unter lautem Getöse und einer Staubwolke brach der Dachstuhl ein, Holz zersplitterte, Fenster zersprangen, innerhalb von Minuten würde das Haus für immer verschwunden sein. Und übrig blieben nur die Erinnerungen. Karl wandte sich zum Gehen. Er nahm seinen Stock und schlurfte langsam in gebückter Haltung die Straße entlang. *Was soll ich hier noch?*, dachte er und erblickte im gleichen Moment Huberts Mercedes, der schnell die Straße entlangfuhr und mit quietschenden Reifen in eine Nebenstraße abbog. Karls Herzschlag schien für Sekunden auszusetzen, ein dumpfes Gefühl in der Magengegend breitete sich aus. Rachegedanken schossen in seinen Kopf. Der alte Mann drehte sich um, wild entschlossen, den Mann, der einen bedeutenden Teil seiner Vergangenheit zerstört hatte, zur Rede zu stellen.

Als er in die Seitenstraße einbog, sah er Hubert im Gespräch mit einem fremden Mann. Sie hatten die Köpfe zusammengesteckt und betrachteten eine große Skizze, die der Mann in den Händen hielt. Karl vermutete, dass es sich um den Architekten oder den Bauleiter handeln musste und näherte sich so schnell er es konnte.

Hubert hob den Kopf, sein Gesichtsausdruck veränderte sich schlagartig und er blickte besorgt in seine Richtung. Er ahnte wohl, was ihn erwartete und kam mit einem herablassenden Lächeln auf ihn zu.

„Karl, was machst du denn hier?“ Hubert versuchte ihm die Hand zu reichen, doch Karl ignorierte wütend diese Geste und fauchte:

„Bist du zu feige, um mir zu sagen, dass du mein Häuschen

abreißt? Warum hast du das getan, Hubert? Du hast mir versprochen, dass es in gute Hände kommt. Du bist ein verdammter Lügner, nein, viel schlimmer, du bist ein Verbrecher, denn ich bin nicht der Einzige, dem du das angetan hast, du Betrüger! Wir werden uns zusammentun und dich fertigmachen, glaube mir, das wirst du bereuen!"

Wie um diese Worte zu untermalen, stürzte im gleichen Moment die letzte Wand des Hauses zusammen. Staub wirbelte auf und mit Tränen in den Augen hob der Alte seinen Stock. Hubert wich besorgt zurück, in der Annahme, der alte Mann wolle ihn schlagen, doch dieser sagte nur mit ruhiger kalter Stimme:

„Du wirst in der Hölle schmoren, Hubert."

Der Architekt kam auf die beiden zu und fragte beunruhigt:

„Alles in Ordnung, Herr Stein?"

„Ja, ja, alles okay. Karl, beruhige dich. Ich hätte das Gebäude erhalten, aber der schlechte Gesamtzustand machte das leider nicht möglich. Frag ihn", er zeigte auf den Architekten, „er wird es dir bestätigen."

„Einen Scheiß wird er tun." Karl spuckte die Worte förmlich aus.

„Versteckst du dich jetzt wie eine Memme hinter diesem Typ? Der tanzt doch eh nur nach deiner Pfeife. Erbärmlich!" Karl Pütz war nicht mehr zu bremsen. Seine Stimme klang hasserfüllt. „Und was ist mit Christoph? Er hatte das Vorkaufsrecht auf sein Häuschen, das auch du unbedingt haben wolltest. Aber er hat dir gesagt und dabei ins Gesicht gelacht, dass er sich das Geld verschaffen könne, das er brauche und du dir das Häuschen endgültig abschminken könntest. Ja, und nun ist er tot. Was für ein Zufall, Hubert. Sein Häuschen hättest du nur über seine Leiche bekommen. Das alles hat mir Christoph erzählt, vielleicht interessiert das ja auch die Polizei."

Hubert erbleichte und schaute den alten Mann fassungslos an.

„Karl, bist du jetzt komplett verrückt geworden? Chris starb an einer Überdosis, und außerdem hätte er sowieso niemals das

Geld zusammenbekommen. Willst du mir jetzt einen Mord in die Schuhe schieben? Die Polizei wird dich auslachen, Karl. Geh nach Hause und hör auf mit diesen Ammenmärchen."

Er schüttelte den Kopf und wandte sich zum Gehen um, doch der Alte hielt ihn am Arm fest.

„Sie werden nicht lachen, Hubert, sie werden nicht lachen." Dann ließ er Hubert los und ging langsam, sich auf den Stock stützend, die Straße entlang. Er schaute nicht mehr zurück, aber er ahnte, dass Hubert ihm mit sorgenvoller Miene nachschaute.

Molly Hazelwood beobachtete neugierig die beiden Männer, die dem Anschein nach keineswegs in trauter Eintracht auseinander gegangen waren. Traurig hatte sie wenige Minuten zuvor kurzerhand das kleine Haus am Waldesrand verlassen, in dem ihr Neffe ein so furchtbares Schicksal hatte erleiden müssen. Auch wenn sie Christoph nur flüchtig gekannt hatte und das noch nicht einmal persönlich, spürte sie in jedem Raum seine Gegenwart. Sie ahnte, dass die Seele des Ermordeten noch nicht bereit war, sein Heim zu verlassen und an den Ort zu gehen, der für ihn vorgesehen war. Molly wusste, diese Seele würde sie berühren und gefangen nehmen, wenn sie sich entscheiden sollte, in ihrem Elternhaus zu bleiben und den Plan, unabhängig und frei mit ihrem Wohnmobil die erträumten Abenteuer zu erleben, aufzugeben. Sie war sich keineswegs sicher, ob sie die Kraft aufbringen könnte, einen weiteren Geist in ihr Leben zu lassen. Und schon gar nicht solch einen rastlosen. Sie hatte weiß Gott genug spirituelle Fürsorge in Gestalt ihres verstorbenen Mannes Eduard.

Langsam schlenderte sie den Kiesweg zur Straße hinunter und blieb halb verborgen hinter den hohen Koniferen stehen. Der alte zerbrechliche Mann, den Kopf tief auf seine Brust gesenkt, bemerkte sie nicht. Als er näher kam, vernahm sie seine leise Stimme, jedoch die Worte, die er sprach, blieben unverständlich.

„Karl?" Abrupt hob er den Kopf. Es war ein kurzer Augenblick des Erkennens, als sie in sein zerfurchtes Gesicht blickte. Noch zweifelte sie, doch als sie das sanfte Lächeln, das über sein altes Gesicht huschte, und das glückliche Flimmern seiner Augen bemerkte, waren alle Zweifel vergessen.

„Molly, mein Gott, Molly." Tränen des Glückes oder der Verzweiflung, sie konnte es nicht mit Bestimmtheit sagen, liefen über seine eingefallenen Wangen. Zittrige Hände erfassten sie, seine Arme hielten sie umschlossen und zum allerersten Mal seit ihrer Ankunft fühlte Molly Hazelwood sich endlich daheim. Die Geste war so vertraut, die vielen Jahre ihrer Abwesenheit wie ausgelöscht.

Wie alt mag ich gewesen sein, versuchte Molly sich zu entsinnen, *an dem Tag, als Karl mit seiner Frau Maria in dem kleinen Nachbarhäuschen eingezogen war?* Das Bild eines Kindes, ihr Bild, tief vergraben in ihren Erinnerungen, zog an ihrem geistigen Auge vorbei. Sie sah ein fröhliches, lustiges Mädchen mit langen, geflochtenen Zöpfen, die neugierig ihre Welt entdecken wollte. Kein Baum in ihrem geliebten Wald war zu hoch, keine Pfütze zu tief und kein Weg zu steinig gewesen. Sie war ein Wildfang und jedem Streich wohlgesonnen. Ihre Eltern und Großeltern ertrugen sie mit liebevoller Gelassenheit, mahnten zur Mäßigung und ließen sie gewähren.

„Karl, was geht hier vor sich?" Vorsichtig führte sie den alten Mann den Kiesweg hinauf. Sein Atem ging schwer. Die kleinen Steinchen knirschten unter ihren Schuhen und erschwerten den Weg zusätzlich. Wenig erinnerte an den jungen Mann von damals, der immer über ihre Streiche lachen konnte, mit ihr – obwohl sie ein Mädchen war – Fußball gespielt und sie, und das war ihr allergrößtes Glück, auf seinem Moped mit ins Dorf genommen hatte. Stolz hatte sie ihre kleinen pummeligen Arme um seinen Körper geschlungen, ihre langen Zöpfe waren im Wind geflogen, als die Herkules mit laut knatterndem Motor die Straße entlang gekurvt war.

„Komm, wir setzen uns auf die Terrasse. Dort ist es schattig und kühl und es nimmt uns den Blick von ..." *Welches Wort wäre passend und weniger schmerzhaft?*, überlegte sie. *Baustelle, Abriss, Erinnerungen?* Sie wusste es nicht, deshalb sagte sie nur: „Setz dich, Karl, ich hole uns nur schnell eine leckere kalte Zitronenlimonade, und dann erzählst du mir alles."

Flink eilte sie in die angrenzende Küche, schnappte sich im Vorbeigehen zwei Gläser aus dem alten Holzschrank in der Ecke, öffnete mit der freien Hand den Kühlschrank und entnahm die Karaffe mit der selbstgemachten Limonade. *Köstlich*, dachte sie, als sie die Limettenscheiben und Blätter aus Minze betrachtete, die sie kurz vorher der Limonade beigefügt hatte. „Genau das richtige bei dieser Affenhitze", murmelte sie und schlug mit ihrem Ellenbogen resolut die Tür hinter sich zu.

„Da bin ich wieder“, bemerkte sie unnötigerweise, doch Karl lächelte sie mit strahlenden Augen an.

„Warum hat es so lange gedauert, Molly?“, fragte er und natürlich wusste sie, dass er nicht ihren Gang zur Küche meinte. Molly schüttelte ihren Kopf. Der nicht allzu ordentlich frisierte Dutt löste sich und ihr langes Haar breitete sich wie ein Fächer über ihre Schultern aus.

„Das erzähle ich dir ein anderes Mal, Karl.“ Plötzlich, mit diesen wenigen Worten, wusste sie, dass sie eine Entscheidung getroffen hatte. Sie würde bleiben, hier in diesem Haus, sie würde es auf jeden Fall versuchen. „Wie mir scheint, müssen wir ganz andere Probleme lösen, nicht wahr, Karl?“

Sie saßen viele Stunden beisammen und Molly begann zu begreifen, welch Unheil über diese Stadt hereingebrochen war. Karl erzählte ihr von dem zweiten toten Jungen, den er am Abend zuvor baumelnd an einer Eiche, nur wenige Schritte von diesem Haus entfernt, gefunden hatte. Er erzählte ihr von Christoph und seinem unermüdlichen Einsatz bei der Bürgerinitiative und er erzählte ihr von Hubert, von der Macht, die von ihm ausging und viele Menschen ins Verderben gestürzt hatte. Molly hörte aufmerksam zu. Ihr alter Freund aus Kindertagen war fest der Überzeugung, dass Hubert Stein hinter diesen furchtbaren Morden steckte. *War es wirklich so?*, fragte sie sich zweifelnd. Sie rief sich sein Gesicht in Erinnerung und das Gefühl, das sie empfunden hatte, als sie ihm begegnete. War es das Gesicht eines Mörders gewesen, in das sie geblickt hatte? Sie wusste es nicht, aber sie wusste mit Bestimmtheit, dass in dieser Familie schon seit vielen Jahrzehnten das Böse schlummerte. Das Böse versteckt sich überall. Hinter jeder Fassade, hinter jedem Baum, hinter jedem Gesicht könnte es lauern, um dich zu verletzen. Ja, Molly wusste das. Allerdings war sie nicht mehr die junge naive Frau von damals, die Hals über Kopf das Weite gesucht hatte, um den Dämonen zu entfliehen. Viele Jahre waren vergangen, aber jetzt war sie hier und sie würde bleiben und sich den Geistern der Vergangenheit stellen.

Erschöpft beendete Karl seine Erzählungen und Molly erhob sich und sagte mit sanfter Stimme:

„Komm, Karl, ich fahre dich nach Hause. Es ist zwar kein Moped, aber du wirst sehen, ich fahre einen heißen Schlitten.“

„Warum haben Sie sich vom Tatort entfernt, Herr Witt?" Reisers Stimme klang rau, als er die Befragung des Zeugen Sebastian Witt eröffnete.

„Das habe ich Ihnen doch schon am Samstag erzählt. Ich habe Panik bekommen. Ich stand unter Schock, konnte einfach keinen klaren Gedanken mehr fassen. Das ganze Wochenende war ich fix und fertig. Ich habe meinen besten Kumpel verloren ...", Sebastians Stimme zitterte, „... und ich habe dem Enzo nichts getan, das war ich nicht." Dabei schaute er Reiser aus trüben Augen an.

„Darauf kommen wir später. Schön eins nach dem anderen und beantworten Sie einfach nur meine Fragen." Ein aggressiver Unterton war in seiner Stimme zu hören.

Sie befanden sich in Simons Büro, ein schlichter Raum, der nicht viel mehr bot als einen Schreibtisch mit zwei Stühlen in der Mitte des Zimmers und Regale mit Akten an den Wänden. Auf der Fensterbank des kleinen Fensters stand einsam und verlassen eine Orchidee mit wunderschönen lilafarbenen Blüten. Kein Foto schmückte Simons Schreibtisch, das hätte er äußerst überflüssig und albern gefunden. Diese Blumen, das einzig Private in seinem Büro, waren die Lieblingsblumen seiner Frau Catherine gewesen, die er oft als seine Orchidee bezeichnet hatte.

Reiser hatte es sich auf Simons Stuhl bequem gemacht und wippte bedächtig vor und zurück. Er ließ den Zeugen keine Sekunde aus den Augen. Sebastian Witt saß wie ein Häufchen Elend zusammengekauert auf dem Stuhl vor dem Schreibtisch. Simon, der an der Wand gelehnt links neben Reiser stand, schaltete sich sofort ein. Er hielt nichts davon, Zeugen einzuschüchtern.

„Wir fangen einfach am Anfang an, Herr Witt. Erzählen Sie uns alles, was an diesem Wochenende passiert ist, von Samstag früh bis Sonntagabend." Simon wusste, dass es jetzt von größter Bedeutung war, das Vertrauen des Jungen zu gewinnen, ihm keinerlei Vorwürfe zu machen oder ihn mit Anschuldigungen zu konfrontieren. Reisers Methode führte oft dazu, dass der Zeuge oder Beschuldigte nur unzureichende Aussagen von sich gab, die Strategie des „Löcher in den Bauch fragen“ hatte noch nicht begonnen. Simon wollte den Jungen erst einmal erzählen lassen.

Das Positive an Reiser war, dass er den Wink sofort erfasste und Simon mit seiner Verhörtaktik vollends unterstützte. Er war auch nicht beleidigt, denn er wusste, dass seine Zeit kommen würde.

„Erzählen Sie bitte genau. Alles, was Ihnen einfällt. Wir können jede Unterstützung gebrauchen.“ Simon sprach freundlich und lächelte den Zeugen an. „Lassen Sie nichts aus, auch wenn Sie glauben, es wäre nicht so wichtig.“

Sie konnten es Sebastian Witt ansehen, wie er innerlich mit sich rang. Nervös bewegte er seine Hände, massierte sie, ballte sie zu Fäusten, öffnete sie wieder, ein Wechselspiel der Gefühle. Sein Atem ging schwer und es dauerte einige Sekunden, bis er anfing zu sprechen.

„Freitagabend habe ich Chris zum letzten Mal lebend gesehen.“ Bei dieser Aussage füllten sich seine Augen wieder mit Tränen.

„Ich habe mir sein Auto ausgeliehen, weil meines“, er stockte, „weil ich keines mehr habe. Am Samstagnachmittag musste ich zu einem Job nach Köln. Ich model ab und zu mal für verschiedene Events, dieser hier war nur ein ganz kleiner Job, nichts Besonderes, aber sie haben ganz gut bezahlt, deshalb wollte ich unbedingt hin. Es war für eine Broschüre eines Fitness-Studios, dort wurden auch die Fotos geschossen. Hat nicht lange gedauert, ich war von ca. halb zwei bis um halb sechs da. Manche Jobs dauern den ganzen Tag, dieser nicht.“

Bei Sebastian Witts Aussehen war dies eine durchaus glaubwürdige Aussage, die sich auch leicht nachprüfen ließ, überlegte Simon. Doch laut Aussage von Tom de Camp am Tatort musste der Junge schon einige Stunden tot gewesen sein, Todeszeit aller Wahrscheinlichkeit am Vormittag. Er wollte Sebastian nicht unterbrechen und wartete ab.

Und wirklich, er sprach sofort weiter.

„Am Samstag habe ich lange geschlafen, so bis 11 Uhr. War ein bisschen spät geworden am Freitagabend. Meine Mutter und meine Schwester sind schon früh aus dem Haus. Sie hatten sich auf dem Trödelmarkt einen Stand gemietet, da muss man dann schon um 7 Uhr antanzen. Verrückt, und das wegen der paar Kröten, das ist nichts für mich."

Simon erkannte den Unwillen in Reisers Gesicht. Er konnte sich gut vorstellen, was in dessen Kopf vor sich ging.

Da hielt jemand sein hübsches Gesicht in die Kamera und bekam dafür auch noch Geld. Sein Partner hatte für solche Art von Arbeit keinerlei Verständnis.

Auch dachte er über das fehlende Alibi nach. Witt hätte es also durchaus sein können. Welches Motiv sollte er jedoch haben? *Erzähl weiter, Junge.*

„Um zwölf bin ich kurz ins BFit gegangen, um zu trainieren. Chris wollte eigentlich auch kommen, und als er nicht auftauchte, habe ich es ein paar Mal auf seinem Handy versucht. Ständig sprang die Mailbox an. Ich dachte, bestimmt hat er es vergessen oder na ja ..." Er brach den Satz ab.

„Ja?", fragte Simon. Er merkte, dass der Junge etwas zurückhielt.

„Vielleicht ist es wichtig, Herr Witt."

„Vielleicht", antwortete er, „aber er war mein Freund. Ich will ihn nicht schlechtmachen, schon gar nicht, wo er jetzt tot ist."

„Das kann ich verstehen." Reiser schaltete sich ein und sprach mit engelsgleicher Zunge.

Das muss ihn einige Überwindung kosten. Simon grinste.

„Sie wollen doch bestimmt, dass wir denjenigen schnappen, der Ihrem Freund das angetan hat. Sagen Sie uns alles, was Sie wissen, wir versuchen immer, diskret zu sein." Bei dieser Aussage hätte Simon am liebsten laut aufgelacht, aber er riss sich zusammen.

„Es ist halt so, dass Chrissy recht beliebt war." Sebastian lächelte traurig. „Kurz gesagt, er war ein Weiberheld."

„Ein Weiberheld?" Simon war enttäuscht.

„Na ja, seine Vorlieben waren halt, wie soll ich sagen, die etwas älteren und vor allem verheirateten Frauen. Mit jungen Frauen wollte er sich nicht mehr abgeben. Er sagte, die würden so klammern, da hätte er keinen Bock drauf. Das würde bei den verheirateten nicht passieren, und er achtete auch stets darauf, dass die Damen nicht gerade die Ärmsten waren. Sie hatten wohl alle Geld."

„Er war also ein sogenannter Gigolo?" Reiser spuckte die Worte fast aus.

„Nein, nein, das verstehen Sie falsch. Er hat sich nicht bezahlen lassen, obwohl er bestimmt auch nichts gegen gewisse Zuwendungen und Vergünstigungen hatte."

„Macht eigentlich keinen Unterschied, oder?" Reiser hatte sich sein Bild gemacht und schaute Simon fragend an, doch der schüttelte nur mit dem Kopf.

„Erzählen Sie weiter, haben Sie irgendwelche Namen, kennen Sie eine von den Damen?"

„Nein." Die Antwort kam für Simons Geschmack zu schnell, aber er sagte nur:

„Gut, falls Ihnen noch ein Name einfällt, sagen Sie es uns bitte."

„Ich habe Chris andauernd gesagt, dass er einmal richtig Ärger bekommen würde, er hat immer nur gelacht."

„Er hat Ihnen also davon erzählt, aber keine Namen genannt."

„Nein, Chris war in dieser Beziehung sicherlich nicht gerade vorbildlich, er war trotz allem ein toller Mensch, der sich auch für andere Menschen eingesetzt hat." Man merkte es ihm an, wie schwierig es für ihn wurde, über seinen toten Freund zu sprechen und Simon wollte auf keinen Fall, dass Reiser irgendeine verächtliche Bemerkung machen würde, deshalb erwiderte er schnell:

„Ich verstehe."

Simon war hinter Sebastian getreten und legte ihm freundschaftlich die Hand auf die Schulter. Dabei schaute er Reiser mit einem warnenden Blick an.

„Ich habe gehört, dass Sie meinen Sohn Julian kennen, stimmt das? Er trainiert auch im BFit." Simon entschied sich, das Gespräch in eine andere Richtung zu lenken.

„Ja, das stimmt." Sebastian schluckte den Köder. Er hatte nichts bemerkt. „Wir haben am Samstag zusammen trainiert. Er hat mir von seinem Job bei der Kripo erzählt." Er wurde plötzlich wieder nervös. „Enzo war auch da", ergänzte er.

„Fahren Sie fort, von wann bis wann haben Sie trainiert? Erzählen Sie uns von Enzo Rossi, wie gut kannten Sie ihn?" Simon befürchtete, dass das Gespräch ins Stocken geriet, er kannte die Anzeichen dafür gut.

Reiser stand auf und sagte zu Simon gewandt:

„Ich gehe uns etwas zu trinken holen, willst du Kaffee oder Wasser?"

„Danke, Reiser, ich will nichts. Vielleicht möchte Herr Witt etwas trinken."

Sebastian wirkte unkonzentriert, als ob er über etwas nachdachte, dennoch zu keinem Ergebnis kam. Er gab keine Antwort.

„Hol ihm ein Wasser", antwortete Simon an dessen Stelle. Simon setzte sich auf den freigewordenen Stuhl und lächelte den Zeugen aufmunternd an. „Fahren Sie fort", wiederholte er seine Bitte.

„Ich glaube, ich war von 12 bis 13 Uhr da, nur etwa eine Stunde, von dort aus bin ich direkt nach Köln gefahren. Es war ziemlich viel los im Fitness-Studio. Als Enzo kam, bin ich auch schon fast los. Ich kann ihn nicht leiden. Niemand mag ihn eigentlich", dann korrigierte er sofort, „mochte ihn, mein ich." Er ahnte wohl nicht, dass er ihnen soeben ein Motiv, wenn auch ein sehr schwaches, für den Mord an Enzo geliefert hatte.

„Okay, Sie mochten ihn nicht. Warum? Was war er für ein Typ? Im Bistro Leonardo haben Sie ihn vor einigen Zeugen beschuldigt, etwas mit dem Tod von Christoph Stein zu tun zu haben. Was haben Sie damit gemeint? Herr Witt, bitte, Sie müssen uns schon etwas mehr sagen."

„Ich weiß nichts Genaues." Sebastian rutschte auf seinem Stuhl hin und her, er wirkte plötzlich ängstlich. „Christoph erwähnte mir gegenüber einmal, dass Enzo mit Anabolika handelte, er verhökerte das Zeug in Fitness-Studios. Er meinte, dass der Italiener allerdings nur ein kleiner Fisch in einem großen Becken wäre, aber von wem er das Zeug hatte, wüsste er nicht."

„Hat er Ihnen auch mal etwas angeboten? Und Ihr Freund, war er Kunde bei Enzo?" Simons Interesse war geweckt. Das Notizbuch in Enzo Rossis Schublade fiel ihm ein. Jetzt schien es langsam spannend zu werden. Anabole Steroide. Damit ist nicht zu spaßen. Der illegale Handel mit Anabolika boomte, die Fitnessbranche hatte sich in den letzten Jahren zu einem florierenden Geschäft entwickelt. Simon wusste, dass durch den Verkauf dieser illegalen Substanzen mittlerweile mehr Geld eingenommen wurde als im Drogenhandel.

Sollte hier das Motiv sein? Denkbar wäre es.

„Nein, mir hat er nie etwas angeboten, bei Christoph bin ich mir nicht so sicher, ich könnte es mir vorstellen. Ich nehme so etwas nicht. Ein bisschen Nahrungsergänzungsmittel okay, aber so einen Dreck, nee, niemals." Er wirkte ehrlich entrüstet, trotzdem hatte Simon das Gefühl, dass dies nur die halbe Wahrheit war.

Die Tür öffnete sich und Reiser betrat geräuschvoll, beladen mit Getränken und Sandwiches aus dem Flurautomaten, das Zimmer.

„Ich hab uns auch etwas zu essen geholt, mit leerem Bauch redet es sich nicht so toll, oder Herr Witt." Der Sarkasmus in Reisers Stimme war kaum zu überhören.

„Reiser, Herr Witt hat mir gerade erzählt, dass Enzo Rossi möglicherweise mit Steroiden gedealt hat."

„Ach ja?" Reiser schien nicht sonderlich beeindruckt. „Sie denken also, Herr Rossi hat Ihren Freund mit Anabolika getötet und dann haben Sie, Herr Witt, den Herrn Rossi umgebracht?"

Empört sprang Sebastian von seinem Stuhl hoch und funkelte Reiser mit bösen Augen an.

„Nein, ich habe Enzo nicht umgebracht, und ich habe auch keine Ahnung, wer Christoph das angetan hat. Ich weiß es doch nicht. Es war nur so eine Vermutung von mir. Ich dachte eher an einen Unfall oder so, dass er sich zu viel gespritzt hat. Und deshalb habe ich Enzo dafür verantwortlich gemacht."

„Beruhigen Sie sich, Herr Witt." Simon drückte den Jungen sanft auf den Stuhl zurück. „Keiner beschuldigt Sie hier."

„Doch, Ihr Kollege." Sebastian war immer noch aufgebracht und man merkte ihm an, dass er Reiser am liebsten eine verpasst hätte.

Scheint recht aufbrausend zu sein, unser Zeuge hier, dachte Simon. *Hat er wirklich etwas mit der Geschichte zu tun? Diese beiden Morde waren präzise geplant, das zeigten schon allein die zwei Gedichte. Sebastian war eher der Typ, der unüberlegt handelte und unberechenbar war. Vielleicht will er uns dies auch nur weismachen und spielt Katz und Maus mit uns.*

„Okay, wir beruhigen uns jetzt wieder und machen weiter." Diese Bemerkung galt nicht nur Sebastian Witt, sondern war auch für Reiser eine Warnung, sich etwas zurückzunehmen.

„Das Auto, wer wusste alles, dass Sie Christoph Steins Auto fuhren? Wem haben Sie davon erzählt?" Simon dachte an die Zeile im Gedicht: „Das Auto, das dort wohnt, ist fort." Der Mörder muss davon gewusst haben.

„Ach herrje, woher soll ich das wissen? Von mir wissen das höchstens meine Mutter oder meine Schwester, die Leute im FitnessStudio vielleicht, wenn sie mich gesehen haben, als ich damit vorfuhr. Das waren bestimmt einige. Ihr Sohn zum Beispiel auch, kann auf jeden Fall sein. Und irgendwelche Leute, die mich im Ort gesehen haben. Wirklich, ich habe keinen blassen Schimmer. Christoph hat es wahrscheinlich auch irgendjemandem gegenüber erwähnt, dass er am Wochenende kein Auto haben würde. Er sagte zu mir: Alter, nimm das Auto, ich brauche es dieses Wochenende nicht, da, wo ich hin will, das schaffe ich auch zu Fuß."

Da gab ihm Simon insgeheim recht, niemand wusste, wem Christoph Stein es erzählt hatte.

Also auch nicht gerade eine heiße Spur. Nur ein Ansatz, wir müssen also die Leute finden, die an dem Tag im Fitness-Studio waren, da wird mir Julian eventuell helfen können. Reiser blickte den Zeugen durchdringend an, sagte aber nichts. Minutenlang machte er das und Sebastian Witt wurde immer nervöser unter seinem Blick.

„Was starren Sie mich denn so blöd an, Mann. Ich habe da keinen Bock mehr drauf, ich will jetzt nach Hause!", entrüstete sich der Zeuge und wollte wieder aufspringen.

„Setzen Sie sich sofort wieder hin!" Reisers Stimme war messerscharf. „Wir sind noch nicht fertig und wir bestimmen, wann Sie gehen können. Sie sagen uns nicht alles, was Sie wissen. Wieso sind Sie überhaupt noch einmal zum Haus des Verstorbenen gefahren? Das Auto hatten Sie doch schon."

Reiser schaute in die Unterlagen, die vor ihm lagen, und blätterte sie durch. „Sie waren so gegen 18 Uhr dort, stimmt das?" Reiser schien keine Antwort zu erwarten und fuhr fort: „Um 18.15 Uhr haben Sie bei der Polizei den Notruf getätigt. Erzählen Sie uns bitte, was Sie davor getan haben. Wo haben Sie das Auto geparkt, sind Sie zuerst in das Haus gegangen, haben Sie etwas bemerkt? Die Türen, waren sie geschlossen oder waren sie offen? Warum sind Sie überhaupt in die Garage gegangen? Herr Witt, wir brauchen Antworten, hier geht es um Mord, das ist keine Kinderstunde!"

Blass und verletzt wirkte Sebastian Witt, während er Reiser direkt anschaute und mit fester Stimme antwortete:

„Okay, Herr Kommissar", der Tonfall seiner Stimme klang schnippisch, „ich erzähle Ihnen alles, was ich weiß. Es stimmt, ich bin so gegen sechs hingefahren, weil ich mir Sorgen gemacht habe. Den ganzen Tag hatte ich ja versucht, Chris auf dem Handy zu erreichen, wie gesagt, jedes Mal sprang die Mailbox an. Nach dem Model-Job wollte ich nach ihm sehen und vielleicht, dachte ich, hätte er auch Lust, mit mir ein Bierchen trinken zu gehen."

Seine Stimme brach und er zögerte einige Sekunden, bevor er weitersprach. „Das Auto habe ich auf der Straße geparkt, weil es etwas schwierig ist, aus der Ausfahrt herauszukommen. Ich bin also die Auffahrt zu Fuß hoch und direkt zum Haus rübergegangen. Die Haustür stand weit offen, darüber hab ich mich gewundert und irgendwie hatte ich sofort ein ganz komisches Gefühl, dass irgendetwas nicht stimmte."

Plötzlich standen Tränen in seinen Augen und Simon dachte, dass der Junge entweder ein perfekter Schauspieler oder jemand war, der verzweifelt um seinen Kumpel trauerte.

„Ich habe seinen Namen gerufen, immer und immer wieder. Bin durch das ganze Haus gelaufen, auch nach oben ins Schlafzimmer."

Er senkte den Blick und starrte auf seine Hände. So verharrte er einige Sekunden, und als er wieder aufblickte, waren seine Augen leer und er schien durch Simon und Reiser hindurchzusehen, als ob sie gar nicht anwesend wären.

„Niemand antwortete", fuhr er mit gebrochener Stimme fort. „Es war so still, so unglaublich still." Die Worte hingen wie dunkle Wolken in der Luft.

„Was haben Sie dann gemacht, Herr Witt?" Reiser lehnte sich etwas vor und Simon sah, wie sehr er sich bemühte, die Geduld zu bewahren. Reiser glaubte wohl eher an die Version des Schauspielers.

Sebastian Witt schluckte.

„Ich bin dann raus. Dort habe ich auch weiter gerufen. Eigentlich wollte ich wieder fahren, aber dann dachte ich mir, dass er vermutlich in der Garage sein könnte und wieder an irgendetwas rumbastelt. Also hab ich kehrt gemacht und bin hin. Die Tür war zu, aber nicht abgeschlossen. Das macht er sowieso nie. Machte, mein ich, verflucht!"

Ein weiteres Mal sprang Sebastian auf und trommelte wütend mit den Fäusten auf den Schreibtisch. Er schrie die nächsten Worte voller Verzweiflung:

„Er lag da, auf der Seite, verdammt noch Mal, und ich habe versucht, ihn wiederzubeleben, aber ich wusste, dass er tot war! Ich wusste es!" Hilflos brach er ab und sank schluchzend auf den Stuhl nieder.

Er stand ganz still im Schatten der hohen Laterne und schaute auf das hellbeleuchtete Haus. Er trug eine dunkle Regenjacke, die Kapuze tief ins Gesicht gezogen. Der Regen perlte von ihm ab, wie vergossene Tränen. Er liebte den Regen in den Abendstunden, dann hatte er die Straßen für sich alleine.

Niemand würde ihn stören. Die Menschen blieben lieber zu Hause und verbrachten den Abend vor dem Fernseher oder sie lasen ein Buch, spielten mit ihren Kindern, aßen zu Abend.

Der Sommer neigte sich dem Ende zu, der Herbst stand vor der Tür, die Tage wurden kürzer, früher als bisher kam die Dunkelheit. Das war schön, denn dann konnte er sie viel besser sehen und durch ihr beleuchtetes Fenster betrachten. Wenige Autos eilten an ihm vorbei.

Im schmutzigen Regenwasser der Pfützen, die wie schwarze Löcher aussahen, spiegelten sich die Lichter der Straße. Die Autofahrer würden ihn nicht wahrnehmen, sie fuhren rücksichtslos durch das trübe Wasser hindurch. Es spritzte hoch bis auf den Bürgersteig. Alles was sie antrieb, war so schnell wie möglich nach Hause zu kommen, um es sich dort gemütlich zu machen.

Er wäre jetzt gerne bei ihr gewesen. Wie schön wäre es, mit ihr zusammen zu sein, mit ihr zu sprechen, ihr blondes Haar zu streicheln. Aber das war lange vorbei.

Die Zeit war gekommen, sie zu bestrafen, denn sie hatte den verhängnisvollen Fehler begangen, auf keine seiner Nachrichten zu reagieren. Sie hatte ihn einfach ignoriert, als ob es ihn nie gegeben hätte. Das tat weh und machte ihn wütend, sehr wütend. Er hatte ihr noch einmal eine zweite Chance geben wollen, jeder verdiente eine zweite Chance. Doch sie hatte sie nicht genutzt, als er wieder und wieder bei ihr angerufen hatte. Meist legte sie einfach auf, nur einmal, da hatte sie ihn angeschrien und es hatte ihn fast glücklich gemacht, ihre Stimme zu hören, auch wenn sie sich wie ein hysterisches keifendes Weib aufgeführt hatte.

Nicht im Traum hätte er damit gerechnet, dass sie ihn nicht wollte. Das war einfach unmöglich.

Die Frauen lieben mich doch, dachte er verdrossen und sein Herz klopfte vor Aufregung bis zum Hals, als er auf das gegenüberliegende Haus schaute.

Wenn er sie nicht haben konnte, sollte auch niemand anderer sie besitzen. Seine Gedanken überschlugen sich und er überlegte angestrengt, was er als nächstes machen sollte. Hatte er zu lange gewartet?

Vielleicht gibt es ja doch noch eine Möglichkeit, sie umzustimmen? Ich begehre sie so sehr. An jedem Tag werde ich ihr eine Blume schicken, dann begreift sie, wie sehr ich sie liebe. Sie liebt Blumen. Alle Frauen lieben Blumen.

Sein Blick wanderte hoch zum obersten Fenster, direkt unter dem Dach. Hier war sie oft zu sehen. Der Blick in das Wohnzimmer wurde ihm durch eine hohe Hecke verwehrt, aber das war ihm egal, denn dort in dem oberen Zimmer, da war sie meist alleine, und er wollte sie ganz für sich alleine.

Als das Licht in der ersten Etage anging und sie den Raum betrat, hielt er für einen Augenblick den Atem an. Er konnte ihre unbeschreibliche Schönheit erahnen und verfolgte jede ihrer Bewegungen.

Sie setzte sich an ihren Schreibtisch, um irgendetwas zu tun, von dem er nicht wusste, was es war. Ab und zu hob sie den Blick und es war, als ob sie ihn anschaute. Doch sie konnte ihn nicht sehen, glaubte er zu wissen, aber vielleicht spürte sie ja, dass er da war, denn ihr schönes Gesicht wirkte angespannt. *Ja, so will ich dich, genau so.* Er nahm sein Telefon und wählte ihre Nummer.

Zwei Uhr in der Nacht und Viktoria war hellwach. Eigentlich war montags Ruhetag in der Gaststätte Steinhof, doch Hubert war nicht zu Hause. Auch Annabell schien noch unterwegs zu sein. Ihr Mann hatte ihr nicht gesagt, wo er hingehen würde, das taten sie beide schon seit vielen Jahren nicht mehr. Sie stellten sich auch keine Fragen, und es interessierte sie auch nicht zwingend, was der andere in seiner Freizeit trieb. Das war auch nicht der Grund, warum Viktoria nicht schlafen konnte.

Sie musste ihre Gefühle ordnen, die, seit sie am vergangenen Tag durch ihre Tochter von Christophs Tod erfahren hatte, in ihrem Kopf für ein buchstäbliches Chaos sorgten. Sie konnte kaum noch einen klaren Gedanken fassen. Ihre Stimmung schwankte irgendwo zwischen schierer Fassungslosigkeit und blankem Entsetzen.

Mein Gott, dachte sie hilflos, *ich war in seinem Haus. Am Samstagmittag war ich dort. War er da schon tot?*

Unruhig lief sie in dem großen, der Terrasse zugewandten Wintergarten hin und her. Normalerweise liebte sie diesen Raum, den sie mit viel Hingabe eingerichtet hatte. Ein heller freundlicher Ort, an dem es sich auch bei diesem trüben Wetter gut aushalten ließ. Meterhohe Stauden in Terrakottakübeln gaben dem hohen Raum ein mediterranes Flair, die hübschen Rattanmöbel vervollständigten das südländische Ambiente.

Viktoria hatte das Licht nicht angeschaltet. Mit zitternden Händen zündete sie sich eine Zigarette an, stellte sich vor das große Fenster und starrte blicklos in die Dunkelheit.

Hat mich vielleicht jemand gesehen?

Verzweifelt versuchte sie sich daran zu erinnern, ob ihr jemand auf der Straße vor Christophs Haus aufgefallen war, doch sie konnte sich nicht entsinnen.

Sie werden meine Fingerabdrücke finden und denken, dass ich ihn getötet habe.

Sie hatte geklingelt, immer wieder, und dann hatte sie vorsichtig die unverschlossene Tür geöffnet. Sie hatte mehrmals seinen Namen gerufen, aber kein Laut war zu hören gewesen. Niemand war da, glaubte sie.

Wenn er nicht zuhause ist, dann werde ich auch sein Handy nicht finden, hatte sie entmutigt gedacht, jedoch könnte es ja nicht schaden, danach zu suchen. Vielleicht hätte sie ja Glück und er hatte es liegenlassen und sie könnte endlich diese Fotos löschen, die er ihr an ihrem letzten gemeinsamen Abend gezeigt hatte.

Sie werden die Fotos finden, dachte Viktoria unglücklich, *sie werden zu mir kommen, mich verdächtigen und ich werde alles verlieren.*

Der Regen hatte wieder eingesetzt und trommelte auf das schräge Dach des Wintergartens, die Bäume im Garten wogen sich im Wind und die Blätter wirbelten vom Boden aus durch die Luft. Als Kind hatte sie das Klopfen des Regens beruhigt, heute machte es sie nervös.

Denk nach, verdammt noch mal denk nach.

Sie legte ihre heiße Stirn auf das kühle Fenster und schloss für einen kurzen Moment die Augen. Sie spürte es. Sie spürte das Unheil. Ihre innere Stimme vermischte sich mit dem Heulen des Windes in den Zweigen. Der klagende Ton ließ sie erschauern, doch die Schatten, die sie sah, als sie die Augen wieder öffnete, ließen ihr das Blut in den Adern erstarren. Entsetzt wich sie vom Fenster zurück.

In genau diesem unfassbaren Moment der Angst klingelte ihr Handy. Sie zuckte zusammen und ihr schmaler Körper begann unkontrolliert zu zittern. Mit Mühe erreichte sie ihr Mobiltelefon, das auf der anderen Seite des Raumes auf einer kleinen Kommode lag.

„Hallo“, hauchte sie. Keine Antwort. „Hallo, wer ist denn da?“

Nichts. Viktoria atmete schwer. Die Abstände der Anrufe wurden kürzer.

„Lass mich in Ruhe!“, schrie sie hysterisch. „Ich habe jetzt keine Zeit für diesen Mist, hast du gehört, lass mich endlich in Ruhe!“

Wütend und mit aller Kraft schmiss sie ihr Telefon gegen das Fenster, wo es zerbrach, stolperte die Treppe hinauf in ihr Arbeitszimmer und schaute, ohne das Licht einzuschalten, hinaus auf die Straße vor ihrem Haus. Niemand. Im Licht der Laterne auf der gegenüberliegenden Straßenseite konnte sie nur den heftigen Regen sehen, der auf den Asphalt peitschte. Tränen füllten ihre Augen, die Angst lähmte sie. Minutenlang, es erschien ihr wie eine Ewigkeit, starrte sie auf die leere Straße.

Scheinwerfer näherten sich dem Haus und sie erkannte mit Erleichterung das Auto ihrer Tochter Annabell. Sie sah, dass sich das Hoftor dank modernster Technik wie von Geisterhand langsam öffnete und Annabell ihren Wagen vor der Haustür parkte. Annabell stieg schnell aus, und um sich vor dem Regen zu schützen, zog sie ihre Jacke über den Kopf und lief eilig auf das Haus zu.

Viktoria schaltete das Licht im Flur an und erwartete ihre Tochter am Fuß der Treppe. Sie hörte Annabell leise die Haustür aufschließen, wohl im Glauben, ihre Mutter schliefe tief und fest. Mit gesenktem Kopf stand sie wenige Augenblicke später triefend nass in der Diele. Mit der einen Hand schleuderte sie ihre Jacke auf den Boden, als ob es ein lästiges Anhängsel wäre. In der anderen Hand hielt sie eine langstielige rote Rose. Überrascht, ihre Mutter wach zu sehen, ging sie auf sie zu, reichte ihr die Blume und sang mit lauter heller Stimme:

„Für dich oder mich soll's rote Rosen regnen, uns sollten sämtliche Wunder begegnen." Sie brach ab und lächelte ihre Mutter von der Seite her an. „Ich schätze, ich habe einen Verehrer, Mama", sagte sie spöttisch. „Aber vielleicht sind die ganzen Rosen ja auch für dich, nicht wahr?"

Als Molly Jo Hazelwood erwachte, schien die Sonne durch das kleine Fenster ihres VW-Busses, in dem sie nach wie vor übernachtete, und ließ silberne Lichtreflexe übermütig im Raum umherflirren. Trotz der aufregenden Ereignisse des letzten Tages hatte Molly ausgezeichnet geschlafen und war nun voller Tatendrang. Nachdem sie gestern Abend viele Stunden im stummen Gespräch mit Eduard und auch mit Christoph verbrachte hatte und sich ausführliche Gedanken über ihre Zukunft im Allgemeinen und im Besonderen hier in Heiligenburg gemacht hatte, dürstete es sie nach einer großen Portion Abenteuer.

Die momentane Stimmung hier im Ort war, wie sollte es auch anders sein nach zwei noch unaufgeklärten Morden, alles andere als gut. Das Böse war ganz unvermittelt über den Ort gekommen, wie ihr Karl gestern mit unheilvoller Stimme verkündet hatte. Nun, wenn das tatsächlich so war, so würde sie das Ihrige dazu tun, um den teuflischen Dämonen den Garaus zu machen.

In ihrer Vorstellung verwandelte Molly Jo sich – eingezwängt in ein knallrotes gymnastikanzugähnliches Trikot – in Super-Molly, die Bezwingerin allen Übels. Wie ein Irrwisch würde sie durch Heiligenburg fegen, um alle Mörder und sonstige Übeltäter zu überwältigen und einer gerechten Strafe zuzuführen. Staunend, mit offenen Mündern und fasziniert aufgrund ihres herausragenden Mutes würden alle Heiligenburger ihr zujubeln, einschließlich dieses unverschämten und arroganten Polizeikommissars. Diese Szene bildhaft vor Augen musste Molly plötzlich lauthals auflachen. Ihre Fantasie war mal wieder mit ihr durchgegangen.

Durch ein üppiges Frühstück, inklusive Rührei mit Speck und Tomaten, gestärkt, machte Molly sich eine Stunde später auf den Weg in die Stadt. Sie wollte einige Besorgungen erledigen und dann noch auf einen Kaffee bei ihrem wiedergefundenen Freund Karl Pütz in der Altersresidenz Sonnengarten vorbeischauen. Sie hatte es ihm gestern versprechen müssen.

Auf ihrem Weg, nicht weit von ihrem Fachwerkhäuschen entfernt, kam Molly durch ein kleines Gewerbegebiet. *Nein, wie schrecklich,* dachte sie, *all diese hässlichen Gebäude und Lagerhallen mitten im Wohngebiet. Wie schön war es doch früher gewesen.* Aber natürlich wusste Molly auch, dass alles immer zwei Seiten hatte. Für die Bewohner wurden dadurch Arbeitsplätze geschaffen und gewährten somit Wohlstand und Frieden.

Unvermittelt verharrte sie vor einem nicht sehr einladend wirkenden Bau mit stark verschmutzten Fensterscheiben. „BFit“ las Molly auf einem Schild. *Das wird das Fitness-Studio sein, in dem Christoph vermutlich trainiert hat.* Gestern noch hatte sie in der Wohnstube ihres Häuschens einen kleinen Stapel mit Flyern entdeckt, auf dem dieses Studio beworben wurde. Neugierig, wie sie war, marschierte sie an den hübschen Blumenkübeln, die einen interessanten Kontrast zu all dieser geballten Hässlichkeit darstellten, vorbei und versuchte, durch die Scheiben zu schauen. Viel konnte sie nicht sehen. Es schien kein besonders reger Betrieb dort drinnen zu herrschen, es war ja auch noch recht früh am Morgen.

Molly kniff die Augen zusammen und stieß unvermittelt ein verblüfftes „Na, so was!“ aus. Konnte das sein?

Oben auf einem der Fitnessgeräte, oder besser gesagt Foltergeräte, wie Molly meinte, saß ein großer weißer Vogel und wippte zum Takt der lauten rhythmischen Musik hin und her. Einem spontanen Impuls folgend wollte sie stehenden Fußes das Fitness-Studio erstürmen, um sich den putzigen sportbegeisterten Vogel – Molly hatte ihn inzwischen als Kakadu identifiziert – aus der Nähe zu betrachten. Doch im letzten Moment fiel ihr ein, wie albern das auf die anwesenden Gäste wirken musste, wenn sie in ihrem eleganten Outfit plötzlich mitten im Raum stünde. Sie hatte sich nämlich für Karl extra in Schale geworfen und trug wieder ihr großgeblümtes Kleid, dazu schicke rote Ballerinas und ihren obligatorischen Strohhut.

Aber ich komme wieder, my darling, versprach Molly. Sie musste sich eingestehen, dass sie sich ein wenig in den exotischen Vogel verliebt hatte.

Und so wanderte sie weiter durch ein völlig verändertes Heiligenburg in Richtung Einkaufsmeile. Sie staunte, wie viele Geschäfte dort zu finden waren. Zu ihrer Zeit hatte es einen Gemischtwarenladen, einen Bäcker, einen Metzger und ein Schreibwaren-/Zigarrengeschäft gegeben. Das war es dann aber auch schon gewesen. Voller Freude erkundete Molly ein Geschäft nach dem anderen.

Nach ihrer Einkaufsorgie machte sich Molly dann mit zwei prall gefüllten Plastiktüten bepackt auf die Suche nach der Altersresidenz Sonnengarten. Da diese unmittelbar auf der gegenüberliegenden Straßenseite lag, stand sie schon nach wenigen Minuten in der modern gestalteten, aber freundlich und hell wirkenden Empfangshalle.

Das Foyer der im Herzen des Ortes gelegenen Alterswohnstätte erinnerte eher an eine mondäne Hotellobby, was auf gutbetuchte Bewohner schließen ließ. Molly fragte die lächelnde Dame an der Rezeption nach Karl Pütz.

„Soviel ich weiß, ist Herr Pütz momentan nicht auf seinem Zimmer, er nimmt an der wöchentlich stattfindenden Gymnastik teil. Wenn Sie den rechten Gang ein Stückchen hinuntergehen, gelangen Sie zu unserem Allzweckraum, der im Moment durch die Gymnastikgruppe belegt ist. Hören Sie die Musik? Dort werden Sie die Herrschaften finden“, teilte die muntere Angestellte Molly mit.

Diese folgte den Klängen der fröhlichen Schlagermusik und verweilte dann zögerlich vor der geschlossenen Tür. *Keine falsche Schüchternheit*, dachte Molly schließlich, öffnete die Tür und befand sich augenblicklich mitten im Gewusel von lachenden, vor sich hin hüpfenden, sich drehenden und durch den Raum schwebenden, nicht mehr ganz taufrischen Personen wieder.

„Hallo, herzlich willkommen in unserem Seniorenballett »Lahme Enten«!“, rief plötzlich eine ihr bekannte Stimme aus dem hinteren Bereich. Molly drehte sich um und blickte in das grinsende Gesicht von Karl Pütz. „Schön, dass du mich besuchen kommst!“

Molly umarmte ihren Freund und erwiderte freudestrahlend: „Du bist ja noch ganz schön auf Draht für dein Alter, my dear!"

„Molly, ich möchte dir gerne jemanden vorstellen. Hier ist sie, unsere wunderhübsche und geduldige Gymnastiklehrerin, Annabell."

Eine schlanke blonde junge Frau tanzte gerade mit einem selig lächelnden älteren Herrn im Arm im Walzerschritt an den beiden vorbei.

„Über einen Neuzuwachs würden wir uns alle sehr freuen. Frisches Blut tut immer gut!", rief sie Molly übermütig zu, reichte ihren Tanzpartner schnell einer schüchtern aussehenden Dame weiter und kam zu Karl und Molly herübergeschwebt.

Molly war von der vor Energie sprühenden und fröhlichen Annabell sehr angetan. Sie erinnerte sie sehr an sich selbst in jungen Jahren.

„Wenn es hier immer so herrlich zugeht, werde ich keinen Augenblick zögern und Ihr Angebot sofort annehmen!", lachte Molly ihr entgegen.

„Nicht dass Sie einen falschen Eindruck bekommen, aber getanzt wird nur in den letzten 10 Minuten, vorher wird hier tüchtig trainiert. Ausdauer, Muskelaufbau, Beweglichkeit und so fort. Da gibt es kein Pardon!", lächelte Annabell zurück.

„Lass dir keine Angst einjagen", entgegnete Karl augenzwinkernd.

„Wir leben alle noch und freuen uns nach wie vor auf jede Stunde. Annabell Stein hat ein Händchen für uns alten Leute", sagte Karl an Molly gewandt.

„Stein?" Molly runzelte die Stirn. „Ich bin auch eine geborene Stein, vielleicht sind wir zwei Schönen ja miteinander verwandt?"

„Natürlich seid ihr das! Wie konnte ich das vergessen?" Karl lachte herzlich. „Wenn ich es mir recht überlege, die Familienähnlichkeit, sie ist wirklich verblüffend."

Molly und Annabell jedoch waren verstummt und schauten sich mit einem erstaunten Blick gegenseitig in ihre warmen braunen Augen.

„Mama?" Charlotte betrat das Wohnzimmer. Ohrenbetäubende Musik aus dem CD-Spieler schallte durch den Raum und Charlotte beobachtete fassungslos und zugleich fasziniert, wie ihre Mutter singend und tanzend, umgeben von Umzugskisten und Zeitungspapier, die Schränke leerräumte. Ein Hut aus Zeitungspapier zierte ihren Kopf, ihr Gesicht und ihre Hände zeigten deutliche Spuren von Druckerschwärze.

„Mama!" Sie schrie jetzt, um die Stimmen der Beatles in irgendeiner Weise zu übertönen, was ihr scheinbar gelungen war, denn ihre Mutter schaute kurz auf und winkte ihr zu.

Auf dem Esstisch stand eine halbleere Flasche Rotwein. Charlotte vermutete, dass es sich um einen Chianti oder vielleicht auch um einen Shiraz handelte, die Lieblingsweine ihrer Mutter. Sie konnte das Etikett aus der Ferne nicht erkennen. Das Glas daneben war leer. Unmittelbar hinter der Weinflasche bemerkte sie eine Vase mit einem wunderschönen Blumenstrauß.

Charlotte lächelte und schrie:

„Geht's dir gut, Mama?"

Theresa hob beide Hände über ihren Kopf und wirbelte sie durch die Luft. Ihr mittellanges braunes Haar klebte schweißnass an ihrem Kopf, das Gesicht glühte, aber sie schien das erste Mal seit langer Zeit wieder glücklich zu sein.

Charlotte hätte sehr gerne den Grund für diese Fröhlichkeit gewusst, denn viel Freude hatte es in Theresas Leben in den letzten Jahren nicht gegeben. Der bevorstehende Umzug oder die Probleme, die Sebastian im Moment mit der Polizei hatte, konnten wohl kaum zu ihrer Erheiterung beigetragen haben.

„Mama, mach bitte die Musik aus, ich muss kurz mit dir reden." Sie ahnte aber, dass ihre Mutter dieser Bitte nicht nachkommen würde, also ging sie schnurstracks zum CD-Spieler, drückte den Stopp-Schalter und wandte sich Theresa zu, die sie schmollend wie ein kleines Kind anschaute, dem man das Spielzeug weggenommen hatte.

Theresa war ein klein wenig beschwipst, das sah sie, aber sie wirkte dabei locker und beschwingt.

Charlotte wusste, dass ihre Mutter unendlich froh wäre, dieses Haus bald verlassen zu können. Es war nie ihr Heim gewesen und die wenigsten Jahre, die sie und ihre Kinder hier verbracht hatten, waren glücklich gewesen. Wie verzweifelt war sie vor einem halben Jahr gewesen, als feststand, dass ihr Mann Robert ihr nichts als Schulden hinterlassen hatte und dass dieses Haus schon längst seinem Sohn aus erster Ehe gehörte, der nichts eiligeres zu tun gehabt hatte, ihr per Anwalt mitzuteilen, das Haus innerhalb eines Monats zu verlassen.

Phillip Richter, unbarmherzig wie sein Vater, interessierte es nicht, was aus seiner Stiefmutter oder Stiefgeschwistern wurde. Als Charlotte ihm gegenüber erwähnt hatte, was denn seine Wähler so kurz vor der Wahl davon halten würden, eine mittellose Frau einfach so auf die Straße zu setzen, hatte er zähneknirschend eingelenkt und ihnen erlaubt, ein Jahr dort wohnen zu bleiben. Er schien zu wissen, dass mit ihr nicht zu spaßen war.

Sebastian hatte als Erster eine Wohnung gefunden, eher ein kleines Appartement, das er im nächsten Monat beziehen wollte. Er wollte auf eigenen Füßen stehen, Charlotte konnte das gut verstehen. Theresa war zunächst sehr unglücklich darüber, hatte es aber dann doch akzeptiert. Charlotte und Theresa wollten aus Kostengründen vorerst zusammenbleiben, jedoch das geeignete Objekt und vor allem bezahlbar war schwierig zu finden.

Heiligenburg profitierte durch die Nähe zu Köln, die Mieten ähnelten denen in der Großstadt. Charlotte studierte Medizin in Köln, jobbte für ihren Lebensunterhalt in der Seniorenresidenz Sonnengarten und konnte es sich nicht leisten, alleine zu wohnen, und Theresa, die bis zum Tod ihres Mannes in seiner Firma angestellt war, bezog eine kleine Witwenrente und ein Job war nicht in Sicht.

„Lotte, Schatz." Theresa umarmte ihre Tochter so heftig, dass Charlotte beinahe das Gleichgewicht verloren hätte. „Ich bin so glücklich, wir haben eine Wohnung, Lotte, ist das nicht toll?"

„Wir haben eine Wohnung? Wie, wir haben eine Wohnung?"

„Ja, endlich können wir dieses verdammte Haus verlassen. Ich bin so erleichtert und, du wirst es nicht glauben, ich habe einen Verehrer." Dabei strahlten ihre Augen, wobei Charlotte nicht ganz sicher war, ob der Wein nicht ein wenig dazu beigetragen hatte.

„Du kennst ihn. Weißt du noch, auf dem Flohmarkt? Der freundliche Mann, der Roberts Uhr gekauft hat", stotterte Theresa. „Er kam zurück, als du wieder unterwegs warst. Wir haben uns richtig nett unterhalten." Sie schien verlegen, da sie sich abwandte und die Gläser aus dem Wohnzimmerschrank in Zeitungspapier wickelte.

„Ach, du meine Güte, meinst du Dieter Hoffstedt? Sind die Blumen etwa von ihm?" Charlotte blickte in Richtung Esstisch und Theresa folgte ihrem Blick.

„Ja, ist das nicht fantastisch, und er hat auch schon mindestens dreimal angerufen. Er ist so aufmerksam."

Charlotte kannte Dieter Hoffstedt nur vom Sehen, er wirkte sympathisch. Warum beschlich sie dennoch ein leichtes Unbehagen? Was wollte er von ihrer Mutter? Fand er sie attraktiv? Natürlich freute sie sich auch für Theresa, sie wollte sie glücklich sehen und vor allen Dingen selbstständig, denn sie konnte nicht den Rest ihres Lebens auf ihre sensible Mutter aufpassen.

„Ich habe ihm ein wenig von unserer Not erzählt." Theresa hob abwehrend die Hände. „Keine Angst, nicht alles, nur dass Phillip das Haus jetzt übernehmen will und wir quasi auf der Straße sitzen, und weißt du, was er da gesagt hat? Er hätte in dem letzten Haus am Kahnweiher eine Wohnung zu vermieten. Stell dir mal vor. Wir haben so viel Glück."

Charlotte kannte das Haus, ein gepflegtes Hochhaus. Einige von ihr betreute Senioren lebten dort.

Ob ihre Mutter dort glücklich werden könnte, eine Frau, die ihr Leben behütet in schicken Einfamilienhäusern verbracht hatte? Aber sie durften weiß Gott nicht wählerisch sein. Nur der Gedanke, jemandem, den sie kaum kannte, wieder etwas schuldig zu sein, belastete Charlotte sehr. Doch sie sagte nichts, sondern lächelte Theresa nur an.

„Wir sind verabredet für heute“, sagte Theresa und schaute dabei auf ihre Armbanduhr. „Oh je, ich muss mich sputen. So kann ich mich ja schließlich nicht präsentieren. Könntest du vielleicht ein bisschen weiterpacken, Lotte? Das wäre so lieb von dir.“ Mit diesen Worten verschwand sie aus dem Zimmer und ließ eine nachdenkliche Lotte zurück.

In diesem Moment klingelte es unerwartet an der Haustür. Charlotte zuckte erschrocken zusammen und schalt sich eine schreckhafte Memme. Was war bloß mit ihr los, dass ihre Nerven so blank lagen? Widerwillig öffnete sie und starrte entgeistert in das herzlich lächelnde Gesicht einer ihr völlig unbekannten Person.

„Entschuldigen Sie bitte die ungehörige Störung“, kam es aus dem Munde einer älteren Dame mit strubbeligen blonden Locken, die einem Modejournal der 50er-Jahre hätte entstiegen sein können. Gekleidet in ein geblümtes Sommerkleid und einen breitrandigen Strohhut auf ihrem wirren Haar entsprach sie nicht ganz der gängigen Mode. Die Besucherin ließ sich durch Charlottes abweisende Miene nicht aufhalten und plapperte munter weiter: „Ich habe am Samstag auf dem Flohmarkt eine liebenswürdige Dame kennengelernt, sicher handelt es sich hierbei um Ihre Mutter. Sie versprach mir einen Karton mit alten Fotografien und ein paar Fotoalben ihres verstorbenen Vaters. Wissen Sie, ich habe nämlich …“

Charlotte drehte sich abrupt um und rief in einem sehr schroffen Tonfall über ihre Schulter hinweg, sie möge doch kurz warten, sie würde ihrer Mutter Bescheid geben. Dann verschwand sie.

Neugierig schielte die so unmittelbar Zurückgelassene in die Diele. Es herrschte ein ziemliches Durcheinander, überall standen Kisten herum und alles sah nach Aufbruch aus. Das einzige Möbelstück war eine alte antike Kommode, über der ein vergoldeter Spiegel hing. Ihr Blick fiel auf ein paar eingerahmte Fotografien, die sofort ihr Interesse weckten. Bei näherem Hinschauen jedoch konnte sie erkennen, dass es sich hierbei um Kinderfotos handelte.

In diesem Augenblick kam Charlotte zurück aus dem Wohnbereich in die Diele. Sie schnappte sich eine große Plastiktüte, die an einer Seite der Kommode lehnte, und überreichte sie der wunderlichen Besucherin mit der knappen Bemerkung:

„Meine Mutter lässt grüßen und wünscht Ihnen viel Spaß damit!" Dann ließ sie die Wohnungstür hinter ihr zufallen.

Simon hatte es sich zur Angewohnheit gemacht, so oft wie es seine Zeit ermöglichte, den britischen Fernsehsender BBC zu schauen. Zum einen wurden dort wunderbare Dokumentationen gezeigt, die ihn schon zu seiner Zeit in England begeistert hatten, und zum zweiten versuchte er auf diese Weise, seine Sprachkenntnisse, die hier vor Ort mangels Gebrauchs einzuschlafen drohten, wieder auf Vordermann zu bringen. Desweiteren gab es noch einen dritten Grund, den er sich selbst nur schwer eingestehen konnte. Seit seinem kurzen Besuch vor wenigen Tagen in dieses von ihm so geliebte und vermisste Land wusste er, dass er eines Tages dorthin zurückgehen würde.

Er hatte es sich auf seinem breiten weinroten Cordsofa, das definitv die besten Jahre hinter sich hatte, aber auf das er um nichts in der Welt verzichten wollte, bequem gemacht. Die Packung After Eight lag in Reichweite links von ihm, sein Laptop zum arbeiten rechts von ihm. Noch wartete er auf den Beginn der heutigen Dokumentation, ein Film über Island mit seinen Vulkanen, auf den er sich freute. Island wäre auch so ein Wunschland, das er gerne einmal bereisen würde.

Er hatte den Fernseher leise gestellt, er wollte die Zeit nutzen, um den Bericht über das Verhör mit Sebastian Witt zu studieren, als er plötzlich aufhorchte und wie gebannt auf den Bildschirm schaute. Schnell schaltete er mit der Fernbedienung auf die höchste Lautstärke und die Stimme des Moderators dröhnte in seinen Ohren. Simons Herz schien erst auszusetzen und im nächsten Moment wie verrückt zu schlagen. – Catherine!

„Ankunft der hübschen britischen Schauspielerin Catherine Bryan in Heathrow, nach Abschluss der Dreharbeiten zu ihrem letzten Film in den Staaten."

Die Kamera, anfangs auf den Kommentator gerichtet, schwang leicht nach links und erfasste Catherine, die in Jeans, einem Sweatshirt mit der Aufschrift „Shit happens", einer Sonnenbrille auf der Nase und einer weißen Kappe auf dem goldenen Haar wohl versucht hatte, unerkannt durch die Menschenmasse am Flughafen zu gelangen. Dies war ihr nicht gelungen.

„Hello Catherine, wie fühlt es sich an, ein Filmstar in Hollywood zu sein? Werden Sie nach LA ziehen?“, fragte der Fernsehreporter und hielt ihr das Mikrofon unter die Nase.

Ihr Gesichtsausdruck zeigte deutlich die Abneigung, die sie dem Mann entgegenbrachte. Doch dann lächelte sie höflich in die Kamera.

„Nein, meine Zukunft liegt hier in England.“

Ihre Stimme, glockenklar, wirkte freundlich, dennoch erkannte er den leichten Unterton, den sie immer bekam, wenn sie unter Druck stand.

Bitte, zieh die Sonnenbrille aus, ich möchte dich ansehen. Simon starrte gebannt auf den Fernseher. Diesen Gefallen tat sie ihm allerdings nicht.

„Miss Bryan, erzählen Sie uns von Ihren Zukunftsplänen und ist es wahr, dass Sie und Colin Maddock verlobt sind?“

„Bitte keine Fragen zu meinem Privatleben. Was meine beruflichen Pläne angeht, so kann ich Ihnen stolz verkünden, dass ich mich sehr auf meine Rolle im West End Theater als Mrs. Robinson in der „Reifeprüfung“ freue.“

Endlich nahm sie die Brille ab und Simon schaute in ihre blauen Augen. Was er sah, war eine gereifte Catherine, die jedoch von ihrer Lebendigkeit und ihrer Schönheit nichts verloren hatte.

„Bitte entschuldigen Sie mich“, sagte sie zu dem Interviewer, „ich bin sehr müde. Natürlich hoffe ich, Sie im Theater zu begrüßen.“ Mit diesem Satz verschwand sie in der Menschenmenge, die Kamera weiterhin auf sie gerichtet. Catherine.

Wer verdammt noch mal ist Colin Maddock?

Simon ging an den Kühlschrank, nahm sich ein kaltes Bier und trank die Flasche gierig aus.

18 Jahre, Simon, das ist eine lange Zeit, dachte er bei sich und nahm sich eine zweite Flasche.

Ob sie manchmal an ihn dachte? An ihn und an Julian? Er glaubte es und er wusste auch, dass er nie zur Ruhe kommen würde, wenn er sie nicht noch einmal in seinem Leben sehen würde, nur um sie zu fragen nach dem Warum.

Plötzlich klingelte sein Telefon. Er seufzte laut, nahm den Hörer ab und sagte müde:

„Ja hallo, hier Hachenberg."

„Simon?" Lautstark ertönte Reisers Stimme am Telefon, sodass Simon schnellstens den Hörer vom Ohr nahm, um nicht taub zu werden. „Du wirst es nicht glauben, es gibt Neuigkeiten. Da hat mich gerade einer vom Drogendezernat des Landeskriminalamtes angerufen, so ein Soundso, ach, ich hab den Namen vergessen, der wollte dich eigentlich sprechen. Was machst du eigentlich? Na ja, egal, auf jeden Fall, er schneit morgen einmal bei uns rein, um mit uns zu kooperieren, so hat er sich ausgedrückt." Reiser schnaubte verächtlich. „Wollen sich wohl wieder wichtigmachen."

„Und hat er dir gesagt, was das Drogendezernat mit unseren Mordfällen zu tun hat?" Simons Interesse war geweckt. Er dachte an Sebastian Witts Aussage. „Es ist also durchaus möglich, dass Witt in diesem einen Punkt die Wahrheit gesagt hat. Unser zweites Mordopfer Enzo Rossi handelte mit illegalen Drogen. Und unser erstes Opfer, war er nur Konsument oder war auch er darin verwickelt?"

„Es geht hier wohl tatsächlich um Anabolika-Handel im großen Stil und dass das LKA wohl schon seit längerer Zeit mit dem Zoll zusammen auch in unserem Bezirk ermittelt. Mehr wollte er erst einmal am Telefon nicht verraten, dieser Typ." Es war Reiser anzuhören, dass er über die geringen Informationen seitens des LKA erbost war. „Wir müssen uns also gedulden, er kommt morgen früh, so gegen 9 Uhr."

„Anabolika, der schleichende Tod, und niemand, der uns von irgendwelchen Ermittlungen in Kenntnis gesetzt hat. Wunderbar!" Simon schüttelte ärgerlich den Kopf.

Das bedeutet meist nichts Gutes, überlegte er.

„Na, dann müssen wir wirklich abwarten, was uns der Herr zu berichten hat, bevor wir weitere Ermittlungen angehen. Die Obduktionsberichte liegen auch noch nicht vor, wir tappen also noch ziemlich im Dunkeln. Geduld! Kennst du den Spruch, Reiser, der da lautet: Nimm dir Zeit – auch die Schnecke erreichte die Arche Noah."

„Mensch Simon, du immer mit deiner Geduldsfaselei, das nervt. Du kennst doch diesen bestimmt auch: Nur der frühe Vogel fängt den Wurm – und wir sind die Vögelchen und der Wurm ist ein eiskalter Mörder, der immer noch frei herumläuft. Was ist eigentlich los mit dir? Ich weiß ja, du verkörperst, allgemein bekannt, nicht gerade den Temperamentsbolzen, heute allerdings habe ich das Gefühl, dass du in Bezug auf Lebenskraft alle Rekorde brichst. Ist etwas mit Julian?"

„Nein, nein, alles in bester Ordnung. Aber du hast recht, zwei Menschen sind tot und alles andere ist jetzt zweitrangig. Hast du Lust auf ein Glas Bier, von mir aus auch bei mir, und wir gehen noch mal zusammen das Verhör mit Sebastian Witt durch? Ich habe irgendwie das Gefühl, etwas zu übersehen. Und vier Augen sehen immer besser als zwei."

Was ist denn mit mir los? Habe ich wirklich gerade Reiser gebeten, zu mir zu kommen? Hat mich der Bericht im Fernsehen über Catherine dermaßen aus der Bahn geworfen, dass ich freiwillig die Gesellschaft von Reiser suche? Reiß dich zusammen, Mann, konzentriere dich auf das Wesentliche, sonst läufst du Gefahr, diesen Fall zu vermasseln, dachte er und hoffte inständig, dass Reiser absagen würde. Doch diesen Gefallen tat ihm sein Partner nicht.

„Klar, Chef, bin in fünf Minuten da!"

Es waren zwar keine fünf Minuten, aber durchaus weniger als fünfzehn, als Reiser stürmisch an seiner Tür klingelte. Simon öffnete und Reiser, mit einem Sixpack Bier, grinste ihn an.

„Ich war gerade noch mal an der Tankstelle, falls du nicht genug im Hause hast." Ohne darauf zu warten, dass Simon ihn hereinbitten würde, drückte sich Reiser an ihm vorbei. „Wo ist der Kühlschrank, Chef?" Diese Frage erübrigte sich. Reiser hatte den Weg instinktiv gefunden. „Nett hast du es hier." Er blickte sich interessiert in der Wohnung um. Sein Blick verriet ihm, wie überrascht er war. Wahrscheinlich hatte er eine ganz andere Vorstellung von Hachenbergs Bleibe gehabt.

„Ja, ich hoffe, wenn alle Kisten einmal ausgepackt sind, dass es ganz gemütlich wird."

Es war eine neue Wohnung, die er und Julian vor wenigen Wochen zusammen bezogen hatten. Er wollte einen Neuanfang, genau wie damals, als er vor fünf Jahren Heiligenburg verlassen hatte, um bei Interpol zu arbeiten. Schon damals hatte er seine ganzen Brücken hinter sich abgebrochen. Nur zu seinen Eltern hatte er den Kontakt aufrechterhalten und dadurch immer gewusst, wie es Julian ging, was er machte und wie seine schulischen Leistungen waren. Ab und zu hatte er ihnen eine Karte geschrieben von den Plätzen, an die sein Beruf ihn geführt hatte.

„Na, dann Prost, auf deinen Neuanfang." Reiser schien seine Gedanken lesen zu können und brachte Simon wieder zurück in die Gegenwart.

„Ja, auf gute Zusammenarbeit, Reiser. Ich bin froh, dass du mein Partner bist, das mein ich ganz ehrlich. Prost."

Die Gestalt bewegte sich sicher und geräuschlos. Sie kannte sich aus, es war nicht das erste Mal, dass sie in der Dämmerung auf dem Friedhof unterwegs war.Dünne weiße Nebelschwaden breiteten sich wie ein Schleier zwischen den Gräbern aus und hüllten den Friedhof in ein gespenstisches Licht.

Die Gestalt sog freudig die klare, feuchte Luft in sich auf, indem sie kräftig einund ausatmete. Keine Geräusche nahm sie wahr. Auch der angrenzende Wald lag still und friedlich da, die hohen Bäume wirkten in der hereinbrechenden Dunkelheit wie eine hohe unüberwindbare Mauer. Nur ein leiser Windhauch umspielte das Haar und kühlte das glühende Gesicht.

Die Lichter der erleuchteten hohen Laternen waren durch den immer dichter werdenden Nebel kaum mehr sichtbar. In der Ferne ertönte plötzlich ein Martinshorn, ein störendes Geräusch, das in dieser mystischen weltfernen Existenz unerwünscht war.

Die Gestalt setzte ihren Weg zwischen den Gräbern der Verstorbenen fort. Es war nicht mehr weit, nur noch einmal abbiegen und dann noch ein paar Schritte bis zu den beiden Tannen, die so nah beieinander standen. Dann war es geschafft.

„Da bin ich wieder, mein Schatz“, flüsterte sie.

Sie kniete auf der Grabplatte, die das Urnengrab schmückte, nieder und streichelte sanft über den eingravierten Namenszug.

„Ich weiß, mein Schatz, ich war eine Weile nicht bei dir. Ja, ich weiß, das tut mir auch wirklich leid, aber ich hatte so viel zu erledigen, das musst du mir glauben.“

Die Gestalt schaute mit großer Sorgfalt zuerst nach links und dann nach rechts den Weg entlang. Als sie sich sicher war, dass niemand in der Nähe war und sie beobachten würde, legte sie sich eingerollt wie ein Igel auf die kalte Grabplatte.

„Ich bin ja jetzt bei dir, mein Schatz, hab keine Angst.“ Minuten vergingen. Sie lag ganz still.

Undurchdringlicher Nebel legte sich wie eine weiche Decke auf sie nieder, doch bald kroch die Kälte langsam durch ihre Kleidung und ließ ihren müden Körper erzittern. Als sie sich langsam erhob, waren ihre Arme und Beine steif, die Gelenke schmerzten und sie schwankte leicht, als ob sie ein paar Gläser zu viel getrunken hätte.

„Das nächste Mal werde ich dir alles erzählen, dann wirst du verstehen, beim nächsten Mal, mein Schatz. Schlaf jetzt weiter."

Tränen des Schmerzes kullerten sacht über ihre Wangen, und bevor die unerträgliche Ohnmacht über den Verlust des geliebten Menschen sie überrollen würde, drehte sie sich um und verließ so schnell sie konnte den Platz ihrer größten Trauer.

Es hatte leicht zu regnen begonnen und die Dunkelheit und der Nebel erschwerten ihr den Weg zurück ins Leben.

Möchtest du dort überhaupt wieder hin, zurück in dein Leben, möchtest du nicht viel lieber hier bleiben, bei dem Menschen, der das wichtigste in deinem Leben war? Ruhe finden, wieder eins sein. Nein, ich will leben. Bitte lass mich leben. Ganz in Gedanken versunken bog die Gestalt um die Ecke, und plötzlich wie aus dem Nichts sah sie ein schwaches hüpfendes Licht auf sich zukommen. Der Schreck fuhr ihr in alle Glieder und sie schrie leise auf. Das Licht näherte sich tänzelnd ihrem Gesicht und blendete sie so sehr, dass sie niemanden und nichts erkennen konnte.

„Guten Abend", sagte eine Stimme freundlich, „ich kenne Sie. Noch so jemand, der so verrückt ist wie ich, bei diesem furchtbaren Wetter auf den Friedhof zu gehen. Aber ich wollte meiner Maria nur eben gute Nacht sagen. Und was machen Sie hier? Haben Sie auch jemandem gute Nacht gewünscht?"

Der alte Mann mit der Taschenlampe in der einen Hand und dem Stock in der anderen Hand erkannte die unendliche Trauer im Gesicht seines Gegenübers und senkte betroffen die Lampe zu Boden.

„Es tut mir leid, ich wollte Sie nicht erschrecken, kommen Sie, wollen Sie ein Stück mit mir zusammen gehen. Das wäre sehr nett, denn bei diesem Wetter ist es in meinem fortgeschrittenen Alter sehr beschwerlich und mit so viel Nebel habe ich auch gar nicht gerechnet."

Der Alte drehte sich ohne ein weiteres Wort um und ging mit kleinen vorsichtigen Schritten dem Ausgang entgegen. Das

Licht der Lampe flackerte unruhig. Unschlüssig starrte die Gestalt ihm nach, nicht wissend, ob sie dem alten Herrn folgen oder sich leise aus dem Staub machen sollte.

„Kommen Sie, wir trinken noch ein nettes Gläschen Wein bei uns in der Stube, das wird Ihnen guttun, kommen Sie."

Die Gestalt lächelte und setzte sich ganz langsam in Bewegung. Unbemerkt von den beiden Gestalten, die einträchtig zum Friedhofstor hinausschritten, hatte eine dritte Person das Zusammentreffen der beiden Friedhofsbesucher mit neugierigen Augen verfolgt. Ein dunkles Tuch über ihre Haare gezogen, stand sie reglos hinter einem alten breiten Eichenstamm. Auch sie war gekommen, um nach einer bestimmten Grabstelle zu schauen, viele Jahre hatte sie diese schon nicht mehr besucht.

Als sie wenige Minuten zuvor durch die stillen Gräber geschritten war, hatte sie die friedliche und märchenhafte Stimmung an diesem besonderen Ort genossen. Der wallende Nebel, das fast lautlose Flattern der Fledermäuse in der Dämmerung, das leichte Rauschen der Bäume, hier fühlte sie sich eins mit all ihren lieben Verstorbenen – bis sie plötzlich ein leises verzweifeltes Schluchzen hörte und schemenhaft eine dunkle Gestalt zusammengekauert auf einer Grabplatte liegen sah. Vorsichtig zog sich die Beobachterin hinter das undurchsichtige Dickicht der Sträucher zurück. In seiner tiefen Trauer sollte niemand gestört werden. Bevor sie sich jedoch umdrehen konnte, um heimlich in die entgegengesetzte Richtung zu verschwinden, richtete sich die trauernde Person auf, murmelte einige unverständliche Worte vor sich hin und huschte durch die einsamen Gräber zurück zum Friedhofstor. Von der Anwesenheit einer weiteren Person schien sie nichts bemerkt zu haben. Diese wurde jedoch inzwischen von einer drängenden Neugierde überwältigt und so war sie mit kleinen geräuschlosen Trippelschritten zu der verlassenen Grabstelle hingeschlichen. Nachdem sie die Inschrift auf dem Stein gelesen hatte, hatte sie die unauffällige Verfolgung der Davoneilenden aufgenommen und hinter der großen Eiche am Haupteingang Schutz gefunden.

Kaum merklich hatte sich die Stimmung auf dem Friedhof verändert. Eine bedrückende Dunkelheit legte sich über die Gräber, der Nebel hatte sich zu einer zähen undurchdringlichen Masse verdichtet. Unheilvoll tönte der Ruf eines Käuzchens durch die bleierne Stille.

Wie schon häufiger in den letzten Tagen saß Molly Jo Hazelwood auf der Eckbank in der gemütlichen Wohnküche ihres ehemaligen Elternhauses bei einer duftenden Tasse starken englischen Tees. Vor ihr auf dem Tisch lag aufgeschlagen eine regionale Tageszeitung. Doch ihr Blick konzentrierte sich nicht auf die geschriebenen Zeilen. Sie ließ ihre Gedanken noch einmal die vielen Geschehnisse und Eindrücke, die wie ein heftiger Gewitterregen auf sie herabgeprasselt waren, Revue passieren. Eigenartige Zufälle, wie zum Beispiel die Entdeckung alter Fotografien ihrer Familienangehörigen, die sie in den Flohmarktsachen einer netten zurückhaltenden Frau gefunden hatte, oder auch das Zusammentreffen mit Karl, dem lieben alten Freund aus Kindheitstagen, waren ja noch positive Überraschungen gewesen. Aber alles andere ...

Was war nur aus dem einst so beschaulichen kleinen Städtchen Heiligenburg geworden? Korrupte Politiker, schöne alte Häuser, die abgerissen wurden, hässliche Gewerbegebiete, die die Wälder und Erholungsgebiete der Menschen verdrängen sollten, sogar ein zweiter Mord war geschehen. Wo sollte das nur hinführen?

„Mir scheint, die Hölle ist leer und alle Teufel sind hier in Heiligenburg!“, zitierte Molly mal wieder frei einen ihrer liebsten Shakespeare-Sprüche. Dabei musste sie unwillkürlich an den kürzlich stattgefundenen Zusammenstoß mit diesem unverschämten Polizisten denken. Am besten hielte sie sich in Zukunft nur an den anderen Kommissar. Der war ihr doch wesentlich besonnener und sympathischer erschienen.

Unversehens fiel ihr Blick wieder auf die vor ihr liegende Zeitung. Nachdem die Spurensicherung den Tatort, d.h. ihr Häuschen und Christophs persönliche Sachen, die nicht von ermittlungstechnischer Relevanz waren, wieder freigegeben hatte, hatte sich Molly daran gemacht, die restliche Hinterlassenschaft in Christophs altes Schlafzimmer zu schaffen und zu sortieren. Die noch brauchbare Kleidung wollte sie morgen in die Kleidersammlung einer hiesigen

Pfarrgemeinde bringen. Auch für die Sportgeräte und diversen technischen Gegenstände, für die Molly keine Verwendung hatte, war schon ein Abnehmer gefunden worden. Die wenigen persönlichen Dinge Christophs, darunter ein Fotoalbum und etliche Dokumente, verstaute sie erst einmal in Kisten. Sie würde sich später damit beschäftigen. Als sie die letzte Schublade seines Schreibtisches geleert hatte, hatte sie eine alte, zusammengefaltete Zeitung und in dieser versteckt einen handgeschriebenen Brief entdeckt, den sie erst einmal in ihre Schürzentasche gesteckt hatte. Die Zeitung würde Molly nicht aufbewahren, aber bevor sie in der Mülltonne landete, könnte sie ja mal einen Blick hineinwerfen. Sie interessierte sich eben für jeglichen alten Krempel, wie ihr lieber Eduard immer festgestellt hatte.

So war es gekommen, dass Molly jetzt neugierig in der besagten Zeitung blätterte und unvermittelt das Datum der Erscheinung entdeckte.

„Etwa fünf Jahre her", konstatierte sie. „Was mag Christoph dazu bewogen haben, diese Zeitung aufzubewahren?" Sie blätterte weiter und ganz plötzlich spürte sie einen eisigen Hauch in ihrem Nacken. Gänsehaut kroch ihr langsam die Arme hinauf. Die Kerze, die sie immer zur Teezeremonie auf den Tisch stellte, flackerte heftig und erlosch. Molly schaute wie hypnotisiert auf die aufgeschlagene Seite. Christoph hatte ihr aus dem Totenreich ein Zeichen gegeben. Sie wusste, was sie zu tun hatte. Den Brief in ihrer Schürze jedoch hatte Molly ganz und gar vergessen.

Fingerabdrücke, jede Menge, aber die einzigen, die zugeordnet werden konnten, sind die von Sebastian Witt. Außerdem DNA an den Zigaretten, nicht nur vom Opfer, auf jeden Fall weiblich. Auch Lippenstiftreste wurden festgestellt."

Reiser hätte stundenlang Maikes Stimme lauschen können, auch wenn es sich hierbei nicht gerade um romantische Inhalte handelte.

Reiser konnte sein Glück gar nicht fassen. Er hatte Maike spontan angerufen und als Vorwand den vorläufigen Bericht der Rechtsmedizin des ersten Tatorts angegeben. Er war so froh, dass sie ihn nicht darauf hingewiesen hatte, dass Tom de Camp eigentlich dafür zuständig gewesen wäre, sondern dass sie ihm als Chefin der Rechtsmedizin Auskunft gab. War das ein Zeichen?

„Lippenstift? Kennst du die Marke?" Reiser wollte das Gespräch so lange wie möglich ausdehnen.

„Allerdings, es handelt sich um eine sehr teure Marke. Ich könnte mir die nicht so ohne Weiteres leisten. Wer immer die Person ist, arm ist sie auf keinen Fall."

„Wozu brauchst du auch Lippenstift." *Trau dich endlich, du Feigling, frag sie noch mal.* „Du bist auch ohne so was hübsch."

Oh Gott, wie hört sich das denn an, bist du verrückt.

Reiser ärgerte sich, dass er sich so unbeholfen anstellte, doch zu seiner größten Überraschung erwiderte Maike:

„Danke, findest du?"

Er schluckte. *Jetzt bloß nichts falsch machen.*

„Das weißt du doch, sonst hätte ich dich niemals zum Essen eingeladen, leider hast du ja abgelehnt." Oh Gott, was sagte er denn da nur. Er machte alles falsch und merkte sofort, dass sie zögerte, bevor sie weitersprach.

„Ja, ich wäre gerne mitgekommen, allerdings ging es meinem Vater sehr schlecht in dieser Zeit und ich habe eh schon so viel zu tun."

Reisers Herz klopfte bis zum Hals. Mochte sie ihn möglicherweise doch? Und er hatte immer gedacht, sie könne ihn nicht ausstehen. Sollte er sie noch einmal fragen?

„Ja, das kann ich verstehen, mir geht es ja auch nicht anders. Meine Mutter ist zwar noch sehr rüstig, dennoch sollte ich ein wenig meiner begrenzten Zeit auch mit ihr verbringen, sonst weigert sie sich noch, meine Hemden zu bügeln oder noch schlimmer, sie enterbt mich." Reiser kämpfte um eine zweite Chance und versuchte es auf die lockere Art, völlig unwissend, wie sie darauf reagieren würde. „Sollen wir es denn noch einmal versuchen, hättest du denn jetzt die Zeit, mit mir essen zu gehen?" Reiser, der sonst so raubeinige Kerl, fühlte sich hilflos und völlig überfordert.

Wenn du jetzt Nein sagst, werde ich dich nie wieder fragen, dachte er und es fühlte sich an wie eine Ewigkeit, bis sie endlich antwortete:

„Gerne, wie wäre es mit morgen Abend. Ich hätte Zeit. Es gibt in der Südstadt direkt bei mir um die Ecke ein kleines hübsches Café. Es liegt am Severinswall, dort in der Nähe wohne ich auch. Sagen wir 20 Uhr."

Heute muss mein Glückstag sein, frohlockte Reiser, *ich habe ein Date mit Maike.*

„Ich bringe dann auch diesen Bericht von der Spurensicherung und den ersten Obduktionsbericht mit, wir können es ja dann zusammen durchgehen, das heißt", sie zögerte, „wenn du das möchtest?"

Reiser war hinund hergerissen. Einerseits wollte er diese Berichte so schnell wie möglich in den Händen halten, aber andererseits sollte dies ein romantisches Date werden und in diesem hätten nüchterne und unappetitliche Einzelheiten eines Mordes nicht viel zu suchen. Er entschied sich für einen Kompromiss. „Okay, höchstens eine halbe Stunde, danach legen wir unsere Arbeit beiseite und freuen uns auf einen schönen Abend."

„Damit kann ich leben, bis morgen dann."

Beschwingt verließ Reiser seinen Schreibtisch im 2. Stock des Heiligenburger Dezernats und machte sich auf den Weg zu Simons Büro, das ein paar Türen von seinem entfernt lag.

„Gehst du zum Chef?", fragte ihn die junge Beamtin, die ihm

auf dem Flur entgegenkam. Sie hielt einen braunen Umschlag in der Hand.

„Post für dich, Chef." Reiser beförderte den braunen wattierten Briefumschlag unsanft auf Simons Schreibtisch. „Adressiert an Hauptkommissar Simon Hachenberg persönlich. Fanpost, Chef?"

„Brüll nicht so, Reiser." Simons Gesichtsfarbe schwankte zwischen aschfahl und giftgrün. Das gestrige gemeinsame Trinkgelage schien seinem Partner nicht sonderlich gut bekommen zu sein. Reiser indes fühlte sich heiter und voller Tatendrang.

„Hast du etwa einen Kater von den paar Bierchen? Mann oh Mann, das darf doch wohl nicht wahr sein. Chef, wir müssen noch viel trainieren." Reiser schüttelte seinen kurz rasierten Kopf und streichelte sich anschließend mit einer Hand über sein fast kahles Haupt. Sein schütteres Haar war Grund genug für ihn gewesen, vor Jahren schon zu dieser drastischen Maßnahme gegriffen zu haben. Er hatte es nie bereut, das hatte er Simon zu später Stunde gebeichtet und es stimmte, es stand ihm gut und wie es schien, das ein oder andere Kompliment der Kolleginnen bestätigten seinen Entschluss. So manch eine der Damen meinte, er sähe aus wie Bruce Willis, was ihn natürlich ungemein erfreute, auch wenn er argwöhnte, dass es nicht ganz ernst gemeint war.

„Es waren leider nicht nur ein paar Bierchen. Denk an die zwei, die ich vorher getrunken habe."

Simon erhob sich langsam aus seinem Stuhl, schlenderte im Schneckentempo zu dem gegenüberliegenden Wandschrank, suchte einen kurzen Moment, fand und entnahm eine Packung Aspirin. Anschließend kehrte er im gleichen Tempo zurück an seinen Schreibtisch und ließ sich stöhnend wieder auf seinem Stuhl nieder. Reiser beobachtete fasziniert und amüsiert, wie Simon zwei Tabletten Aspirin aus der Packung drückte, in ein Glas Wasser warf, die sich sogleich zischend auflösten, und es dann mit schmerzverzerrtem Gesicht und Abscheu austrank.

„Das mache ich nie wieder, hörst du, nie wieder. Ich fühle mich so was von beschissen und in circa einer Stunde sind die

Jungs vom LKA da und um 11 Uhr haben wir Besprechung. Das kann ja heiter werden."

Simon senkte seinen schwer geplagten Schädel auf den Schreibtisch und verschränkte die Arme über seinen Kopf, sodass Reiser allmählich doch etwas Mitleid mit ihm bekam und sich ein wenig schuldig an Simons Befinden fühlte. Deshalb ging er zum Fenster und öffnete es weit. Feuchte Spätsommerluft strömte augenblicklich ins Zimmer und Simon hob den Kopf, um tief einzuatmen.

Das Fenster von Simons Büro befand sich an der Vorderseite des Heiligenburger Dezernats. Zwei Kollegen überquerten gerade den Parkplatz und gingen zu dem Fahrzeug, das sie zu ihrem Einsatz bringen würde. Sie bemerkten Reiser und winkten ihm zu. Auch er hob die Hand zum Gruß. Gerade als er sich abwenden wollte, sah er einen buntbemalten VW-Bus mit kreischenden Rädern um die Ecke schießen. Erschrocken sprangen die zwei Beamten zur Seite und blickten ziemlich dumm aus der Wäsche. Reiser stöhnte, denn er erkannte, dass es sich um das Fahrzeug einer gewissen Molly Jo Hazelwood handelte. Diese hatte sich nicht einmal die Mühe gemacht, ihr Vehikel ordnungsgemäß zu parken. *Oh Gott, nicht die verrückte alte Schachtel.* Er musste sie irgendwie abwimmeln, bevor sie wieder ihre Geistergeschichten zum Besten gab.

„Ich hole dir noch einen Kaffee, dann bist du gleich wieder fit." Hastig verließ er Simons Büro. Er eilte den Gang hinunter, überlegte kurz, die Treppe zu nehmen, entschied sich dann aber doch für den Fahrstuhl. Die Vorstellung, die mollige Lady würde sich Stufe für Stufe die Treppe in den zweiten Stock hochquälen, war in seinen Augen viel zu abwegig. Nervös wartete er vor dem Aufzug und beobachtete das Licht der Anzeige in der Hoffnung, es würde bald aufleuchten. Ob er es noch schaffte, sie unten am Empfang abzufangen? Das Klingeln des Fahrstuhls schreckte ihn auf. Die Tür öffnete sich langsam, und als er gerade im Begriff war, in den Fahrstuhl zu steigen, wurde er von einer Kavallerie namens Molly Hazelwood über den Haufen gerannt.

Der Aufprall war derart heftig, dass sie beide für wenige Sekunden jegliche Orientierung verloren und sich darauf konzentrieren mussten, nicht übereinander auf den Boden zu fallen. Reiser wollte sich gar nicht ausmalen, welch peinliches Bild sie abgegeben hätten. Ein Hauch von Unmut huschte über ihr Gesicht, als sie ihn erkannte. Ihre Mimik zeigte ihm deutlich, dass sie nicht mit seiner Person zu kommunizieren gedachte. Und diese Tatsache beruhte gänzlich auf Gegenseitigkeit.

Wo war der versprochene Kaffee? Simon stöhnte. Sein Kopf dröhnte nach wie vor, dennoch nahm er den Briefumschlag und drehte ihn um. Kein Absender. Er ertastete einen kleinen Gegenstand, konnte aber nicht erraten, was es sein könnte. Unentschlossen starrte er den Briefumschlag an. *Soll ich oder soll ich nicht?*

Simon war so konzentriert, dass er die lauten aufgebrachten Stimmen vor seiner Tür nur im Unterbewusstsein wahrnahm. Würde er später darüber nachdenken, so würde er die helle Frauenstimme mit dem unverkennbaren englischen Akzent wiedererkennen, die energisch auf seinen Partner einredete. Worte wie „Glauben Sie mir doch, die Geister lügen nicht, Sie müssen sich das anschauen" lagen tief unter der Oberfläche seiner Erinnerung, die er zu diesem Zeitpunkt nicht gedachte abzurufen.

Also nahm er den silbernen Brieföffner, ein Geschenk seiner Eltern, aus der untersten Schublade seines Schreibtisches und begann ganz vorsichtig, den Umschlag zu öffnen. Neugierig schaute er hinein. Auch jetzt konnte er nicht erkennen, um was es sich hierbei handelte, da der Gegenstand in eine weitere Verpackungsfolie eingewickelt war. Simon begann zu schwitzen. Er wusste, dass es gegen die Vorschrift war, ein ohne Absender versehenes Päckchen zu öffnen. Von der Gefahr, der er sich aussetzte, ganz zu schweigen.

Just in dem Moment, als er die Hand in den Umschlag stecken wollte, öffnete ein aufgebrachter Reiser die Bürotür, und Simon, geplagt von Gewissensbissen, schrak zusammen, zog blitzschnell seine Hand zurück und ließ bestürzt den Brief fallen.

„Was bist du denn so schreckhaft? Hier, dein Muntermacher, schwarz, ich hoffe, es ist dem gnädigen Herrn genehm." Er stellte die mit dampfend heißem Kaffee gefüllten Tassen auf Simons Schreibtisch, zog sich den Stuhl heran, nahm seinen Becher in die Hand und schlürfte geräuschvoll an seinem Getränk. „Ui, ist das heiß. Trink, Simon, schmeckt zwar furchtbar, wird dir aber guttun. Wahrscheinlich habe ich das Koffein mittlerweile weitaus nötiger als du. Als Geisterjäger fühle ich mich weiß Gott nicht berufen. Die Alte ist völlig verrückt. Ich möchte zu gerne wissen, was die in ihrem Hippiebus raucht. Das kann nicht gesund sein."

Simon hörte kaum die Worte, die er sprach, sondern starrte weiterhin wie gebannt auf das Päckchen.

„Wie ich sehe, hast du deine Fanpost schon aufgemacht. Und? Etwas Interessantes gefunden?"

„Bis jetzt noch nicht." Simon fasste sich ein Herz und zog den eingewickelten Gegenstand langsam aus dem Briefumschlag. Vorsichtig entfernte er die Folie, jederzeit bereit, den Inhalt aus dem Fenster zu katapultieren.

„Ein Handy." Reiser sprach zuerst. „Das ist ja mal interessant."

„Wieso sollte mir jemand ein Handy schicken?" Simon gab Reiser das Telefon. „Ein Smartphone, kennst du dich damit aus?" Er empfand ein Gefühl von Erleichterung. Reiser ignorierte Simons Frage geflissentlich.

„Wenn es etwas mit unseren Mordfällen zu tun hat, könnte es das fehlende Handy von Christoph Stein sein. Mal schauen, ob es aufgeladen ist."

Reiser drückte die entsprechenden Knöpfe und das Display auf dem Mobiltelefon leuchtete augenblicklich auf.

„Kein Passwort, da haben wir ja Glück." Simon trat hinter Reiser und schaute ihm über die Schulter. Es gehörte tatsächlich Christoph Stein.

„Es muss einen Grund geben, warum der Mörder, wenn es der Mörder war, uns dieses Smartphone schickt. Am besten, wir geben es der Spurensicherung, die können das für uns auswerten. Hoffentlich gibt es außer unseren natürlich noch andere brauchbare Fingerabdrücke."

„Simon, schau hier, hier sind Fotos drauf." Reiser pfiff leise durch die Zähne. „Ziemlich pikante Fotos. Der Junge hatte es ja wirklich faustdick hinter den Ohren, das Haus voller Sexspielzeug und dann fotografiert er seine Damen auch noch während ihres Techtelmechtels. Böser, böser Junge."

„Lass mal sehen, kann man erkennen, um wen es sich handelt?“

Die Fotos waren von sehr guter Qualität. Die Dame auf den Bildern rekelte sich vollständig entblößt auf einem Bett, ihre Augen hielt sie geschlossen, doch ihr Gesicht war gut zu erkennen.

„Eine schöne Frau, nicht mehr ganz jung, aber gut erhalten, wie man so schön sagt“, bemerkte Reiser anerkennend. „Wir wissen nur leider nicht, wer sie ist.“

Simon fühlte sich in Anbetracht seiner jetzigen Verfassung nicht in der Lage, seinen Partner darauf aufmerksam zu machen, dass dessen soeben locker dahingesagter Spruch ziemlich anzüglich und frauenfeindlich aufgenommen werden könnte. Das markante Gesicht der Staatsanwältin Schmidt tauchte unwillkürlich vor seinem geistigen Auge auf und ihre zu erwartende Reaktion brachte ihn augenblicklich zum Schmunzeln. Sie hätte mit Sicherheit eine deftige Antwort parat gehabt. Da sich glücklicherweise jedoch momentan keine weiblichen Kollegen in ihrer unmittelbaren Nähe befanden, entschied sich Simon, nicht weiter darauf einzugehen.

„Das müssen wir dann wohl herausfinden, Reiser, lass Abzüge machen, auch eine nur von ihrem Gesicht, dann können wir verschiedene Leute, unter anderem Sebastian Witt, fragen, ob ihnen diese Person bekannt ist.“

„Jemand wollte, dass wir diese Fotos finden. Ist es der Mörder? Oder jemand, der weiß, dass das die Mörderin auf dem Foto ist? War es möglicherweise doch eine Beziehungstat und es hat überhaupt gar nichts mit Drogen zu tun? Wir tappen so ziemlich im Dunkeln, Chef.“ Reiser schaute auf seine Uhr. „Lass uns gehen, Chef, das LKA ist gleich da, vielleicht sind wir danach schlauer.“

„Okay, aber bring das Handy zuerst den Jungs von der Spurensicherung, die sollen alles was es hergibt aus dem Ding herausholen. Adressen, Fotos, mit wem der Tote zuletzt telefoniert hat, Fingerabdrücke. Ich will das ganze Paket. Wir sehen uns dann im Besprechungsraum, mal schauen, ob die Herren schon eingetroffen sind.“

Sie verließen Simons Büro in entgegengesetzten Richtungen. Simon ließ sich Zeit, er dachte angestrengt nach.

Ich muss das nachher alles einmal in Ruhe ordnen. Ergebnisse, ich brauche Ergebnisse. Die Obduktionen ließen auf sich warten, er hoffte inständig, dass der Bericht der Spurensicherung bei der kommenden Einsatzbesprechung vorliegen würde, damit ein wenig Licht ins Dunkle der Ermittlungen kommen würde.

Ich muss zu Jule und ihm das Foto der unbekannten Frau zeigen. Das wäre auf jeden Fall diskreter. Vielleicht geht sie ja auch ins Fitness-Studio „BFit" und Christoph Stein und sie kannten sich von dort her. Möglich wäre es ja und auf jeden Fall einen Versuch wert. Ich werde gleich einmal fragen, in welchem Bereich sich Julian zurzeit befindet.

Als Praktikant wechselte dieser ständig die Abteilungen, sodass er nie genau wusste, wo sich sein Sohn derzeit aufhielt. Schon etwas zuversichtlicher öffnete Simon die Tür zum Besprechungsraum.

Die zwei Herren des LKA warteten schon. Simon gab beiden die Hand und sie stellten sich gegenseitig vor. Beide Männer waren noch jung, in den Dreißigern, schätzte er und sie wirkten hochmotiviert.

Euch frisst Reiser zum Frühstück. Simon lächelte insgeheim. Sie wechselten Belangloses aus, bis Reiser auf der Bildfläche erschien. Der kam ohne Umschweife zur Sache:

„Sie schnüffeln also in unserem Bezirk herum, ohne uns davon in Kenntnis zu setzen. Nicht gerade die feine englische Art", meinte er lakonisch.

„Das hätten wir noch gemacht, aber der Fall ist auch für uns noch ganz frisch. Das Zollfahndungsamt hat uns um Mithilfe gebeten, eine Großrazzia in mehreren Bundesländern zu planen, um eine mit illegalen Anabolika handelnde Organisation hochzunehmen. Die aus Thailand und auch anderen Ländern stammenden Arzneimittel werden großflächig in Deutschland und Skandinavien verkauft und damit lässt sich richtig viel Geld verdienen."

„Und was haben unsere beiden Morde jetzt damit zu tun?“ Simon hörte interessiert den beiden Beamten zu.

„Umschlagplätze sind vor allem Fitness-Studios, oft ohne Wissen der Betreiber. Die fallen meist aus allen Wolken, aber auch nicht immer. Wir hatten Kenntnis, dass das mutmaßliche Opfer Enzo Rossi darin verwickelt war. Wer seine Kontaktpersonen sind, haben wir bis jetzt noch nicht feststellen können. Er wurde von uns seit geraumer Zeit observiert.“

„Na toll, und das alles, ohne uns Bescheid zu sagen!“, tobte Reiser.

„Und jetzt ist der Junge tot, ihr habt es voll vermasselt!“

„Okay, okay, Reiser, beruhige dich.“ Simon hob beschwichtigend die Hand. „Erzählen Sie, was haben Sie herausgefunden?“

„Noch nicht allzu viel. Er hing oft mit einem der Besitzer ab, Rainer Hoffstedt. Wir vermuten, dass er das Zeug irgendwo in seinem Studio lagert. Bis jetzt befanden wir uns ja auch erst ganz am Anfang mit unserer Recherche und der Plan war, einen Spitzel in das Studio einzuschleusen. Dazu ist es bis jetzt noch nicht gekommen.“

„Warum aber wurde Enzo Rossi ermordet?“ Simon dachte nach.

„Und was hat unser erstes Opfer mit der Sache zu tun?“ Einer der Beamten antwortete prompt und gut informiert:

„Christoph Stein, nein, er war auf jeden Fall nicht in unserem Visier. Aber wie gesagt, wir standen ganz am Anfang. Und es gibt noch einen Grund, warum Sie nicht informiert wurden.“ Er zögerte und sah Reiser direkt an. „Das Geschäft mit Anabolika blüht. Leider weiß man mittlerweile auch, dass zunehmend Ärzte, Apotheken und sogar“, wieder zögerte er, „sogar Polizisten beteiligt sind.“

„Sie ... Sie wollen uns unterstellen, dass einer aus unseren Reihen mit den kriminellen Machenschaften zu tun haben soll!“ Wütend wollte Reiser auf den jungen Mann losgehen, doch Simon hielt ihn am Arm fest und zog ihn zurück. Aber er selbst musste sich arg zusammenreißen.

„Nein, das will ich natürlich nicht, aber auch das ist vorgekommen." Die Arroganz des jungen Mannes verblüffte Simon.

„Gibt es da überhaupt irgendeinen Anhaltspunkt?" Simons Geduld war am Ende. „Und wenn nicht, dann sollten Sie schleunigst hier verschwinden und ich bitte Sie nicht um einen umgehenden Bericht, sondern ich verlange ihn. Desweiteren werde ich mich bei der Staatsanwaltschaft über Sie beschweren. Auf Wiedersehen, die Herren."

Als Kriminalhauptkommissar Hachenberg und sein Partner Reiser das Foyer der Altersresidenz betraten, erkannten sie auf einen Blick, dass diese Wohnstätte ausschließlich Senioren mit dem nötigen Kapital auf dem Bankkonto beherbergte und pflegte. Für die meisten älteren Menschen bliebe diese Unterkunft ein unerfüllter Traum. Links vom Foyer befand sich die sogenannte Bergische Stube, allgemein ein gemütlicher Ort zum Verweilen, allerdings drangen nun laute, aufgebrachte Stimmen zu ihnen in den Empfangsbereich.

Im Sonnengarten herrschte Aufruhr.

Eine Dame mittleren Alters saß am Empfang und lächelte Simon und Reiser, als sie eintraten, unglücklich an.

„Entschuldigen Sie die Unruhe. Üblicherweise geht es hier nicht so turbulent zu, aber einer unserer Mitbewohner scheint ein kleines Problem zu haben und dieses wird wohl etwas zu heftig diskutiert. Ich werde gleich für Ruhe sorgen. Was kann ich für Sie tun, meine Herren?"

Simon zeigte ihr seinen Ausweis, doch die Dame schien nicht sonderlich überrascht zu sein, dass die Polizei bei ihnen in der Residenz vorbeischaute.

„Wir würden gerne zu Karl Pütz. Man hat uns gesagt, dass er hier wohnt."

„Na, da brauchen Sie nicht weit zu gehen. Das ist nämlich der Herr, dessen Stimme Sie übermäßig laut vernehmen können." Die Empfangsdame, die Simon für ihre unerschütterliche Ruhe bewunderte, zwinkerte ihnen nun fröhlich zu und wies mit ihrer Hand in die Richtung, aus der der Lärm ertönte. „Bitte, meine Herren, gehen Sie ruhig durch, es kann durchaus sein, dass die Herrschaften Sie mit offenen Armen empfangen werden." Mit diesen Worten waren Simon und Reiser entlassen und sie verließen den Empfangsbereich in Richtung Bergische Stube. Das Bild, das sich ihnen bot, als sie durch die sich selbst öffnende Tür schritten – da war sich Simon sicher –, würde er lange nicht aus seinem Kopf verdrängen können. Um die in der Mitte des Raumes zusammengestellten Tische saßen sechs betagte, durchaus noch rüstige Senioren, vor sich ausgebreitet mehrere weiße Bettlaken. Jeder von ihnen nannte verschiedene kleine Farbtöpfchen und Pinsel sein Eigen, mit denen sie die Laken bemalten und beschrifteten. Die Szene erinnerte ihn sehr stark an die Kindergartenzeit seines Sohnes Julian, nur dass diese Kinder in diesem Fall ziemlich alte Menschen waren. Der ohrenbetäubende Krach, der sie empfing, hätte ohne Weiteres aus einem unbeaufsichtigten Klassenzimmer kommen können. Simon und Reiser schauten sich verblüfft an. Sie blieben einfach stehen und harrten der Dinge, die da kommen würden.

„Du musst die Bäume größer malen, Ilse, die sind viel zu winzig, das kann kein Mensch erkennen!“ Einer der Senioren brüllte seine Tischnachbarin geradezu an, doch diese ließ sich nicht aus der Ruhe bringen und ignorierte seinen Einwand völlig. „Ilse, hast du dein Hörgerät wieder nicht eingeschaltet, du musst die Bäume viel, viel größer machen!“ Der alte Mann gab sich noch nicht geschlagen und brüllte was das Zeug hielt, und siehe da, Ilse drehte sich endlich zu ihm herum, runzelte die Stirn und sagte mit einem Lächeln auf den Lippen:

„Hast du etwas gesagt, Josef? Schau, wie findest du meine Bäume, sind sie nicht wunderschön?“

Josef schüttelte sein graues Haupt, wandte sich verächtlich ab und murmelte:

„Das macht sie extra, um mich zur Weißglut zu bringen, die dumme Pute.“

Auf der gegenüberliegenden Seite erkannten sie Karl Pütz, der lautstark mit drei anderen Mitbewohnern diskutierte. Er war kaum wiederzuerkennen. Nichts erinnerte mehr an den verzweifelten alten Mann, den sie am Sonntag kennengelernt hatten. Dieser Mann hier war zwar alt, trotzdem war er lebhaft ... und zornig.

„Beeilt euch, meine Damen und Herren, die Plakate müssen heute noch angebracht werden. Morgen Abend findet die Bürgerversammlung statt, wir haben also nicht mehr viel Zeit. Ich habe ein paar Jungs organisiert, die das heute noch erledigen werden. Und bitte, schön groß malen und deutlich schreiben. Ilse, du musst die Bäume größer malen, und wenn ihr keine Laubbäume malen könnt, malt Tannen, das kann doch jeder!"

Ungeduldig stand Karl Pütz vor seinen Mitbewohnern wie ein Lehrer vor seiner ungebändigten Schulklasse, der genauso wenig Erfolg hatte, sich Gehör zu verschaffen, wie er selbst.

„Männer und Frauen, ihr wisst, was auf dem Spiel steht! Sie wollen uns den Wald wegnehmen, alles wollen sie uns nehmen!" Er brüllte, so laut es seine kratzige Stimme zuließ und sein runzeliges Gesicht leuchtete dunkelrot. „Seid ihr bereit zu kämpfen?"

Das leise Gemurmel seiner Mitstreiter als Antwort auf seine überaus pathetische Rede erschien nicht die Reaktion zu sein, die sich Karl Pütz erhofft hatte. Resigniert und kopfschüttelnd ließ er sich erschöpft auf seinem Stuhl nieder.

Das war der Moment, auf den Simon gewartet hatte, und er steuerte direkt auf Karl Pütz zu, der trotz aller Abgeschlagenheit prompt wieder aufsprang, als er Simon und Reiser auf sich zukommen sah und sie gleich erkannte.

„Schaut, Leute, die Polizei ist da, sie wird uns helfen, zu unserem Recht zu kommen. Seht nur, die zwei Kommissare. Habe ich es euch nicht versprochen, dass sie uns nicht im Stich lassen werden?" Zustimmendes Raunen und die zaghafte Freude der alten Menschen erreichten Simon und Reiser unvorbereitet, und als sie in die glücklichen Augen des Alten sahen, brachte es keiner von den beiden übers Herz, direkt mit der Tür ins Haus zu fallen.

„Guten Tag, Herr Pütz." Simon versuchte sich langsam heranzutasten. „Wir sind sehr erfreut, dass es Ihnen heute wieder besser geht."

„Ach papperlapapp, was heißt hier gut gehen", krächzte der Alte.

„Wir müssen eine Mission erfüllen, wir müssen uns gegen diese Verbrecher wehren." Er lehnte sich ein wenig zu Simon hinüber und senkte seine Stimme leicht. „Es wäre nett, wenn Sie meine kleine gestrige Schwäche nicht erwähnen würden", flüsterte er, „die Leutchen brauchen mich jetzt, jetzt, wo Chris nicht mehr kommt." Trauer schwang in seiner Stimme mit, immerhin, im Gegensatz zu gestern blickten seine Augen klar und seine Verzweiflung blieb verborgen.

„Herr Pütz, können wir uns irgendwo alleine unterhalten, hier ist es leider ein wenig zu laut. Wir hätten noch ein paar Fragen an Sie."

Karl Pütz wandte sich an seine Mitbewohner:

„Meine verehrten Mitkämpfer. Ich muss kurz den netten Herren von der Polizei bei ihren Ermittlungen helfen, ich bin gleich wieder da. Seid weiterhin schön fleißig, denkt daran, morgen ist ein großer Tag."

„Was meinen Sie mit einem großen Tag?" Sie hatten Platz genommen in einer kleinen Sitzecke im Foyer. Die Dame von der Rezeption schaute kurz zu ihnen herüber, beachtete sie indessen nicht weiter.

„Morgen ist die Bürgerversammlung. Es geht um das Stückchen Wald, das einem Gewerbegebiet weichen soll. Dort", seine Stimme wurde leise, „wo der junge Mann am Baum hing, direkt hinter meinem Häuschen ..., aber das ist ja jetzt auch schon nicht mehr da", fügte er bekümmert hinzu.

„Und wie wollen Sie das verhindern?", fragte Reiser.

„Christoph hat zusammen mit vielen anderen eine Bürgerinitiative gegründet. Wir haben ihn, so gut wie möglich, dabei unterstützt. Sein Haus liegt ja auch direkt an diesem Waldstück und Hubert wollte sich das auch noch unter den Nagel reißen, dieses gierige Schwein." Hass und Zorn schwangen in seiner Stimme mit, sodass Simon aufhorchte.

„Hubert?", fragte er.

„Ja, Hubert Stein, Besitzer vom Steinhof, und zusammen mit seinem Freund", verächtlich sprach er das Wort »Freund« aus, „aus dem Stadtrat schaffen sie es immer wieder, an Grundstücke zu kommen. Viele meiner Mitbewohner haben an ihn verkauft. Sie sind alt, können nicht mehr für sich selbst sorgen, und er hat ihnen, und auch mir, gutes Geld bezahlt. Und dann hat er einfach alles platt gemacht, obwohl er versprochen hatte, die Häuser nur zu renovieren und an nette Familien weiterzuverkaufen. Das war seine Masche. Er hat uns alle betrogen. Mein Häuschen und das Haus vom Christoph brauchte er, um sein Gewerbegebiet zu bauen. Die Grundstücke dort standen im Weg. Auf den anderen Grundstücken errichtet er große Mehrfamilienhäuser und der Gewinn für ihn ist enorm."

Karl Pütz wirkte erschöpft. Er war ein alter Mann, der versuchte, alle ihm gebliebene Kraft zu mobilisieren, um gegen diesen Mann anzukämpfen.

„Freiwillig wollte Christoph sein Haus nicht hergeben. Und jetzt ist er tot."

„Und Sie meinen, dass dieser Herr Stein etwas mit seinem Tod zu tun haben könnte?"

Gab es hier tatsächlich ein Motiv? Habgier war schon seit tausenden von Jahren ein starkes überzeugendes Motiv, dachte Simon.

„Wer sonst sollte denn davon profitieren? Das habe ich auch Molly gesagt. Gott sei Dank ist sie wieder da. Molly wollte an Chris verkaufen, er hatte das Vorkaufsrecht, freilich nie das Geld dazu. Falls er das Geld nicht auftreiben würde, hätte Hubert die Möglichkeit gehabt, es zu kaufen."

„Die zwei sind also miteinander verwandt?"

„Ich denke schon, sie heißen ja beide Stein. Um einige Ecken, soviel ich weiß. Leiden konnten sie sich auf jeden Fall nicht. Aber jetzt ist es auch egal, jedenfalls was Mollys Haus betrifft."

„Molly?", fragte Simon. „Ist das die Dame mit dem englischen Akzent? Mrs. Hazelwood, so hat sie sich bei uns vorgestellt." Bei Nennung dieses Namens verdrehte Reiser entnervt die Augen, jedoch ein Leuchten erhellte das Gesicht des alten Mannes.

„Ja, Josefine Stein, alle nannten sie nur Molly." Er lächelte. „Als sie klein war, war sie ein wenig pummelig, müssen Sie wissen, hingegen später", seine Stimme stockte, „da war sie eine Schönheit. Aber der Name ist einfach geblieben. Und dann war sie fort." Er klang plötzlich unsagbar traurig. „Das war auch besser so." Karl Pütz zauderte kurz und fuhr dann fort: „Es war besser für sie." Er schien müde und Simon beeilte sich zu fragen:

„Der andere Mann, den Sie eben erwähnten, der aus dem Stadtrat, wie heißt der?“

„Sein Name ist Phillip Richter, schmieriger Typ, sag ich Ihnen. Christoph hat ihn immer »den Schleimer« genannt. Er hat versucht, Christoph das Leben schwer zu machen, als sie merkten, dass er nicht käuflich war. Es gab ständig neue Auflagen seitens der Stadt, die er erfüllten sollte. Genaues weiß ich nicht, aber Christoph hat sich nicht beirren lassen und ich war dabei, als er ihnen ins Gesicht lachte, um ihnen mitzuteilen, dass er das nötige Geld aufgetrieben hätte.“

„Sie wissen nicht zufällig, woher er auf einmal so viel Geld bekam?“ Simon und Reiser schauten sich an und dachten beide dasselbe. Vielleicht war Christoph Stein doch in die Anabolika-Geschichte verwickelt.

„Nein, das kann ich Ihnen nicht sagen. Das war mir auch egal, für mich war nur wichtig, dem Hubert eins auszuwischen. Ich habe mich gefreut wie ein Schneekönig.“ Für einen kurzen Moment strahlten seine Augen, dann fuhr er mit trauriger Stimme fort:

„Sie müssen das Schwein verhaften. Er war es bestimmt, kann ja sonst keiner gewesen sein. Christoph war so ein netter Kerl. Ich kann es immer noch nicht fassen, dass er tot ist.“

Er erhob sich mühsam von seinem Stuhl.

„Sie müssen mich entschuldigen, ich muss zurück zu meinen Freunden, sonst schlagen die sich bestimmt noch die Köpfe ein.“ Dabei lächelte er verschmitzt und sein runzeliges Gesicht schaute freundlich.

„Eine Frage noch.“ Simon hätte noch viele Fragen stellen können, aber er bemerkte die Unruhe und Müdigkeit bei dem alten Mann.

„Der andere junge Mann, den Sie gefunden haben ...“ Er legte ein Foto von Enzo Rossi auf den Tisch. „Kannten Sie ihn?“

Karl Pütz nahm mit zittrigen Händen das Foto und schaute es intensiv für einige Sekunden an. Er schüttelte den Kopf, als er erwiderte:

„Nein, den kenn ich nicht, ich glaube nicht, dass ich ihn vorher schon einmal gesehen habe. Auf Wiedersehen, die Herren, wir würden uns freuen, wenn Sie morgen Abend auf die Versammlung kommen würden. Wir brauchen jederlei Unterstützung."

Eine junge Frau in einem weißen Kittel betrat das Foyer und grüßte freundlich. Als sie sah, dass sich Karl Pütz mit schweren müden Schritten aufmachte zu gehen, kam sie herüber und sagte freundlich:

„Ich helfe Ihnen, Herr Pütz, wo soll es denn hingehen?"

Simon und Reiser blieben mit vielen offenen Fragen zurück. Jedenfalls wussten sie beide, dass sie einen Schritt weitergekommen waren und sie den Herren Hubert Stein und Phillip Richter bald einen Besuch abstatten mussten. Auch in Bezug auf diese sonderbare Mrs. Hazelwood gab es durchaus Klärungsbedarf. Obwohl es scheinbar kein erkennbares Motiv gab, fand Simon es dennoch ziemlich verdächtig, dass gerade in dem Moment ein Mord geschah, als sich die gute alte Misses entschieden hatte, nach über vierzig Jahren wieder in ihren Heimatort zurückzukehren. Simon lächelte, vielleicht sollte er Reiser mit dieser entzückenden Aufgabe betrauen. Doch er ahnte nicht, wie bald sich die Ereignisse überschlagen sollten.

Was hast du dir dabei nur gedacht, Rainer? Wir kommen in Teufels Küche. Mein Gott, Rainer, wenn das rauskommt, können wir dicht machen!" Dieter Hoffstedt stand keuchend und wutentbrannt vor seinem Bruder, packte ihn grob mit der einen Hand am Kragen seines Hemdes und ballte die andere Hand zu einer Faust, fest entschlossen zuzuschlagen. In letzter Sekunde entschied er sich dagegen.

Nicht noch mehr Unruhe stiften, dachte er verzweifelt. *Weitere Aufmerksamkeit sollten wir unbedingt vermeiden. Ich muss nachdenken. Zwei tote Männer und die Spur führte geradewegs zu ihnen, direkt in ihr Verderben.*

„Wo ist das Zeug? Rainer, schaffe mir den Dreck aus dem Haus, wir dürfen damit nicht in Verbindung gebracht werden!" Dieter schubste seinen Bruder mit einer Kraft von sich, die nur durch unbändigen Zorn möglich war, denn dieser war ihm, rein körperlich, weit überlegen.

Rainer verlor das Gleichgewicht und fiel rückwärts wie ein gefällter Baum auf den Schreibtisch. Für einen kurzen Moment lag er da und strampelte wie eine Schildkröte, die auf ihren Panzer gefallen ist.

Dieter drehte sich voller Abscheu um und verließ das Büro mit dem Satz:

„Bring das in Ordnung, Rainer, sonst wird dir das wirklich leidtun!"

Wütend knallte er die Tür hinter sich zu und bemerkte zu spät, dass Annabell unmittelbar vor dieser gestanden hatte. Mit ganzer Wucht knallten ihre Körper aufeinander, und als Annabell hinzufallen drohte, hielt Dieter sie instinktiv fest. Sie schrie vor Schreck auf.

„Mein Gott, Annabell, hast du mich erschreckt, was machst du denn hier?", fuhr er sie unwirsch an. Er fragte sich augenblicklich, wie lange sie schon vor der Tür gestanden hatte. Hatte sie gelauscht?

„Es tut mir leid, Dieter, aber ich wollte dir nur eben Bescheid geben, dass ein Herr von der Kriminalpolizei vorne an der Rezeption steht. Er verlangt nach dir." Dieter ließ Annabell abrupt los und blickte geradewegs in ihre dunklen Augen. *Tiefgründig*, dachte er verwirrt. Ihr blasses Gesicht zeigte keinerlei Regung oder offenbarte ihm, ob sie irgendetwas von dem Gespräch zwischen ihm und Rainer mitbekommen hatte. Das Braun ihrer Augen wirkte fast schwarz. „Er heißt Hachenberg. Es ist Jules Vater." Annabell drehte sich von ihm fort, um in den Trainingsraum zurückzugehen, doch Dieter hielt sie am Arm fest.

„Annabell?" Sie blickte ihn erstaunt an.

„Ja?", fragte sie und schaute hinunter auf ihren Arm, den er noch immer festhielt.

„Ach, ist schon gut, es ist nichts", antwortete er und ließ jäh ihren Arm los.

Er folgte Annabell mit langsamen Schritten. Ihr Gang war kerzengerade und sie wippte ganz leicht mit den Hüften. Unter anderen Umständen hätte er diese Bewegung als äußerst sinnlich empfunden, doch nach Sinnlichkeit war ihm nicht zumute. Er presste seine Hände gegen die Brust, sein Herz schlug vor Aufregung heftig aus dem Takt, Schweißperlen bildeten sich auf seiner Stirn und er befürchtete, einem Herzinfarkt zu erliegen.

Reiß dich zusammen, niemand weiß etwas, auch wenn Annabell etwas gehört haben sollte, so würde sie nicht wissen, weswegen wir uns gestritten haben.

Und dieser Polizist, es ist ganz normal, dass sie Fragen stellen. Beide Mordopfer waren Mitglieder in seinem Fitness-Studio gewesen, also ist das nur ganz natürlich, dass sie zu ihm kommen.

Entspann dich.

Dennoch, die Angst keimte in ihm auf wie ein unheilbares Geschwür und ließ ihn nicht mehr los. Als er Simon Hachenberg an der Theke entdeckte, war der erste Gedanke, der ihm durch den Kopf schoss, dass Jule und sein Vater außer der Statur und der Körpergröße rein gar nichts gemeinsam hatten. Vater und Sohn sahen sich in keiner Weise ähnlich.

„Guten Tag." Dieter lächelte höflich. „Annabell sagte mir, Sie wollten mich sprechen. Was kann ich für Sie tun?"

Da Annabell keine Anstalten machte, sich zu entfernen und demonstrativ neben ihm stehenblieb, schaute er sie direkt an und ergänzte seine Worte freundlich, aber bestimmend: „Danke, Annabell, das wäre alles, kümmere dich bitte wieder um unsere Kunden."

Diese Zurechtweisung berührte Annabell scheinbar wenig, denn sie lächelte nur und entfernte sich ohne ein Wort der Erwiderung. Doch jedem, der sie in diesem Moment angeschaut hätte, wären die Kälte und der Zorn in ihren Augen aufgefallen. Auch Simon bemerkte es sofort und sah ihr interessiert nach.

„Ein außergewöhnlich schönes Mädchen", murmelte er mehr zu sich selbst, doch Dieter Hoffstedt nickte zustimmend, sodass er wusste, dass seine Bemerkung nicht ungehört geblieben war. „Entschuldigen Sie bitte, ich habe mich noch nicht vorgestellt. Mein Name ist Hachenberg, Hauptkommissar Hachenberg. Sind Sie Herr Hoffstedt, der Besitzer dieses Fitness-Studios?"

„Ja, ich bin Dieter Hoffstedt. Mein Bruder Rainer und ich, wir sind beide Eigentümer des BFit. Was führt Sie zu uns? Sie sind Julians Vater, nicht wahr? Netter Junge. Haben Sie auch Interesse, in unserem Studio zu trainieren?" Der Blick, mit dem er Simon taxierte, ließ zweifelsohne erkennen, dass er der Meinung war, dies wäre dringend notwendig.

„Darüber können wir ein anderes Mal sprechen, jetzt bin ich leider in einer dienstlichen Angelegenheit bei Ihnen. Können wir möglicherweise irgendwohin gehen, wo wir ungestört sind, Herr Hoffstedt?"

„Natürlich, kommen Sie, wir gehen in mein Büro, es ist dort drüben. Kann ich Ihnen etwas anbieten, Kaffee oder vielleicht einen Fitness-Drink?"

„Nein, danke, das ist sehr nett von Ihnen, im Moment nicht." Simon folgte Dieter Hoffstedt durch den langgezogenen Flur, vorbei an den Umkleidekabinen und der Tür zum Saunaund Wellnessbereich.

„Kommen Sie, hier bitte, nehmen Sie Platz, Herr Kommissar." Das Büro, ein kleines fensterloses Zimmer, war winzig, Chaos und Unordnung beherrschten das Bild. Auf dem Schreibtisch lag zerbrochenes Glas, Ordner lagen verstreut auf dem Boden und es wirkte auf Simon fast so, als ob hier jemand etwas gesucht hätte, doch Dieter Hoffstedt machte nicht den Eindruck, überrascht oder bestürzt zu sein. Das Chaos schien ihm nicht fremd zu sein. Simon setzte sich auf den einzig freien Stuhl und kam direkt auf den Punkt.

„Herr Hoffstedt, sicher haben Sie schon von den zwei ermordeten Jungen gehört. Es liegen mir Informationen vor, dass beide Mitglieder in Ihrem Fitness-Studio und Ihnen auch recht bekannt waren. Ist das korrekt?"

Simon beobachtete Hoffstedts Reaktion und wunderte sich, Tränen in dessen Augen zu sehen. Mit solch einer Reaktion hätte er nie gerechnet. *Das ist ja mal interessant,* dachte er.

„Ja, furchtbar. Stimmt es denn, dass Christoph auch ermordet wurde, es grassiert das Gerücht, dass es eventuell Selbstmord war oder sogar ein Unfall? So oder so ist es einfach nur furchtbar. Wer macht denn so etwas?"

Dieter Hoffstedt wischte sich mit dem Handrücken über die Augen. Diese Geste hingegen wirkte auf Simon ein wenig zu aufgesetzt und theatralisch, sodass Simon Zweifel an Hoffstedts Glaubwürdigkeit bekam und dass er hier unter Umständen für dumm gehalten wurde.

„Das versuchen wir gerade herauszufinden, Herr Hoffstedt. Vielleicht können Sie uns dabei helfen. Erzählen Sie mir bitte: Wie gut kannten Sie die Toten?"

„Christoph kannte ich sehr gut, er war wie ein Sohn für mich. Er erinnerte mich immer ein wenig an mich selber, als ich so jung war wie er. Er war voller Elan und seinen Sport liebte er über alles."

„Sie meinen das Bodybuilding?", unterbrach ihn Simon.

„Ja", antwortete Dieter Hoffstedt traurig. „Er hätte sich niemals selbst umgebracht, warum auch, dazu gab es keinen Grund."

„Und den anderen Jungen, Enzo? Kannten Sie ihn auch?"

„Ja, aber nur flüchtig. Mein Bruder kennt die Kunden, die hier trainieren, besser, er ist für das Praktische beziehungsweise für den sportlichen Teil zuständig. Meine Aufgaben liegen mehr im Bereich der Verwaltung, obwohl, wenn Not am Mann ist, springe ich hier und da auch mal bei Einführungen oder Kursen ein. Eigentlich eher selten."

„Es ist uns zu Ohren gekommen, Herr Hoffstedt, dass Christoph Stein mit Anabolika experimentiert hat. Wissen Sie etwas darüber? Haben Sie eine Ahnung, wer ihm die Drogen verkauft haben könnte?" Simon glaubte, Unsicherheit in Dieter Hoffstedts Augen zu erkennen und wartete gespannt auf dessen Antwort.

„Nein", ein zu schnelles Nein Simons Meinung nach, „davon weiß ich nichts. Auf jeden Fall habe ich die Jungs immer vor dem Zeug gewarnt, da ich als Jugendlicher eigene schlechte Erfahrungen gemacht habe. Und aus diesem Grund weiß ich auch, dass Warnungen oft Schall und Rauch sind, wenn Sie wissen, was ich meine."

Das wusste Simon nur allzu gut. Mit dieser Antwort jedenfalls war es Dieter Hoffstedt gelungen, sich elegant aus der Affäre zu ziehen, denn in seinen Augen hatte er seine Schuldigkeit getan. Alles andere, so ließ er durchblicken, fiele nicht weiter in seinen Verantwortungsbereich. Was die Jungs außerhalb seines Studios machten, ging ihn nichts an.

Immer schön den Kopf in den Sand stecken, dachte Simon. *Hauptsache, die Kohle stimmt.*

„Also können Sie mir nicht weiterhelfen. Das ist bedauerlich."

„Nein, tut mir leid. Wenn Sie mich jetzt entschuldigen würden, ich habe noch jede Menge Arbeit zu erledigen."

„Einen Moment noch, Herr Hoffstedt, vielleicht können Sie mir bei einer anderen Sache helfen." Simon entnahm seiner Brieftasche das Handyfoto mit dem Gesicht der unbekannten Frau und zeigte es Dieter Hoffstedt. „Kennen Sie diese Frau? Haben Sie sie eventuell schon einmal hier gesehen? Oder irgendwo anders?"

Hoffstedt nahm das Foto an sich und betrachtete es interessiert. Keine Regung zeigte sich in seinen markanten Gesichtszügen und doch schien es Simon, dass er etwas zu lange mit der Antwort zögerte.

„Nein, die kenne ich nicht, sorry. War es das?“ Er reichte Simon das Foto zurück.

„Noch nicht ganz, würden Sie mir bitte liebenswürdigerweise aufschreiben, wo Sie Samstagvormittag und Sonntagnachmittag waren. Das wäre sehr nett. Bitte so genau wie möglich.“ Er wandte sich der Tür zu. „Ich hole den Zettel dann nachher wieder ab. In der Zwischenzeit, ich hoffe, Sie haben nichts dagegen einzuwenden, spreche ich mit der netten jungen Dame von vorhin. Wie hieß sie gleich? Annabell, nicht wahr? Vielleicht kann ich auch das ein oder andere Wort mit Ihrem Bruder wechseln. Sie sagten ja, er wäre der bessere Ansprechpartner für mich.“ Simon lächelte und machte sich zum Gehen bereit.

„Mein Bruder ist nicht da“, antwortete Dieter Hoffstedt hastig. „Er hat außerhalb zu tun.“

„Ach so, dann richten Sie ihm bitte aus, er möchte uns im Dezernat besuchen.“ Er fügte hinzu: „So schnell wie möglich, bitte. Ich lass Ihnen meine Karte hier.“

Nachdenklich ging Simon zurück in den Fitness-Bereich des Studios und hielt Ausschau nach dem hübschen blonden Mädchen. Vermutlich würde er von ihr mehr erfahren. Er entdeckte sie hinter dem Tresen und sie lächelte ihn an, als er auf sie zuging.

„Sie heißen Annabel, nicht wahr? Verraten Sie mir Ihren Nachnamen?“

„Stein“, antwortete sie, „aber Sie können mich ruhig Annabell nennen, das macht hier jeder so.“

„Stein? Sie sind verwandt mit Christoph Stein, nicht wahr?“

„Ja, schon, allerdings wirklich mehr oder weniger um zehn Ecken. Mein Vater und sein Vater waren Cousins, gleiche Großeltern, glaube ich. Sie hatten nicht so viel miteinander zu tun.“ Sie zuckte gleichgültig mit den Schultern, als ob sie keinerlei Interesse an ihrer Verwandtschaft hatte. „Familie“, sagte sie verächtlich. „Wer braucht das schon?“

„Für Ihr Alter sind Sie schon recht zynisch, Annabell. Woher kommt das? Haben Sie schlechte Erfahrungen gemacht?“

„Ach was, ist doch nur so dahin gesagt. Nicht wichtig.“

„Sie kannten die zwei Opfer gut. Ist Ihnen irgendetwas aufgefallen?“

„Nein, nicht wirklich.“ Sie schien zu überlegen, was sie ihm sagen konnte und was sie ihm nicht sagen wollte. „Dieter ist in Ordnung, halten Sie sich lieber an seinen Bruder Rainer. Er hat oft mit Enzo rumgehangen. Aber das wissen Sie jetzt nicht von mir, ich möchte nämlich meinen Job behalten, okay? Dieter und Rainer haben sich ziemlich gestritten heute, ich konnte es durch die Tür hören. Um was es ging, habe ich nicht mitbekommen.“ Das nahm ihr Simon nicht ab, aber er sagte nichts. „Sie haben sich schon öfter gestritten, Brüder halt.“

„Haben Sie Geschwister?“, fragte Simon, obwohl die Frage ermittlungstechnisch keinerlei Relevanz hatte.

„Oh, nein, Gott bewahre. Ich bin ein glückliches Einzelkind“, erwiderte sie fröhlich.

Ein Geräusch flatternder Flügel näherte sich plötzlich Simons Ohr. Langsam drehte er seinen Kopf zur Seite. Annabell grinste ihn an, als er sich ihr zögernd wieder zuwandte.

„Sagen Sie, ich habe nur noch eine Frage, dann sind Sie erlöst.“

„Ja?“ Neugierig schaute sie ihn an.

„Ist das da etwa ein Kakadu auf meiner Schulter?“

Wir würden gerne mit Herrn Hubert Stein sprechen." Simon hasste es, mit Sprechanlagen zu kommunizieren. Diese hier, das erkannte er sofort, lag auf einem höchsttechnischen Niveau und war sogar mit einer schwenkbaren Videokamera ausgestattet, was bedeutete, dass sie gesehen, taxiert und begutachtet wurden, aber sie hatten keine Ahnung von wem. Ein Nachteil, den Simon als äußerst unangenehm empfand.

„Guten Tag. Wir sind von der Kriminalpolizei, mein Name ist Hachenberg und dies ist mein Kollege Reiser."

Er zeigte dem Auge der Videokamera seinen Ausweis. Stille. Es schien der Person auf der anderen Seite der Sprechanlage die Sprache verschlagen zu haben, denn das einzige, was sie auf ihr Klingeln hin bis jetzt geantwortet hatte, war ein schroffes, in einem etwas herablassenden Ton: „Ja bitte."

„Hallo, sind Sie noch da? Es wäre sehr nett von Ihnen, wenn Sie die Tür öffnen würden. Wir wären Ihnen sehr dankbar." Simon bemühte sich um Freundlichkeit und Gelassenheit, obwohl es ihm sehr schwerfiel, denn sie hatten nicht den ganzen Tag Zeit, und die Dame des Hauses schien es keineswegs eilig zu haben.

„Warten Sie, ich schaue nach, ob er da ist." Sie hörten ein Klicken in der Anlage und warteten. Simon schaute Reiser entnervt an, der zuckte nur mit den Schultern.

„Wenn ich noch einmal auf die Welt komme, dann nur, wenn ich mir auch so eine Wachund Schließanlage leisten kann." Simon glaubte, einen leisen ironischen Unterton in Reisers Aussage zu bemerken und grinste. Er wusste, dass materielle Dinge keinen Platz in Reisers Leben hatten, ein gutes Fußballspiel am Abend und ein paar Gläschen Bier dabei machten Reiser zu einem glücklichen Menschen. Na ja, vielleicht gehörten noch ein oder zwei andere Dinge zum Glücklichsein dazu. Diese Art von Luxus, die sie hier vorfanden, stand nicht auf seiner Liste.

Simon gestand sich ein, dass er Reiser mochte. Wieso er plötzlich darüber nachdachte, entzog sich seiner Kenntnis. Der vorherige feuchtfröhliche Abend mit Reiser hatte ihm ausgesprochen gut gefallen, wenn auch die Nachwehen alles andere als amüsant für ihn gewesen waren. Sie hatten ausschließlich über den Fall diskutiert, jedoch auf einer anderen Ebene, als wenn sie im Dezernat darüber gesprochen hätten. Sie waren entspannter an die Sache herangegangen, viel lockerer.

Privates war Privates geblieben. Das sollte auch vorerst so bleiben. Obwohl Simon sich oft gewünscht hätte, jemanden zu haben, dem er verschiedene Dinge anvertrauen könnte. Er hatte noch nie einen richtigen Freund gehabt, viele Bekannte, ja, aber einen Freund, nein. Er würde sich wünschen, Jule wäre sein bester Freund, aber das war unmöglich, die Distanz zwischen ihnen unüberwindbar und Jule war sein Sohn, er würde ihm nie alles von sich erzählen.

Ich kann mich gar nicht an seinen Vornamen erinnern, dachte Simon verblüfft. Für ihn und alle war er immer nur Reiser. Und für manche im Dezernat war er »der Rio«. Simon wusste, dass es ihn fuchste, so genannt zu werden. *Ich werde ihn nicht danach fragen, ich will es überhaupt nicht wissen.*

„Mein Mann ist nicht da." Die schnippische Stimme aus der Sprechanlage holte ihn zurück aus seinen Gedanken und er ahnte, dass Frau Stein nicht gewillt war, sie in ihr Haus zu lassen.

„Ich würde Ihnen gerne meine Karte überreichen, Frau Stein, und es wäre nett, wenn Sie Ihrem Mann ausrichten könnten, dass wir da waren und wir ihn bitten, ins Heiligenburger Dezernat zu kommen. Er möchte mich liebenswürdigerweise vorher anrufen, damit wir zu diesem Zeitpunkt auch im Haus sind." Sein Tonfall war nach wie vor freundlich und er zeigte ihr die Karte durch das Videoauge.

„Wenn Sie so nett wären, kurz aufzudrücken."

„Werfen Sie die Karte in den Briefkasten, ich werde es meinem Mann ausrichten. Auf Wiedersehen." Damit waren sie entlassen.

„Puh, was war denn das?" Reiser grinste. „Die hat ja Haare auf den Zähnen, Halleluja."

Gerade als sie die Straße überqueren und frustriert zu ihrem Auto schlendern wollten, kam ihnen ein dunkler Mercedes entgegen, der sich keineswegs an die Höchstgeschwindigkeit von 30 hielt und an dem Tor der Steinchen Villa mit quietschenden Reifen zum Stehen kam. Simon und Reiser konnten ihm in letzter Sekunde durch einen beherzten Sprung zurück auf den Gehweg ausweichen.

Der Fahrer der Limousine öffnete das Fenster seines Mercedes und blickte die Herren zerknirscht an.

„Entschuldigen Sie bitte, meine Herren, habe ich Sie erschreckt?" Der erste Eindruck, den die beiden von Hubert Stein bekamen, war vollkommen überraschend. Simon hätte einen elegant gekleideten Mann, der diesem Luxushaus und der Nobelkarosse alle Ehre gemacht hätte, erwartet, stattdessen stieg ein Mann aus dem Wagen, der widersprüchlicher nicht hätte sein können. Sein langes graumeliertes Haar hatte er zu einem Pferdeschwanz gebunden, er trug Jeans, Sportschuhe und ein Hemd mit großen Mustern, das an die 70er-Jahre erinnerte. Auf seiner Nase rankte eine große Hornbrille, diese Art von Brillen, die momentan wieder eine Renaissance erlebten und auch bei jungen Menschen höchst populär waren. Alles an ihm war lässig, aber sie erkannten eine Lässigkeit, die einiges an Geld gekostet hatte. Hubert Stein war ein gutaussehender Mann, sein Alter schätzte Simon auf Mitte vierzig.

„Nein, erschreckt haben Sie uns nicht, nur beinahe überfahren. Sie haben einen etwas ungewöhnlichen Fahrstil." Reiser ging auf Stein zu und zeigte ihm seinen Ausweis. „Sind Sie Hubert Stein?"

„Ach herrje, die Polizei, jetzt bekomme ich wohl einen Strafzettel? Ich gebe es zu, ich bin ein wenig zu schnell gewesen." Ironie lag in seiner Stimme, er schaute zerknirscht und holte seine Geldbörse aus der Gesäßtasche seiner Jeans. Entspannt entnahm er einen Geldschein und hielt Reiser provokativ einen Zwanzig-Euro-Schein vor die Nase. „Ich hoffe, das reicht. Wenn Sie mich jetzt entschuldigen wollen, meine Herren."

Reiser, dem man seine aufwallende Wut nicht ansah, nahm den Geldschein, steckte ihn in seine Jackentasche und erwiderte mit spöttischer Stimme:

„Ich werde es weiterleiten, es könnte allerdings etwas teurer werden, Herr Stein."

Simon schaltete sich ein:

„Okay, Schluss mit dem Unsinn. Herr Stein, wir würden Sie gerne sprechen, es geht um den Mord an Herrn Christoph Stein. Er ist doch gewiss ein Verwandter von Ihnen? Haben Sie einen Moment Zeit? Und könnten wir das Gespräch in Ihrem Haus fortsetzen, hier auf der Straße wäre dies etwas unpassend."

Keine Regung oder Betroffenheit zeigte sich in Hubert Steins Gesicht, auch seine Stimme war fest und selbstsicher, als er sie bat, ins Haus zu kommen. Sie folgten Stein, der sein Auto durch das geöffnete Tor gefahren und vor der Haustür abgestellt hatte. Als sie den Eingang erreichten, bemerkte Reiser eine dunkelrote Rose, die achtlos auf der untersten Stufe lag. Er bückte sich und hob sie auf.

„Da hat jemand diese wunderschöne Rose verloren." Er atmete tief den Duft der Rose ein. Hubert Stein schaute irritiert, sagte aber nichts, sondern ging mit festen Schritten zur Haustür und schloss sie auf.

„Kommen Sie, wir gehen in den Wintergarten." Er zeigte ihnen den Weg in den hellen freundlichen Raum. „Setzen Sie sich." Dies hörte sich eher wie ein Befehl als eine Bitte an. „Viktoria!", schrie er plötzlich die Treppe hinauf, die von der Diele ins Obergeschoss führte. „Viktoria, bist du da?" Er bekam keine Antwort.

„Eben war sie noch da", teilte ihm Reiser mit einem spöttischen Unterton mit und legte die Rose auf eine kleine Anrichte. „Sie wollte uns allerdings nicht ins Haus lassen. Wir nehmen an, dass es sich um Ihre Frau handelte."

Stein schaute Reiser mürrisch durch seine Brillengläser an. Er schien ihn nicht sonderlich zu mögen, was durchaus auf Gegenseitigkeit beruhte, wie Simon amüsiert feststellte. Aber sie waren nicht hier, um einen Kleinkrieg zwischen zwei Machos auszufechten, sondern um die Tötung zweier junger Menschen aufzuklären.

„Es ist schon in Ordnung. Wir müssen zurzeit noch nicht mit Ihrer Frau sprechen. Wir möchten uns erst einmal in Ruhe mit Ihnen unterhalten."

„Meine Frau muss im Bad sein. Annabell ist noch nicht zu Hause, ihr Auto stand nicht draußen. Also gehe ich davon aus, dass Sie mit meiner Frau gesprochen haben." Stein sprach in einem vorwurfsvollen Ton, so als ob er sich von aller Welt verlassen vorkommen würde. Er wirkte plötzlich nervös und machte keine Anstalten, sich zu setzen. Unruhig ging er hin und her. „Möchten Sie etwas trinken?" Wieder lief er zur Treppe, um erneut nach seiner Frau zu rufen.

„Ich bin in der Wanne, Hubert. Gibt es etwas Wichtiges?" Frau Steins Stimme hallte gedämpft zu ihnen hinunter.

„Die Polizei ist da!", schrie Hubert Stein nach oben. „Sie wollen mit uns sprechen." Keine Antwort.

Hubert seufzte, entschied sich aber nun, sich hinzusetzen und sich seinem Schicksal zu ergeben.

„Herr Stein, wie gut kannten Sie Christoph Stein? Sie haben ja sicher schon von seiner Ermordung gehört?" Simon wollte nun keine Zeit mehr vergeuden.

Hubert dachte einen Moment nach, bevor er antwortete:

„Er war mit mir verwandt, jedoch hatten wir eigentlich kaum Kontakt. Schon unsere Väter, sie waren Cousins, hatten wenig miteinander zu tun. Christophs Vater war immer neidisch, sie beneideten uns um unser Gasthaus und unseren Erfolg. Sie waren die Verlierer." In seiner Stimme schwang Verachtung. Reiser lehnte sich bequem in dem weichen Sessel zurück und schaute sich mit Interesse in dem luxuriösen Zimmer um. Die weitgeöffneten Fenster ermöglichten den freien Ausblick auf die großzügige parkähnliche Gartenanlage mit dem durchaus ansehnlichen Swimmingpool.

Sein Blick wanderte zurück in den Wintergarten und blieb an verschiedenen Fotografien hängen, die in hübschen Goldbilderrahmen an der gegenüberliegenden Wand angebracht waren. Aus der Entfernung konnte er nicht erkennen, um welche Personen es sich auf den Fotos handelte.

„Erzählen Sie uns, wie das mit dem Haus ist, in dem Christoph Stein gewohnt hat.“ Seine Augen richteten sich wieder auf den Zeugen.

„Was meinen Sie, was mit dem Haus ist?“ Misstrauen klang in seiner Stimme.

„Es ist uns zu Ohren gekommen, dass Sie dieses Haus erwerben wollten, dass Christoph Stein hingegen, aus welchem Grund auch immer, ein Vorkaufsrecht hatte und dieses niemals an Sie abgetreten hätte.“

„Wer hat Ihnen das erzählt?“ Nervös nestelte er in seiner Jeanstasche nach einer Zigarettenschachtel, fand sie und steckte sich mit fahrigen Händen eine Zigarette an. Tief atmete er den Rauch ein.

„Das war bestimmt der verrückte Alte. Er erzählt jedem hier im Ort, was ich für ein böser Mensch sei. Ich sollte ihn anzeigen wegen Verleumdung.“ Ärgerlich runzelte er die Stirn.

„Das tut hier nichts zur Sache, wer es uns erzählt hat. Wir ermitteln in alle Richtungen, Herr Stein, denn zwei junge Männer haben ihr Leben gelassen und wir sind hier, um herauszufinden, wer ihnen das angetan hat.“ Reiser erhob sich aus dem Sessel und bewegte sich langsam durch den Raum. Unsicher verfolgte Stein ihn mit seinen Augen.

„Da hab ich nichts mit zu tun, das glauben Sie doch nicht allen Ernstes? Ich kannte den einen überhaupt nicht. Und warum sollte ich Christoph umbringen? Er hätte sowieso das Geld nicht gehabt. Soviel ich weiß, hatte er Schulden, er zockte gerne. Und bei der Bundeswehr verdiente er nun auch nicht gerade viel.“ Seine Augen suchten einen Aschenbecher, als er keinen fand, drückte er seine Zigarette in der Erde einer kleinen Primel aus. „Ich habe mir keine Sorgen gemacht, die Frist war abgelaufen für Christoph. Es gab keinen Grund, ihn zu ermorden.“

Reiser stand jetzt unmittelbar vor den Fotografien an der

Wand. Interessiert betrachtete er eine nach der anderen. Simon führte das Gespräch fort:

„Sie sind ebenfalls der Initiator der Planung des erweiterten Gewerbegebietes am Gierather Wald. Den Stadtrat haben Sie schon überzeugen können von Ihren Plänen, während der Ermordete versucht hat, Ihnen bei diesem Vorhaben Steine in den Weg zu legen, indem er eine Bürgerinitiative gegründet hatte, die sich gegen das Abholzen des Waldes stark machen wollte. Ist das korrekt, Herr Stein?"

„Ja, aber es ist alles wasserdicht. Sie können brüllen so laut sie wollen, die Verrückten. Die Stadt braucht das Geld. Sie verdienen gut am Verkauf ihrer Grundstücke und die Gewerbesteuern, die sie in Zukunft einnehmen, werden auch beträchtlich sein." Hubert Stein war in seinem Element. „Wir schaffen Arbeitsplätze und es ist ja nicht so, als ob hier rauchende Schlote entstehen würden. Leider kapieren es die Deppen einfach nicht."

„Er war Ihnen also im Weg, der Herr Stein?" Reiser versuchte den Zeugen zu provozieren.

„Er hat genervt, ja, das geb ich zu, trotzdem hatten wir alles im Griff. Ich habe Ihnen schon gesagt, ich habe ihn nicht umgebracht."

„Wo waren Sie am Samstag zwischen 8 und 12 Uhr?"

„Na, hier, meine Frau kann das bezeugen. Ich schlafe oft lange, denn mein Arbeitstag geht bis 2 Uhr in der Nacht."

„Ihre Frau!" Reiser machte eine kurze Pause. „Auf den Fotos dort, sind das Ihre Frau und Ihre Tochter?"

Stein schaute überrascht in Richtung Fotos und zögerte kurz, bevor er antwortete.

„Ja, das ist meine Frau Viktoria und meine Tochter Annabell. Warum wollen Sie das wissen?"

Anstatt die Frage zu beantworten, schaute Reiser Simon an und sagte mit Nachdruck und Betonung:

„Sie sind sehr hübsch, da sind Sie bestimmt sehr stolz?"

Simon, neugierig geworden, erhob sich und sah sich die Fotografien aus der Nähe an.

Na, das ist ja mal eine Überraschung, dachte er.

„Kann ich nur bestätigen, Herr Stein, sehr hübsch."

„Ja, ja, aber Sie sind doch nicht hierhergekommen, um mir zu sagen, wie hübsch meine Frau oder meine Tochter sind. Wenn Sie mich jetzt entschuldigen würden. Die Arbeit ruft." Stein erhob sich nun ebenfalls, um sie zur Tür zu begleiten.

„In Ordnung, Herr Stein, wenn wir weitere Fragen haben, melden wir uns bei Ihnen, und geben Sie Ihrer Frau bitte unsere Karte. Es wäre nett, wenn Sie uns aufsuchen könnte, damit sie unter anderem Ihr Alibi bestätigen kann."

„Auf Wiedersehen."

Strahlender Sonnenschein erwartete sie, als sie das Haus verließen. Die Temperaturen waren derart angestiegen, dass Simon und Reiser schweißgebadet an ihrem Fahrzeug ankamen. Kein Wölkchen bedeckte den Himmel und für einen Spätsommertag war es sehr heiß.

„Komm, lass uns in die Eisdiele fahren, ich brauch jetzt etwas Kühles." Reiser öffnete seine Wagentür und stöhnte laut, als die heiße, abgestandene Luft ihm entgegenströmte. Auch Simon hatte sich seines Jacketts entledigt. Er nickte zustimmend. Schweigend fuhren sie Richtung Bahnhof. Direkt gegenüber lag die Eisdiele. Sie parkten ihr Auto in der Nähe und bemerkten entsetzt, dass halb Heiligenburg auf die gleiche Idee gekommen war wie sie. Jeder einzelne Tisch auf der Terrasse war besetzt, doch sie hatten Glück, ein junges Pärchen machte Anstalten zu bezahlen. Nachdem sie endlich im Schatten der großen blau-weiß-gestreiften Markise saßen, ihre Bestellung aufgegeben hatten und ihre Getränke vor ihnen standen, brach Reiser das Schweigen.

„Wer hätte das gedacht." Reiser trank durstig einen großen Schluck Wasser. „Unsere unbekannte Schöne auf Christoph Steins Handy ist die Frau des reichsten Mannes im Ort. Hat Hubert Stein gewusst, dass seine Frau einen jugendlichen Liebhaber hatte? Wenn ja, wäre das ein verdammt gutes Motiv."

Simon wischte sich den Schweiß mit der Serviette von der

Stirn. Ihm, der sich am liebsten in England, Schottland oder den skandinavischen Ländern aufhielt, bereitete die Hitze wahnsinnige Kopfschmerzen und äußerst lästige Konzentrationsschwäche. Tatsächlich brauchte er alle seine Sinne beieinander, um diese Morde aufzuklären. Schwäche konnte er sich nicht leisten, also riss er sich zusammen.

„Ja, nur wenn seine Frau bestätigt, dass er den ganzen Samstagmorgen zuhause war, hat er auch ein verdammt gutes Alibi." Simon zuckte die Schultern, Reiser hingegen war Feuer und Flamme.

„Ha, wenn sie das überhaupt kann. Könnte es vielleicht auch sein, dass Frau Stein einen Grund hatte, sich ihres Liebhabers zu entledigen? Nicht unwahrscheinlich, dass er sie mit den Fotos erpresst hat? Sie ist eine reiche Frau. Dann braucht sie selbst ein Alibi, nicht wahr?"

„Guter Ansatz, Reiser, aber was ist mit dem zweiten Jungen, wie kommt der ins Spiel?"

„Weiß ich noch nicht! Jedenfalls sollten wir so schnell wie möglich mit Frau Stein sprechen und die Dame so richtig in die Mangel nehmen. Jetzt wissen wir auch, warum sie uns nicht hereinlassen wollte. Sie muss von den Fotos gewusst haben, da bin ich mir ganz sicher."

Die Bedienung kam und brachte für jeden einen riesigen Krokant-Eisbecher mit Schlagsahne.

„Ist das denn zu fassen! Das ist doch mal eine ordentliche Portion. Wow!" Entzückt genoss Reiser sein Eis.

Simon blickte hinüber zur Haltestelle, als gerade ein Zug einfuhr. Interessiert beobachtete er die Menschen auf dem Bahnsteig. Direkt gegenüber auf der anderen Seite der Schienen konnte er zwischen den Waggons die Rückseite des Gasthauses Steinhof sehen. Links davon ein paar Meter weiter an der Straßenecke befand sich das italienische Bistro „Leonardo". Genau zwischen diesen beiden Lokalen lag der Blumenladen „Pusteblume". Als sich die Bahn Richtung Köln in Bewegung setzte und abfuhr, bemerkte er einen dunkelhaarigen Mann, der ihn an irgendjemanden erinnerte. Der Mann betrat den Blumenladen und Simon dachte an die rote Rose, die vor dem Haus der Steins gelegen hatte.

Catherine hatte Rosen nie gemocht. „Sie haben Dornen und verletzen dich“, hatte sie verschmitzt behauptet. *Du hast mich auch verletzt,* Cath. Wieso dachte er in letzter Zeit immer wieder an sie? Er konnte es sich nicht erklären.

Er schüttelte die Gedanken ab.

„Heute Abend ist die Versammlung, das sollten wir uns nicht entgehen lassen, Reiser.“

„Ich kann nicht, Chef“, druckste Reiser herum, „ich habe heute schon etwas vor. Ich bin heute Abend mit Maike verabredet.“

„Ach ja, das wird gewiss nett, gratuliere.“ Simon freute sich für ihn. Er mochte Maike.

Ja, ist auch ein wenig dienstlich.“ Simon bemerkte, dass Reiser sich noch nicht ganz sicher war, was er von der Geschichte zu halten hatte. „Sie bringt eine Kopie des Obduktionsberichtes von Christoph Stein mit. Dann wissen wir wenigstens darüber schon mal Bescheid.“

Sie wusste, dass das Abwimmeln der Polizei nur ein kleiner Aufschub war. Sie würden wiederkehren und der Tag der Wahrheit würde kommen, aber jetzt versuchte Viktoria Stein alles daran zu setzen, einigermaßen heil aus dieser Geschichte herauszukommen. Wie sie das anstellen sollte, wusste sie allerdings noch nicht. Sie brauchte mehr Zeit.

Dem Gespräch zwischen den beiden Polizisten und ihrem Mann hatte sie interessiert gelauscht. Vielleicht konnte sie die Erkenntnisse, die sie erfahren hatte, zu ihrem Vorteil nutzen, und möglicherweise gab es etwas in den Unterlagen ihres Mannes, mit denen sie Hubert unter Druck setzen konnte, falls er ihr die Affäre mit Christoph und den Fotos übelnehmen sollte.

Sie stand am Fenster ihres Arbeitszimmers und beobachtete, wie die beiden Polizisten das Haus verließen. Trotz der starken Hitze fröstelte sie. Erst nachdem sich das Auto in Bewegung gesetzt hatte und losfuhr, drehte sie sich um und ging mit langsamen Schritten die Treppe herab.

Hubert saß mit steinernem Gesicht in seinem Sessel und rauchte. *Er raucht wieder*, dachte Viktoria, als sie ihn sah. Er scheint ernste Probleme zu haben, allerdings so etwas wie Mitgefühl konnte sie ihm nicht entgegenbringen.

„Schön, dass du dich endlich einmal blicken lässt." Seine Stimme war ruhig, doch sie erkannte einen Hauch von wachsender Aggressivität. „Sie wollten auch mit dir sprechen. Warum, weiß ich allerdings nicht. Ich habe ihnen alles gesagt, auch dass wir nichts mit dem Tod von Christoph zu tun haben."

Viktorias Blick fiel auf die rote Rose, die Reiser auf der Anrichte abgelegt hatte, und wurde blass.

„Wo ist die Rose her?", fragte sie. Irritiert schaute sich Hubert um.

„Was für eine Rose? Ach so, die, die lag vor der Tür. Annabell scheint wohl einen neuen Verehrer zu haben." Viktoria sagte nichts.

„Hier ist die Karte von dem Bullen, du sollst dich morgen bei ihnen melden. Ich muss jetzt los, bin schon viel zu spät dran."

Er küsste sie nicht zum Abschied. Das tat er schon lange nicht mehr.

Viktoria blieb alleine zurück in ihrem Wintergarten und nahm vorsichtig die Rose in die Hand. *Warum lässt er mich nicht in Ruhe?* Ihre Affäre lag schon so viele Jahre zurück und Versprechungen hatte sie ihm auch nie gemacht. Verstehen konnte sie es nicht, aber es beunruhigte sie mehr und mehr. Sie musste einiges klären, das war ihr bewusst. Sie hatte einen Plan, den sie Schritt für Schritt abarbeiten musste. Dann erst konnte sie zur Polizei gehen. Sie drehte sich um und ging in das Arbeitszimmer ihres Mannes.

Hubert machte es ihr leicht. Alle Unterlagen seiner „Projekte" waren frei zugänglich, nichts hielt er unter Verschluss. Er war bestimmt der Meinung, dass sie es niemals wagen würde, in sein Allerheiligstes einzudringen.

Der Ordner „Projekt Wald" lag ganz oben auf dem Stapel seines Schreibtisches. Viktoria setzte sich in Huberts bequemen Ledersessel und begann zu lesen. Seite für Seite las sie über Gutachten, Beschlüsse, Investitionen und Bürgerproteste, doch nichts in den Unterlagen deutete auf Unregelmäßigkeiten oder illegale Machenschaften hin. Enttäuscht legte sie den Ordner zurück. Fieberhaft suchte sie weiter.

Wenn ich nur wüsste, wonach ich suchen soll, dachte sie ungeduldig.

Ordner für Ordner legte sie beiseite. Dann fand sie es. Projekt „Christoph Stein" lag in ihren Händen. Zitternd vor Aufregung hob sie den Deckel und blätterte die Seiten nacheinander um. Mit jeder weiteren Seite, die sie las, realisierte sie, welch ein Mensch ihr Mann war. Sie erkannte, dass er mit allen ihm zur Verfügung stehenden Mitteln versucht hatte, Christoph zu vernichten. Anfangs gab es Briefe, in denen er höflich gebeten wurde, Huberts großzügiges Angebot anzunehmen und auf sein Vorkaufsrecht zu verzichten. Doch den Antworten wie: „Ich werde dir das verdammte Haus niemals überlassen" oder „Du kannst mich am Arsch lecken, Hubert" folgten Briefe, in denen sich ihr Mann mithilfe von Phillip Richter immer neue Schikanen hatte einfallen lassen.

Fast hätte sie Mitleid für Christoph empfunden, aber der Schmerz und die Enttäuschung, die er ihr zugefügt hatte, wogen schwerer und lasteten auf ihrer Seele. All dies war nicht mehr von Bedeutung. Christoph war tot, sie jedoch musste ihr Leben retten. Dafür war ihr jedes Mittel recht.

Hat Christoph nicht genau das Gleiche gemacht, als er mich erpresst hat? Wollte er nicht ebenso nur sein Leben schützen und hat auch er keinen anderen Ausweg gesehen? Genauso wie ich jetzt. Ach, Christoph, warum hast du mich nicht einfach nur gefragt?

Viktoria konnte ihre Tränen nicht zurückhalten. Sie musste sich eingestehen, dass Christoph viel mehr für sie gewesen war als nur eine nebensächliche Liebschaft, wie so viele vor ihm. Sie vermisste ihn und ganz langsam öffnete sie ihr Herz, um zu trauern.

Gerade wollte sie den Ordner schließen, als sie stutzte. Sie wischte ihre Tränen ab und traute ihren Augen nicht.

Sie hatte gefunden, was sie brauchte. Dieses kleine Stück Papier war ihre Lebensversicherung. Nur wenige schnörkellose Sätze, die alles für sie bedeuteten. Sie kopierte den Brief und heftete ihn zurück in den Ordner. Langsam faltete sie die Kopie, steckte sie in die Seitentasche ihrer Shorts und verließ erleichtert das Arbeitszimmer ihres Mannes.

Viktoria warf einen Blick auf ihre Armbanduhr. Es war jetzt 19 Uhr. Sie schlenderte in die Küche, um sich ein kühles Getränk aus dem Kühlschrank zu holen. Durstig setzte sie die Flasche Mineralwasser an den Mund und trank in gierigen Schlucken die Flasche leer. Die unerwartete Hitze ermüdete sie und sie beschloss, um einen klaren Kopf zu bekommen, ein paar Runden im Swimmingpool zu drehen.

Sie öffnete die Terrassentür und gelangte in den großzügigen Garten. Hohe Koniferen umzäunten das Grundstück, sodass es von der Straße her und auch von der Rückseite des Hauses, das an den Wald grenzte, nicht einsehbar war.

Trotzdem blickte sie sich unsicher um, bevor sie ihre Kleider abstreifte und nackt in das kühle erfrischende Nass eintauchte. Nachdem sie einige Bahnen zügig gekrault hatte, drehte sie sich auf den Rücken und starrte in den Himmel. Noch schien die Sonne unbarmherzig, doch von Westen kommend konnte sie die sich auftürmenden schwarzen Wolken erkennen, die langsam in ihre Richtung zogen. Nicht mehr lange und das Gewitter würde sich mit geballter Kraft entladen. Den ganzen Tag schon hatte sie unter der schwülen Luft gelitten.

Sie dachte an den Zettel in ihrer Shorts und überlegte, welchen Schritt sie als nächstes planen sollte.

Am besten werde ich so schnell wie möglich die Sache mit der Polizei aus der Welt schaffen. Sie werden bestimmt niemals Ruhe geben. Hoffentlich kann ich sie dazu bewegen, die Sache diskret zu behandeln, Viktoria ließ sich treiben, *dann könnte ich die Information aus dem Brief einfach so wieder vergessen.*

Doch richtig daran glauben konnte sie nicht.

Das Klingeln ihres Handys riss sie aus ihren Gedanken. Sie erschrak. In den letzten Tagen hatte *er* wiederholt bei ihr angerufen. Sie konnte es einfach nicht verstehen. Wieso konnte er sie nicht in Ruhe lassen, nach so vielen Jahren? Als ob sie nicht schon genug Probleme hätte.

Manchmal sprach er nicht, doch sie konnte seinen Atem hören. Oft flüsterte er so leise, dass sie die Worte nicht verstehen konnte. Und dann wiederum sprach er mit ihr, als ob dies alles das Normalste von der Welt wäre.

Unzählige Male hatte sie ihn gebeten, nicht mehr anzurufen. Langsam wurde er ihr unheimlich und jedes Mal, sobald ihr Handy klingelte, zuckte sie nervös zusammen. So wie jetzt. Langsam schwamm sie zum Rand des Schwimmbeckens, um sich aus dem Pool zu stemmen.

Das Handy klingelte weiter.

So kann das nicht mehr weitergehen. Verärgert griff Viktoria nach dem Telefon, noch im selben Augenblick verstummte es. Nackt und triefend nass stand Viktoria am Rand ihres Swimmingpools und stellte ernüchternd fest, dass sie vollkommen vergessen hatte, vor ihrem Bad ein Handtuch mitzunehmen. Die Wassertropfen auf ihrer leicht gebräunten Haut glitzerten im hellen Sonnenlicht wie tausende von kleinen Diamanten. Sie schüttelte ihr nasses Haar und trocknete sich notdürftig mit ihrem T-Shirt ab.

Wieder meldete sich ihr Handy. Diesmal, das erkannte sie am Klingelton, kündigte es ihr den Empfang einer SMS an.

Mit wachsendem Entsetzen begann sie die Nachricht zu lesen. Ihre weit aufgerissenen Augen blickten sich verstört und ungläubig um.

Viktoria schnappte sich ihre Kleidung und lief mit großen Schritten ins Haus. Voller Panik erreichte sie die Treppe im Flur und begann diese hinaufzurennen.

Sie übersprang jede zweite Stufe, um schneller ins Obergeschoss zu kommen. Atemlos gelangte sie ins Schlafzimmer, das an der Rückseite des Hauses, dem Wald zugewandt, lag. Trotz der Anstrengung und Hitze fröstelte sie. Ihre Nerven lagen blank.

Wie kann er es wagen? Sie keuchte.

Vorsichtig spähte sie durch das Fenster und schaute hinaus.

Er blickte hinauf in den Himmel, der so zwiespältig erschien wie seine gegenwärtige Stimmung und die Umstände, in denen er sich momentan befand. Richtung Westen türmten sich riesige dunkle, fast schwarze Wolken auf, denen er kaum noch zu entkommen vermochte. Es sei denn, er fand umgehend einen passenden Schutzort. Vielleicht geschah doch noch ein Wunder und der Wind würde sich drehen und die Wolken in eine andere Richtung als die seine wehen. Es lag nicht in seiner Hand, den über ihn hereinbrechenden Sturm aufzuhalten.

Noch säuselte der Wind leise und zwischen den Wolken über ihm entdeckte er eine kleine Lücke, die einen strahlend blauen Himmel offenbarte. Die spätsommerliche Hitze war unerträglich. Im Saal, mutmaßte er, erwartete ihn die Hitze des Gefechts. Er musste sich diesem Mob stellen. Das Bürgerzentrum Felsbreche war bis auf den letzten Platz besetzt, ein großes Plakat mit der Aufschrift:

Rettet den Wald in Heiligenburg – Gewerbegebiet NEIN DANKE!, hing vorne am Eingangsbereich. Als er durch die Tür schritt, drehten sich einige hundert Augenpaare zu ihm um und die Abneigung, die ihm entgegenschlug, nahm ihm den Atem. Buhrufe empfingen ihn und er wünschte sich weit weg an einen anderen Ort.

Diese massive Gegenwehr der Bürger wäre niemals zustande gekommen und so weit eskaliert, wären da nicht Christoph Stein und dieser verrückte Alte gewesen, die die Menschen in Heiligenburg dazu anstachelten, eine in seinen Augen überflüssige Initiative zu gründen, bunte lächerliche selbst erstellte Protest-Tücher zu entwerfen, die jetzt mit Slogans wie „Wald statt Geld" oder „Unsere Kinder brauchen Wald" oder „Hände weg vom Wald" überall an jeder Ecke, an jedem Zaun und jeder Wand in Heiligenburg zu finden waren. Unterschriften wurden gesammelt, die Presse informiert, all das war das Werk von Christoph Stein. Doch der war nun tot. Vielleicht konnte er dies zu seinem Vorteil nutzen. *Mit dem Alten werden wir bestimmt fertig werden.*

Langsam schritt Phillip Richter durch die wütende Menge. Er

sah, dass manche Mütter ihre schreienden Kinder im Schlepptau und kaum unter Kontrolle hatten, dass alte und junge Menschen, vereint in ihrem Unmut, heftig miteinander diskutierten, und er erkannte, dass er mitten im brodelnden Sturm angekommen war. Jetzt hieß es nur noch zu verhindern, dass ein Orkan daraus wurde.

Als Redner und Gesandter des Stadtrates hatte man ihm in der ersten Reihe einen Stuhl freigehalten. Dort entdeckte er auch Hubert, der ihm mit ernstem Gesichtsausdruck zunickte. Ebenso schien das halbe Altersheim anwesend zu sein. Der alte Mann, ebenfalls ganz vorne platziert, saß umringt von seinen Altersgenossen, die es sich trotz Hilfsmittel, sei es Stock, Rollator oder Rollstuhl, nicht hatten nehmen lassen, seinen Kopf fallen zu sehen.

Phillip setzte sich auf den ihm zugewiesenen Platz direkt neben Hubert und wartete auf die Eröffnung der Versammlung. Bei diesen Tumulten würde es schwierig für Frau Klein, die Vorgesetzte der Bürgerinitiative, werden, die sich auf der Bühne hinter das Mikrofon gestellt hatte und erst einmal hilflos mit den Armen ruderte. *Umso besser*, dachte er, *dann können wir hier einfach wieder verschwinden*. Der Lärm und die stickige Luft im Saal waren unerträglich.

„Meine Damen und Herren, wenn ich um Ruhe bitten dürfte!“, schrie Frau Klein plötzlich ins Mikrofon. Ein pfeifendes knacksendes, sehr lautes Geräusch ertönte aus den Lautsprechern und die Besucher hielten sich instinktiv die Ohren zu. Hubert schubste Phillip unsanft von der Seite an und flüsterte so leise, dass er ihn kaum verstand:

„Schau einmal nach hinten, die Polizei ist auch da, bei mir waren sie gestern auch schon und haben versucht, mich auszuquetschen. Wenn sie bei dir auf der Matte stehen, halt bloß den Mund. Noch mehr Ärger als diesen“, er drehte seinen Kopf leicht nach hinten, „können wir nicht gebrauchen. Du weißt, um was es geht. Ich kann den Investor nicht ewig lang vertrösten.“

„Mach dir keine Sorgen, ich habe alles im Griff.“ Mit der rechten Hand klopfte Phillip sachte auf die Unterlagen, die er auf seinem Schoß abgelegt hatte. „Ihre Argumente zerreiß ich in der Luft. Ich habe meine Hausaufgaben gemacht, glaube mir." Auch wenn er vor Hubert Zuversicht und Stärke zeigte, in seinem Innersten fühlte er sich schwach und unsicher.

Frau Klein war es immer noch nicht gelungen, sich bemerkbar zu machen und sie bat wiederholt um die Aufmerksamkeit des Publikums.

Ganz langsam, nach einer gefühlten Ewigkeit, kehrte ein wenig Ruhe ein. Hier und da flüsterte noch jemand, ein anderer hustete und die Kinder plapperten leise weiter.

„Meine sehr verehrten Damen und Herren." Frau Klein machte ihrem Namen alle Ehre. Sie war höchstens 1,58 m groß und leider war es ihr nicht gelungen, das Mikrofon auf ihre Größe einzustellen, sodass sie ihren Kopf weit nach oben strecken musste. In dieser Haltung wirkte sie wie eine Ertrinkende.

„Ich danke Ihnen, auch im Namen der Bürgerinitiative, für Ihr zahlreiches Erscheinen. Bevor ich und im Anschluss der Abgeordnete Herr Phillip Richter ..." Die Benennung dieses Namens löste sofortige Buhrufe und Beschimpfungen seitens des Publikums aus, sodass Frau Klein erneut um Ruhe bitten musste. „Bitte, wir sind heute hier, um zu diskutieren und die Vertretung der Stadt mit unseren Argumenten zu überzeugen, aber niemand sollte hier beschimpft werden. Also", nahm sie den Satz wieder auf, bevor sie unterbrochen wurde. „Bevor wir, Herr Richter und ich, unsere Argumente vorbringen, möchte ich Herrn Niewels vom Bergischen Naturschutzverein bitten, ein paar Worte der Erläuterung an uns zu richten. Bitte, Herr Niewels, wenn Sie so nett wären."

Ein junger Mann, ebenfalls in der ersten Reihe sitzend, stand auf und betrat die Bühne unter großem Beifall und Applaus. Phillip Richter war nicht überrascht. Er hatte mit solch einer Aktion gerechnet und hörte dem jungen Mann nur mit halbem Ohr zu. Er dachte an Annabell. Sie hatte ihm den Laufpass gegeben und es schmerzte ihn. Sie hatte einfach gesagt, sie hätte keine Lust mehr.

Auf einmal horchte er auf. Er hörte noch, wie Herr Niewels folgende Worte sagte:

„Und deshalb muss, ich sage mit Nachdruck *muss*, geprüft werden, ob diese drei Eichen unter die »Verordnung über den Schutz von Einzelschöpfungen« fallen. Und bevor das nicht geschehen ist, bitten wir die Stadt, keinerlei Rodungen vorzunehmen." Doch diese Bitte hörte sich eher wie eine Drohung an.

Überraschtes Gemurmel im Publikum und zustimmender Beifall begleiteten Herr Niewels Abgang von dem Podium.

Habe ich da etwas verpasst? Fragend schaute er in Huberts wütendes Gesicht neben sich.

„Ich dachte, du hättest deine Hausaufgaben gemacht!", zischte er.

„Ich glaube das alles nicht, irgend so ein Wisch soll mir jetzt einen Strich durch die Rechnung machen. Verdammt, alles muss man selber machen, was bist du bloß für ein Idiot, Phillip."

„Da habe ich noch nie etwas von gehört, so etwas gibt es nicht." Phillip schüttelte den Kopf. „Das ist nur wieder heiße Luft, Hubert. Einzelschöpfungen, so ein Quatsch. Sei unbesorgt, ich hab den Stadtrat in der Tasche, und den Bürgern", grinste er breit, „denen muss ich nur begreiflich machen, dass ich auf ihrer Seite stehe und mich ihnen solidarisch zeige. Schließlich will ich ja noch einmal gewählt werden."

Hubert war jedoch nicht zu besänftigen.

„Ich kann mir das hier nicht mehr anhören. Ich haue ab. Und du halt mich auf dem Laufenden und vor allem sieh zu, wie du das hier hinkriegst, sonst verlieren wir eine Stange Geld!"

Hubert verließ den Raum, gerade als Frau Klein dazu ansetzte, die Argumente der Initiative gegen die Abholzung und für den Erhalt ihrer Wohnqualität zu präsentieren. Er hatte die Argumente schon tausendmal gehört und sie hingen ihm zum Hals heraus. Mit so einer Gegenwehr hatte niemand gerechnet. *Himmel, wegen so ein paar Bäumchen! Alles die Schuld von Christoph,* dachte er, *und dieser Idiot von Richter wird es noch vermasseln.* Er ging vorbei an der Beifall klatschenden Menschenmenge, nickte dem Kommissar in der hinteren Reihe zu und trat hinaus in die feuchtschwüle Luft. In weiter Ferne sah er die grellen Blitze am Himmel und das Grollen des Donners erschien ihm wie ein Vorbote einer sich nähernden Gefahr. Gierig zog er an seiner Zigarette, die er sich mit hektischen Bewegungen angezündet hatte. Er war nervös. Die Schritte hinter ihm nahm er kaum wahr.

„Es scheint mir, die Geister zürnen", hörte er eine spöttische Stimme sagen. Überrascht blickte er um sich. Nicht auf den ersten Blick erkannte er die Frau, die so plötzlich neben ihm stand, denn eine Art Strohhut mit breiter Krempe bedeckte zur Hälfte ihr Gesicht. Ein schlichtes cremefarbenes Leinenkleid, gepaart mit einem um die Hüften gebundenen buntgedruckten Tuch, und weiße kurze Söckchen in hellblauen Turnschuhen rundeten das Bild ab. Es war nicht so sehr ihre merkwürdige Erscheinung, die ihn stutzig machte, sondern der Akzent in ihrer Stimme ließ ihn aufhorchen. „Die Zeit ist aus den Fugen geraten, wie mir scheint", fuhr sie fast flüsternd fort und es schien, als ob sie mit sich selber sprach. Doch dann blickte sie ihm direkt in die Augen. „Es wird Zeit, sie wieder zurechtzurücken, nicht wahr?"

Plötzlich erinnerte er sich an die ältere Dame, die vor wenigen Tagen sein Gasthaus aufgesucht und kurzerhand wieder verlassen hatte. Ja, er erinnerte sich, wie überrascht er gewesen war, als sie ihm von Großmutter Alma erzählt hatte. Das war also die geheimnisvolle Verwandte, die auf unerklärliche Weise vor so vielen Jahren verloren gegangen war. Und wenn ihn nicht alles täuschte, war sie die Besitzerin des Häuschens, dessen Existenz seinem ehrgeizigen Plan noch ganz gehörig im Weg stand. Hubert fühlte die aufkommende Spannung, die sich langsam in seinem Körper ausbreitete. Ein Leichtes, diese absonderliche Frau für seine Belange einzuspannen. *Ein Kinderspiel, leider,* dachte er mit leichtem Bedauern, denn nichts liebte er mehr als neue Herausforderungen.

„Du bist Hubert, nicht wahr? Friedrichs Junge." Es war mehr eine Feststellung als eine Frage.

Er konnte es kaum glauben, dass dies die Frau sein sollte, von der seine Oma ihm als Kind immer erzählt hatte. Damals hatte er Großmutters Schmerz gespürt, als sie von ihr sprach. Nie hatte er erfahren, was seine Cousine dazu veranlasst hatte, ihre Heimat zu verlassen, um bis jetzt nie wieder zurückzukehren. Dieses Geheimnis hatte Oma mit ins Grab genommen, und ehrlich gesagt interessierte es ihn auch nicht im Geringsten. Das einzige und bedeutungsvolle an dieser Geschichte war die Tatsache, dass er scharf auf etwas war, das dieser alten Schachtel gehörte. Er wollte ihr Haus. Er wollte es unbedingt. Und da nun glücklicherweise kein Christoph mehr dazwischenfunken konnte und er laut Testament seiner Großeltern als nächster Verwandter dieser entzückenden Dame nun das alleinige Vorkaufsrecht besaß, stand dem Kauf ja nichts mehr im Wege. Hubert beschloss, sein Sonntagsgesicht zu präsentieren und lächelte die Frau freundlich an.

„Ganz genau, meine Dame." Seine Stimme klang einschmeichelnd und sein Dackelblick hatte ihn bei den alten Herrschaften in der Vergangenheit noch nie im Stich gelassen. Doch als der stumme vorwurfsvolle Blick seiner Cousine ihn mit voller Wucht traf und die Erkenntnis sich in ihm breitmachte, sie hier während der Versammlung angetroffen zu haben, wusste er augenblicklich, dass das Spiel noch lange nicht gewonnen war. *Ich verwette meinen Arsch*, dachte er verdrossen, *dass der schwachsinnige Pütz kein gutes Haar an mir gelassen und mit seinem Gejammer die Alte auf seine Seite gezogen hat.* Anders konnte er sich diesen Blick nicht erklären, und siehe da, mit den nächsten Worten bestätigte sich diese Annahme, als sie sagte:

„Der Apfel fällt nicht weit vom Stamm, schon dein Vater war ein Nichtsnutz. Aber was du dir hier leistest, schlägt dem Fass den Boden aus. That definitely takes the biscuit." Donner und Blitz in der Ferne untermalten die beleidigenden Worte der alten Frau und Huberts schlechte Laune verwandelte sich langsam in unbändige Wut. Nur mit allerletzter Mühe hielt er die scharfen Worte zurück, die ihm auf der Zunge lagen.

„Es wird viel erzählt, Cousinchen", antwortete er stattdessen, aber seine Stimme klang spöttisch, „du solltest nicht alles glauben und dir erst selber ein Bild machen, bevor du urteilst." Er lächelte, doch sein Lächeln erreichte seine Augen nicht. Ein weiterer Blitz erhellte den Himmel und ganz plötzlich wusste er, was zu tun war. Zuerst musste er die Nervensäge hier abwimmeln. „Weißt du was, ich lade dich in den Steinhof ein, dann können wir über alles sprechen und du kommst endlich in den Genuss, Oma Almas Kartoffelsalat zu genießen. Schau doch in den nächsten Tagen einfach vorbei. Leider bin ich zurzeit etwas in Eile." Er wandte sich zum Gehen, drehte sich jedoch noch einmal um und sagte mit sanfter Stimme:

„Ach ja, war nett, dich kennenzulernen. Und übrigens, sie hat viel geweint wegen dir, die Oma Alma." Die Betroffenheit in den Gesichtszügen seines Gegenübers zeigte ihm, er hatte voll ins Schwarze getroffen. Gut gelaunt nahm er sein Handy aus der Jeans und wählte Sebastians Nummer.

Sebastian Witt war wütend. Die Polizei hatte Christophs Auto beschlagnahmt und er musste in der brütenden Hitze zu Fuß gehen. Die Hitze machte ihm im Allgemeinen nichts aus, aber die hohe Luftfeuchtigkeit brachte ihn bei der kleinsten Bewegung ins Schwitzen. Er hätte das Auto gerne behalten, ein eigenes konnte er sich noch nicht leisten. Die Modeljobs blieben aus und die wenigen schlecht bezahlten Aufträge, die Hubert ihm hin und wieder zusteckte, deckten gerade einmal seine nötigsten Ausgaben. Bald kam noch hinzu, dass er das neue Apartement bezahlen musste. Wovon er die erste Miete zahlen sollte, war ihm vollkommen schleierhaft, denn er war pleite. Aus diesem Grund war er froh gewesen, als Hubert ihm mitgeteilt hatte, dass er etwas für ihn erledigen solle. Dringend, wie er sich ausgedrückt hatte. Seinen letzten Auftrag, Hubert alle Dokumente über die Bürgerinitiative aus Christophs Haus zu besorgen, hatte er sich großzügig bezahlen lassen wollen, doch Hubert hatte ihn, sehr zu seinem Verdruss, mit lächerlich wenig abgespeist. Das Geld war schnell verbraucht gewesen.

Der Weg zum Steinhof führte ihn vorbei an der Heiligenburger Einkaufsstraße. Er blickte sehnsüchtig in die teuer dekorierten Schaufenster der Boutiquen. Wenn nicht bald etwas geschah, würde er sich so etwas niemals leisten können.

Er betrachtete sein Spiegelbild in einem der schicken Schaufenster. Sein gutes Aussehen war schon lange nicht mehr sein Kapital, obwohl er erst fünfundzwanzig Jahre alt war. Gute Models gab es wie Sand am Meer, das wusste er, jeder wollte ein Stück vom Kuchen. Den ganz großen Durchbruch hatte er, trotz der harten Arbeit und Quälerei an seinem Körper, nicht geschafft. Das ärgerte ihn maßlos und machte ihn zu Huberts Spielball. Sebastian verzog sein Gesicht zu einer Grimasse und streckte seinem Spiegelbild die Zunge raus. Schwitzend setzte er seinen Weg fort und der Gedanke an ein kühles Bier im Steinhof beflügelte seine Schritte.

Etliche Leute, durch das gute Wetter hervorgelockt, flanierten in leichter Sommerbekleidung und schicken Sonnenbrillen an ihm vorbei. Die Cafés und Gaststätten lockten zum Verweilen. Zahlreiche Leute saßen trotz sengender Hitze auf den Terrassen oder in den Biergärten. Junge Menschen sonnten sich im prallen Sonnenschein, während die ältere Generation den Schatten unter den vielen bunten Sonnenschirmen suchte. Nur die drückende Schwüle ließ erahnen, dass der Sommer ein kurzes Intermezzo eingelegt hatte. Der Wetterbericht hatte Regen und Sturm vorausgesagt. All die gutgelaunten und scheinbar glücklichen Menschen verursachten bei Sebastian ein Gefühl der Beklemmung. Fetzen von Gesprächen hallten zu ihm hinüber, es gab niemanden, der ihn beachtete. Er hätte auch unsichtbar sein können.

Vielleicht bin ich das auch, dachte er, *unsichtbar.*

Er fing an, das sonnendurchflutete Straßenbild zu verabscheuen und setzte seinen Weg übellaunig fort. Sein Leben lang ewiger Handlager zu sein, konnte er nicht mehr ertragen.

„Beeil dich", hatte Hubert zu ihm gesagt, „das Gewitter wartet nicht. Es steht vor der Tür." Sebastian hatte nicht den blassesten Schimmer, was Hubert damit gemeint hatte, aber er erkannte, dass Eile Not tat.

Jetzt stand er vor dem Steinhof. Auch hier bot sich ihm das gleiche Bild wie im Stadtzentrum. Der Biergarten der Gaststätte war überfüllt mit sonnenhungrigen Menschen, die schnatternd und fröhlich den frühen Abend genossen. Er entschied sich, nicht den Haupteingang zu benutzen, sondern schlenderte mitten durch den Biergarten zum Nebeneingang. Auf dem Weg entdeckte er seine Mutter, die an einem der Tische Dieter Hoffstedt geradezu anhimmelte. Sie hatten ihn nicht bemerkt, so beschäftigt waren sie miteinander. Es wunderte ihn, dass es ihn wurmte, als er die rote Rose auf dem Tisch bemerkte. Ein kleiner Stachel der Eifersucht machte sich in ihm breit und bestürzt drehte er dem turtelnden Paar seinen Rücken zu und betrat das Lokal.

Angenehme kühle Luft empfing ihn, und als er sich umschaute, entdeckte er nicht einen einzigen Gast, sondern nur Hubert, der wie immer hinter der Theke stand und ein Bier nach dem anderen zapfte. Die Mädchen, die hier bedienten, liefen unentwegt hektisch hin und her, mit vollen Gläsern nach draußen, mit den leeren wieder zurück.

Was muss der ein Geld scheffeln, überlegte Sebastian bitter. *Der Dagobert Duck aus Heiligenburg.*

„Da bist du ja endlich!“, schnauzte Hubert ihn an, als er ihn bemerkte. „Ich hatte dringend gesagt.“

„Ich bin sofort gekommen, allerdings musste ich zu Fuß gehen. Leider besitze ich kein Auto.“ Das Wort »kein« betonte Sebastian besonders deutlich, doch Hubert ignorierte den Einwand völlig, brüllte einem der Mädels zu, die Theke zu übernehmen und zog ihn an einen der leeren Tische.

„Höre mir jetzt gut zu, Sebastian. Das hier ist eine nicht ganz einfache Aufgabe, die du, hoffe ich, mit Bravur meistern wirst. Wenn dir das gelingt, werde ich dich gut bezahlen.“ Seine Stimme senkte sich zu einem Flüsterton. „Vielleicht ist ein kleines gebrauchtes Auto sogar drin. Ich bezahle auch für ein Jahr die Versicherung. Ist das ein Deal?“

Ein heißer Deal sollte es werden, ahnte Sebastian, nachdem er Huberts Worten interessiert gelauscht hatte.

„Jetzt weißt du auch, warum es eilt, Junge. Das Gewitter wird bald da sein. Wir wollen hoffen, dass es schon dunkel ist, wenn es losgeht. Du wirst wissen, wenn der richtige Zeitpunkt gekommen ist. Dann muss alles schnell gehen.“ Er reichte Sebastian eine Sporttasche. „Hier ist alles drin, was du brauchst. Tue genau das, was ich dir gesagt habe, dann kann nichts schiefgehen. Alles klar, Junge?“

„Kein Problem, Hubert.“ Sebastian öffnete die Tasche und blickte hinein. „Wird sich ja nicht gerade jemand während eines Gewitters im Wald verirren.“ Sebastian erhob sich und blickte Hubert zerknirscht an. „Hättest du vielleicht einen Fuffi für mich? Ich bin im Moment etwas blank, ach ja und vielleicht schnell ein kühles Bier. Das wäre super.“

Hubert zog die Augenbrauen in die Höhe, sagte aber nichts. Er ging hinter den Tresen, zapfte ein Kölsch und stellte es auf die Theke. Ohne ein weiteres Wort entnahm er der Kasse einen Fünfzig-Euro-Schein und hielt Sebastian das Geld hin.

„Mach deine Aufgabe gut, Sebastian. Gute Leute kann ich immer gebrauchen."

Diesmal verließ Sebastian den Steinhof durch die Vordertür. Er wollte vermeiden, dass ihn seine Mutter entdeckte und womöglich noch aufhielt. Denn in der Ferne grollte leise, doch bedrohlich das angekündigte Gewitter.

Vor Eichen sollst du weichen. Und die Weiden sollst du meiden. Zu den Fichten flieh mitnichten. Doch die Buchen musst du suchen!

Erinnerungen an seine Kindheit wurden wach, als er an diese Worte dachte.

Pst, sei leise." Annabell schloss vorsichtig die Hintertür des Fitness-Studios auf und zog Julian mit sanftem Druck hinter sich her, so als ob sie Angst hätte, er würde es sich in allerletzter Minute doch noch anders überlegen und ihr aberwitziges Vorhaben, ins BFit einzubrechen, aufgeben. Die Dunkelheit, die Stille und das beklemmende Gefühl, etwas Unrechtes zu tun, verursachten bei Julian Herzrasen und leichte Übelkeit. Er verspürte keine Angst, dennoch zitterte sein Körper vor lauter Anspannung und Aufregung. Das Licht der Taschenlampe flackerte unruhig. „Hier entlang", flüsterte Annabell und Julian folgte ihr geduckt den Gang hinunter.

Er musste kurzfristig den Verstand verloren haben, sich auf ein solch verrücktes und dazu noch verbotenes Abenteuer eingelassen zu haben, doch als Annabell ihm von ihrem Verdacht und ihren Beobachtungen erzählt hatte, war er Feuer und Flamme gewesen. War das vielleicht eine Spur? Eine Spur zum Mörder!

Es war Annabells Vorschlag gewesen, ins Fitness-Studio einzubrechen, um sich Gewissheit zu verschaffen, bevor sie mit ihrem Verdacht zur Polizei gehen würden. Falls sie sich irrte, hatte sie gesagt, würde sie sich wenigstens nicht blamieren oder, was noch schlimmer wäre, ihren Job verlieren. Niemand würde wissen, dass sie beide hier gewesen waren. So hoffte Julian.

Ein Geräusch am Ende des Ganges ließ sie aufschrecken. Annabell löschte instinktiv die Lampe und die plötzliche Finsternis umschloss sie wie ein riesiges schwarzes Tuch. Julian merkte, dass Annabell die Luft anhielt und wie erstarrt vor ihm stehen blieb. Sie horchten angestrengt, doch alles blieb still.

Niemand außer ihnen war da. Annabell wartete noch einige Sekunden, dann knipste sie die Taschenlampe erneut an.

„Wahrscheinlich der Kühlschrank", murmelte sie, „er ist schon ziemlich alt und macht manchmal ganz komische Geräusche, aber Vorsicht ist die Mutter der Porzellankiste. Komm, wir gehen weiter. Es ist nicht mehr weit."

„Wo, meinst du, bewahrt er das Zeug auf?" Julians Nerven waren bis aufs Äußerste gespannt. Er wollte diesen kleinen Ausflug so schnell wie möglich hinter sich bringen.

„Ich denke, in seinem Büro. Dort darf auch nie jemand rein, wenn er nicht da ist. Auch die Angestellten nicht. Ich glaube, dass er es dort irgendwo versteckt." Plötzlich ohne Vorwarnung drehte sich Annabell zu ihm um, der grelle Lichtstrahl der Taschenlampe streifte sein Gesicht und blendete seine Augen, sodass er nichts mehr sehen konnte.

„He, was machst du denn da?" Ärgerlich schnauzte er Annabell an.

„Ich wollte nur schauen, ob bei dir alles okay ist. Sorry, das war dumm von mir." Julian hätte schwören können, dass sie dabei lächelte und ihn ganz gewaltig aufzog. „Du brauchst keine Angst zu haben. Auch wenn sie uns erwischen sollten, bräuchten wir nur zu sagen, dass wir ein ruhiges Plätzchen für", Annabell lachte leise, „für unser Tète à Tète suchten. Also kann uns gar nichts passieren."

„Sehr witzig", erwiderte Julian. Doch irrsinnigerweise, auch wenn diese Aussage ziemlich absurd und abwegig klang, beruhigte es ihn, eine Ausrede parat zu haben, falls das hier irgendwie schiefgehen sollte. Besser auf jeden Fall als: Es tut uns leid, aber wir wollten einmal schauen, was Sie so in Ihren Schränken verstecken.

„Entspann dich, Jule", hauchte Annabell und streifte wie unbeabsichtigt sanft seine Hand. Julian zuckte leicht zusammen, obwohl er die Berührung als sehr angenehm empfand und, verdammt noch mal, dachte er, als ziemlich erotisch. Annabell lachte wieder leise, so als ob sie seine Gedanken lesen könnte und es das natürlichste der Welt wäre, wenn er ihr verfallen würde. Einige Sekunden lang stellte er sich vor, wie er ihren wunderschönen Mund küssen würde, doch der Moment verflog, als Annabell sich abrupt umdrehte und weiter den Gang hinunterschlich. Ausgeträumt, Julian fühlte sich enttäuscht, aber es bestätigte wiederum nur seine Meinung über diese Art von Frauen, so war Annabell ... und so war auch seine Mutter.

„Hier ist es." Annabell blieb vor einer geschlossenen Tür stehen. „Das ist Rainers Büro." Sie drückte die Türklinke.

„Halleluja! Verschlossen, wie ich gesagt habe, aber wir sind ja vorbereitet. Hast du den Dietrich? Jetzt bist du dran, Jule. Ich hoffe, du hast etwas bei der Polizei gelernt."

Es war nicht gerade das, was er bei der Polizei beigebracht bekam, aber mit verschlossenen Türen wusste Julian umzugehen. Das Wissen hatte er sich als Kind schon angeeignet. In seinen kindlich naiven Gedanken musste ein toller Polizist so etwas können. Er hatte seinen Vater, wenn er denn einmal anwesend war, so lange genervt, bis dieser schließlich nachgegeben und ihm gezeigt hatte, wie es funktionierte. Fortan war es seine Lieblingsbeschäftigung gewesen, Schlösser zu knacken. Auch heute noch war dies eine seiner großen Leidenschaften und als aktives Mitglied in einem Lockpicking Verein nahm er regelmäßig an den Wettkämpfen teil. Ziel war es, in kürzester Zeit das Schloss zu knacken, ohne es zu beschädigen. Tatsächlich wusste von diesem Hobby kaum jemand und das sollte auch so bleiben.

Julian ging vor der Tür in die Hocke und begann, während Annabell hinter ihm kauerte und mit der Taschenlampe leuchtete, mit gekonnten Griffen und dem passenden Werkzeug, das Schloss zu öffnen.

Spätestens jetzt, dachte Julian, wäre ihre Ausrede Liebesnest unglaubwürdig und seine Hände zitterten vor Nervosität. Das hier war kein Spiel, sondern Einbruch, und er wusste, es könnte ihm ziemlich viel Ärger bescheren, wenn jemand sie erwischen würde. Da nützte es auch nichts, einen Vater als Polizisten zu haben.

Durch die jahrelange Übung bereitete das Schloss keinerlei Mühe und nach wenigen Minuten öffnete sich die Tür. „Klasse." Annabell schubste ihn fast zur Seite und verschwand mit der Taschenlampe in Rainer Hoffstedts Büro. Auch Julian betrat das Zimmer und versuchte dem unruhigen, sich schnell hin und her bewegenden Lichtstrahl mit den Augen zu folgen.

„Was machst du denn da?", fragte Julian genervt. „Halt das

Ding jetzt endlich einmal still, da wird man ja verrückt."

„Meinst du, wir könnten es wagen, das Licht anzuknipsen? Es ist, glaube ich, gar kein Fenster hier drinnen."

„Bist du wahnsinnig", Julian konnte so viel Dreistigkeit nicht fassen, „auf gar keinen Fall."

„Was bist du nur für ein Angsthase! Bist du sicher, dass du dir den richtigen Beruf ausgesucht hast?" In Annabells Stimme lag ein Hauch von Ironie und Julian fing an, sich maßlos über sie zu ärgern. Wütend ging er zu ihr und entriss ihr grob die Taschenlampe.

„Wir schauen uns kurz hier um und dann verschwinden wir so schnell wie möglich."

Die Luft in dem kleinen Büro war drückend und Julian hatte das beklemmende Gefühl zu ersticken. Seine Kehle war wie zugeschnürt. Mit dem Handrücken wischte er sich den Schweiß von der Stirn und fragte sich zum hundertsten Mal, was er sich bei dieser Aktion eigentlich gedacht hatte.

„Jule, schau, dort drüben, da ist noch eine Tür."

Sie kicherte und Julian, der sich darüber wunderte, erkannte im Lichtstrahl der Taschenlampe den Grund ihrer plötzlich auftretenden Heiterkeit. Rainer Hoffstedt auf einem überdimensionalen Foto verzierte eine glatte, im hinteren Teil des Büros befindliche Stahltür und blickte sie an. Sein nackter Oberkörper mit den aufgepumpten Muskeln schimmerte glänzend und seine Pose war die eines Bodybuilders bei einem Wettkampf. Julian grinste und meinte amüsiert: „Puh, ich glaube, er starrt uns direkt an. Alter Schwede. Ärger mit ihm würde ich lieber aus dem Weg gehen."

„Na, wenn das nicht der Weg ins Paradies ist, dann weiß ich es auch nicht. Komm, lass uns nachschauen." Annabell drückte erneut die Klinke, auch in diesem Fall gab die Tür nicht nach. Sie war verschlossen. Julian reichte Annabell die Lampe, holte sein Werkzeug und öffnete die Tür mit gekonnten Griffen innerhalb kürzester Zeit.

„Ich würde es eher als Hölle bezeichnen denn als Paradies, wenn wir das finden, was wir denken zu finden."

„Tja, für manche ist es das Paradies und für manche die Hölle auf Erden, so wie bei vielen Dingen im Leben. Nehm zum Beispiel die Ehe. So viele unglückliche Ehen und doch glauben die meisten von uns, es würde das reinste Paradies werden, wenn dann erst einmal der Richtige vorbeigeschaut hat. Welch ein Trugschluss. Ich sehe das bei meinen Eltern, sie erleben beide ihre persönliche Hölle, aber gaukeln der Menschheit das reinste Paradies vor." Ihre Stimme klang mit einem Mal sehr traurig und bedrückt und in diesem kleinen Moment fühlte Julian, dass hinter der kalten und kratzigen Fassade eine verletzte Seele schlummerte. „Warte, bevor du die Tür öffnest." Annabell huschte zurück zum Schreibtisch. „Schauen wir, ob er so etwas hier hat." Und sie begann, eine Schublade nach der anderen zu durchwühlen. „Ha!" Triumphierend hielt sie einen Stift in die Höhe und er erkannte, dass es sich um einen dicken Filzstift handelte. „Das wollte ich schon immer einmal machen." Und bevor er überhaupt realisieren konnte, was sie vorhatte, geschweige denn, sie davon abhalten zu können, flitzte sie zurück zu Rainer Hoffstedts Foto und verpasste seinem grimmigen Gesicht einen Zwirbel. Julian glaubte, seinen Augen nicht zu trauen.

„Annabell, bist du verrückt geworden, jetzt weiß er doch, dass jemand hier war!" Julian klopfte seine Handfläche auf die Stirn. „Ich fass es einfach nicht." Bei genauerer Betrachtung des Bildes musste er sich aber eingestehen, dass es ziemlich witzig aussah und er anfing, Annabell zu mögen. Diese Einsicht machte ihm bedeutend mehr Angst als die Situation, in der sie sich momentan befanden.

Phillip Richter beendete seine Rede, doch leider, das musste er sich eingestehen, war es ihm nicht gelungen, die Menschen hier im Saal auf seine Seite zu ziehen. Sie waren über ihn hergefallen wie die Wölfe über ihre Beute. Auch die Versicherung seinerseits, ein unabhängiges Gutachten in Auftrag zu geben, hatte die aufgebrachten Bürger nicht beruhigt. Sie glaubten ihm nicht, zu Recht, er hatte nie vorgehabt, dies in die Praxis umzusetzen, allerdings konnten sie das nicht wissen. Er seufzte, Politiker rangierten auf dem Beliebtheitsgrad ganz weit unten.

Die Diskussion war für ihn beendet, die Würfel waren eh schon gefallen, auch wenn die Menschen aus diesem Kaff das nicht wahrhaben wollten. Gerade als er das Podium verlassen wollte, lief ein kleines Mädchen auf ihn zu und reichte ihm ein Blatt Papier. Ungläubig las er die wenigen Sätze auf dem Zettel und rief aufgebracht hinter dem Kind her:

„Warte, wer hat dir das gegeben?“ Das Mädchen war jedoch verschwunden. Beunruhigt und verwirrt steckte er den Zettel in sein Jackett und setzte sich zurück auf seinen Platz. Was jetzt folgte, war in seinen Augen reine Zeitverschwendung. Ein Redner folgte dem anderen. Als Frau Klein endlich die Diskussionsrunde eröffnete, hatten viele der Zuhörer den Saal bereits verlassen. Jedoch diejenigen, die blieben, heizten die Stimmung erst richtig an und sie schienen keine Eile an den Tag zu legen. Ob er wollte oder nicht, als Gesandter des Stadtrates musste er bleiben. Draußen wütete der Sturm.

Als die Menschen endlich begannen, den Saal zu räumen, atmete Phillip erleichtert auf. Er beschloss zu warten, bis der größte Teil das Gebäude verlassen hatte. Auf weitere Diskussionen legte er keinen Wert. Das Gewitter hatte die unerwartete Hitze des Tages endgültig verdrängt. Er atmete tief ein und seine Lungen füllten sich mit der klaren gereinigten Luft. Er hob den Kopf und spürte den leichten Nieselregen auf seinem Gesicht. Es war ein langer Tag gewesen. Er hatte sich trotz Unwettermeldung entschieden, das Auto zu Hause stehen zu lassen. Der kurze Heimweg würde ihm guttun. Sein Weg führte ihn am Sportzentrum mit den Tennisplätzen und dem Fußballfeld vorbei über den großen Parkplatz der Felsbreche in Richtung Kahnweiher. Die meisten Autos hatten den Parkplatz bereits verlassen, nur noch wenige Fahrzeuge warteten auf ihre Besitzer. Es war dunkel und die einsame Laterne hüllte den großen Platz in ein trübes, unheimliches Licht. Er entschied sich, nicht durch den Park am Kahnweiher entlang zu gehen, denn dort wäre der Weg zwischen den dichten Bäumen und Gesträuch schlüpfrig und finster. Er würde die Hauptstraße wählen. Das war ein kleiner Umweg, aber er wollte sich nicht seine guten Schuhe ruinieren. Natürlich glaubte er nicht an Gespenster oder an irgendwelchen übersinnlichen Humbug, und doch fürchtete er sich seit seiner Kindheit vor der absoluten Finsternis. Er gab die Schuld seinen Eltern, die ihm gruselige Geschichten vom Weihermonster, das nachts mit dem Kahn über das Wasser ruderte und kleine Jungs klaute, erzählt hatten.

Bewegte sich da etwas am Waldrand? Er glaubte, etwas Dunkles in der Finsternis zu sehen. Ein Schatten? Was war das? Geräusche, die er nicht zuordnen konnte, hallten zu ihm herüber.

Wahrscheinlich irgendwelche Penner oder Bier trinkende Jugendliche, die sich hier die Nacht um die Ohren schlugen, dachte er missmutig, *weshalb also Angst haben?* Doch eine gewisse Unruhe überfiel ihn. Plötzlich, ohne Vorwarnung, schossen kreischende Vögel aus der Finsternis der Baumkronen in den wolkenverhangenen Himmel empor. Sie schlugen hektisch mit den Flügeln und trieben voller Panik auseinander. Unwillkürlich zuckte er zusammen. Was hatte sie so erschreckt?

Wie hatte er sich das Weihermonster, als er klein war, immer vorgestellt?

Es war groß und hatte riesige Zähne, jetzt erinnerte er sich. Und in seinen Träumen hatte es nur ein Auge. Das einäugige Monster, er hatte lange nicht mehr daran gedacht. Seine Schritte wurden schneller.

Bloß weg hier.

Er war erleichtert, als er aus der Ferne das feuchte, glitzernde

Pflaster der Hauptstraße erkannte und das gleichmäßige Brummen der Autos wahrnahm.

Seine Gedanken schweiften erneut zu Annabell. Er würde sie vermissen. Seine Frau langweilte ihn schon lange, und als das Baby kam, vergaß sie eigentlich, dass sie einen Mann hatte. Er war froh darüber, so hatte er seine Ruhe, konnte sich frei bewegen und die Dinge tun, die *er* tun wollte. Und er wollte so schnell wie möglich diesem Kaff den Rücken kehren. Endlich weg von hier und den kleinkarierten Idioten. Er konnte es gar nicht erwarten. Sein größter Wunsch, es bis in die Hauptstadt zu schaffen, war zum Greifen nahe gewesen. Jetzt war er sich nicht mehr so sicher. Hatte er auf das falsche Pferd gesetzt?

Das Anlassen eines Motors hinter ihm beruhigte ihn, gab es ihm doch das Gefühl, nicht mutterseelenallein hier durch die Dunkelheit zu wandeln. Es waren nur noch wenige Meter bis zur Straße. Er blickte über seine Schulter nach hinten und wunderte sich.

Wieso sah er keine Scheinwerfer?

Das jähe Aufheulen des Motors überraschte ihn und mit ungläubigen Augen blickte er fasziniert durch die Dunkelheit und sah das Auto auf ihn zurasen, bevor es ihn erfasste. Der Schmerz war unbeschreiblich. Einen Augenblick hatte er das Gefühl zu schweben. Seine Arme ruderten hilflos in der Luft. Er schrie nicht. Kein Laut kam aus seiner Kehle. Dann stürzte er zu Boden und die tiefste Finsternis der Welt umhüllte ihn.

Die Gestalt stieg langsam aus dem Auto. Ganz in Schwarz gehüllt, die Kapuze tief über den Kopf gezogen, machte sie eins mit der Dunkelheit. Vorsichtig tastete sie sich an die Stelle, wo sie den Verunglückten vermutete. Ein warmer Schauer der Zufriedenheit durchzog sie. Die Gestalt bückte sich hinunter zu dem geschundenen Körper, der still und reglos in seinem Blut ruhte. Sie lächelte, als sie sah, wie grotesk sein Körper und seine Extremitäten aufgrund der zahlreichen Knochenbrüche durch den Aufprall deformiert waren. Er erinnerte sie an den Gummimann, den sie unlängst im Fernsehen bewundert hatte.

Die Gestalt erhob sich träge, zog die Kapuze wieder tief ins Gesicht und verschwand ohne Eile in die Dunkelheit und Zuflucht der Bäume. Der Motor des Autos brummte weiter durch die Nacht und niemand kam, um ihn abzustellen.

Die seltenen Momente, die sie zusammen verbracht hatten, die gemeinsamen Mahlzeiten, die so wichtig waren, sie zusammen zu genießen, und die wenigen Gespräche, dafür aber verstärkt Auseinandersetzungen, die sie miteinander führten, wurden von ihnen beiden gleichermaßen als wesentlich und elementar in ihrem Leben eingestuft. Keiner von ihnen konnte oder wollte mehr darauf verzichten, auch wenn der Weg zu einer Einheit noch in weitester Ferne lag, auch wenn sie nicht immer derselben Meinung waren, Diskussionen des Öfteren in eine Kontroverse ausarten konnten und die Umrisse einer Vater-Sohn-Beziehung oftmals verwischt wurden.

Die Tür zu Julians Zimmer war nur angelehnt. Simon blieb kurz davor stehen, bevor er eintrat, und wusste instinktiv, dass sein Sohn nicht in diesem Zimmer, nicht in seinem Bett schlief, wie er es normalerweise um diese Zeit erwarten würde. Er hatte es schon geahnt, als er die Haustür geöffnet hatte, denn diesmal begrüßten ihn keine abgetragenen Sneakers, die achtlos irgendwo in der Diele in die Ecke gefeuert worden waren. Ein eigenartiges Gefühl des Verlustes überkam ihn und er spürte einen Kloß im Hals und sein Magen verkrampfte sich.

Es war spät geworden. Die Bürgerversammlung hatte sich ellenlang hingezogen und zu seinem Bedauern keinerlei neue Erkenntnisse gebracht. Er hatte es gar nicht erst versucht, mit Phillip Richter zu sprechen, denn er war der Meinung, dass es weder der geeignete Ort noch die passende Zeit war, über schwerwiegende Verbrechen zu reden.

Überrascht hatte er beobachtet, wie Hubert Stein das Bürgerzentrum frühzeitig verließ, und in Erwägung gezogen, ihm unbemerkt zu folgen. Hätte er es doch besser gemacht, dann wäre ihm eine laute, aber zähe und langweilige Diskussion über das Waldsterben in Deutschland erspart geblieben.

Nach dem Tod von Christoph Stein fehlte der Bewegung das Alpha-Tierchen. Sie hatten ihren Häuptling verloren, dem sie vertrauten und der sie antrieb. Eine Frau Klein oder ein Karl Pütz waren kaum in der Lage, diesen Verlust zu ersetzen. Phillip Richter hatte den ganzen Abend auf charmante Weise versucht, diesen Vorteil zu nutzen und die Menschen auf seine Seite zu ziehen. Er verfügte über eine enorme Redegewandtheit und hatte, trotz der hässlichen Anfeindungen, eine Ruhe behalten, die Simon insgeheim bewunderte. Phillip Richter verkörperte eigentlich alles, was ein Politiker mitbringen sollte. Er war gebildet, trug gepflegte Kleidung, war verheiratet und hatte Familie und dennoch hatten die Menschen einem Mann, der das genaue Gegenteil von Phillip Richter darstellte, mehr Vertrauen entgegengebracht.

Christoph Stein war ein Rebell, der lebte, wie es ihm passte. Er war ein Kämpfer, der in Afghanistan gedient hatte, aber was ihn in den Augen seiner Vorgesetzten besonders auszeichnete, war sein Teamgeist.

War es das gewesen, was die Menschen an ihm bewundert hatten?, fragte sich Simon. *Und musste er deshalb sterben?* Simon schaute auf sein Handy. 0.30 Uhr und kein Anruf. Er wählte Julians Nummer und wartete auf das Klingeln, doch die Mailbox sprang sofort an.

Verdammt, dachte er, *wenigstens Bescheid sagen könnte er doch.*

Doch wenn er ehrlich zu sich selbst war, konnte er dies von seinem Sohn kaum erwarten, nachdem, was er ihm angetan hatte. Müdigkeit und Erschöpfung überfiel ihn. Der Fall nagte an ihm wie die Maus am Käse. Er musste sich eingestehen, dass er keine Ahnung hatte, wer für diese zwei schrecklichen Morde verantwortlich war. Wer hatte ein Motiv?

Um sich abzulenken, nahm er ein Blatt Papier und fing an zu schreiben. Hauptverdächtiger in seinen Augen war Hubert Stein. Warum, konnte er jedoch nicht genau begründen, denn dessen Motiv stand auf recht wackeligen Füßen. Es war mehr ein Gefühl. Aber was hatte dieser mit dem zweiten Mordopfer zu schaffen?

Er wusste, dass Reiser Sebastian Witt favorisierte. Doch welchen Grund hatte Sebastian, seinen besten Freund umzubringen? Er hätte höchstens bei Enzo Rossi ein Motiv, nämlich Rache an seinem Freund. Gab es vielleicht zwei Mörder? Doch dagegen sprachen die Gedichte. *Wo ist die verdammte Verbindung zwischen den beiden? Die liegt ganz klar im Fitness-Studio.*

Also schrieb er die Namen Dieter und Rainer Hoffstedt auf seinen Schmierzettel. Motiv? Christoph Stein kam dahinter, dass illegal mit Drogen gehandelt wurde.

Vielleicht hatte man ihm auch angeboten, mitzumachen. Er brauchte Geld, das wissen wir. Doch er brauchte es schnell. Also erpresste er die Bande.

Simon schrieb das Wort „Erpressung“ in großen Buchstaben. *War das sein Todesurteil? Und Enzo Rossi? Hat man ihn beseitigt, weil er zu viel wusste? Oder wollte er vielleicht aussteigen?*

Sie brauchten einen Durchsuchungsbefehl für das Studio. Gleich morgen früh würde er sich darum kümmern. *Vielleicht wissen wir dann mehr.*

Erneut wählte er Julians Nummer. Nichts. Mittlerweile war es 1 Uhr. Simon ging in die Küche, um sich ein Glas Wasser zu holen. Seine Kehle war wie ausgetrocknet.

Ich sollte besser einen Kaffee trinken, ich glaube, es wird eine lange Nacht. Denn an Schlaf war nicht zu denken.

Das sich nähernde Motorengeräusch riss sie blitzartig aus dieser neuen ungewohnten Stimmung heraus, versetzte Julian in Panik und ließ Annabell ärgerlich aufseufzen. Schnell öffnete sie die Tür, um wenigstens einen kurzen Blick zu riskieren, sonst, das wussten sie beide, wäre die ganze Aktion umsonst gewesen.

„Annabell, wir müssen hier weg“, flüsterte Julian, doch zu seinem Entsetzen machte Annabell keinerlei Anstalten, sich Richtung Ausgang zu bewegen. Sie verschwand hinter der Tür.

„Vielleicht fährt es vorbei, komm, Julian, guck dir das an. Ein ganzes Sammelsorium an Ampullen, Tabletten und Spritzen, haufenweise. Ich wusste es.“ Entzückt über ihre Entdeckung überhörte sie das Halten des Autos und die anschließend zuschlagenden Autotüren.

Schritte näherten sich dem Hintereingang.

„Annabell, schnell, es kommt jemand!“ Grob, ohne recht nachzudenken, zog er sie aus der Abstellkammer und steuerte in die entgegengesetzte Richtung. Annabell, die den Ernst der Lage noch nicht erkannt hatte, schubste er unsanft vor sich her. „Wo können wir uns verstecken, Annabell, verdammt!“, wisperte er, als er hörte, wie jemand langsam den Schlüssel im Schloss umdrehte.

„Wir schaffen es nicht mehr bis zum Vordereingang.“ Seine Stimme krächzte vor Entsetzen und endlich schien auch Annabell zu begreifen, dass sie unmittelbar davor standen, aufgespürt zu werden. Angesichts der Entdeckung, die sie soeben in Rainers Büro gemacht hatten und der Tatsache, dass es schon zwei ermordete junge Männer gegeben hatte, überlegte Julian fieberhaft, wie sie aus der verzwickten Lage unbeschadet herauskommen könnten.

„Wir verstecken uns dort hinten. Etwas anderes bleibt uns nicht übrig.“ Leise öffnete Annabell die Tür zum Wellness-Bereich und sie standen in einem kleinen Vorraum. Hier führte jeweils eine Tür in die Damenbeziehungsweise in die Herrenumkleidekabine. Plötzlich vernahmen sie langsame Schritte und leise Stimmen im Gang. Sie erkannten Rainers Stimme sofort und hörten, wie er zu einer unbekannten Person sagte:

„Mein Bruder dreht durch wegen der toten Jungs. Wir müssen das Zeug hier wegschaffen, die Bullen schnüffeln auch schon rum. Also, ist wahrscheinlich besser so ...“ Seine Stimme brach ab und Annabell und Julian wussten, dass er die aufgesperrte Tür zu seinem Büro entdeckt hatte. Wie versteinert standen beide in dem kleinen Flur und hielten den Atem an. Das gleichmäßige Tropfen eines Wasserhahnes in der Dusche hallte zu ihnen herüber. Plopp ... Plopp ... Plopp ... Plopp.

„Wir müssen da rein“, flüsterte Annabell ihm zu. „Komm!“ Vorsichtig drückte sie die Klinke. Ihr Atem ging jetzt schnell und unregelmäßig. Julian folgte ihr wortlos und schloss die Tür behutsam hinter sich.

„Ich versuche, meinen Vater anzurufen.“ Julians Hände zitterten, als er sein Handy aus der Hosentasche zog.

Entsetzt versuchte ihn Annabell zurückzuhalten.

„Nein, bist du verrückt, wir werden Ärger bekommen.“

„Das ist mir jetzt egal. Die Typen da draußen sind gefährlich. Wenn sie uns suchen und finden, sitzen wir erst richtig in der Klemme.“ Julian wollte kein Risiko mehr eingehen. „Und außerdem, Annabell. Die werden jetzt alles wegschaffen, dann war unsere ganze Aktion für die Katz. Es gäbe keine Beweise mehr. Meinst du, uns würde jemand Glauben schenken? Den zwei Einbrechern?“

„Ja, wahrscheinlich hast du recht. Wir verstecken uns in der Sauna. Auf die Idee, dort nachzuschauen, werden sie hoffentlich nicht kommen.“ Sie ahnten beide nicht, dass sie in der Falle saßen. Schnell krochen sie unter die niedrigste Sitzbank der finnischen Holzsauna, in der noch immer die Hitze vom vergangenen Tagesbetrieb gespeichert war. Ein intensiver Geruch von Minze lag in der Luft und reizte ihre Schleimhäute.

„Oh, mein Gott.“ Annabell konnte dem Drang zu niesen nicht standhalten. Verzweifelt hielt sie sich die Nase zu und es gelang ihr nur mit größter Anstrengung, das Geräusch in ihrer Hand leicht abzudämpfen. „Jule, ich bekomme keine Luft mehr.“ Ihre Stimme klang verzweifelt. Julian nahm ihre Hand und drückte sie. Mit der anderen Hand schaltete er sein Telefon ein. Das Display leuchtete in der Dunkelheit hell auf.

„Verdammt, ich habe kein Netz." Ungläubig starrte er auf sein Handy. „Was sollen wir denn jetzt machen?"

Annabell schniefte, sie war kurz davor, ein zweites Mal zu niesen. „Was hast du denn für ein komisches Ding, zeig mal her?" Sie nahm ihm das Handy ab. „Hier, nimm meins, damit sollte es klappen." Sie reichte ihm ihr Smartphone und Julian wählte die Nummer seines Vaters. „Mach schnell, Jule, ich halt das hier drinnen nicht mehr lange aus. Die Hitze und der Geruch sind unerträglich."

Auch Julian schwitzte stark. Ob es die Restwärme der Sauna oder die Aufregung war, konnte er nicht mehr unterscheiden. Er vertippte sich. *Oh je, ich weiß die Nummer nicht mehr,* dachte er bestürzt und versuchte es ein zweites Mal. Sein Nacken schmerzte aufgrund der für seine Größe ziemlich unbequemen Sitzhaltung und er wusste, dass er es in dieser Position nicht mehr lange aushalten würde. Es klingelte, doch nach ein paar Sekunden sprang die Mailbox an:

„... bitte hinterlassen Sie nach dem Ton eine Nachricht."

„Daddy, wo bist du? Wir sitzen hier fest, im Fitness-Studio. Schick einen Streifenwagen vorbei. Hoffstedt versucht gerade mit einem anderen Mann, die Drogen wegzuschaffen." Julian sprach abgehackt, seine Stimme krächzte vor Aufregung. „Wir sind in der Sauna, mach schnell ..." Seine Stimme brach ab. Sie hörten es zuerst. Ganz leise. Das Geräusch einer Tür, die sich öffnet. Erst dann sahen sie das Licht. Es fiel durch das kleine Fenster der Sauna. Instinktiv verbarg Julian das Handy in seiner Tasche. Beide drückten sich so weit wie möglich in eine Ecke. Ihr Atem ging flach. Ihre Knochen schmerzten. Wie in Hypnose schauten sie hoch.

Bitte, verschwindet einfach, dachte Julian und konnte sein Herz schlagen hören.

Er hörte Annabell leise aufstöhnen, als sich die Tür ganz sachte öffnete.

Eindeutig eine Überdosis eines anabolen Steroides im Blut. Wir konnten die Substanz in einer hohen Konzentration feststellen.“ Maike hatte sich verändert. Rein äußerlich war sie kaum wiederzuerkennen. Sie trug ein helles Sommerkleid, an ihren Füßen leichte Sandalen und auf ihrer Nase rankte eine überdimensionale Sonnenbrille. Ihre braunen Locken hatte sie zu einem Zopf gebunden. Alles an ihr wirkte frisch und luftig. Fasziniert blickte Reiser auf ihren Mund. Dieser wunderschöne Mund, der Worte und Sätze formulierte, die so gar nicht zu dieser bezaubernden Person passten.

„Reiser, hörst du mir überhaupt zu?“

Maike nahm die Brille ab. Die Hitze und Schwüle des Tages und das zu erwartende Gewitter hatten sie davon abgehalten, einen der Außentische zu wählen. Stattdessen saßen sie nun in einer gemütlichen kleinen Ecke des Cafés. Ganz im Stil der 50er-Jahre eingerichtet, vermittelte es Reiser das Gefühl einer Zeitreise. Er bestellte für sie beide ein kühles Kölsch.

„Doch, doch, natürlich. Konntet ihr denn feststellen, ob er sich das Zeug selbst gespritzt oder ob jemand nachgeholfen hat?“ Reiser bemühte sich um Aufmerksamkeit, was ihm, das musste er sich eingestehen, sehr schwerfiel.

„Was wir festgestellt haben, sind mehrere Einstiche am Oberschenkel. Er hat sich die Droge also regelmäßig gespritzt.“ Maike blätterte in den Unterlagen, fand das Foto und legte es auf den Tisch. „Schau hier, der Tote hatte an einer Stelle des Oberschenkels einen großen blauen Bluterguss und in der Mitte war es rot und geschwollen, was zu der Annahme führt, dass hier jemand die Nadel regelrecht hineingestoßen hat. Denn richtig angewandt – und vorausgesetzt, es werden die richtigen Nadeln benutzt –, dürfte es bei einer intramuskulären Injektion zu keinerlei Verletzungen beziehungsweise Blutergüssen kommen.“

Reiser nahm einen großen Schluck aus seinem Bierglas und wischte sich anschließend den Mund mit dem Handrücken ab.

„Bei der Hitze schmeckt das Kölsch doppelt so gut, puh, hatte ich einen Durst.“ Er grinste Maike an. „Okay, machen wir weiter.“

„Alle anderen Einstiche am Oberschenkel wurden bedeutend geschickter ausgeführt", fuhr Maike fort.

„Das heißt also im Klartext: eindeutig Mord."

„Na ja, es ist kein Beweis, Reiser, aber ein Indiz. Es wurden merkwürdigerweise keinerlei Kanülen bei dem Opfer gefunden. Auch das ist nur ein Indiz. Denn wenn jemand regelmäßig spritzt, egal was, hat er immer Reservekanülen im Haus."

„Gab es Anzeichen von Gegenwehr?"

„Nein, wir konnten nichts finden, bis auf den Bluterguss am Schenkel war er unversehrt. Er war ein gesunder junger Mann." Das klang ein wenig traurig. „Er wäre es allerdings nicht geblieben, das Zeug ist teuflisch und hätte zu irreversiblen Schäden geführt."

„Ja, ich habe davon gelesen, und dennoch nehmen es immer mehr junge Männer in Kauf." Reiser schüttelte den Kopf. Er könnte nie verstehen, warum sich junge Menschen diesem Schönheitswahn aussetzten. Junge Mädchen hungerten sich zu Tode und die jungen Männer schluckten Pillen.

„Ich habe aber noch etwas, was euch erfreuen wird. Tom konnte Faserspuren nachweisen, die nicht zum Opfer gehörten. Das war eine Menge Arbeit, meinte er, aber es hätte sich gelohnt." Maikes Stimme klang aufgeregt. „Es handelt sich um ein hochwertiges, sehr teures Material. Sie konnten es im Schlafzimmer und in der Küche sicherstellen, leider jedoch nicht am Opfer selber."

„Das würde zu den Lippenstiftspuren an den Zigaretten passen. Eine teure Marke, hattest du erwähnt."

Viktoria Stein, dachte Reiser, *die Dame auf dem Handy.*

„Wir haben auch die DNA dieser Frau." Maike zog ihre Schultern hoch. „Aber ob sie etwas mit dem Mord zu tun hat? Das ist jetzt eure Aufgabe, das herauszufinden. Hilft euch das alles weiter?"

Reiser berichtete ihr von den Fotos auf Christoph Steins Telefon.

„Wir haben herausgefunden, dass es sich um eine Frau namens Viktoria Stein handelt. Sie ist verheiratet und wir vermuten, sie hatte eine Affäre mit Christoph Stein. Wir konnten sie bis jetzt noch nicht vernehmen, aber das werden wir auf jeden Fall morgen nachholen. Ach, dabei fällt mir ein: Hatte das Opfer kurz vor seinem Tod sexuellen Kontakt?“

„Kurz vor seinem Tod, nein. Stunden vorher wissen wir nicht. Kein Sperma auf der Bettwäsche. Nur etwas Blut, sein Blut. Wahrscheinlich von dem Einstich. Aber es steht alles hier im Bericht.“ Maike gab ihm die Unterlagen. „Da hast du heute Nacht genügend Lesestoff.“

„Ich könnte mir schöneres für die Nacht vorstellen, glaube mir.“ Reiser legte die Unterlagen beiseite und nahm Maikes Hand. „Die halbe Stunde dienstlich ist vorbei, Maike. Jetzt widmen wir uns nur noch den vergnüglichen Dingen im Leben. Habe ich dir schon gesagt, wie hübsch du bist?“

„Nein“, strahlte Maike, „aber das ist ja schon einmal ein guter Anfang.“

Sie bestellten sich Salat mit Ziegenkäse in einem vorzüglichen Dressing nach Art des Hauses und zwei weitere Kölsch.

Ein perfekter Abend, dachte Reiser.

Das Lokal hatte sich gefüllt, die Menschen strömten hinein, als das Unwetter mit Blitz und Donner über sie hinwegfegte. Sturzbäche fielen vom Himmel und dicke Tropfen hämmerten gegen die Scheiben. Durch das große Fenster konnten sie die Menschen beobachten, die kopflos durch die Gegend liefen und versuchten, den plötzlichen Wassermassen zu entkommen.

„Es könnte ein langer Abend werden, Maike. Ich glaube, einen Schirm habe ich nicht eingepackt.“

Maike lachte und ihre geraden Zähne leuchteten weiß im flackernden Kerzenlicht. Wie gerne wollte er sie jetzt küssen, aber es war ihm durchaus bewusst, dass er sein Glück nicht überstrapazieren sollte. Er wollte sie auf keinen Fall wieder verscheuchen. Er war kein geduldiger Mann. Er war kein Kind von Traurigkeit und er war nicht einfach. Doch das hier, was er jetzt erlebte, war eine ganz neue Erfahrung. Er war ein verliebter Mann.

Mache ich mich hier zum Trottel?

Völlig überraschend lehnte sich Maike vor und küsste ihn flüchtig auf die Wange.

„Sag mal, Reiser. Wie heißt du eigentlich mit Vornamen?“ Der verschmitzte Ausdruck auf ihrem Gesicht und ihr leicht spöttischer Tonfall deuteten ganz offensichtlich darauf hin, dass ihr dieser durchaus bekannt war.

rutal zerrten die beiden Männer sie aus ihrem Versteck. Der unbekannte Mann hielt einen schwarzen Gegenstand aus Metall in der Hand. Julian begriff sofort, dass es sich um eine Pistole handelte. Lähmende Angst erfasste ihn. Er war kaum fähig zu atmen.

„Was macht ihr hier?“ Julian erkannte den unbändigen Zorn in Rainer Hoffstedts Stimme. Er und Annabell kauerten zitternd auf dem Fußboden der Umkleidekabine, unfähig zu antworten.

„Ich habe euch gefragt, was ihr hier macht?“, brüllte Rainer unbeherrscht und wandte sich direkt an Annabell. Grob zog er sie zu sich hoch und hielt ihre beiden dünnen Oberarme wie Stahlklammern umschlossen. Sie wimmerte leise. Ihre Beine knickten ein und sie hing wie eine Puppe in der Luft.

Mutig versuchte Julian aufzustehen, um ihr zu Hilfe zu kommen, doch der Unbekannte stieß ihn mit voller Wucht zurück auf den Boden und hielt Julian die Pistole an die Schläfe.

„Sitzenbleiben!“, sagte der Mann mit einer ruhigen monotonen Stimme, die Julian weit mehr in Panik versetzte als Rainers aggressives Gebrüll. Der Umstand, dass man ihm eine Pistole an den Kopf hielt, quälte ihn. Das Gefühl der Übelkeit kroch langsam in ihm hoch und er hoffte, sich nicht übergeben zu müssen.

Rainer schüttelte Annabell heftig. Vor Schmerz oder Angst, Julian wusste es nicht, schrie sie laut auf. Er fühlte sich hilflos und erkannte die Furcht in ihren Augen. Aber er sah auch die immer größer werdende Wut hinter dieser Furcht.

Annabell, dachte er verzweifelt, *mach jetzt keinen Fehler.*

„Lass mich runter, Rainer, du tust mir weh!“, hörte er Annabell kreischen, doch dieser packte sie noch fester.

Er wird ihr alle Knochen brechen.

„Okay, okay, ich sag's dir ja." Annabell schaute zu Julian hinüber.

In ihren Augen standen Tränen, aber dann lächelte sie. „Julian und ich, wir sind ein Liebespärchen, Rainer. Frisch verliebt. Wir wollten nur ein bisschen allein sein. Verstehst du das, Rainer?" Provozierend funkelte sie den wütenden Mann an und fuhr fort: „Und als wir Geräusche hörten, haben wir uns versteckt. Es tut uns leid. Wirklich. Lass uns jetzt gehen, bitte. Und sage deinem Gorilla, dass er die Knarre wegstecken soll." Atemlos beobachtete Julian das bullige Gesicht des kräftigen Mannes. Ganz langsam lockerte Rainer den Griff und ließ Annabells Arme los. Mit zitternden Beinen blieb sie vor ihm stehen. Sekundenlang passierte nichts. Das Tropfen des Wasserhahns durchbrach die eisige Stille.

Doch dann ... Völlig unerwartet holte Rainer mit seinem rechten Arm aus und schlug Annabell flach mit der Rückseite seiner riesigen Pranke ins Gesicht. Durch die Wucht des Schlages flog Annabell nach hinten und blieb mit blutiger Nase auf dem Boden liegen. Mit schmerzverzerrtem Blick tastete sie ihr Gesicht ab und schaute entsetzt auf ihre blutigen Hände.

„Verarsch mich nicht, Annabell! Das mit dem Schnauzer, das war doch wohl deine glorreiche Idee, oder? Wir wissen, dass ihr in meinem Büro wart, also erzähle mir keine Märchen." Er wandte sich dem anderen Mann zu: „Steck die Knarre weg, Mario. Nicht, dass das Ding noch losgeht."

Julian beobachtete mit Erleichterung, dass der Mann dessen Befehl befolgte und die Pistole langsam senkte. Dabei schaute er Julian direkt in die Augen. Julian senkte den Blick.

„Was machen wir mit ihnen?", fragte der Mann. Aus den Augenwinkeln betrachtete Julian den Fremden. Neben Rainer wirkte dieser Mann klein und schmächtig. Eine Täuschung. Auch er war muskulös und gut durchtrainiert. Der Mann, gekleidet in einem grauen schicken Anzug und einem weißen Oberhemd, wirkte elegant. Er trug keine Krawatte.

Ein südländischer Typ mit Anzug, feinen Manieren und perfektem Deutsch, direkt dachte Julian an die Mafia und erschrak. Gleichzeitig versuchte er sich zu beruhigen und sagte sich, nur weil jemand wie ein Italiener aussah, gehörte er noch lange nicht zur Mafia. Ein Kahlrasierter war ja auch nicht automatisch ein Neonazi. Doch die Angst blieb.

„Das Zeug muss weg." Genervt blickte Rainer sich im Raum um.

„Hier geht's nicht, aber hinten den Gang entlang haben wir eine kleine Kammer mit Turngeräten. Dort schließen wir die beiden ein, schaffen die Ware weg und dann ..." Er sprach nicht weiter, sondern drehte sich um und ging in Richtung Tür.

„Also los, ihr zwei, ihr habt es gehört." Der Mann mit Namen Mario zückte erneut seine Pistole und wies ihnen damit den Weg.

Julian erhob sich. Niederschmetternde Hoffnungslosigkeit breitete sich in ihm aus. Seine Beine fühlten sich an wie Gummi, als er zu Annabell schlich, um ihr behilflich zu sein. Das hier war kein Spiel, das war bitterer Ernst. Zusammen taumelten sie Richtung Ausgang. Annabells hübsches Gesicht war blutverschmiert.

„Wartet!" Marios scharfe Stimme hielt sie zurück. „Eure Handys, her damit!"

Fasziniert blickte er in die lodernden Flammen. Sie fraßen sich ihren Weg durch das Geäst der stolzen Bäume, unbarmherzig und gleichgültig gegenüber dem nach vielen Jahren entstandenen Wuchs. Er wusste, dass er nicht mehr lange bleiben konnte, um das Schauspiel zu bewundern, denn in wenigen Minuten würde es hier vor Feuerwehrleuten nur so wimmeln. Ganz weit in der Ferne hörte er das erste näherkommende Martinshorn.

Hubert hatte recht gehabt, es war ganz leicht gewesen. Die Bäume brannten lichterloh. Er hatte gewartet, bis das Gewitter direkt über ihm tobte, als er das Gemisch mit Spiritus in die vorher von ihm gebohrten Löcher hineingegossen hatte. Er hoffte, dass die Bäume so weit nach unten brennen würden, dass zum Schluss nur noch ein Häufchen Asche übrig blieb. Doch so lange konnte er nicht warten.

Er musste verschwinden.

Sebastian hing sich die Sporttasche über seine Schultern. Er überlegte, den Weg mitten durch den Wald zu wählen, da er ansonsten riskierte, von den Einsatzkräften gesehen zu werden. Das Feuer erhellte die Dunkelheit des Waldes und das Flackern der blutroten Flammen warf unruhige Schatten auf die Erde.

Der beißende Rauch schnürte ihm die Kehle zu und brannte in seinen Augen. Der Gewitterregen vermochte das Feuer nicht zu löschen, stellte er erleichtert fest. Er hob den Kopf, die Tropfen prasselten auf ihn herab und kühlten seine heiße Stirn.

Die Sirenen der Feuerwehr kamen immer näher, aber er konnte sich kaum von dem Anblick des Flammenmeeres lösen. Der Drang, sein Werk zu bewundern, war stärker als die Angst, entdeckt zu werden. Er wollte dabei sein. Er wollte es sehen.

Es gab nur eine Möglichkeit. Er musste es bis zu Christophs Haus schaffen. Niemand würde dort sein. Denn Christoph war tot. Niemand würde seine Anwesenheit bemerken und der Blick auf den Wald wäre frei.

Schnell lief er auf das Häuschen zu, öffnete das Gartentor an der Rückseite des Hauses und schlüpfte hinein in die Dunkelheit des Gartens. Gerade noch rechtzeitig erreichte er die kleine erhöhte Terrasse aus Holz, auf der er so oft mit Christoph gesessen und zusammen ein Bier getrunken hatte.

Die Trauer über den Verlust eines Freundes spülte wie eine Welle über ihn hinweg und hinterließ eine unendliche Leere. *Ein Freund ist ein Mensch, dem du deine Seele offenbarst,* dachte er. *Ich werde niemals wieder jemandem meine Seele enthüllen, niemals.*

Er drückte sich ganz nah an die Wand, sodass er von der Straße aus nicht zu sehen war. Da waren sie endlich. Gespannt beobachtete er das hektische Treiben der Feuerwehrleute, die in ihren Schutzanzügen und Helmen, mit den ausgerollten Schläuchen bepackt, die Straße entlangliefen. Er hörte laut gebrüllte Anweisungen, verstand jedoch die Worte nicht. Aber das war auch nicht weiter schlimm. Das Schauspiel, das ihm hier geboten wurde, versprach um einiges besser zu werden, als er es sich je erhofft hatte.

Der Brand hatte sich schnell ausgebreitet. Er hatte ganze Arbeit geleistet, aber er wusste auch, dass die Feuerwehr die Flammen schnell unter Kontrolle bekommen würde. Er spürte die glühende Hitze auf seinem Gesicht, doch innerlich fror er. Sebastian fühlte eine große Müdigkeit, die sich langsam in ihm breitmachte, legte sich hin, schloss seine brennenden Augen und schlief sofort ein.

Er träumte. Sein Traum führte ihn hinab an den tiefsten Punkt der Erde.

Ich träume mich immer tiefer, immer tiefer, an den Ort, wo all die Toten sind. Eine zweite Welt öffnet sich vor meinen Augen und ich zerreiße den Schleier, der mein Gesicht bedeckt. Alles erscheint so klar und hell. Wärme umgibt mich und die Toten begrüßen mich freudig. Mein Vater legt behutsam den Arm um meine Schwester und winkt mir zu. Überall blühen wunderschöne Blumen, die so groß wie Bäume sind. Sie rufen mich: Komm, komm, Sebi, komm. Christoph kommt auf mich zu. Als er mich umarmen will, stoße ich ihn von mir. Du bist tot, Freund, aber ich, ich lebe noch. Kannst du mir verzeihen?, fragt er. Und ich sage: Nein, niemals. Er läuft davon in brennende Bäume und ich will ihm folgen, aber es ist zu spät.

*

Nachdem Molly völlig ermattet von der erfolgreichen Bürgerversammlung mit der sich anschließenden hitzigen Diskussion nach Hause gekommen war, hatte sie sich umgehend in ihren VW-Bus zurückgezogen, um dann sofort in einen tiefen Schlaf zu fallen. Der Tag war selbst für eine Molly Josefine Hazelwood eine Nummer zu viel gewesen. Die Begegnung mit ihrem Cousin Hubert hatte ihr dann noch den Rest gegeben und besonders sein letzter Satz ging ihr die ganze Heimfahrt nicht mehr aus dem Kopf.

Sie hat viel geweint wegen dir, die Oma. Viel geweint, viel geweint, hämmerte es die ganze Zeit in ihrem Kopf. Die Vergangenheit holte sie immer mehr ein. Aber noch war sie nicht mit allen Konsequenzen bereit, sich ihr zu stellen, auch wenn dieser indirekte Vorwurf Huberts sie unendlich geschmerzt hatte.

Zuallererst musste sie eine Mission erfüllen. Der Mörder ihres Neffen war noch nicht gefunden worden und sie fühlte sich berufen, das Ihrige zu seiner Ergreifung beizutragen. Morgen, morgen würde sie sich wieder damit beschäftigen.

Nur wenig später wurde sie unsanft aus ihrem bleischweren Schlaf gerissen. Was war los? Sie vernahm das ohrenbetäubende Geräusch der Sirenen, als kämen sie unmittelbar aus ihrem Garten.

Sie hörte laut gebrüllte Wortfetzen:

„Der Wald brennt!" – „Schneller, macht schneller!" – „Hierher damit!"

Und dieser beißende Geruch, es roch verbrannt. Entsetzt schlüpfte Molly in ihren mit roten Herzen bedruckten, plüschigen Bademantel und stolperte hinaus in die Dunkelheit. Erleichtert erkannte sie sofort, dass es nicht ihr Häuschen war, das dieses grelle lodernde Feuer verschlang. Es war tatsächlich ihr Wald, der brannte. Ihr wunderbarer, verwunschener, geheimnisvoller Ort aus glücklichen Kindertagen, in dem sie so viele spannende Abenteuer erlebt hatte! Molly konnte es nicht fassen.

Was war passiert? Hatte der Blitz in einen der Bäume eingeschlagen?

Jetzt erst spürte sie den heftigen Regen, sah die grellen Blitze und hörte den dumpfen Donner. In diesem Moment siegte ihre Vernunft über ihre Neugierde. Sie würde sich erkälten. Auch wenn es nicht wirklich kalt war, begann sie zu frösteln. *Die vielen Feuerwehrleute haben alles im Griff, ich kann hier nichts ausrichten*, dachte sie ein wenig beruhigter und kletterte wieder in ihren VWBus. Aber an Schlafen war nicht mehr zu denken. Das Adrenalin schoss ungehemmt durch ihren Körper.

„Eduard, ich bin sicher, du hast gut auf mich aufgepasst. Dafür danke ich dir sehr. Aber hättest du das Feuer nicht vermeiden können?", murmelte Molly vor sich hin, als sie ihre nassen Sachen gegen einen bequemen rosafarbenen Jogginganzug austauschte. Sie hatte es sich zur Angewohnheit gemacht, mit ihrem verstorbenen Ehemann zu sprechen, wenn sie nicht mehr weiterwusste. „Ja, ich weiß, du bist nicht allmächtig und ich will auch nicht undankbar sein, aber langsam wird mir hier alles zu viel. Ich bin nun mal nicht

mehr die Jüngste. Wer weiß, vielleicht hat es ja der Mörder auch auf mich abgesehen!"

In diesem Moment gab es einen fürchterlichen Knall, der Blitz musste in unmittelbarer Nähe eingeschlagen sein. Molly zuckte heftig zusammen und verkroch sich unter die Bettdecke.

„Ich soll nicht so übertreiben, meinst du? Du hast ja recht, momentan habe ich nicht mehr alle Sinne beieinander. Ich werde mich jetzt zusammenreißen und draußen noch mal nach dem Rechten sehen. Ich hoffe, du bist jetzt zufrieden!"

In Ermangelung einer Reaktion jeglicher Art schnappte sich Molly ihren Stockschirm, zog ihre neongrünen Gummistiefel über und verließ erneut ihr momentanes Schlafdomizil. Sie stapfte durch den Vorgarten in den hinteren Bereich des Gartens, um das schauerliche Ereignis aus der Nähe zu betrachten. Die Feuerwehr hatte inzwischen den Brandherd gelöscht und war schon dabei, ihren Rückzug anzutreten. Einige Schaulustige standen noch herum und diskutierten mit leisen Stimmen über das Geschehene. Molly betrachtete niedergeschlagen die

Überreste des Feuers. Dort hatten doch diese schönen uralten Eichenbäume gestanden. Schlagartig fiel ihr die Versammlung wieder ein und die Verordnung über den Schutz von Einzelschöpfungen. Das konnte wirklich kein Zufall sein. Nein, Molly war überzeugt davon, dass hier nicht die Natur der Übeltäter gewesen war. Langsam schlenderte sie Richtung Hauseinfahrt, in der sie ihren Bus geparkt hatte, als sie etwas Helles auf dem Rasen liegen sah. Neugierig bückte sie sich und stellte fest, dass es sich um eine kleine Plastikkarte in Kreditkartengröße handelte. Die musste jemand mitten in ihrem Garten verloren haben. Und das konnte nur heute Abend geschehen sein, denn am Nachmittag hatte sie aufgrund der Unwettervorhersage noch schnell den Rasen gemäht. Christoph hatte den Außenbereich völlig vernachlässigt. Da Molly weder Taschenlampe noch Lesebrille dabei hatte, beeilte sie sich mit der Rückkehr in ihren Bus. Dort betrachtete sie sich die Karte etwas genauer und stellte erstaunt fest, dass es sich um einen Mitgliedsausweis für ein gewisses FitnessStudio handelte. Sie hatte es schon kennengelernt, zumindest von außen. Auch der Mitgliedsname war auf der Karte zu lesen: Sebastian Witt.

*

Ein Geräusch direkt neben ihm holte Sebastian aus seinem Traum. Schweißgebadet fuhr er hoch und schaute sich erschrocken um. Die leuchtenden Augen einer schwarz-weißen Katze starrten ihn an. Um ihn herum war Stille. Wie lange hatte er geschlafen? Er blickte in den geröteten Himmel und sah, dass der Morgen nahte.

Langsam erhob er sich, seine Knochen schmerzten. Leichter Brandgeruch lag in der Luft. Vorsichtig spähte er über die Hecke nach links und nach rechts, doch es war weit und breit niemand zu sehen. Die Dämmerung offenbarte das ganze Ausmaß der Zerstörung durch das Feuer. Viele der Bäume waren bis auf den Grund niedergebrannt. Geradezu gruselig erschienen die abgebrannten Baumstümpfe oder die traurigen Überreste der Stämme. Sebastian lächelte.

Perfekt, dachte er, *jetzt hol ich mir mein Auto.*

Am Ende des Parkplatzes vor dem Sportzentrum wartete Simon ungeduldig auf das Eintreffen der Streifenwagen. Endlich. In weiter Ferne zwischen den dicht stehenden Bäumen flackerte das Blaulicht durch die Dunkelheit. In solch einer Situation wünschte er sich manchmal, ein Raucher zu sein. Die Nervosität und die Sorge um seinen Sohn bestimmten ununterbrochen sein Denken.

Das Gewitter hatte eine klare Luft hinterlassen und die Hitze des Tages verdrängt. Am schwarzen wolkenlosen Himmel glitzerten einige Sterne und es wehte ein leichter Wind zu ihm herüber. Ein schwacher Brandgeruch störte die sonst reine Luft.

Simon hatte sich, obwohl sich alles in ihm sträubte, entschieden, aus sicherer Entfernung den Hintereingang des Studios mit dem Fernglas im Auge zu behalten und auf die angeforderten Streifenwagen zu warten. Seit der Zeit seines Eintreffens beobachtete er, neben seinem Auto kniend, das Geschehen. Dort wo er hockte, war es ziemlich unwahrscheinlich, dass ihn jemand bemerkte. Er hingegen hatte freie Sicht. Es waren zwei Männer, da war er sich ziemlich sicher, die immer abwechselnd Kartons in den Kofferraum eines Kombis luden. Es war zu dunkel und er war zu weit weg, um zu erkennen, um wen es sich bei diesen Personen handelte.

Julian hatte recht gehabt, dachte er, *sie schaffen das Zeug weg.*

Der Gedanke an Julian in dem Gebäude, irgendwo versteckt, nagte an ihm. Er hoffte inständig, dass sein Sohn so vernünftig war und in seinem Versteck bleiben würde, bis die ganze Sache hier über die Bühne war. In seiner Nachricht an ihn hatte Julian von „wir" gesprochen, er war also nicht alleine dort eingedrungen.

Welcher Teufel hat dich da nur geritten, Jule?

Simon war gespannt auf Julians Antwort. Er würde ihm auf jeden Fall gewaltig den Kopf waschen.

Doch jetzt müssen wir die zwei da vorne erst einmal dingfest machen.

Vor wenigen Minuten hatte Simon telefonisch Anweisung gegeben, dass zwei Kollegen im Streifenwagen sich am Haupteingang des Fitness-Studios platzieren sollten. Einer der Kollegen würde ihn am hinteren Teil des Studios unterstützen. Er hob das Fernglas, konnte aber niemanden sehen. Er vermutete, dass die Männer wahrscheinlich gerade am Packen waren. Sein Handy vibrierte in seiner Hosentasche.

„Wir sind da", ertönte eine verzerrt klingende Stimme aus seinem Telefon, „ich schicke Ihnen jetzt einen Kollegen."

„Okay, bleiben Sie im Dunkeln", erwiderte Simon, „im Moment sieht es so aus, als ob die Männer im Gebäude sind. Beim Zugriff will ich sie beide draußen haben. Denken Sie daran, dass sich mein Sohn dort irgendwo befindet, wahrscheinlich noch mit einer zweiten Person. Sichern Sie den Vordereingang."

„Verstanden", krächzte die Stimme aus seinem Handy. Simon griff langsam nach seiner Pistole und zog sie aus dem Halfter unter dem Arm. Mit der anderen Hand fasste er das Fernglas.

Ein schwaches Geräusch hinter ihm veranlasste ihn, sich umzudrehen. Geduckt schlich sich der angekündigte Kollege am Wagen entlang und näherte sich, seine Waffe im Anschlag, der Stelle, wo Simon kauerte.

„Okay." Simon nickte dem Beamten grüßend zu. „Mein Sohn ist da drinnen." Weitere Worte waren überflüssig.

„Habe ich gehört." Der Beamte lächelte aufmunternd. „Machen Sie sich keine Sorgen. Das kriegen wir schon hin."

„Haben Sie Kinder?", fragte Simon und ließ dabei die Hintertür des Studios nicht aus den Augen.

„Ja, zwei Mädels. Ich kann nachvollziehen, wie Sie sich fühlen."

„Danke. Also, Zugriff erst, wenn beide draußen sind, so lange müssen wir warten." Mit versteinertem Blick starrte Simon durch das Fernglas. Der Augenblick schien Ewigkeiten zu dauern.

Simons Nerven waren bis zum Zerreißen gespannt, als er eine sich bewegende Gestalt durch die Tür kommen sah. Die Person blieb stehen, hob den Kopf und blickte in ihre Richtung. Instinktiv duckte sich Simon weiter nach unten, obwohl er sicher war, dass sie in der Dunkelheit nicht gesehen werden konnten.

Simon beobachtete den Mann, der lässig an der Tür lehnte und sich eine Zigarette anzündete. In dem Moment, als das Feuerzeug aufflammte, war dessen Gesicht für einen kurzen Augenblick sichtbar und das Gefühl, diesen Menschen zu kennen, ließ ihn nicht los. Er war sich ziemlich sicher. Irgendwo hatte er ihn schon einmal gesehen. Doch es fiel ihm nicht ein. Die Aufregung und die Sorge machten es ihm schwer, einen klaren Gedanken zu fassen.

Die zweite Person ließ sich nicht blicken.

Aus der Ferne konnten sie das Glimmen der Zigarette sehen. Dieser Mann machte nicht den Eindruck, als ob er es eilig hätte. Mit ruhigen Bewegungen kramte er in seiner Hosentasche, fand augenscheinlich das, was er gesucht hatte. Simon nahm an, dass es sich um sein Handy handelte, denn nach wenigen Sekunden war das Aufleuchten des Displays deutlich in der Dunkelheit erkennbar.

Es schien ihm, als ob der Mann mit dem Finger auf die Tastatur seines Telefons drückte und im gleichen Moment vibrierte Simons Handy.

Eine eiskalte Klammer legte sich um sein Herz.

Der Krankenwagen, in dem Notärzte und Sanitäter um das Leben von Phillip Richter kämpften, stand noch immer auf dem Marktplatz, als Maike und Reiser am Tatort eintrafen. Überall blinkte und leuchtete es. Die eingeschalteten Lichter des Rettungswagens und der Einsatzfahrzeuge zerrissen die Dunkelheit und warfen einen geisterhaften blauen Schein in die Nacht.

„Wird er es schaffen?“, fragte Reiser einen der Beamten vor Ort.

„Keine Ahnung.“ Der junge Mann zuckte mit den Schultern. „Sieht nicht gut aus. Sie fahren nicht eher los“, er richtete seinen Blick auf den Rettungswagen, „bis sie ihn etwas stabilisiert haben.“

„Was wird hier eigentlich gespielt, verdammt noch mal?“ Reiser schaute sich nach Maike um, aber sie war verschwunden. Als er sie nirgendwo entdecken konnte, wandte er sich wieder an den jungen Beamten: „Wer hat ihn gefunden?“

„Die Nachtschicht aus dem Sonnengarten. Sie sitzt dort hinten.“ Er zeigte in Richtung der Hauptstraße. Auf einer Bank neben einer Straßenlaterne saß eine junge Frau. Reiser ging zu ihr und setzte sich neben sie. Eine Weile schwiegen beide und starrten auf den Boden. Nach wenigen Minuten drehte sich Reiser zu ihr um.

Hübsch, dachte er, als er sie genauer betrachtete.

„Mein Name ist Oberkommissar Reiser. Können Sie mir ein paar Fragen beantworten?“

Das Mädchen blickte ihn mit müden Augen an und nickte. Sie trug eine langärmlige Jacke, die Arme und Hände vor ihrer Brust gekreuzt, so als ob sie sich schützen wollte.

„Verraten Sie mir Ihren Namen? Ich glaube, ich kann mich an Sie erinnern. Ich habe Sie schon einmal getroffen, kann das sein?“

Reisers Gedächtnis für Gesichter ließ ihn auch dieses Mal nicht im Stich. Er war sich sicher, diese Person zu kennen.

„Mein Name ist Charlotte Witt, ich arbeite dort drüben in der

Sonnengarten Residenz. Sie waren gestern da, nicht wahr? Bei Herrn Pütz."

„Das stimmt. Sie sind die Schwester von Sebastian Witt. Jetzt erinnere ich mich. Sie waren diejenige, die mich nicht zu Ihrem Bruder lassen wollte. Sie und Ihre Mutter." Reiser lächelte sie an. „Sie waren ganz schön resolut."

„Na ja, er ist halt mein Bruder. Er hat nichts Unrechtes getan."

„Das haben wir ja auch niemals behauptet. Aber wie Sie ja bestimmt schon wissen, sind mittlerweile zwei junge Männer ums Leben gekommen, und der dritte kämpft vermutlich um sein Leben."

„Ja, Phillip. Es ist furchtbar. Ich dachte, er wäre tot, so wie er da lag. Sein Puls war sehr schwach. Bei den Verletzungen habe ich ihn nicht bewegt, sondern sofort den Rettungswagen gerufen. Vermutlich hat er mehrere Knochenbrüche und vielleicht auch innere Verletzungen."

„Sie kennen sich aber gut aus?" Reisers Interesse war geweckt.

„Das muss ich auch." Während sie das sagte, lächelte sie schwach. „Ich studiere Medizin, im 3. Semester. In der Residenz verdiene ich mir meinen Lebensunterhalt."

„Sie erwähnten den Verletzten gerade mit Vornamen. Ist er Ihnen bekannt?"

„Na ja, er ist sozusagen mein Stiefbruder. Meine Mutter und sein Vater haben geheiratet. In zweiter Ehe. Er verstarb vor acht Monaten. Mein Stiefvater, meine ich, Herzversagen." Charlotte schien unbeeindruckt.

„Das tut mir leid." Reiser kramte in seiner Jacke nach einer Zigarette. Er hatte in Maikes Gegenwart am Abend kaum geraucht und er konnte schon leichte Entzugserscheinungen an sich feststellen. Die Flamme des Feuerzeuges leuchtete auf. Gierig inhalierte er den Rauch.

„Wissen Sie eigentlich, was Sie Ihrem Körper so zumuten, wenn Sie rauchen?" Vorwurfsvoll blickte Charlotte ihn an. „Mein Stiefvater, der hat auch so viel gequalmt. Hat er jetzt davon."

Darauf wusste Reiser keine Antwort, rauchte aber weiter.

„Können Sie mir bitte ganz grob schildern, was an diesem Abend passiert ist? Aus Ihrer Sicht, bitte.“ Abwartend schaute Reiser sie an.

„Meine Schicht endete um 4 Uhr in der Früh.“ Charlotte warf einen Blick auf ihre Armbanduhr. Gerade in diesem Moment setzte sich der Krankenwagen mit Blaulicht und Martinshorn in Bewegung. Charlotte zuckte kurz, drehte sich um, sprach aber sofort weiter. Ihre Augen folgten dem Wagen, bis er außer Sicht war.

„Die Autos der Residenz werden hier über Nacht geparkt. Sie haben, glaube ich, eine Sondergenehmigung der Stadt.“

Sofort unterbrach er sie:

„Von welchen Autos sprechen Sie?“

„Der Sonnengarten betreibt auch einen ambulanten Pflegedienst für die alten Menschen, die noch in ihren eigenen Wohnungen oder Häusern leben, sich aber nicht mehr vollständig versorgen können. Deshalb die Autos. Sie parken dort.“ Sie drehte sich nochmals um und zeigte auf eine Reihe von etwa zehn identischen Fahrzeugen. Die Beschriftung „Pflege mit Herz – Sonnengarten“ konnte Reiser im schwachen Licht der Dämmerung gerade noch erkennen.

„Ich habe morgen“, brach sie den Satz ab, gähnte und schaute ein weiteres Mal auf ihre Uhr, „beziehungsweise heute ambulanten Dienst. Ich habe mir deshalb schon den Schlüssel für eins der Autos geholt und war auf dem Weg zum Parkplatz.“ Sie kramte in ihrer Handtasche. „Hier.“ Ihre Jacke schien ihr viel zu groß zu sein, denn die Ärmel hingen über ihre Hände, sodass sie Schwierigkeiten hatte, den Schlüssel zu halten. „Schauen Sie, am Schlüsselbund ist das Kennzeichen notiert.“

„Okay, Sie sind also Richtung Parkplatz, ist Ihnen irgendetwas aufgefallen oder haben Sie vielleicht jemanden gesehen?“

„Das einzige, was mir aufgefallen ist, war das Geräusch eines Motors. Es war auch noch sehr dunkel und der Marktplatz ist nachts schlecht beleuchtet. Da sollte die Stadt in Zukunft etwas unternehmen. Ganz schön gruselig.“

„Sie haben also einen Motor gehört, was dann?“

„Das fand ich eigenartig. Um diese Zeit ist sonst niemand dort. Ich muss zugeben, es wurde mir ein wenig mulmig zumute. Aber dann erkannte ich, als ich näher kam, dass es sich um eins unserer Autos handelte und sah genauer hin. Ja, und dann ...“, machte sie eine kurze Pause, „... lag er dort. Phillip. Den Rest habe ich Ihnen ja schon erzählt.“

„Haben Sie das Fahrzeug ausgeschaltet?“

„Nein, das hat dann einer von den Polizisten gemacht.“

„Wissen Sie, ob die Tanks der Autos am Abend vollgetankt werden, bevor man sie dort abstellt?“

„Ich glaube nicht an jedem Abend. Aber das ist nur eine Vermutung. Da müssten Sie Frau Schneider fragen. Sie arbeitet an der Rezeption und ist für solche Fragen zuständig. Dort liegen auch die Schlüssel für die Autos.“

Reiser hakte direkt nach:

„Das heißt, sie sind für jedermann greifbar?“

„Nein, sie bewahrt sie in so einer kleinen Kiste auf, die ist wiederum in einer Schublade in ihrem Schreibtisch.“

„Aber es ist nichts abgeschlossen, der Schreibtisch oder die Kiste? Ist die Rezeption denn nachts besetzt?“

„Nein, aber der Vordereingang ist abgeschlossen. Da kann niemand von außen rein.“

Da hat man es dem Täter verdammt leicht gemacht, dachte Reiser. *Zugriff der Schlüssel für jedermann. Zumindest für die, die dort arbeiten ... oder leben.*

Karl Pütz fiel ihm ein, er hätte ein Motiv. Aber irgendwie konnte er sich den alten Mann nicht hinter dem Steuer eines Fahrzeuges vorstellen, das ungebremst auf einen Mann zurast und ihn beinahe tot fährt.

„Sie können jetzt nach Hause gehen, Frau Witt. Wenn Sie in den nächsten Tagen bitte ins Dezernat kommen und Ihre Aussage zu Protokoll bringen könnten, wäre ich Ihnen sehr verbunden.“ Er erhob sich, gab ihr aber nicht die Hand. „Auf Wiedersehen.“ Reiser marschierte zurück Richtung Tatort, um Maike zu suchen.

Er entdeckte sie inmitten ihrer Kollegen. Über das hübsche Sommerkleid hatte sie einen weißen Plastikanzug gestülpt und war wie immer ganz in ihrem Element. Als sich ihre Blicke trafen, winkte sie ihn zu sich. Sie stand an der Stelle, wo der Verletzte noch vor weniger als einer Stunde gelegen hatte. Hinter ihr befand sich das völlig verbeulte Auto der Residenz Sonnengarten.

Reiser legte eine Hand auf die Motorhaube. *Noch warm*, dachte er. Die Windschutzscheibe des Autos war völlig demoliert. Er nahm an, dass Richter durch den Aufprall auf die Scheibe geschleudert wurde. Glasscherben lagen überall verstreut und Reiser fragte sich, ob der Fahrer nicht auch Verletzungen davongetragen haben könnte.

Vielleicht haben wir ja Glück und finden Blutspuren, die nicht zum Opfer gehören.

Reiser vernahm den fernen Schlag der Kirchenglocke und zählte in Gedanken mit. *Eins, zwei, drei, vier, fünf.* Er blickte Richtung Osten, dorthin, wo die Sonne in weniger als einer Stunde aufgehen würde. Ein orangefarbener Schimmer streifte den noch dunklen Himmel. Es versprach ein traumhafter Sonnenaufgang zu werden und ein weiterer heißer Tag stand ihnen bevor.

„Reiser." Maike kam auf ihn zu. „Die Kollegen haben mir gerade erzählt, dass es einen Einsatz am Fitness-Studio gibt. Es handelt sich anscheinend um eine Geiselnahme."

„Eine Geiselnahme? Wieso hat uns niemand informiert?"

„Simon ist vor Ort, Reiser. Sie haben seinen Sohn."

„Wer? Wer ist SIE?"

„Ich weiß nichts Genaues, Reiser. Vielleicht rufst du mal bei der Einsatzleitung an."

Gerade in diesem Moment klingelte sein Handy. Er erkannte Simons Nummer sofort.

„Simon, verdammt, was ist los?", bellte er ins Telefon. Aufmerksam hörte er zu, was sein Kollege ihm zu berichten hatte. Maike stand bei ihm und betrachtete ihn. Seine Anspannung steigerte sich bei jedem Wort, das Simon sprach. Dann legte er auf und schaute sie mit müden Augen an.

„Ich muss weg“, sagte er. „Simon helfen.“

„Kann ich mit? Bitte, vielleicht kann ich euch behilflich sein.“ Er schaute in ihr abgespanntes Gesicht und der Gedanke, dass sie ihn nicht alleine gehen lassen wollte, stimmte ihn glücklich, doch er wusste auch, dass Maike als Rechtsmedizinerin nicht die Aufgaben der Polizei übernehmen konnte.

„Nein, Maike“, antwortete er freundlich, aber bestimmt. „Ich brauch dich hier vor Ort. Bitte. Geiselnahmen können gefährlich werden, besonders wenn die Geiselnehmer bewaffnet sind. Ein Beamter wird mich begleiten, aber“, ein Lächeln flog über sein Gesicht, „trotzdem danke.“

Er drehte sich um und ging zu seinem Auto. Maike folgte ihm.

„Sage einem der Beamten Bescheid, sie sollen dich nach Hause bringen, wir sehen uns dann später bei der Besprechung, wann immer die sein wird.“

„Reiser!“

„Ja?“

„Hier.“ Sie reichte ihm einen Papierzettel. „Das wollte ich dir noch zeigen. Der war in Richters Jacke.“

Er faltete den Zettel auseinander, doch die Zeilen verschwammen vor seinen Augen.

„Ich kann es ohne Brille nicht lesen.“ Er gab ihr den Zettel zurück. „Was steht da?“

Maike strich sich eine Strähne ihrer langen Haare aus dem Gesicht und im gleichen Moment, als sie anfing vorzulesen, wusste Reiser, was es war. Es war ein weiteres Gedicht, ein Todesreim. Mit ernster Miene studierte Maike die wenigen Zeilen, dann las sie mit eindringlicher Stimme vor und gab dem Vers die nötige Dramatik:

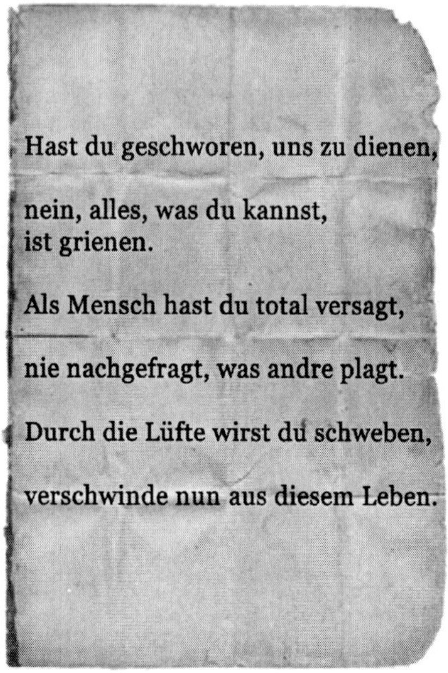

Hast du geschworen, uns zu dienen,

nein, alles, was du kannst,
ist grienen.

Als Mensch hast du total versagt,

nie nachgefragt, was andre plagt.

Durch die Lüfte wirst du schweben,

verschwinde nun aus diesem Leben.

„Bitte sei vorsichtig, Reiser.“ In ihren Augen glänzten Tränen. Er nahm sie in den Arm und drückte sie.

„Das werde ich, versprochen.“

Hachenberg“, klang verzerrt die Stimme aus seinem Mobiltelefon. „Ich weiß, dass du irgendwo da draußen bist.“ Simons Herz klopfte wild. *Diese Stimme*, dachte er, *diese Stimme kenne ich.*

„Wer ist da?“, fragte er den unbekannten Anrufer.

„Simon, Simon, Simon. Du willst mir weismachen, dass du mich vergessen hast? Denk doch einmal nach, Hachenberg. Ich bin es. Es sind zwar schon viele Jahre her, aber es gab eine Zeit, da waren wir beste Freunde, nicht wahr, Kumpel.“

Simon starrte in die Dunkelheit und konnte kein Gesicht erkennen. Nur die Umrisse einer Person, mit der er gerade telefonierte.

„Simon, du und dein Abkömmling, ihr macht mir gerade das Leben ziemlich schwer.“

Bei diesen Worten stockte sein Atem. Sie hatten Julian gefunden. Und plötzlich wusste er, wer der Unbekannte war. Aber das konnte nicht sein. Lorenzo war tot. Gestorben bei einem gemeinsamen Einsatz in Prag vor vielen Jahren. Er, Simon, hatte es mit eigenen Augen gesehen.

Ein inszenierter Tod! Kann das möglich sein?, fragte er sich und wusste im gleichen Moment die Antwort.

Erinnerungen kamen hoch. Bilder der gewaltigen Explosion des Bootes auf der Moldau und die bis zur Unkenntlichkeit aus dem Fluss geborgenen verbrannten Leichen schossen ihm durch den Kopf und es war ihm, als ob er den Brandgeruch wieder riechen konnte. Der Blick seiner lächelnden Augen, den Lorenzo ihm zugeworfen hatte, als er auf das Boot zugesteuert war, um den fingierten Deal mit den Drogenhändlern abzuschließen, war lange Zeit in seinem Unterbewusstsein verschlossen gewesen und es traf ihn mit einer unbeschreiblichen Macht, als ihm klar wurde, dass er jahrelang um einen toten Freund getrauert hatte, der gar nicht tot war. Heftiger Zorn wallte in ihm auf, doch er versuchte dagegen anzukämpfen, denn jetzt galt es, einen ruhigen klaren Kopf zu behalten, um diese Situation zu meistern. Hier ging es einzig und allein um seinen Sohn, der sich in äußerster Gefahr befand.

„Simon, was machen wir denn jetzt?“ In Lorenzos Stimme schwang bittersüße Ironie. „Ich schätze, du und deine Kumpels da draußen werdet uns nicht freiwillig ziehen lassen, nicht wahr?“

„Hast du die Richtung gewechselt, Lorenzo? Oder standest du immer schon auf der falschen Seite?“ In Simons Stimme lag Verbitterung.

„Ach, wer weiß das schon? Was ist falsch und was ist richtig? Wer ist gut und wer ist böse?“

„Warum bist du hier? Gerade hier? Warum bist du nicht irgendwo in der Welt und ziehst dein Ding durch?“

„Das hat verschiedene Gründe, mein Freund. Alles zu seiner Zeit, ich würde jetzt gerne mit dir plaudern, aber ich habe hier noch zu tun. Also lassen wir das Geplänkel und ich werde dir sagen, was wir machen.“

Simon merkte, dass der junge Beamte hinter ihm ungeduldig wurde und auf Anweisungen wartete. Deshalb legte er kurz die Hand aufs Telefon und flüsterte:

„Sagen Sie den Kollegen vorne Bescheid, dass mein Sohn als Geisel genommen wurde und dass sie auf meine Anweisungen warten sollen. Ohne mein Okay passiert nichts, verstanden. Rein gar nichts. Geben Sie das so weiter.“

Zu Lorenzo sprach er:

„Lass Julian frei, und ich lasse euch gehen. Du bekommst mein Ehrenwort. Ich habe hier das Sagen.“

„Natürlich, Simon, und wie weit werden wir dann kommen? Wahrscheinlich noch nicht einmal bis zur nächsten Straßenecke. Ach Mensch, du müsstest mich doch besser kennen und wissen, dass ich darauf nicht hereinfalle.“

„Ich kenne dich überhaupt nicht, Lorenzo. Denn der Lorenzo, den ich kannte, war kein Krimineller. Er war mein Freund.“

„So kann man sich täuschen, Kommissar Hachenberg.“ Simon sah, wie sich Lorenzo umdrehte und zurück ins Studio ging. „Also mach jetzt keine Dummheiten. Der Plan ist wie folgt, höre gut zu.“ Nervös starrte Simon auf die Hintertür des

Fitness-Studios. „Wir erledigen zügig unsere Arbeit, setzen die zwei Turteltäubchen ins Auto und fahren davon. Irgendwann und irgendwo lassen wir die beiden dann frei. Erst die eine, dann den anderen. Und ich möchte keinen Wagen am Arsch kleben haben, ist das verstanden?"

Zwei, sie haben tatsächlich zwei in ihrer Gewalt. Wer ist die andere Person?

„Simon, denke daran, keine Dummheiten. Mit meinem Kumpan hier ist nicht zu spaßen. Die Kleine hat das schon schmerzhaft feststellen müssen. Und noch etwas. Wir sind bewaffnet."

Daran hatte er nie gezweifelt. Lorenzo ohne Knarre wäre wie Suppe ohne Salz.

„Ach so, bevor ich es vergesse. Rufe Viktoria Stein an und frage sie, ob ihr die Rosen gefallen haben. Sie soll ihren hübschen Arsch hierher bewegen, denn ich möchte mich bei ihr für das nette Geschenk bedanken. Ihre Tochter ist wirklich ganz reizend. Ich glaube, sie heißt Annabell."

„Was soll das, Lorenzo? Du machst alles nur noch schlimmer."

„Tu einfach das, was ich dir sage. Ich lege jetzt auf. Aber vorher lasse ich dich noch mit deinem Jungen reden."

„Hi Dad?" Die Stimme seines Sohnes hallte in seinem Ohr. Verzweiflung und Wut machten sich in ihm breit.

„Julian, geht es dir gut?"

„Es tut mir leid", sagte Julian, anstatt zu antworten. „Es tut mir leid, dass ich dich in solch eine Lage bringe. Mir geht es gut, Annabell ist verletzt. Im Gesicht. Sie blutet."

Die Stimme seines Sohnes brach ab. Die Verbindung war unterbrochen. Zitternd hielt er das Telefon in der Hand und wählte Reisers Nummer.

„Simon, verdammt, was ist los?", hörte er ihn brüllen.

„Sie haben Julian als Geisel genommen. Und Annabell Stein." Abgehackt sprudelten die Worte aus ihm heraus. „Reiser, hör mir zu! Sie werden gleich abfahren. Es sind zwei Männer. Ich denke, Rainer Hoffstedt ist einer von ihnen und dann gibt es noch einen zweiten Mann. Er heißt Lorenzo Greco. So hieß er früher einmal, er nennt sich bestimmt jetzt anders, denn eigentlich ist er tot. Aber das ist eine lange Geschichte", brach er ab.

„Simon, ich versteh nur Bahnhof, beruhige dich jetzt erst einmal." Reisers Stimme klang beschwichtigend.

„Okay, okay, ich gebe dir die Kurzfassung. Es eilt. Julian und Annabell sind im Fitness-Studio eingebrochen, dabei wurden sie von zwei Männern überrascht. Sie haben sie als Geisel genommen, als sie bemerkt haben, dass wir hier sind. Wahrscheinlich hat Lorenzo gesehen, dass Julian mich angerufen hat. Auf jeden Fall räumen sie irgendwelche Kartons aus dem Studio in einen Kombi. Ich gehe davon aus, dass es sich um die Drogen handelt. Julian sprach auch davon. Dann wollen sie mit Julian und Annabell abhauen. Er hat eine Knarre, Reiser."

„Scheiße", sagte Reiser. Mehr schien ihm dazu momentan nicht einzufallen. Er wirkte sprachlos.

„Ich kann ihnen nicht von Anfang an folgen. Das würden sie sofort bemerken. Du musst sie am Ende der Straße abfangen und hinter ihnen herfahren. Wir dürfen sie nicht aus den Augen verlieren,

Reiser." Simon blickte erneut durch sein Fernglas, konnte jedoch niemanden an der Hintertür erkennen. „Bist du in der Nähe? Ach und noch etwas. Lorenzo, er verlangt nach Viktoria Stein. Keine Ahnung, was das soll, aber dadurch haben wir noch etwas Zeit gewonnen."

Er hörte Reiser tief durchatmen.

„Ich bin ganz in deiner Nähe. Phillip Richter wurde auf einem Parkplatz vor dem Bürgerzentrum von einem Auto schwer verletzt. Er ist auf dem Weg ins Krankenhaus. Wir gehen von einem versuchten Mordanschlag aus."

„Phillip Richter? Den hab ich doch noch auf der Bürgerversammlung gesehen. Hat sich bis in den späten Abend hingezogen. Er ist bis zum Schluss geblieben. Viele haben noch das Gewitter abgewartet, aber Hubert Stein hat, das konnte ich beobachten, kurz nach Beginn der Veranstaltung den Saal wieder verlassen. Er machte einen recht ärgerlichen Eindruck auf mich. Verdammt, Reiser, das muss jetzt warten. Wir müssen erst Jule da rausholen."

Er wusste, dass Reiser ihm Recht geben würde. Alles andere konnte warten.

„Simon." Reiser holte tief Luft. „Wir können sie nicht fahren lassen, nicht wahr?"

Sekundenlange Stille folgte, bevor Simon mit leiser Stimme antwortete:

„Ich weiß."

Viktoria Stein kam nicht in Begleitung ihres Mannes. Ein Streifenpolizist hatte sie zuhause von der Geiselnahme ihrer Tochter in Kenntnis gesetzt und ihr mitgeteilt, dass der Geiselnehmer allem Anschein nach ein Bekannter von ihr wäre und ihre Anwesenheit wünsche. Völlig entsetzt stieg Viktoria um fünf Uhr morgens in einen Streifenwagen und ließ sich zur der Stelle, an der Simon nun schon seit Stunden hockte, bringen. Sie sprach kein Wort während der Fahrt, sondern starrte hinaus in die aufgehende Sonne. Ihre Gedanken ließen keinerlei Gefühle zu. Sie hatte darauf verzichtet, Hubert in Kenntnis zu setzen. Es hätte ihn höchstwahrscheinlich sehr erbost, hätte sie ihn aus dem Schlaf gerissen. Sie wusste, dass er erst kurz nach vier nach Hause gekommen war, obwohl sie sich nicht im ehelichen Schlafzimmer, sondern im Gästezimmer schlafen gelegt hatte. Das machte sie schon seit Monaten so, Beschwerden seinerseits gab es keine.

Viktoria wurde aus ihren Grübeleien gerissen, als der Streifenwagen anhielt und einer der Polizisten ihr den Weg wies. Sie blickte hinüber zu dem langgezogenen Gebäude, in dem ihre Tochter als Geisel gefangen war. Ein hochgewachsener Mann kam auf sie zu und begrüßte sie.

Ein äußerst gut aussehender Mann, dachte sie und lächelte ihn instinktiv an. Er erwiderte das Lächeln nicht, sondern sagte mit ernster Stimme:

„Frau Stein. Mein Name ist Hachenberg. Kriminalpolizei. Wir kennen uns leider nur durch Ihre Sprechanlage. Danke, dass Sie gekommen sind.“

Er reichte Viktoria die Hand.

„Was geht hier vor sich?“, fragte sie in einem hochnäsigen Ton, doch die Angst kroch in ihr hoch. „Holen Sie gefälligst meine Tochter da raus. Was machen Sie denn hier?“

„Frau Stein, zwei Männer halten Ihre Tochter und meinen Sohn als Geisel. Einer der Männer will mit Ihnen sprechen, er sagt, dass er Sie kennt. Sind Sie bereit dazu?“

„Wieso sagt dieser Mensch, dass er mich kennt. Und warum

nimmt er Annabell als Geisel? Ich verstehe das nicht. Bitte holen Sie mein Kind dort raus. Sie müssen das Gebäude sofort stürmen."

„Beruhigen Sie sich, Frau Stein. Wir können da nicht so einfach hineinstürmen. Es tut mir leid, Ihnen das zu sagen, aber die Geiselnehmer sind bewaffnet." Viktoria hielt vor Schreck die Luft an. Sie glaubte zu ersticken. „Sie wollen doch nicht, dass Ihrer Tochter etwas passiert, oder?"

Er sprach in einem ruhigen Ton zu ihr und Viktoria schüttelte hilflos den Kopf.

„Wer ist der Mann?", fragte sie mit leiser Stimme.

„Sein Name ist Lorenzo Greco. Wahrscheinlich kennen Sie ihn unter einem anderen Namen. Oder sagt Ihnen der Name etwas?"

„Nein."

„Wörtlich sagte er: Holen Sie Viktoria Stein, fragen Sie sie, ob ihr meine Rosen gefallen haben."

Viktoria erschrak und ihr Körper begann zu zittern. Ihr wurde speiübel.

Mario. Viktorias Kopf zuckte hoch. *Warum?*

„Reden Sie, Frau Stein! Was geht hier vor sich? Wir haben zwei tote junge Männer und jetzt noch diese Geiselnahme. Sie sitzen ganz schön tief mit drin. Christoph Stein war Ihr Liebhaber, nicht wahr? Wir haben die Fotos gesehen, Frau Stein. Haben Sie etwas mit dem Mord zu tun?"

„Nein!" Sie spie das Wort förmlich aus ihrem Mund.

„Hat er Sie erpresst? Haben Sie ihn deshalb umgebracht? Sie waren am Tatort. Das können Sie nicht leugnen, wir haben Beweise. Und was verdammt noch mal haben Sie mit Lorenzo Greco zu tun?"

„Er heißt Mario", schluchzte Viktoria. In diesem Moment klingelte Simons Handy. Sie sah, wie er zusammenzuckte und auch sie fuhr erschrocken herum.

Ängstlich beobachtete Viktoria Simons Gesicht und lauschte seinen Worten. Er nahm sein Fernglas und schaute hindurch.

Nervös kaute er an seiner Unterlippe. Viktoria blickte in die gleiche Richtung, konnte aus dieser Entfernung jedoch nichts erkennen.

„Ja, sie ist hier", hörte sie ihn sagen und er reichte ihr das Handy. Mit zitternden Händen umklammerte sie das Telefon. Angstvoll blickte sie in die Dunkelheit.

„Warum kannst du mich nicht in Ruhe lassen, Mario?", flüsterte sie.

„Du weißt, warum." Wie sie diese Stimme, die sie in den letzten Tagen verfolgt hatte, verabscheute. „Hast du wirklich gedacht, ich würde nicht zurückkommen, Vicky?"

„Mario, bitte, lass meine Tochter aus dem Spiel", bettelte sie und hasste sich dafür. „Lass sie gehen. Bitte."

„Natürlich, mein Schatz." Seine Stimme klang sanft. „Ich werde sie gehen lassen, denn jetzt bist du ja da." Viktoria schluckte. „Du hast heute Nachmittag so schön ausgesehen, so wie Gott dich erschuf, wunderschön. Ich habe dich so vermisst."

Tränen liefen über ihre Wangen. Simon beobachtete sie und sie erkannte die wachsende Unruhe in seinem Gesicht.

„Was sagt er?", formten seine Lippen, doch Viktoria schüttelte nur mit dem Kopf. Ein neuer Panikanfall überkam sie, das Zittern in ihrem Körper konnte sie kaum kontrollieren. Sie fühlte sich wie in Trance, wie in einem Albtraum gefangen.

Er wird mich töten, dachte sie verzweifelt, *aber wenn ich nicht gehe, wird mein Kind sterben.* Sie hatte keine Wahl, das war ihr nur zu deutlich bewusst.

„Vicky, bist du noch da?" Seine sanfte Stimme löste ein Gefühl von Übelkeit bei ihr aus. „Vicky, wie konntest du mir das nur antun?"

„Wovon redest du eigentlich, Mario? Was habe ich dir angetan? Wir haben uns seit über zwanzig Jahren nicht mehr gesehen, ich habe Hubert geheiratet und du bist verschwunden. Was zum Teufel habe ich dir angetan? Wir waren doch schon lange kein Paar mehr. Auf einmal aus heiterem Himmel rufst du mich an, verfolgst mich, drohst mir, schickst mir Blumen. Was soll das, Mario?"

„Du hast mir wehgetan, Vicky."

„Bullshit." Plötzlich überkam sie eine ungeheure Wut. Sie biss die Zähne zusammen, um nicht laut aufzuschreien.

„All die anderen Männer, Vicky. Es waren so viele."

Oh, mein Gott, blufft er oder beobachtet er mich schon seit Jahren? Das Gefühl, als verliere sie den Boden unter den Füßen, überkam sie. Ein Gedanke schoss ihr durch den Kopf.

„Mario, mein Gott, du hast Christoph getötet, nicht wahr?" Sie schaute Simon mit aufgerissenen Augen direkt an. Er lauschte mit überraschtem Gesicht ihren Worten und kniff konzentriert die Augen zu kleinen Schlitzen zusammen. Sie wusste, dass es ihn wahnsinnig machte, die Unterhaltung nur einseitig zu hören. „Warum hast du es getan, Mario?"

„Vicky, mein Engel. Du willst mir doch jetzt nicht den Mord unterschieben. Das wäre schön praktisch für dich, mein Liebes, nicht wahr. Aber so einfach ist das nicht. Hör mir jetzt genau zu. Wenn du nicht willst, dass deinem süßen blonden Engel das Gleiche passiert, tust du jetzt genau das, was ich dir sage. Verstanden?"

Viktoria nickte und war sich auf einmal bewusst, dass er sie gar nicht sehen konnte. *Oder vielleicht doch?* Sie dachte voller Panik an die letzten Tage. *Ein Albtraum, lass mich bitte aufwachen. Was hat er alles beobachtet?*, fragte sie sich unsicher.

„Ja, verstanden", sagte sie und lauschte aufmerksam seinen Anweisungen. Verstört reichte sie Simon das Telefon.

„Er will einen Austausch. Annabell darf gehen. Aber er will mich dafür." Nackte Angst überfiel sie und nahm ihr die Luft zum Atmen.

„Was ist mit Julian? Lässt er ihn auch frei?"

„Davon hat er nichts gesagt. Er sprach nur von Annabell. Er meldet sich gleich bei Ihnen, in ein paar Minuten. Dann wird er Ihnen auch erklären, was wir zu tun haben."

Sie wandte sich ab und hörte, wie Simon über Funk seine Kollegen informierte.

„Hätte vielleicht jemand eine Zigarette für mich?", fragte sie.

Annabell wimmerte leise vor sich hin und hielt sich ihre noch blutige Nase mit einem Taschentuch zu. Sie standen dicht beieinander in dem kleinen stickigen Abstellraum, doch ihre Körper berührten sich nicht. Julian machte keine Anstalten, sie zu trösten. Er spürte, das hätte sie nicht gewollt.

„Er hat eine Pistole, Julian!“, stieß sie hervor. Ihrer Stimme war das Entsetzen deutlich anzumerken.

„Wem sagst du das! Er hat das Ding ziemlich nah an meinen Kopf gehalten.“ Allein der Gedanke daran ließ ihn erstarren. Das Gefühl der kalten todbringenden Mündung an seiner Schläfe und die Gedanken, die ihm in diesen Minuten durch den Kopf gerast waren, kehrten zurück in sein Bewusstsein. Es war immer derselbe Gedanke, der sich schmerzhaft in sein Gehirn bohrte. *Ich will noch nicht sterben, will noch nicht sterben, bitte, lass mich noch nicht sterben.*

„Was werden die mit uns machen?“ Sie begann zu weinen und Julian erkannte, dass Annabell alles andere war als die taffe Lady, die sie jedem versuchte vorzuspielen. Jetzt schien es wohl an der Zeit, sie zu trösten.

„Keine Angst, Annabell. Sie werden uns nichts tun. Mein Dad wird bestimmt schon mit einer ganzen Armada da draußen sein. Es wird nicht mehr lange dauern, glaube mir.“ Doch die Worte klangen hohl in seinen Ohren. Hatte sein Vater überhaupt die Nachricht erhalten?

„Es tut mir so leid, Julian. Das ist alles meine Schuld. Was habe ich mir dabei nur gedacht?“

„Wir sind beide schuld, Annabell. Da ist wohl unser jugendlicher Leichtsinn mit uns durchgegangen“, versuchte er zu scherzen und legte seinen Arm um ihre Schulter. Sie ließ es zu. „Du wirst sehen, alles wird gut.“

Schritte und Geräusche im Gang ließen sie zusammenschrecken.

Sie hörten die Schritte immer näher kommen, und als diese direkt vor ihrer Tür endeten, drückten sie sich instinktiv an die Wand hinter ihnen.

Die Tür öffnete sich und Rainer Hoffstedt stand vor ihnen. Er wirkte nervös. Sein bulliges schweißüberströmtes Gesicht schaute grimmig.

„Du“, er zeigte auf Julian, „du kommst mit mir.“ Grob zog er Julian aus der Kammer. „Und du“, sein Blick fiel auf Annabell, „du bleibst hier.“

„Nein!“, schrie Annabell. „Ich komme auch mit.“

Insgeheim bewunderte Julian Annabells Mut, den sie trotz des brutalen Übergriffes von vorhin noch aufbringen konnte und sich ohne mit der Wimper zu zucken der Gefahr aussetzte, einen weiteren Schlag zu kassieren.

„Ich bleibe hier nicht alleine.“ Demonstrativ hielt sie Julians Arm und drängte sich hinter ihm her in den Gang. Julian spürte es förmlich, wie es in Rainer arbeitete. Schützend stellte er sich vor Annabell und erwartete jeden Moment einen Angriff. Er wunderte sich selbst ein wenig über seinen Mumm.

Rainer stand direkt vor ihm. Er schwitzte. Julian konnte es riechen. Als der erwartete Schlag ausblieb und Rainer stattdessen laut zu lachen anfing, erschreckte das die beiden weit mehr als die zu erwarteten körperlichen Schmerzen.

Grausamkeit und Härte lag in diesem Lachen.

„Wie du willst, Püppchen. Wenn du das mal nicht bereust.“ Rainer drängte sie den Gang entlang Richtung Hintertür. Diese stand, gehalten durch einen Karton, weit offen, sodass sie nicht zufallen konnte.

„Setzt euch hier auf den Boden und keinen Mucks, sonst knallt es.“ Sie setzten sich nebeneinander an die Wand gelehnt, die Knie fest an ihre Körper gezogen, und er bezog ihnen gegenüber Stellung, um sie nicht aus den Augen zu lassen. Der Unbekannte trat von außen durch die Tür, das Handy am Ohr. Er reichte es Julian.

„Hier, dein Daddy. Sprich mit ihm. Sag, dass es euch gut geht.“

„Hi, Dad.“ Der Mann ließ ihm wenig Zeit. Nach wenigen Sätzen entriss er ihm das Telefon und ging wieder nach draußen.

Rainer folgte ihm, ließ aber die Tür offen, damit er sie weiter im Blick hatte.

„Was sollen wir mit denen machen?“, fragte er und schaute ungehalten in ihre Richtung.

„Ist doch wohl logisch, Rainer. Wir brauchen Geiseln oder meinst du etwa, die lassen uns sonst hier mir nichts, dir nichts herausspazieren. Da draußen wimmelt es nur so von Bullen.“

Sie nehmen uns als Schutzschild, dachte Julian. Er wusste, wie schwer der Zugriff für die Polizei in diesem Falle war und dass „eine Rundreise“, wie es in der Polizeisprache hieß, unter allen Umständen vermieden werden sollte. Die Überwältigung des Täters bei einer Geiselnahme sollte stets „am ersten Ort des Geschehens“ erfolgen.

Heißt das, sie bereiten sich da draußen schon vor? Und wenn, was konnte er hier vor Ort tun, um ihnen zu helfen?

„Ich will das Mädchen aber loswerden“, hörten sie den Mann sagen und bei diesen Worten spürte Julian förmlich die Angst durch Annabells Körper jagen.

„Sie ist eine Nervensäge und könnte uns gefährlich werden. Den Jungen nehmen wir mit, scheint vernünftig zu sein. Außerdem ist er Daddys Liebling, da überlegen sich die Herren dort draußen zweimal, ob sie auf uns ballern.“

Beide Männer traten zurück in den Gang. Der Mann mit der Pistole stand vor Annabell und bückte sich zu ihr hinunter. „Steh auf“, sagte er leise, doch Annabell rührte sich nicht von der Stelle, sondern verschränkte ihre Arme schützend um ihren Kopf.

„Steh auf, ich sag es nicht noch einmal!“ Annabell schüttelte den Kopf.

„Bitte erschießen Sie mich nicht“, bettelte sie, als der Mann sie unsanft nach oben zog. Pure Angst schrie aus ihrem Körper. Wieder wollte Julian eingreifen, doch der Blick in die Mündung der Pistole ließ ihn erstarren.

„Komm mit!“ Er hielt Annabell die Pistole direkt an den Hals und sie stolperte wimmernd vor ihm durch die Hintertür. „Du bleibst bei dem Jungen, Rainer.“

Julian schaute ihnen verstört nach. Erst als die beiden aus seinem Blickfeld verschwunden waren, erkannte er, dass die Sonne aufgegangen war.

Versprechen Sie mir, dass Sie mich da rausholen!" Der Unterton der Verzweiflung in Viktoria Steins Stimme war nicht zu überhören. Es war hell geworden, die Sonne erschien als roter, feuriger Ball ganz langsam am Horizont und es versprach, ein weiterer heißer Tag zu werden. Jetzt, in diesem Licht, war es Simon erst möglich, Viktoria genauer zu betrachten. Sie war eine schöne Frau mit blonden, zu einem Bob geschnittenen Haaren. Unwillkürlich verglich er sie mit Catherine. Auch sie war eine Schönheit, aber das komplette Gegenteil zu Viktoria Stein. Catherine war zart und klein mit rotblonden Locken, die immer ein wenig zerzaust ausschauten. Viktoria dagegen war groß und schlank, perfekt gestylt und geschminkt zu jeder Gelegenheit. Ihre Erscheinung strahlte eine unaufdringliche Eleganz aus und er konnte die Männer gut verstehen, die sich von ihr angezogen fühlten. Unter anderen Umständen hätte sie ihm ebenfalls durchaus gefallen können.

„Wir werden einen GPS-Peilsender an Ihrer Wade unter Ihrer Jeans befestigen, dann wissen wir immer, wo Sie sich gerade befinden. Es ist der kleinste Tracker, den es gibt, aber ich bin froh, dass Sie sich heute früh nicht für eine Röhrenjeans entschieden haben." Dabei lächelte er sie aufmunternd an. „Versuchen Sie, entspannt zu bleiben, wir sind immer in Ihrer Nähe. Mein Sohn ist auch da drin, aber auch wenn dem nicht so wäre, würden wir alles daran setzen, diese Geiselnahme so schnell wie möglich zu beenden."

Sie verließen den Parkplatz und gingen langsam Richtung Wald zu der Stelle, die außer Sichtweite des Studios lag. Mehrere Streifenwagen und ein Überwachungsfahrzeug der Polizei waren zwischenzeitlich eingetroffen. Das gesamte Gelände rund um das Fitness-Studio war von Scharfschützen des SEKs umstellt. Weiter hinten geparkt bemerkte er einen Rettungswagen. Er wusste, dass es Vorschrift war, doch der Anblick jagte ihm einen kalten Schauer den Rücken hinunter. Zwischen zwei Autos konnte er Reiser im Gespräch mit den beiden jungen Männern vom LKA erkennen, und dessen Mimik symbolisierte, dass es sich nicht unbedingt um eine freundliche Unterhaltung handelte. Reiser erblickte sie, ließ die Jungs einfach stehen und kam auf Simon und Viktoria zu. Simon bemerkte Schweißränder unter dessen Armen. Auch er schwitzte stark.

„Hallo Simon." Sein Kollege klopfte ihm aufmunternd auf die Schulter und wandte sich dann Viktoria zu: „Frau Stein, nehme ich an. Mein Name ist Reiser." Er wollte ihr die Hand reichen, besann sich dann aber doch anders. Er drehte sich um und zeigte auf eine Polizistin, die direkt neben dem Ü-Wagen stand. „Sehen Sie die Beamtin dort. Gehen Sie bitte zu ihr, sie wird Sie mit dem Peilsender ausstatten."

Viktoria tat wie befohlen und die beiden Kommissare schauten ihr nach.

„Hat er sich noch mal gemeldet?", fragte Reiser.

„Nein, bis jetzt noch nicht." Simon war übermüdet. Er konnte keinen klaren Gedanken mehr fassen. „Er ist gefährlich. Ich kenne ihn von früher und das Schlimme daran ist, er kennt sich aus. Lorenzo weiß genau, wie wir ticken. Er war einer von uns, Reiser. Könnte man so sagen. Er hat viele Jahre als V-Mann für uns gearbeitet. Auf jeden Fall dachte ich das immer."

„Na, Viktoria Stein scheint ihn auch zu kennen." Sein Partner blickte wieder in die Richtung, in der Viktoria verschwunden war. „Kennst du die Zusammenhänge, Simon?"

„Nein, ich weiß noch nichts Genaues. Sie kennt ihn unter dem Namen Mario. Wahrscheinlich einer von vielen Decknamen. Sie hat ihm wohl vor vielen Jahren den Laufpass gegeben, danach aber nie wieder etwas von ihm gehört. Bis vor einer Woche, da war er plötzlich wieder da. Er fing an, sie zu verfolgen, ihr zu drohen. Er schickte ihr Blumen. Kannst du dich an die Rose erinnern, die wir bei ihr vor der Tür gefunden haben? Das hat er wohl täglich mehrmals gemacht. Regelrecht gestalkt hat er sie."

„Warum ist sie nicht zur Polizei gegangen?"

„Wollte sie zuerst auch, aber dann ist Christoph Stein, ihr Liebhaber, plötzlich tot und sie ahnte, dass man ihr den Mord anhängen könnte. Sie behauptet, Lorenzo habe ihn auf dem Gewissen."

„Ein Motiv hätte er. Eifersucht ist ein starkes Argument. Und er ist, wie wir ja jetzt auch wissen, in diese Drogensache verwickelt. Wahrscheinlich hat Enzo Rossi für ihn gearbeitet und aus irgendeinem Grund hat er ihn ebenfalls eliminiert."

„Ja, könnte hinhauen, das ist nur nicht so ganz sein Stil. Er hätte die Morde so hinbekommen, dass wir wirklich geglaubt hätten, es wäre Selbstmord. Er ist ein Profi. Und du vergisst noch eine Sache. Er hat ein Alibi für den Mordanschlag an Phillip Richter. Du sagtest, ein weiteres Gedicht wurde gefunden? Also stehen die Morde im Zusammenhang, und zu dem Zeitpunkt des Anschlages war er mit Sicherheit schon hier im Studio."

„Weißt du das genau?"

„Nein, ich weiß nur, dass die Nachricht von Julian um viertel nach eins bei mir einging. Um diese Zeit waren die Männer also schon hier vor Ort. Die Versammlung ging bis halb eins und der Anschlag auf Richter erfolgte gleich im Anschluss." Simon dachte nach.

„Du könntest recht haben. Es ist zwar knapp, aber machbar."

„Sag ich doch." Doch auch Reiser schien seine Zweifel zu haben.

„Kein guter Gedanke zu wissen, dass dein Sohn in der Gewalt eines mehrfachen Mörders ist." Simons Worte klangen brüchig, aber gefasst.

Reiser konnte nur erahnen, wie es in ihm aussah. Als das Handy läutete, kreuzten sich ihre Blicke.

„Es geht los", sagte Simon und nahm das Gespräch an.

„Sir Simon." So hatte nur Lorenzo ihn genannt, er hatte lange nicht mehr daran gedacht. „Ich weiß, dass ihr da draußen mittlerweile das volle Programm aufgetischt habt, deshalb hör mir gut zu, wenn du nicht willst, dass es deinen Sohn erwischt. Mein Kumpel fährt unser Auto genau bis zur Mitte des Weges, der zum Parkplatz führt. Bis zu dieser Stelle geht Viktoria zu Fuß, ganz langsam und mit ein wenig Kleingeld, sagen wir 250.000. Aber bitte in kleinen Scheinen. Das wäre für euch doch erschwinglich, nicht wahr? Annabell sitzt vorne auf dem Beifahrersitz. Ich befinde mich mit deinem Sohn hinten. Und Simon, er hat die ganze Zeit die Knarre am Hals, also macht keine Dummheiten." Simon wusste, dass er es ernst meinte. Ihm fiel nichts ein, was er hätte sagen können. „Sobald unser Fahrzeug hält, wird Annabell das Auto verlassen und Viktoria wird einsteigen. Allerdings auch zu mir nach hinten. Also gleichzeitig. Das ist wichtig. Verstanden?"

„Ja, verstanden, aber das Geld müssen wir erst noch auftreiben."

„Für solche Fälle gibt es immer ein Depot, Sir Simon. Lasst euch nicht zu viel Zeit, sonst überleg ich mir das mit Annabell noch. Ich könnte sie genauso gut erschießen, das weißt du doch."

„Ja, das weiß ich, Lorenzo, obwohl ich es nicht verstehe. Es sind unschuldige Kinder. Julian und Annabell."

„Wenn du das machst, was ich dir sage, wird deinem Jungen nichts passieren. Nach dem Austausch werden wir ganz langsam den Parkplatz verlassen. Und Simon, niemand, absolut niemand wird uns folgen. Klar?"

„Klar!" Die Wut, die Simon unterdrücken musste, brodelte tief in ihm, eine Wut, die er nur schwer kontrollieren konnte. Er atmete tief durch und mahnte sich zur Ruhe.

„Zur gegebenen Zeit werde ich deinen Sohn freilassen. Viktoria behalte ich. Denn sie ist mein, sie gehört mir ganz allein."

Mein Gott, er reimt, dachte Simon. *Hat er wirklich all diese Menschen auf dem Gewissen?*

„Ich hör von dir, Sir." Die Verbindung war unterbrochen. Reiser schaute ihn erwartungsvoll an.

Simon brachte kaum ein Wort zustande, so erschöpft war er. Mit kurzen Sätzen erklärte er Reiser, was zu tun war und gemeinsam versuchten sie zu begreifen, was in ihrem Ort eigentlich passierte. Sie waren sich einig. Das Böse hatte sich über ihre Stadt gelegt.

Sperren Sie das Gelände weitläufig ab. Ich will nicht, dass hier irgendwelche Idioten rumlaufen. Und wer zum Teufel hat die Presse informiert? Das darf doch wohl nicht wahr sein!" Reiser blickte zornig auf den Pulk der Journalisten und Fotografen, die wie die Geier auf ihre Story warteten.

„He, Rio!", rief einer der Schreiberlinge, den er von früheren Einsätzen her kannte und auf den Tod nicht ausstehen konnte, ihm zu.

„Was geht hier vor sich? Reiser, kannst du bestätigen, dass es sich hier um eine Geiselnahme handelt?"

„Verschwindet!" Aufgebracht drehte ihnen Reiser den Rücken zu. „Ihr behindert die Polizeiarbeit." Er war drauf und dran, ihnen den Mittelfinger zu zeigen, besann sich aber eines Besseren.

„Wie immer, die Freundlichkeit in Person. Aber wir haben alle Zeit der Welt und werden hier geduldig auf dich warten, Rio. War auch nett, dich wiederzusehen." Ironie lag in dessen Worten.

Reiser verabscheute die Presseleute, obwohl er natürlich wusste, dass auch sie nur ihren Job machten. Es gab solche und solche. Die hier waren von der übelsten Sorte und würden für eine Story über Leichen gehen. Ethisch-moralische Bedenken wurden meist zugunsten einer spektakulären Berichterstattung beiseitegeschoben. Das einzige, was er jedoch tun konnte, war, sie auf Abstand zu halten.

Es waren nur noch wenige Minuten bis zum geplanten Austausch. Jeder Beamte hier vor Ort war aufs höchste konzentriert, jeder von ihnen instruiert, auf keinen Fall ohne weiteren Befehl einzugreifen, um das Leben der Geiseln nicht zu gefährden. Das Erschreckende war jedoch, dass sie keinen Plan hatten, wie es nach dem Austausch weitergehen sollte. Mithilfe des Senders war es ihnen zwar möglich, den Aufenthalt der Geiselnehmer und Geiseln zu lokalisieren, aber die Verfolgung würde sich als äußerst schwierig gestalten. Eine Entdeckung seitens der Entführer könnte fatale Folgen haben. Reiser stöhnte. Simon hatte auf seinen Vorschlag, direkt während des Austausches den finalen Todesschuss anzuwenden, recht aggressiv reagiert. „Schießt der Schütze daneben“, hatte er gesagt, „ist mein Sohn tot. Kannst du das verantworten, Reiser?“ Es wäre ihm bedeutend lieber, wenn Simon aufgrund Befangenheit das Kommando in seine Hand abgeben würde. Doch das würde nie passieren. Er konnte es ihm auch nicht verdenken. Er hoffte, dass die emotionale Bindung zum Opfer und auch zum Täter Simon nicht in seinen Entscheidungen beeinflussen würde.

Reiser hatte zwischenzeitlich Informationen über Lorenzo Greco erhalten. Allerdings wurde seitens der Behörden nur das bestätigt, was Simon ihm bereits mitgeteilt hatte. Lorenzo Greco war vor über fünf Jahren für tot erklärt worden, nachdem er als verdeckter Ermittler zusammen mit den Drogenbossen in Prag bei einer Explosion ums Leben gekommen war. Damit wurde seine Akte geschlossen. Was er in den letzten Jahren getan, wo er sich aufgehalten hatte, wie er mit vollständigem Namen hieß, all das war ihnen nicht bekannt.

Das einzige, was sie wussten, war, dass er sich Mario nannte, als er Viktoria Stein kennenlernte. War das vielleicht sein richtiger Name und Lorenzo Greco ein Pseudonym? Wer zum Teufel war dieser Mann? Das konnte doch alles kein Zufall sein. Wo war die Verbindung zwischen Simon und Viktoria Stein in Bezug auf den Täter? Sie kannten sich nicht, aber sie hatten eines gemeinsam. Sie wuchsen beide in diesem gottverdammten Städtchen auf. Genau wie er auch. Doch das hieß nicht, dass man sich unbedingt über den Weg gelaufen war.

Simon und er hatten sich erst kennengelernt, als er, Reiser, zum KK1 gestoßen war. Es hieß nicht, dass jeder jeden kannte in diesem Kaff und dafür konnte es viele Gründe geben. Der Altersunterschied war ein Grund oder auch das familiäre Umfeld. Er hatte Simon verschwiegen, dass er Hubert Stein aus seiner Jugendzeit her gekannt hatte. Dieses Kapitel in seinem Leben ging niemanden etwas an. Hubert hatte ihn nicht erkannt und das war gut so, denn der Stein war schon damals ein Mistkerl gewesen und hatte sich kaum für seine Mitmenschen interessiert. Jedoch hatte Reiser weder Viktoria Stein noch diesen Mario gekannt. Lorenzo und Simon hatten sich auf der Polizeischule kennengelernt, das wusste er. Die Jahre davor hatte er sich Mario genannt, denn die Verbindung zu Viktoria hatte vor der Polizeischule gelegen. Was war passiert, dass aus dem Mann Lorenzo wurde? Kam er auch aus diesem Ort? Oder war es nur ein Zufall? Vielleicht gab es eine Akte im Archiv über eine eventuelle Straftat, die etwa zwanzig Jahre zurücklag und in der jemand namens Mario involviert war. Versuchen konnte man es ja.

Er rief im Dezernat an und bat um die nötige Recherche.

„Ruft mich zurück, sobald ihr irgendetwas wisst. Und ..." Er legte eine kleine Pause ein und sprach dann weiter: „Macht es dringend!"

Es war schon sehr heiß, ungewöhnlich schwül für diesen frühen Morgen. Reiser seufzte und machte sich langsam zurück auf den Weg zum Einsatzlager. Der Austausch stand unmittelbar bevor. Sie warteten einzig und allein auf das Geld. Er beobachtete Simon und Viktoria Stein, die gemeinsam am Waldrand standen und nervös darauf warteten, dass es losging. Er fragte sich, was jetzt wohl in Viktoria vor sich gehen würde. Was fühlte sie? Empfand sie Erleichterung, dass ihre Tochter bald frei sein würde oder einfach nur panische Angst, sich diesen Verbrechern auszuliefern? Ihr schönes Gesicht zeigte keinerlei Gefühle, sie wirkte gefasst, fast apathisch.

„Reiser!" Simon hatte ihn entdeckt und rief ihm zu: „Es geht los. Sie haben mir gerade über Funk mitgeteilt, dass der Koffer mit dem Geld da ist. Sie füllen das Geld nun um in zwei Plastiktüten, so wie es der Mistkerl wünscht."

Simon nahm sein Mobiltelefon und wählte wie befohlen Julians Nummer. Lorenzo meldete sich sofort.

„Es kann losgehen, Mr. Greco, das Geld ist da." Reiser sah die Anspannung in Simons Augen. „Frau Stein ist jetzt auch bereit." Mit dem Telefon an seinem Ohr nahm er Viktorias Hand, drückte sie leicht und flüsterte ihr leise etwas zu, das Reiser kaum hören konnte, sondern eher an seinen Lippen ablesen konnte. „Viel Glück", sagte er und Viktoria lächelte leicht und nickte.

Sie nahm die zwei Plastiktüten und ging mit langsamen Schritten über den Parkplatz in Richtung Fitness-Studio. Er und Simon blickten ihr nach. Sie hielt sich kerzengerade, ihr Gang erinnerte an ein Model auf dem Laufsteg. Nur die Plastiktüten, links und rechts, störten das harmonische Bild. Schritt für Schritt näherte sie sich der Mitte der Straße. Ihre blonden Haare leuchteten wie Gold im Sonnenlicht. Instinktiv hielt Reiser die Luft an, als sich Rainer Hoffstedts grüner Kombi ganz langsam in Bewegung setzte und auf Viktoria Stein zufuhr. Er bemerkte, wie Viktoria kurz innehielt und für den Bruchteil einer Sekunde zögerte, weiterzugehen. Gespannt beobachteten er und Simon, wie sich das Auto und die blonde große Frau fast wie in Zeitlupe Meter für Meter näherkamen.

„Das ist Rainer Hoffstedt“, flüsterte Simon ihm zu, obwohl es gar keinen Grund gab, leise zu sprechen. „Der Kerl am Steuer.“

„Ja, und Annabell sitzt neben ihm.“ Der Blick in den Fond des Autos war ihnen verwehrt, doch sie wussten beide, dass Julian dort mit einer Pistole am Hals bedroht wurde und in großer Gefahr schwebte. Als der Kombi vor Viktoria abbremste und mit laufendem Motor vor ihr stehenblieb, ging sie um das Auto herum und verharrte für einen kleinen Moment an der Beifahrertür. Sie sahen, wie Annabell im Inneren des Autos ganz leicht ihre Hand hob und gegen die Scheibe drückte. Sie versuchte zu lächeln, doch es gelang ihr nicht. Viktoria nahm beide Plastiktüten in die linke Hand und legte ihre rechte genau an die Stelle, an der sich Annabells Hand befand. Dann ging sie zur hinteren Tür, öffnete sie und stieg ein. Genau in diesem Moment stieg Annabell aus und rannte, als ob der Teufel hinter ihr wäre, um ihr Leben.

Hubert stand verwundert und irritiert im Wohnzimmer. Meist verließ er das Bett erst gegen Mittag, doch heute nach nur vier Stunden Schlaf konnte er nicht mehr einschlafen. Eine unerklärliche Unruhe hatte ihn erfasst und aus dem Bett getrieben. Im Haus war alles ruhig. Das allein war nichts Ungewöhnliches, denn seine „Damen“ verließen es oft vor ihm. Was ihn jedoch verwunderte, war die Tatsache, dass weder sein Kaffee noch die Tageszeitung für ihn bereitstand. War Viktoria krank? Er stieg wieder die Treppe zum Obergeschoss hinauf und öffnete leise die Tür zum Gästezimmer. Das Bett war leer. Er stutzte, es war ungemacht, die Wäsche zerwühlt. Viktoria verließ niemals ihr Heim, ohne nicht vorher das Gästezimmer wieder in seinen ursprünglichen Zustand zu verwandeln. Die Gefahr eines unerwarteten Besuches war immer gegeben und auch vor Annabell wollte sie die Tatsache verheimlichen, dass sie nur noch selten im ehelichen Bett nächtigte. Beunruhigt zog er die Tür zu und stand nachdenklich im Flur. Viktoria musste das Haus überstürzt verlassen haben, das war ihm bewusst, aber warum?

Langsam stieg er die kleine Wendeltreppe empor, die zu Annabells Zimmer direkt unter dem Dach führte. Er ging selten hier hinauf, nicht unbedingt aus dem Grund, weil er Annabells Privatsphäre respektierte, sondern weil es ihn nicht sonderlich interessierte, was sie in ihrem Zimmer machte. Annabell bereitete ihm keine Probleme. Sie war, soviel er wusste, eine gute Schülerin gewesen. Nach dem Abitur hatte er sie, auf eigenen Wunsch, für ein Jahr in die USA geschickt. Jetzt ein halbes Jahr nach ihrer Rückkehr musste er sich eingestehen, dass er keine Ahnung hatte, was seine Tochter für berufliche Pläne hatte. In dem einzigen Gespräch, das sie in letzter Zeit geführt hatten, war es einzig und allein darum gegangen, dass sie sich nebenbei etwas Geld verdienen sollte, da er nicht bereit war, ihr Nichtstun zu finanzieren. Zaghaft klopfte er an ihre Tür.

Keine Antwort.

Ein weiteres Mal klopfte er ein wenig lauter und rief gleichzeitig:

„Annabell? Bist du wach?" Wieder keine Antwort.

Er drückte die Türklinke und öffnete vorsichtig die Tür. Annabell bewohnte eines der hübschesten Zimmer des Hauses, direkt unter dem Dach gelegen mit der Dachschräge bis hin zum First. Dunkle Balken zierten die schrägen Wände, eine riesige Fensterfront erlaubte den Blick auf einen geräumigen Balkon, von wo aus man direkt in den Wald blickte. Doch der Anblick des Zimmers überwältigte ihn aus einem ganz anderen Grund. Kleidungsstücke, Schuhe, Bücher, Zeitschriften, er erkannte auch diverse Abfälle, lagen verstreut auf dem Parkettfußboden, den man als solchen allerdings nicht mehr erkennen konnte. Er bahnte sich einen Weg durch das Chaos und erreichte das große Doppelbett, auf dem sich das Durcheinander nahtlos fortsetzte.

Meine Tochter ist ein Messie, dachte er und fühlte unbändige Wut in sich aufsteigen. *Wieso sorgt Viktoria hier nicht für Ordnung? Das ist doch schließlich ihre Aufgabe.*

Annabell war nicht da. Er verließ das Zimmer, knallte wütend die Tür hinter sich zu und stieg die Treppen hinab zurück in die Küche, um sich den Kaffee zu kochen, den er jetzt dringendst benötigte. Snowball, Viktorias weiße Perserkatze, strich schnurrend um seine Beine.

„Na, Snowball, hast du auch Hunger?" Was war geschehen, dass Viktoria noch nicht einmal ihre geliebte Katze gefüttert hatte? Sein Blick fiel auf den Fernseher, als er das Wohnzimmer mit der Tasse in der Hand betrat. Müde setzte er sich auf das Sofa, gähnte und lehnte sich bequem zurück. Schlecht gelaunt nahm er die Fernbedienung und zappte unlustig zwischen den Programmen hin und her, bis er schließlich beim Lokalsender innehielt. Ungläubig starrte er auf den Bildschirm und verfolgte mit wachsendem Erstaunen die Reportage im Fernsehen. Ruckartig sprang Hubert auf und fluchte leise, als er sich das heiße Getränk über die Hand goss.

Mein Gott, das ist Viktoria, dachte er, als die Kamera auf einen grünen Kombi zoomte und auf dem Rücksitz eine blonde Frau mit erstarrtem Blick schemenhaft zu erkennen war. Er wusste sofort, dass es seine Frau war und er sah auch, dass jemand ihr eine Pistole direkt an den Hals hielt. Die ganze Szene dauerte nur wenige Sekunden, dann war das Auto verschwunden. Die Kamera schwenkte auf einen Reporter mit einem Mikrofon in der Hand. Im Hintergrund erkannte er das Heiligenburger Fitness-Studio. Was hatte das alles zu bedeuten?

Gespannt lauschte Hubert den dramatischen Worten des Reporters. Aufbauschend und sensationsträchtig erzählte er von dem Unheil, das sich über die Stadt gelegt hatte. Er sprach von den Morden an zwei jungen Männern in den vergangenen Tagen, berichtete von einem verheerenden Brand, dem, vermutlich verursacht durch das wütende Gewitter, viele alte Bäume zum Opfer gefallen waren.

Fotos von Christoph Stein und dem anderen jungen Mann flimmerten über den Bildschirm. Sie blendeten Bilder von den verkohlten Überresten der Bäume im Gierather Wald ein, aber seine Freude über das gelungene Inferno blieb aus, als der Reporter mit pathetischer Stimme weitersprach:

„Nur unweit dieser Unglücksorte ereignete sich heute Nacht ein weiterer tragischer Vorfall. Es handelt sich aller Wahrscheinlichkeit nach um eine Geiselnahme. Leider haben wir noch keine näheren Informationen, denn die Polizei hält sich, wie es immer so schön heißt, aus ermittlungstechnischen Gründen noch vollkommen bedeckt.“ Die Kamera schwenkte nun langsam über das abgesperrte Gelände, doch außer Polizeiund Rettungswagen in der Ferne war nichts zu erkennen.

„Sobald wir weitere Informationen haben, werden wir Sie davon in Kenntnis setzen. Und nun zurück ins Studio.“

Hubert ließ sich verwirrt zurück auf die Couch fallen. Seine Beine zitterten vor Aufregung.

Was soll der ganze Scheiß?, dachte er.

Warum hatte die Polizei ihn nicht informiert? Mit Grauen dachte er daran, dass die Entführer bestimmt eine Lösegeldforderung für seine Frau verlangen würden. Da könnten sie lange warten. Er würde niemals zahlen. *Wie blöd kann man nur sein, sich entführen zu lassen? Und das noch vor der ganzen Welt. Viktoria schafft es immer wieder, mich zu blamieren.* Vielleicht war das jetzt seine große Chance, sie endlich loszuwerden, überlegte er, denn eine Scheidung käme ihn ziemlich teuer. Das wusste er aus seiner Zeit als praktizierender Anwalt genau, obwohl schon viele Jahre vergangen waren.

Das Schicksal meinte es gut mit ihm. Auch wenn er diesem manchmal etwas auf die Sprünge helfen musste, so war er mit dem Ergebnis bis jetzt sehr zufrieden. Christoph würde nicht mehr stören, das Gewitter kam auf Bestellung und Viktoria würde ihn mit ein wenig Glück bald nicht mehr nerven. Vielleicht war es sogar möglich, mit den Kidnappern in Kontakt zu treten.

Pfeifend und gut gelaunt verließ er das Wohnzimmer.

„Das könnte ein guter Tag werden", murmelte er leise vor sich hin.

Okay, lass uns hier verschwinden." Mario schmiss die zwei Geldtüten auf den Vordersitz und wandte sich Viktoria zu. „Vicky, schön, dass du da bist. Gut schaust du aus." Als er den Arm um sie legte, versteifte sich ihr Körper instinktiv und ihr Magen drohte vor Abscheu zu rebellieren. Der säuerliche Geruch von Schweiß stieg ihr in die Nase. Jeglicher Gedanke wich aus ihrem Kopf, ihre Augen flimmerten.

Nur nicht ohnmächtig werden, dachte sie verzweifelt.

Rainer Hoffstedt lenkte das Auto langsam um das Gebäude herum, um auf die Hauptstraße zu gelangen. Als Mario die Kameras hinter der Absperrung erblickte, öffnete er das Fenster, an dem Viktoria saß, riss brutal ihren Kopf nach hinten und hielt ihr provozierend die Pistole an den Hals. Voller Panik schloss Viktoria ihre Augen. Sie betete. *Lieber Gott, bitte, bitte, lass mich nicht sterben.*

„Macht den Scheiß-Weg frei, sonst knalle ich sie ab!", schrie er den zwei Polizisten zu, die dafür Sorge tragen mussten, die Presse auf Abstand zu halten. Viktoria wimmerte leise. Sie wusste nicht, ob die Polizisten ihn gehört hatten, aber aus den Augenwinkeln heraus erkannte sie mit Erleichterung, dass das Gitter geöffnet wurde. Im gleichen Moment gab Rainer Hoffstedt Gas und sie wurden ruckartig in ihre Sitze gedrückt. Mit quietschenden Reifen schoss das Auto vorbei an Journalisten, Fotografen und Kameras, die die Story ihres Lebens witterten.

Rainer drehte sich zu ihnen um und grinste.

„Behalte deine Glubschaugen auf der Straße, du Idiot, oder willst du uns alle umbringen!", schnauzte Mario ihn an.

„Wo soll ich denn jetzt hinfahren?", motzte Rainer zurück.

„Fahre erst einmal Richtung Flughafen, ich sage dir gleich, was wir machen werden." Er drehte den Kopf und blickte konzentriert aus dem Rückfenster. Die Knarre hielt er weiterhin an ihren Hals. Sie spürte das kalte Eisen an ihrer Haut und traute sich kaum zu atmen. Sie erreichten die Hauptstraße, die durch den gesamten Ort führte. Rainer Hoffstedt drückte aufs Gas, rücksichtslos und ohne zu bremsen, fuhr er auf die Kreuzungen zu.

Die Fußgänger, die zu dieser frühen Stunde unterwegs und im Begriff waren, die Straße zu überqueren, konnten sich in letzter Sekunde auf den Bürgersteig retten. Entsetzt schüttelten sie den Kopf und blickten verwirrt dem davonrasenden Auto hinterher.

Sie fuhren Richtung Osten, einer tief stehenden strahlenden Sonne entgegen.

Nachdem Mario sich nochmals davon überzeugt hatte, dass sie nicht verfolgt wurden, nahm er die Pistole von ihrem Hals, sicherte sie und legte sie auf seinen Schoß, jederzeit griffbereit.

Gerade wollte sich ein Gefühl wie Erleichterung bei Viktoria einstellen, als sie plötzlich einen breiten Lieferwagen wahrnahm, der mit hoher Geschwindigkeit aus einer Seitenstraße auf die Hauptstraße abbog. Sie rasten direkt auf ihn zu. Viktoria schrie auf. Rainer, der den Wagen zu spät bemerkt hatte, trat mit aller Kraft auf die Bremse. Das Auto schlingerte unkontrolliert hin und her. Sie merkten, wie der Wagen rutschte, bevor er quer und nur wenige Millimeter von dem Lieferwagen entfernt zum Stehen kam. Julian krallte sich am Sitz fest, sein Gesicht war aschfahl. Viktoria zitterte am ganzen Leib. Sie schluchzte laut, heiße Tränen liefen ihr über das hübsche Gesicht.

Nur Mario war fuchsteufelswild.

„Du verdammter Mistkerl!“, schrie er. „Du absoluter Riesentrottel, fahre endlich weiter oder willst du hier Wurzeln schlagen!“

Rainer reagierte sofort. Wieder gab er Gas, umfuhr den Lieferwagen auf der linken Straßenseite und setzte seinen Weg fort, als ob nichts geschehen wäre.

„Regt euch doch nicht so auf. Mein Gott, was seid ihr denn für Memmen.“

„Wenn du nicht aufpasst, Rainer, blas ich dir dein Hirn weg! Wegen dir Vollidiot lande ich nicht im Knast! Fahr jetzt!“

Sie erreichten den Königsforst, bogen auf die langgezogene Straße ab, die mitten durch das große Waldgebiet und direkt zum Flughafen führte. Niemand sprach ein Wort. Mario saß aufrecht und schaute intensiv aus dem rechten Fenster, so als ob er nach etwas Ausschau halten würde.

„Halt!", rief er plötzlich. „Fahre hier rechts ran." Sie befanden sich im Niemandsland, umringt von hohen Tannen und Fichten. Rainer hielt an einem kleinen Rastplatz, der mit Holztischen und -bänken die Ausflügler zum Verweilen animierte. Ein kleiner Fußweg führte direkt in den Königsforst. Um diese Uhrzeit war niemand zu sehen. Einsam und verlassen lag der Platz vor ihnen.

Sofort hielt Rainer den Wagen an. Mario nahm die Pistole, entsicherte sie und hielt sie Julian direkt vor sein Gesicht. Julian zuckte zusammen. Seine Augen, weit aufgerissen, blickten angstvoll, er hielt die Luft an.

Lange Sekunden vergingen, Sekunden, in denen Julian um sein Leben bangte.

„Steig aus!" Mario lächelte und Rainer drehte sich verblüfft zu ihnen um. Julian zögerte. Neben der Angst konnte man Unsicherheit in seinem Gesicht ablesen. Er wusste nicht, was er tun sollte. Würde Mario ihn erschießen, sobald er das Fahrzeug verlassen hatte? Er blickte direkt in die Mündung der Pistole. „Worauf wartest du noch? Steig endlich aus." Fast freundlich sprach er die Worte aus, doch dies schien Julian noch mehr zu ängstigen. „Du kannst gehen. Sage deinem Vater, ich hätte gerne ein kühles Bier mit ihm getrunken. Wir waren einmal Freunde, aber das ist lange her. Geh jetzt, bevor ich es mir anders überlege."

Vorsichtig öffnete Julian die Tür und stieg mit zitternden Beinen langsam aus dem Auto. Drei Augenpaare beobachteten ihn, als er mit Schwung die Tür zuschlug und sich mit marionettenhaften Bewegungen rückwärts vom Fahrzeug entfernte.

„Gib Gas, Rainer. Fahr jetzt zum Hotel. Beeil dich."

„Was sollte das, Mario? Warum hast du den Jungen laufen lassen?"

„Wir brauchen ihn nicht mehr, also, gib schon Gas. Sie werden bald da sein."

Viktoria drehte sich um und beobachtete wehmütig, wie Julian immer kleiner und kleiner wurde. Dann war er verschwunden. *Jetzt bin ich allein,* dachte sie hoffnungslos. *Die einzige Geisel. Sie werden mich niemals gehen lassen.*

Sie konnte nur hoffen, dass die Polizei die Verfolgung aufgenommen hatte. Sonst hätte sie keine Chance, das war ihr bewusst.

„Zieh dich aus!“ Verschreckt zuckte Viktoria zusammen. Rainer blickte interessiert nach hinten und grinste breit.

„Du drehst dich nicht um, Rainer. Ist das klar?“ Er hielt ihm die Pistole an den Hinterkopf. „Schön die Äugelein nach vorne, sonst ist dein Gehirn Brei.“ Mario bewegte die Pistole ganz langsam in Viktorias Richtung.

„Zieh dich aus!“, wiederholte er seinen Befehl. „Jeans und T-Shirt, mach schon!“

„Nein!“ Viktoria schüttelte ihren Kopf so stark, dass ihr die blonden Haare ins Gesicht fielen.

„Nein?“ Mario schien amüsiert. „Wenn du es nicht tust, werde ich es tun.“

Sie schaute auf und blickte in eisblaue Augen und wusste, sie war verloren.

Sie fahren Richtung Flughafen." Ungläubig schüttelte Reiser den Kopf. Er rieb sich seine müden Augen. Was er jetzt brauchte, war ein starker Kaffee. Dringend. „Die sind doch wohl nicht so blöd und denken, wir würden die einfach so abfliegen lassen."

Simon saß neben ihm auf dem Beifahrersitz. Grübelnd starrte er auf den Bildschirm vor ihnen und beobachtete den sich langsam bewegenden Kreis auf der Straßenkarte.

Sie hatten den Geiselnehmern die versprochene halbe Stunde Vorsprung gelassen, um die Geiseln nicht zu gefährden, unterdessen jedoch schon verschiedene Fahndungswagen aus unterschiedlichen Positionen losgeschickt, als die Fahrtrichtung des grünen Kombis zu erkennen war. Skandalös war die Tatsache gewesen, dass es mehrere Polizisten gebraucht hatte, um die Presse, die vor Ort war, von einer Verfolgung der Geiselnehmer abzuhalten. Rufe von

„Freiheitsberaubung", „Pressefreiheit" und „das wird Konsequenzen haben" waren laut geworden, als die Beamten die Journalisten am Weiterfahren gehindert hatten. Zwischen einem Fotografen und einem Beamten war es sogar zu Handgreiflichkeiten gekommen, sodass der Fotograf an Ort und Stelle verhaftet worden war. Ein zweites Gladbeck musste mit aller Macht verhindert werden, da waren sich alle einig gewesen und Reiser hatte eine komplette Nachrichtensperre verhängt.

Innerlich kochte er noch immer vor Wut, wenn er daran dachte, dass das abfahrende Auto der Geiselnehmer gefilmt und fotografiert worden und jetzt ganz Deutschland im „Bilde" war. Solche Aktionen behinderten die Polizeiarbeit und gefährdeten die Geisel. Wenn das hier überstanden war, schwor sich Reiser, würde er die undichte Stelle schon finden, und wenn es das letzte war, was er tat. Da verstand er keinen Spaß. Wieder blickte er Simon an, der seit der Abfahrt kein einziges Wort gesprochen hatte. *Was geht in ihm vor?*, fragte er sich. Die Angst um Julian, die Ungewissheit und die Erschöpfung spiegelten sich in seinem Gesicht, seine Augen klebten förmlich auf dem Bildschirm.

„Sie halten an!“ Simon schrie so plötzlich auf, dass Reiser vor Schreck das Lenkrad verzog und der Wagen leicht ins Schlingern geriet. „Warum halten sie an?“ Nervös kaute Simon auf seiner Unterlippe und fuhr sich mit beiden Händen durch sein volles dunkles Haar. „Fahr schneller, Reiser. Das gefällt mir nicht.“

„Das muss nichts bedeuten, Simon. Wahrscheinlich muss einer pinkeln. Siehst du, sie fahren schon wieder weiter.“ Doch Simon war kreidebleich.

„Habe ich einen Fehler gemacht, Reiser? Was ist, wenn er sie nicht wie versprochen freilässt und sie einfach erschießt?“ Zerknirscht blickte Simon zu ihm hinüber.

„Das wird er nicht. Warum sollte er? Es gibt keine Veranlassung dazu. Er hat das Geld, hat freie Fahrt. Er wird sich nicht mit einem Mord belasten.“

„Das hat er doch wahrscheinlich schon. Hast du die zwei Jungs vergessen? Aber ich hoffe, du hast recht. Wenn Julian etwas passiert, ich wüsste nicht, wie ich weitermachen könnte. Jetzt, wo ich ihn gerade wiedergefunden habe.“

„Sie sind soeben in die Straße zum Flughafen eingebogen.“ Sobald das Auto der Geiselnehmer abbog, drückte Reiser auf das Gaspedal, dadurch wurde der Vorsprung immer ein wenig kleiner.

Die gerade Strecke, die kilometerlang durch den Königsforst führte, verführte viele der Pendler zum Rasen, manch einer hatte hier schon den ein oder anderen Strafzettel ergattert. So war es ihnen, trotz des einsetzenden Berufsverkehrs möglich, auch ohne Martinshorn schnell vorwärts zu kommen. Geschickt und zügig überholte Reiser jedoch diejenigen, die seiner Meinung nach beim Autofahren drohten einzuschlafen. Reiser setzte gerade ein weiteres Mal zum Überholen an, um an einem dahin kriechenden knallroten Kleinwagen vorbeizukommen, als Simon lautstark die Luft einzog.

Stürmisch zeigte er auf eine Person, die noch etwa 200 Meter entfernt in ihre Richtung am Straßenrand entlanglief. Für ihn war es unmöglich zu erkennen, um welche Person es sich handelte, doch Simon wusste es instinktiv. Er öffnete das Fenster und steckte seinen Kopf hinaus. Warme Luft strömte in das Auto. Der Wind zerzauste sein dunkles Haar.

„Reiser!", schrie er mit zittriger Stimme. Reiser erkannte grenzenlose Hoffnung in dieser Stimme. „Mein Gott, schau doch nur. Es ist Julian!"

Sie näherten sich dem blondhaarigen Jungen, der gehetzt und sich ängstlich nach allen Seiten umschauend, als fühle er sich verfolgt, an der Straßenseite auf sie zurannte. Gelegentlich rutschte er auf dem Gras aus, strauchelte, fiel aber nicht. Sie sahen die Erschöpfung in seinem erhitzten Gesicht, als sie wenige Meter vor ihm mit eingeschalteter Warnblinkanlage abbremsten. Sofort sah Reiser die Furcht in Julians Augen, sein Zögern, seinen Instinkt, sich umzudrehen, um den Verfolgern zu entkommen, denn er konnte ja nicht wissen, dass sein Vater gekommen und er bald in Sicherheit war.

Simon riss hektisch die Beifahrertür auf und stolperte aus dem Auto, bevor es überhaupt zum Stehen gekommen war. Innerhalb Sekunden veränderte sich Julians Mimik. In diesem Augenblick huschte ein zaghaftes Lächeln über sein Gesicht. Die schweißnassen Haare hingen verklebt in seiner Stirn, doch seine Augen glänzten vor Erleichterung.

„Dad." Zaghaft gingen Vater und Sohn aufeinander zu. Sie sahen einander an, berührten sich jedoch nicht.

„Gott sei Dank, Julian, ist dir nichts passiert."

„Ich konnte ihnen nicht helfen", erwiderte Julian niedergeschlagen und sie wussten, dass er damit Viktoria und Annabell Stein meinte.

„Simon, wir müssen weiter. Steig hinten ein, Junge. Wir sind froh, dass du da bist, aber wir wollen die Dreckschweine ja schließlich auch noch erwischen." Reiser hatte die ganze Zeit den Bildschirm im Auge behalten und bemerkt, dass das Auto der Geiselnehmer kurz vor dem Flughafen angehalten, sich aber nach wenigen Minuten zu seiner Erleichterung weiterbewegt hatte. *Sie haben den Peilsender noch nicht gefunden*, stellte Reiser beruhigt fest, *und womöglich irgendwo aus dem Fenster geworfen. Nein, die Reise geht weiter.*

„Julian, haben sie irgendwas gesagt, wo sie vielleicht hinwollten?"

„Nein, nichts." Julian versuchte sich zu konzentrieren, was ihm sichtlich schwerfiel. „Er, dieser Mario, sagte nur immerzu: Fahr Richtung Flughafen. Sonst nichts."

„Vielleicht wartet dort ein Flugzeug auf ihn, wundern würde mich das nicht." Über Funk gab Simon den Befehl, alle Privatflugzeuge auf dem Kölner Flughafen zu überprüfen. Doch er wusste, das würde einige Zeit in Anspruch nehmen, sie mussten an dem Auto dran bleiben. „Postieren Sie Scharfschützen, vielleicht gelingt uns ja der Zugriff, wenn sie das Fahrzeug verlassen." Und er fügte hinzu: „Irgendwann müssen sie es ja mal verlassen."

Simon drehte sich zu Julian um, der blass auf dem Rücksitz Platz genommen hatte. Er nahm seine Hand und drückte sie aufmunternd, doch Julian schien die Berührung unangenehm zu sein. Er zog seine Hand zurück und starrte aus dem Fenster. Dann sagte er mit leiser Stimme:

„Wenn ihr etwas passiert, bin ich schuld. Wären wir nicht auf die absurde Idee gekommen, Detektiv zu spielen, würde sie noch sicher zuhause sein und ihren Tag planen." Er strich sich durch sein klebriges verschwitztes Haar. Tränen schimmerten in seinen Augen. „Und jetzt ist sie diesem Schwein ausgeliefert, und ich bin schuld."

„Wir machen alle Fehler, weil wir Menschen sind, Julian. Niemand konnte ahnen, was sich daraus entwickeln würde." Doch er schien zu ahnen, dass er Julian mit seinen Worten nicht trösten konnte. Er wusste, dass Julian, solange Viktoria Stein in der Gewalt der Verbrecher war, sich quälen würde.

„Okay, Reiser, holen wir sie uns."

Der grüne Kombi bog langsam in die Straße ab. Die ehemalige Panzerstraße, die ihren Namen der Tatsache verdankte, dass die Wahner Heide als Truppenübungsplatz gedient hatte und dort regelmäßig militärische Übungen mit Panzern und anderen militärischen Fahrzeugen abgehalten worden waren, führte mitten durch eine Landschaft, auf der zuletzt zwei ehemalige belgische Kasernen stationiert waren, die allerdings bis zum Jahre 2015 völlig renaturiert sein würde. Das bedeutete, dass es auf diesem Gelände noch immer stillgelegte Gebäude gab, die gelegentlich von Polizei und SEK als Übungsgelände genutzt wurden. Auch Simon hatte hier seine Schießübungen absolviert und kannte sich gut aus.

Und ausgerechnet in diese Richtung fuhr der grüne Kombi. Reiser und Simon schauten sich irritiert an.

„Er fährt direkt in die Falle. Da kommt er doch niemals wieder raus." Sie waren nur noch wenige Minuten hinter dem Fahrzeug.

„Irgendetwas stimmt hier nicht."

„Hat jemand Sichtkontakt zum Fahrzeug?", fragte Simon per Funk.

„Negativ", meldeten sich seine Kollegen. „Sollen wir ihn einkreisen?"

„Ja, aber ich brauche Sichtkontakt. Drück aufs Gas, Reiser." Vorbei an Moor und Heide raste das Auto durch das Naturschutzgebiet.

Sie konnten auf dem Bildschirm verfolgen, dass das Fahrzeug vor ihnen ein weiteres Mal abbog. Im hohen Tempo schoss Reiser um die Ecke, doch das Fahrzeug vor ihnen blieb weiterhin unsichtbar.

„Wo zum Teufel ist der Hubschrauber, den ich angefordert habe?", schrie Simon in sein Funkgerät, noch im gleichen Moment hörten sie das laute Geräusch der Rotoren über ihnen.

„Hallo, hallo, Hummel!" Simons Stimme überschlug sich fast.

„Haben Sie Sichtkontakt? Bitte melden!" Die einzige Antwort war ein Knacken in der Leitung. Simon versuchte es ein zweites Mal:

„Verdammt noch mal, was seht ihr da oben? Hallo, könnt ihr mich hören?"

„Wir können Sie hören, Kommissar.“

„Was sehen Sie?“ Doch genau im selben Moment, als Simon die Frage aussprach, sahen sie es selbst.

„Verflucht“, murmelte Reiser. Er glaubte seinen Augen nicht. Das einzige Fahrzeug, das weit und breit zu sehen war, war ein Taxi, von einem grünen Kombi keine Spur. „Das darf doch nicht wahr sein!“ Reiser war fassungslos.

„Schnell, alle Mann zurück!“

Diesem Verbrecher war ein wahres Meisterstück gelungen, die Freilassung von Julian ein cleverer Schachzug, denn dadurch waren sie kurz abgelenkt und er hatte dieses kleine Zeitfenster genutzt, um sie in die Irre zu führen. Aber sie konnten nicht sehr weit sein, das war sicher, sie mussten sich noch ganz in der Nähe befinden.

„Wir haben sie.“ Die Stimme des Hubschrauberpiloten klang verzerrt. „Der grüne Kombi steht in einem Waldstück in der Nähe des Flughafenhotels. War ziemlich schwierig, es auszumachen. Fahrzeug wird nicht bewegt.“

„Lassen Sie sie nicht aus den Augen!“, brüllte Simon ins Funkgerät. „Wir sind unterwegs!“

Nachdenklich betrachtete Molly Hazelwood ihr Abbild in dem alten stilechten 50er-Jahre-Spiegel, der in der kleinen Diele ihres Hauses hing. Der asymmetrische längliche Wandspiegel mit einem schwarz eingefärbten Glasrahmen hatte es ihr angetan. Erinnerungen an ihre Kindheit verschwammen mit der Gegenwart: der morgendliche kurze Blick in diesen Spiegel, bevor sie aus der Haustür gestürmt war, um zur Schule zu rennen, ihre Mutter mit ihren verrückten Hüten, wie sie sich die Lippen mit einem knallroten Lippenstift nachgezeichnet hatte, ihr Bruder, der niemals einen Blick in diesen Spiegel geworfen hatte, und zuletzt ihr Vater, eitel wie ein Gockel, wie er inbrünstig seine Opernarien zum besten gegeben hatte. Sie schmunzelte bei dem Gedanken, dass sie als naive Siebenjährige der aufrechten Überzeugung gewesen war, ihr Vater wäre ein berühmter Opernsänger.

Sie war ihrem Neffen so dankbar, dass er diesen wunderbaren Spiegel aus der Vergangenheit nicht einfach auf dem Müll entsorgt hatte und ihr die Möglichkeit gab, sich zu erinnern. Gerührt wischte sie sich eine Träne von der Wange. In diesem Moment fragte sie sich zerstreut, wer denn bloß diese betagte Dame mit den zerzausten Haaren sei, die ihr so melancholisch entgegenblickte, um dann erschreckt festzustellen, dass es sich um ihr eigenes Antlitz handelte. Sie war nicht im Geringsten überrascht, als sie bemerkte, dass Eduard plötzlich hinter ihrem Spiegelbild auftauchte und sie mit einem vorwurfsvollen Blick bedachte.

„Ist ja schon gut, Eduard", sagte sie zu ihm. „Du hast ja recht. Meine Haare haben schon lange keine Schere mehr gesehen, es wird Zeit, ich gehe zum Friseur. Hoffentlich erkennst du mich hinterher noch wieder!" So schnappte sie sich ihre überdimensionale Handtasche und machte sich auf den Weg in die Stadt.

Du meine Güte, dachte sie verwirrt, als sie feststellen musste, dass das Angebot an Friseurgeschäften ihre Erwartungen bei Weitem übertreffen würde. *Wie soll man sich denn da entscheiden?* Ziemlich spontan wählte sie den erstbesten und betrat mit gemischten Gefühlen den Damensalon. Im ersten Moment glaubte sie, das Geschäft hätte noch geschlossen, denn außer einer jungen Frau war niemand anwesend. Gerade als sie den Salon wieder verlassen wollte, sprach die Frau sie an:

„Guten Morgen. Kann ich Ihnen helfen?", fragte sie freundlich und lächelte Molly verschmitzt an.

„Es tut mir leid", antwortete Molly mit einer gewissen Erleichterung in der Stimme. „Ich bin zu früh, nicht wahr?" Sie war sich keineswegs sicher, ob sie nicht doch schnell wieder das Weite suchen sollte. Doch dann fiel ihr Blick erneut auf ihr Spiegelbild und sie musste sich verschämt eingestehen, dass es allerhöchste Zeit war, etwas zu ändern.

„Sie sind genau richtig." Die junge Frau nahm ihren Arm und bat sie, Platz zu nehmen. „Ich heiße Tina", stellte sie sich vor, „würden Sie mir Ihren Namen auch verraten?"

Molly fasste Vertrauen zu dieser netten jungen Dame und merkte, wie die Anspannung langsam von ihr glitt. „Hazelwood, mein Name ist Hazelwood, mein Mann ist Engländer." Voller Erwartung blickte sie in Tinas hübsches Gesicht.

„Darf ich ehrlich zu Ihnen sein, Frau Hazelwood? Aber das mit Ihren Haaren hier", sie zeigte belustigt auf Mollys Dutt, „das ist ziemlich, ich will Ihnen nicht zu nahe treten, aber das ist ziemlich furchtbar."

Diese Worte, so unbefangen und salopp dahingesagt, fand Molly, waren eindeutig die lustigsten, die sie seit ihrer Ankunft in Heiligenburg gehört hatte. Befreit lachte sie auf.

„Da haben Sie vollkommen recht, meine Liebe, und mein Gatte Eduard war da ganz Ihrer Meinung." Tina lächelte.

„Dann wollen wir Ihren Gatten auf keinen Fall enttäuschen, was schwebte ihm denn so vor?"

Molly antwortete prompt, ohne überhaupt darüber nachzudenken:

„Stufig, fransig, ineinander übergehend. Können Sie damit etwas anfangen? Und vielleicht ein bisschen Farbe?"

„Wunderbar, lassen Sie mich nur machen. Wir werden Sie wieder in eine englische Rose verwandeln!", meinte Tina ein wenig übertrieben und machte sich sogleich voller Begeisterung an die Arbeit.

Es war Molly nicht entgangen, dass kein weiterer Kunde seit ihrer Ankunft den Salon betreten hatte und sie sprach die junge Frau darauf an.

„Ich kann es den Leuten nicht übel nehmen, wenn sie Angst haben, vor die Tür zu gehen", meinte Tina zaghaft und senkte ihre Stimme, als ob sie befürchtete, belauscht zu werden. „Nach allem, was geschehen ist. Die zwei Jungs, ermordet. Das Feuer im Wald und nun auch noch ein Mordanschlag auf diesen jungen Politiker. Wie heißt er noch gleich? Phillip Richter, genau. Ich habe es eben in den Nachrichten gehört. Es heißt, er sei schwer verletzt, aber wenigstens ist er am Leben." Sie beugte sich zu Molly herunter und flüsterte in ihr Ohr: „Und der Mörder, Frau Hazelwood, er läuft immer noch frei herum."

Es war kurz nach elf, als sie auf dem Kommissariat eintrafen. Niemand von ihnen hatte Zeit für eine Dusche, geschweige denn eine Runde Schlaf gehabt nach dieser ereignisreichen Nacht.

Reiser holte sich einen Milchkaffee am Automaten, bevor er sich auf den Weg in den Besprechungsraum im zweiten Stock machte. Simon war bereits eingetroffen und stand vor einer der zwei Wandtafeln, die sich an der rückwärtigen Seite des Raumes befanden. In der einen Hand hielt er seinen Becher Kaffee, mit der anderen klebte er kleine gelbe Zettel an eine der Tafeln. Die Tatortfotos hingen an der zweiten großen Wandtafel. Simon blickte auf, als Reiser eintrat.

Reiser nahm die Spuren der Erschöpfung in Simons Gesicht wahr und dachte bei sich, dass er wahrscheinlich ebenso mitgenommen aussah. Es war eine lange Nacht gewesen. Und es würde noch ein langer Tag werden, daran gab es keine Zweifel.

Stimmen im Flur kündigten die Beamten im Dienst an, die an der Besprechung teilnehmen würden. Maike und Tom de Camp in Begleitung der Staatsanwältin Rosa Schmidt betraten den Raum, auch sie ebenfalls mit einer Tasse Kaffee bestückt, in der Hoffnung, das ekelige Gebräu aus dem Kaffeeautomaten würde ihnen helfen, ihre Müdigkeit zu verscheuchen. Leises Gemurmel begleitete das kollektive Stühlerücken. Im Besprechungsraum war es stickig.

Reiser riss sofort das Fenster auf, doch feuchte, heiße Luft strömte wie eine Welle ins Zimmer.

„Mensch, mach's Fenster zu, Rio, bist du verrückt geworden!“, rief Stephan Seifert, einer der Beamten, den Reiser auf den Tod nicht ausstehen konnte, ihm zu. „Hast du schon mal was von Klimaanlagen gehört? Die funktionieren nämlich nicht, wenn das Fenster geöffnet ist.“

Seifert lümmelte sich wie üblich mit verschränkten Armen auf seinem Stuhl und warf Reiser einen vorwurfsvollen Blick zu. Reiser reagierte aggressiv.

„Ach ja, hast du vielleicht das Gefühl, dass hier irgendeine

Klimaanlage funktioniert? Klugscheißer!“ Wütend knallte er das Fenster wieder zu. „Aber wenn ihr hier alle ersticken wollt, ist mir auch recht.“ Reiser hob abwehrend beide Hände, zuckte mit den Schultern und setzte sich neben Maike auf seinen Stuhl.

„Jung, ess dat dann nüdich?“ Rosa Schmidt, die Staatsanwältin, schaltete sich ein. „Wir sind doch hier nicht im Zirkus. Kümmern Sie sich um die Klimaanlage, Seifert. Und Herr Kommissar Hachenberg“, wandte sie sich Simon zu, „wenn Sie so freundlich wären, endlich anzufangen.“

Rosa Schmidt war eine interessante Frau. Auf den ersten Blick sah man eine dünne, jedoch mit einer üppigen Oberweite ausgestattete, großgewachsene, sehr schick in Rock und Bluse angezogene Dame mittleren Alters. Der kurze Pagenschnitt umrahmte ein zartes Gesicht. Sprach jemand sie an, der sie nicht kannte, überlegte diese Person verblüfft, ob sie sich eventuell verhört hätte oder etwas mit seinen Ohren nicht in Ordnung wäre. Der Anlass war nicht nur die tiefe Tonlage ihrer Stimme, sondern der eigentliche Grund war die Tatsache, dass sie kölnischen Dialekt sprach. Richtiges Kölsch, nicht nur mit dem leichten Akzent, durch den jeder Rheinländer sofort entlarvt werden würde, nein, sie beherrschte die Kölner Mundart perfekt. Sie tat dies allerdings nur außerhalb des Gerichtssaales. Während einer Verhandlung sprach sie ausschließlich Hochdeutsch. Sobald sie den Saal verlassen hatte, schien sie automatisch einen Schalter umzulegen. Für die meisten ein absoluter Genuss, obwohl sehr viele zugereiste Kollegen so ihre Schwierigkeiten hatten, sie überhaupt zu verstehen. Ihr trockener Humor verfälschte oft den Eindruck, dass mit ihr eigentlich nicht zu spaßen war. Jedes Mal dachten die Leute: Toll, mit ihr kann man aber Pferde stehlen, wenn sie ihren Lieblingsspruch auf die Menschheit los ließ. Der da wäre, dass sie sich beim gegenseitigen Kennenlernen mit ihrem Namen Schmidt vorstellte, jedoch es nicht versäumte zu sagen: „Minge Name es Schmidt. Schmidt met DT, wie Damentoilette.“ Eine intelligente Erwiderung schien den meisten nicht einzufallen.

Reiser schätzte sie sehr. Ihr Verhältnis zueinander war seit vielen Jahren kollegial und herzlich, auch wenn sie die häufigste Zeit nicht einer Meinung waren.

„Haben Sie etwas, was ich der Presse sagen kann?", fragte sie in den Raum hinein. Niemand antwortete. Resigniert schüttelte sie den Kopf. „Jot, fange mer aan!"

Simon räusperte sich. Er hatte sich immer noch nicht daran gewöhnen können, vor so vielen Menschen zu sprechen.

„Was ist hier in unserer Stadt in den letzten Tagen passiert? Wir haben zwei ermordete junge Männer. Ebenso ein drittes Opfer, das weiterhin in der Klinik um sein Leben kämpft." Simon zeigte mit dem Stock auf die an der Wandtafel befestigten Fotos. „Unser erstes Opfer, Christoph Stein. 25 Jahre alt, unverheiratet. Getötet nachweislich durch eine Überdosis Anabolika. Dazu später mehr von unserer verehrten Kollegin Maike Gottburg." Seine Augen suchten Maike und fanden sie in der ersten Reihe. Er lächelte.

„Was haben die Fingerabdrücke ergeben?", unterbrach ihn Rosa Schmidt.

„Wir haben Fingerabdrücke von mehreren Personen gefunden", antwortete Tom de Camp von der Spurensicherung. Er unterdrückte ein Lächeln. „Bis jetzt konnten wir nur die von Sebastian Witt, seinem besten Freund, zuordnen. Entweder hat der Mörder Handschuhe getragen oder er ist ein unbescholtener Bürger."

Natürlich hat er Handschuhe getragen, dachte Reiser, *der Kerl ist wohl nicht so dumm, uns seine Visitenkarte dazulassen.* Aber er sagte dies nicht laut.

„Wir wissen mittlerweile", fuhr Simon fort, „dass die entführte Viktoria Stein die Geliebte von Christoph Stein war. Sie hat mir gegenüber zugegeben, dass sie am Tag seiner Ermordung im Haus war, aber nichts mit seinem Tod zu tun hätte. Die Faserspuren und die Lippenstiftreste, die wir an einer Zigarette sicherstellen konnten, werden wir ihr mit größter Wahrscheinlichkeit zuordnen können." Simon hielt inne. Dann fügte er mit einem leicht ironischen Unterton hinzu: „Doch leider ist sie, wie

Sie ja alle wissen, momentan nicht verfügbar. Angeblich suchte sie Steins Handy." Er nahm das vor ihm auf dem Tisch liegende Mobiltelefon in seine Hand. „Dieses hier. Sie wollte die kompromittierenden Fotos löschen, die das Opfer während eines Tète-à-Tètes von ihr gemacht hatte, doch das Handy war zwischenzeitlich schon per Post an uns unterwegs. Daher gehen wir davon aus, dass Viktoria Stein nicht als Mörderin infrage kommt."

Seifert meldete sich:

„Nach meiner Einschätzung könnte sie es trotz allem gewesen sein, vielleicht will sie uns genau das plausibel machen."

Reiser blickte missbilligend in seine Richtung. In seinen Augen war der „langhaarige Bombenleger", wie er ihn in seinen Gedanken nannte, eine völlige Niete.

„Ziemlich weit hergeholt, Kollege Seifert, oder?"

„Maat wigger, Kullech Hachenberch." Staatsanwältin Schmidt unterbrach den Streit.

„Wie dem auch sei." Simon drehte sich der linken Wandtafel zu und schrieb mit einem schwarzen Filzstift den Namen Viktoria Stein in die Liste der Verdächtigen. Daneben gab es zwei weitere Spalten: „Motive" und „Gelegenheit".

„Mögliche Motive könnten sein: 1. Verletzte Eitelkeit, sie wurde von dem Opfer verlassen, oder 2. Erpressung durch das Opfer. Ein Alibi hat sie von ihrem Mann bekommen, der behauptete, mit ihr zum Zeitpunkt des Mordes zusammengewesen zu sein. Das bringt uns zu dem nächsten Verdächtigen, Hubert Stein, ihrem Mann. Aber vorher, haben Sie irgendwelche Fragen?"

„Aber das passt doch alles nicht zu der Tatsache, dass hier ein Serienkiller unterwegs ist, oder sinn ich dat nit richtich?" Rosa Schmidt schien ungeduldig. Sie hielt ihre langen schlanken Beine über Kreuz und wippte nervös mit dem rechten Fuß.

„Dazu komme ich noch, Frau Staatsanwältin. Ich erstelle eine Liste mit allen möglichen Variationen, um eine Verbindung zu den einzelnen Verdächtigen und den verschiedenen Opfern herzustellen. Finden wir eine Übereinstimmung, können wir unsere Ermittlungen in diese Richtung intensivieren."

„Dat verstonn ich, Kommisär, su jet wie e »Ausschlussverfahre«.“ Sie lächelte ihn an.

Reiser schmunzelte. Auch ihr schien Simons Charme zu gefallen, obwohl böse Zungen im KK1 munkelten, Frau Staatsanwältin bevorzuge eher das eigene Geschlecht.

„Mehr haben wir leider nicht, Frau Schmidt. Um ganz ehrlich zu sein, tappen wir ziemlich im Dunkeln. Hauptverdächtiger ist ganz klar Lorenzo Greco, alias Mario. Aber lassen wir uns alles der Reihe nach ordnen, damit jeder von uns einen Überblick von dem jetzigen Stand der Ermittlungen bekommt.“

Simon schrieb den Namen Hubert Stein auf die Tafel.

„Unser nächster Verdächtiger, Ehemann von Viktoria. Ziemlich einflussreicher Mann hier in Heiligenburg. Der Steinhof gehört ihm und wir haben bei ihm direkt zwei Motive: Eifersucht und – was unsere Ermittlungen ergeben haben – er war scharf auf ein Haus, das unser erstes Opfer bewohnte. Sein Alibi ist noch nicht bestätigt, da wir mit seiner Frau noch nicht darüber sprechen konnten.“

„Wusste er denn, dass seine Frau ein Techtelmechtel mit dem jungen Mann hatte?“

Reiser entschied sich, die Frage zu beantworten. Einfach nur still dazusitzen und zuzuhören, war nicht unbedingt seine Stärke.

„Nein, das wissen wir nicht. Das ist ein Punkt, den es noch zu klären gibt. Er wird uns das jedoch mit Sicherheit nicht unter die Nase reiben. Ich kann mir jedoch kaum vorstellen, dass ein Mann seines Formats nicht weiß, was direkt unter seinem Riechkolben vor sich geht.“

„Jo, ävver dat deit nix bewiese. Was wir brauchen, sind handfeste Beweise. Was ist mit dem Grundstück? Das erscheint mir doch eher ein Motiv zu sein. Habgier war schon immer ein starkes Argument, nicht wahr?“

Tom meldete sich.

„Ja, Tom, bitte.“ Tom erhob sich gemächlich und blickte zuerst in die Runde der Anwesenden, dann heftete er seinen Blick auf Simon.

„Wir bearbeiten hier seit letzter Nacht einen Großeinsatz der Feuerwehr bei einem Waldbrand. Die Feuerwehr hat uns informiert, dass sie davon ausgehen, dass das Feuer nicht wie zuerst angenommen durch Blitzschlag, sondern vorsätzlich gelegt wurde, und uns gebeten, in Richtung Brandstiftung zu ermitteln. Die Spürhunde sind zurzeit vor Ort, um Restmengen brennbarer Flüssigkeiten aufzuspüren. Und raten Sie einmal, wo dieses Feuer gestern Abend wütete? Keine zweihundert Meter vom Fitness-Studio entfernt. Quasi auf der anderen Seite des Waldes und unmittelbar am Haus des ersten Mordopfers gelegen. Und direkt am zweiten Tatort."

„Wenn das mal kein Zufall ist." Reiser kratzte sich mit seinem Kugelschreiber den Kopf.

„Deshalb der Brandgeruch." Simon nahm den Stock und zeigte auf Hubert Steins Namen an der Tafel. „Dieser Mann hat ein enormes Interesse daran, diesen Wald zu vernichten. Er verließ gestern frühzeitig und einige Zeit vor dem Gewitter die Bürgerversammlung. Sonst fällt mir eigentlich auch niemand ein, der den Wunsch haben könnte, einen Wald abzufackeln. Höchstens der Mörder, um Spuren zu beseitigen. Vielleicht auch noch Phillip Richter. Doch ich bin Zeuge, dass der den ganzen Abend auf der Versammlung war, und danach ..." Er brach ab und zeigte auf das Foto des dritten Tatortes. „Also Alibi des Herrn Stein überprüfen, obwohl ich mir ziemlich sicher bin, dass er für so etwas seine Leute hat und er sich wahrscheinlich nicht selber die Hände dreckig macht."

„Hat die Geschichte mit den Bäumen irgendetwas mit unseren Mordfällen zu tun?", fragte Frau Schmidt ungeduldig.

„Falls Hubert Stein unser Mörder ist, kann das durchaus der Fall sein. Wer von euch bearbeitet den Fall?" Seifert zeigte kurz auf.

„Seifert, gibt es irgendwelche Zeugen? Irgendjemand, der etwas gesehen hat?"

„Die Kollegen sind noch vor Ort. Sie klappern die umliegenden Häuser ab. Bis jetzt haben wir noch nichts. Es war ja auch schon fast mitten in der Nacht und die Leute waren entweder schon im Bett oder damit beschäftigt, ihre Siebensachen vor dem Sturm in Sicherheit zu bringen. Wenn es keine Zeugen gibt, wird es schwer werden, ihm irgendetwas nachzuweisen."

Eine Sackgasse nach der anderen, dachte Reiser.

„Rainer Hoffstedt ..." Simon drehte sich wieder der Tafel zu und ergänzte die Liste mit dessen Namen. „Er dealt mit Anabolika und anderen Drogen, aber ist er auch unser Mörder? Bei ihm sehen wir wenigstens den Zusammenhang zum zweiten Mord. Befassen wir uns also erst einmal mit dem zweiten Opfer. Enzo Rossi, 23 Jahre alt, seinen Eltern gehört das Bistrorestaurant »Leonardo« im Ort."

„Ein kleiner Fisch, der das Anabolika unter die Leute gebracht hat." Reiser stand auf und löste Simon ab. „Wir haben mehrere Kunden aus dem Fitness-Studio hier und aus der unmittelbaren Gegend befragt. Es waren einige dabei, denen er das Zeug angeboten hatte. Niemand will es jedoch gekauft haben. Kein Motiv erkennbar, warum er sterben musste. Außer, er hat jemandem gewaltig auf die Füße getreten. Eventuell Erpressung, den einzig Tatverdächtigen, den wir in diesem Fall haben, ist Sebastian Witt. Er behauptet, dass der seinen Kumpel Christoph auf dem Gewissen hätte. Aber wir denken, dass das ziemlich weit hergeholt ist. Kein Alibi für Sonntag, für Samstag behauptet er, zur fragwürdigen Zeit im Fitness-Studio gewesen zu sein. Dort wurde er auch gesehen. Anschließend hatte er einen Termin in Köln. Maike", er streckte seinen Arm aus, „kannst du uns die Ergebnisse der Obduktionen erläutern."

Maike erhob sich und stellte sich an die Wandtafeln. Im Zimmer war es inzwischen unerträglich heiß geworden. Auch Maike in ihrem luftigen Sommerkleid schwitzte. Ihre Haare klebten an ihrer Stirn, das runde Gesicht war rot erhitzt.

„Kann hier vielleicht irgendjemand ein paar Ventilatoren auftreiben? Ich jonn he noch kapott!" Rosa Schmidt scheuchte ein paar der Kollegen aus den hinteren Reihen auf, die ihrer Meinung nach drohten einzuschlafen. „Exküse, Frau Gottburg.

Ich wollte Sie nicht unterbrechen. Aber die Hitze kann ja kein Mensch mehr aushalten." Sie goss sich ein großes Glas Wasser ein und trank es in einem Zug aus. „Ich bin dafür, dass wir alle eine kleine Pause einlegen. Sid er all domet enverstande?" Rosa Schmidt blickte fragend in die Runde.

„Eine gute Idee, Frau Staatsanwältin", erwiderte Maike erleichtert. Auch die restlichen Anwesenden seufzten erlöst auf.

Mit frisch frisierten Haaren machte Molly sich ein zweites Mal auf den Weg in die Frankenforster Straße. Unzählige Gedanken schwirrten ihr im Kopf herum, sie musste die vielen Neuigkeiten, die sie soeben von Tina, der Friseurin, erfahren hatte, erst einmal ordnen. Ein Mordversuch an Phillip Richter, dem Stadtabgeordneten, den sie gestern auf der Bürgerversammlung noch gesehen, gehört und – wie sie sich jetzt beschämt eingestehen musste – auch ausgebuht hatte. Sie hoffte allerdings, dass der Täter nicht im Kreis der Bürgerinitiative zu finden sei. Sie konnte es sich beim besten Willen nicht vorstellen.

War Phillip Richter etwa mit Theresa Richter verwandt, mit der sie heute früh telefonisch einen Termin vereinbart hatte? Da fiel es ihr ganz unvermittelt wieder ein. Auf dem Flohmarkt hatte Theresa doch ihren Stiefsohn Phillip erwähnt. Holy moly. Das wurde ja immer verworrener! Das Ganze wirkte auf Molly wie ein großes kompliziertes Puzzle, dessen Teile sie jeden Tag aufs Neue, Stückchen für Stückchen zusammenfügen musste.

Sebastian Witt war auch so ein Puzzleteilchen. Sie hatte seine Mitgliedskarte vom Fitnessclub eigentlich vor ihrem Friseurbesuch noch dort abgeben wollen. Dabei hätte sie auch endlich die Gelegenheit gehabt, ihren kleinen sportbegabten Kakadu wiederzusehen. Aber das ganze Areal vor dem Fitness-Studio war wegen einer angeblichen Geiselnahme von der Polizei abgesperrt worden. Sie hatte noch versucht, Näheres über die Vorgänge herauszufinden, aber zu dem Zeitpunkt schien keiner der Schaulustigen genau zu wissen, was dort eigentlich geschah. Mittlerweile war auch Molly zu der Überzeugung gelangt, dass ein gewaltiger Fluch über diesem sonst so beschaulichen Städtchen liegen musste, die Apokalypse brach über Heiligenburg herein.

Im Nachhinein war sie froh, die kleine Plastikkarte nicht aus den Händen gegeben zu haben. Vielleicht hatte Sebastian Witt ja etwas mit dem Feuer gestern Nacht zu tun, vielleicht war er ja sogar Christophs Mörder. Nicht auszudenken, was alles hätte passieren können. Er wäre unter Umständen sogar der Idee verfallen, eine eventuelle Mitwisserin aus dem Weg räumen zu müssen.

Vielleicht war ihr erster Gedanke, den Mitgliedsausweis der Polizei zu übergeben, doch der richtige gewesen. Aber dann erinnerte sich Molly wieder an ihre Abfuhr, die sie sich eingehandelt hatte, als sie die von Christoph aufgehobene Zeitung den ermittelnden Beamten übergeben wollte. Noch jetzt stieg ihr die Zornesröte ins Gesicht, wenn sie nur daran dachte. Dieser unfähige, vermaledeite testosterongeschwängerte Hornochse von Kommissar! Nein, das ließe sie sich kein zweites Mal bieten!

Es musste einen anderen Weg geben, an die Adresse von Sebastian Witt zu kommen, Molly musste unbedingt Näheres über ihn erfahren. Dabei war ihr Karl Pütz eingefallen, ihr Freund kannte doch hier im Ort Gott und die Welt, wie man so schön sagte. Und so war es auch gewesen.

Karl hatte Sebastians Schwester Charlotte gefragt, die in der Altersresidenz arbeitete. Und es hatte nur wenige Minuten seines Charmes bedurft, die gewünschte Adresse in Erfahrung zu bringen. Er hatte Molly erzählt, dass die zwei Geschwister noch bei ihrer Mutter zuhause lebten. Und als er ihr den Namen der Mutter genannt hatte, war sie dann doch sehr erstaunt gewesen. Theresa Richter, die Frau mit den Fotos, welch ein unerwarteter Zufall.

Molly hatte ihre Nummer im Telefonbuch gefunden und sie um ein Treffen gebeten. Sie hatte sich als die Frau vom Flohmarkt zu erkennen gegeben und nebenbei noch die Bemerkung fallen gelassen, sie sei mit Christoph Stein, dem ersten Mordopfer, verwandt. Da hatte Theresa sich, wenn auch sehr zögerlich, bereit erklärt, sie zu empfangen. Molly erhoffte sich durch das Gespräch ein paar weitere zusätzliche Puzzleteile.

Hoffentlich begab sie sich nicht unnötig in Gefahr. Molly erschauerte innerlich. *Bitte, gib gut auf mich acht, Eduard,* bat sie in Gedanken ihren Liebsten. *Das Übel ist allgegenwärtig und ich habe keineswegs die Absicht, das nächste Opfer in diesem Drama zu spielen.*

Inzwischen war Molly am Haus der Familie Richter/Witt angelangt. Diesmal wurde die Haustür von Frau Richter persönlich geöffnet. Diese entschuldigte sich sofort, dass sie nur wenig Zeit hätte, der Umzug und das ganze Drumherum.

Wie beim letzten Mal stand Molly wieder in der Diele umgeben von Kartons und allerlei Durcheinander. Auch die Kommode mit den Fotografien stand noch an derselben Stelle.

„Was sind das nur für reizende kleine Kinder, eines hübscher als das andere!“, rief Molly verzückt mit Blick auf die Fotos. Aus den Augenwinkeln konnte sie beobachten, dass Theresas Gesicht sich kaum merklich verkrampfte.

„Meine Kinder, vor etwa 20 Jahren. Da war die Welt noch in Ordnung.“ Ein leichtes Zittern lag in ihrer Stimme, doch schnell hatte sie sich wieder im Griff. „Was kann ich denn für Sie tun? Am Telefon erwähnten Sie, dass Sie noch ein paar Hinweise zu den alten Familienfotos meines Mannes bräuchten?“

Molly beugte sich mit Theresa über die mitgebrachten Bilder und ließ sich von ihr die Identität einzelner unbekannter Personen erklären.

„Leider besitze ich kein einziges Foto von meinem Neffen Christoph. Ich habe ihn ja nie persönlich zu Gesicht bekommen.“ Wehmütig schaute Molly Theresa an. Sie hatte ihr am Telefon schon ein wenig von den Umständen erzählt, die sie wieder nach Heiligenburg gebracht hatten.

„Mein Sohn Sebastian war sehr eng mit Christoph befreundet. Sie haben zusammen Sport gemacht und auch sonst war Sebi sehr häufig bei ihm zuhause. Er vermisst seinen Freund so sehr“, erzählte Theresa Molly mit einem unendlich müden und traurigen Ausdruck in den Augen, sodass diese es nicht wagte, von ihrem Verdacht zu berichten. *Wozu die arme Frau noch mehr belasten. Vielleicht bin ich ja auf einer ganz falschen Fährte und Sebastian hat mit allem nichts zu tun.* Auf jeden Fall würde sie Sebastian von nun an im Fokus behalten, man konnte ja nie wissen.

Enttäuscht, nicht noch mehr über die Familie Richter/Witt erfahren zu haben, wollte sich Molly wieder auf den Heimweg machen. Da hielt Theresa sie noch einmal zurück.

„Warten Sie, beim Sortieren habe ich kürzlich ein Foto von Sebastian und Christoph gefunden. Hier links im Bild, das ist Christoph, er war ein sehr gut aussehender junger Mann, genau wie mein Sebastian es ist. Das Foto ist nicht mehr das Aktuellste, muss vor ein paar Jahren auf einer Geburtstagsparty aufgenommen worden sein. Aber so haben Sie eine kleine Vorstellung von Ihrem Neffen, ein letztes Erinnerungsstück." Mitleidig drückte sie Molly das Foto in die Hand und verabschiedete sich dann von ihr.

Draußen vor dem Haus betrachtete Molly nachdenklich die Personen auf dem Foto, die beiden jungen Männer im Vordergrund und etwas verschwommen im Hintergrund zwei hübsche Mädchen. Zuhause an ihrem Küchentisch würde sie versuchen, die in ihrem Kopf völlig konfus umherwirbelnden Puzzleteilchen zu einem größeren Ganzen zusammenzufügen.

Die aufgestellten Ventilatoren hatten die Zimmertemperatur im Besprechungsraum ein wenig erträglicher gemacht. Erfreut nahmen dies die inzwischen wieder versammelten Mitglieder der vorzeitig unterbrochenen Besprechung zur Kenntnis. So konnte Maike Gottburg zügig mit ihrem Bericht über die Obduktionsergebnisse fortfahren. Sie strich sich ihre Haare aus dem Gesicht und zeigte auf das Tatortfoto von Christoph Stein.

„Sie haben alle eine Kopie meines Berichtes vorliegen. Kurz zusammengefasst: Herr Stein starb an einer Überdosis Anabolika. Er starb nicht unmittelbar nach Verabreichung der Droge, sondern etwa 15 Minuten nach der tödlichen Injektion. Wahrscheinlich wurde er im Schlaf überrascht, was es für den Täter einfach machte, ihm die tödliche Dosis zu verabreichen. Kraft ist in diesem Fall nicht nötig, auch nicht unbedingt medizinische Vorkenntnisse. Die Nadel wurde regelrecht in seinen Oberschenkel hineingestoßen, das beweist dieses Hämatom." Maike nahm ein Foto aus der Mappe und hing es an die Wandtafel. „Der Schmerz wird groß gewesen sein und ihn vermutlich geweckt haben. Wir haben kleine Tropfen Blut vom ihm auf der Bettwäsche gefunden. Als er versuchte zu fliehen, stolperte er die Treppe hinunter und brach dann in der Garage tot zusammen. Die Vermutung, dass er floh, wird unterstützt von der Tatsache, dass er keine Schuhe trug, jedoch Socken, an denen wir kleine Steinchen von dem Kiesweg vor seinem Haus fanden. Auch trug er keine Hose, was auf eine überstürzte Flucht hindeutet." Maike befeuchtete mit ihrer Zunge ihre Lippen. Durstig schaute sie sich nach ihrem Glas um, entdeckte es auf ihrem Tisch, holte es und trank es hastig aus. Reiser ging zu ihr und füllte Wasser nach. Sie lächelte ihn an. „Danke", sagte sie. „Noch irgendwelche Fragen?" Sie blickte in die Runde.

„Was ist mit Zeugen?" Rosas Blick heftete sich erneut auf Simon. „Ach ja, und die Tatzeit wäre auch von Belang!"

„Natürlich, entschuldigen Sie bitte. Zeit des Todes war gegen 9 Uhr Samstagmorgen", ergänzte Maike.

„Sebastian Witt wurde erst gegen 10.30 Uhr im Fitness-Studio gesichtet und er hat kein erkennbares Motiv. Viele versicherten uns, dass die zwei richtige Kumpel waren“, bemerkte Simon.

„Warum liegt ein junger Mann fast, aber nicht vollständig angezogen um 9 Uhr im Bett, mit Socken?“

„Das haben wir uns natürlich auch gefragt. Dazu gibt es zwei Theorien: Entweder war er am Abend so müde, vielleicht ja auch betrunken, dass er es nur noch geschafft hat, die Hose auszuziehen und natürlich die Schuhe. Oder aber er war schon einmal aufgestanden und hat sich noch mal hingelegt. Viktoria Stein erzählte mir, dass sie sich Freitagabend mit ihm getroffen habe. Allerdings nicht bei ihm, sondern in einem Hotel. Leider fehlte uns die Zeit für weitere Gespräche. Also könnte die erste Theorie möglich sein, vor allem ...“, er blätterte in dem Obduktionsbericht, fand aber die richtige Stelle nicht auf Anhieb, „... wenn Alkohol im Blut nachgewiesen wurde.“ Fragend blickte er Maike an.

„Allerdings, wir konnten erhebliche Mengen von Alkohol im Blut nachweisen. Seite 23, Simon.“

„Laut Aussage von Sebastian Witt hatte Stein ihm sein Auto schon am Freitag ausgeliehen. Das würde bedeuten, dass er entweder von Viktoria abgeholt wurde, was ich bezweifle, da sie erwähnte, dass sie sich immer im Hotel getroffen hätten. Oder er ist mit einem Taxi gefahren. Doch das haben wir natürlich überprüft, nichts. Ein Taxi war es nicht. Und doch muss er ja irgendwie dort hin und wieder nach Hause gekommen sein.“

„Das würde bedeuten, dass ihn jemand gefahren hat oder aber, was wahrscheinlicher ist, er ist selber gefahren. Dann hätte Sebastian Witt allerdings in Bezug auf das Auto gelogen. Hat Christoph Stein ihm das Auto überhaupt nicht zur Verfügung gestellt?“

„Warte mal“, unterbrach Reiser ihn. „Ich habe da so eine Idee. Ich glaube wirklich, dass Christoph Stein nicht gewusst hat, dass sein Auto nicht in der Garage stand. Warum sonst torkelt er, nachdem er bemerkt hat, dass jemand nach seinem Leben trachtet, in die Garage? Doch bestimmt nicht, um ein wenig zu basteln."

„Ist es also möglich, dass Sebastian frühestens am Samstagmorgen das Auto abgeholt hat? Doch zum Zeitpunkt des Mordes war das Auto schon nicht mehr da. Das heißt, der Mörder hat das Auto aus der Garage entfernt."

Im Zimmer wurde es schlagartig still. Minutenlang sprach niemand ein Wort. Rosa Schmidt brach das Schweigen zuerst:

„Dat darf doch janit wohr sin. Das ist doch alles nur Theorie. Was soll ich denn damit anfangen? Ich brauche Beweise. Das ist alles viel zu weit hergeholt. Vielleicht ist er mit dem Bus gefahren."

„Bei allem Respekt, Frau Schmidt, es geht darum, dass er es nicht wusste. Er wusste nicht, dass sein Auto nicht da war."

„Das würde ja bedeuten, dass Sebastian Witt der Mörder wäre, jläuvt ehr dat?"

„Das, oder er weiß, wer es ist."

„Das reicht nicht für einen Haftbefehl." Rosa Schmidt schüttelte den Kopf. Zu Simon und Reiser gewandt sagte sie: „Nemmt üch der junge Kääl noch ens vör." Dann blickte sie Maike, die noch immer vorne an der Tafel stand, an. „Fahren Sie fort, Frau Gottburg, vielleicht bringt uns der zweite Mord ja weiter."

Maike wirkte nachdenklich, sie zögerte einen Moment, bevor sie sprach:

„Ich möchte erst noch etwas über eure Autotheorie sagen. Ihr verrennt euch da in irgendwas. Glaubt ihr wirklich, jemand, der am Abend vorher ziemlich viel Alkohol getrunken, sich aus diesem Grund halb angezogen ins Bett gelegt hat und völlig desorientiert aufwacht und bemerkt, dass ihm jemand eine Dröhnung verpasst hat, dass derjenige sich noch daran erinnert, ob sein Auto in der Garage steht oder nicht?" Sie holte kurz Luft, schaute lächelnd in die müden, betretenen Gesichter und fuhr dann ohne Umschweife fort: „Okay, lassen wir das. Enzo Rossi." Maike zeigte auf das zweite Foto. „Der junge Mann hing an einem Ast, aber die Beine baumelten nicht, sondern berührten den Boden."

„Darf ich dich da noch einmal kurz unterbrechen, Maike?"

„Natürlich, Simon."

„Auch hier ein geplanter Mord. Präzise vorbereitet. Der Mörder kannte den Tagesablauf von Herrn Rossi. Er oder sie hat es wie einen Selbstmord inszeniert und ist ein überaus großes Risiko eingegangen. Scheinbar war es dem Mörder in diesem Fall wichtig, das Opfer vorzuführen. Überhaupt geht der Mörder große Risiken ein, so als ob er gefasst werden wollte. Er mordet am helllichten Tag, um dann nicht einfach zuzuschlagen und weg, sondern er bereitet ein regelrechtes Theater vor. Gerade so, als ob er es genießen würde. Dann nimmt er den Hund des Toten mit. Mein Gott, hat ihn denn niemand gesehen mit diesem Hund?"

Stephan Seifert hob die Hand.

„In der Nachbarschaft keiner, aber es hat auch in Strömen geregnet, da war kaum einer auf der Straße. Ein Nachbar hat einen Hund bellen gehört, aber das ist normalerweise nichts Ungewöhnliches in dieser Gegend. Er meinte, es wäre so gegen 17 Uhr gewesen. Eine ältere Dame erzählte, dass sie aus dem Fenster geschaut und auf ihre Pflegerin vom Sonnengarten gewartet hätte, die sonst regelmäßig zur gleichen Zeit käme. Doch die hatte sich verspätet, was sie sehr beunruhigte, denn sonst, erklärte sie uns, sei die junge Frau sehr verlässlich. Sie glaubte, jemanden vorbeihuschen gesehen zu haben, doch ihre Augen wären ja auch nicht mehr so gut. Und dann kam auch schon ihre Pflegerin mit dem Auto vorgefahren."

„Uhrzeit?"

Seifert schaute auf seine Unterlagen.

„Das muss so gegen 17.30 Uhr gewesen sein. Die nette alte Dame war ganz aufgebracht, weil dann schon ihre Sendung im Fernsehen anfing und sie der jungen Frau noch ein Handtuch zum Abtrocknen geben musste, weil das arme Ding völlig durchnässt war."

„Haben Sie die junge Frau ausfindig gemacht, Seifert?"

„Das haben wir in der Tat und wir haben mit ihr gesprochen.

Ihr Name ist Charlotte Witt, sie arbeitet im Sonnengarten. Sie sagte aus, dass sie zu der fraglichen Zeit nichts beobachtet hätte. Es hätte ja auch ziemlich stark geregnet und sie war spät dran gewesen, sodass sie, ohne nach links und rechts zu schauen, direkt in das Haus ihrer Patientin gelaufen wäre. Also auch eine Sackgasse, Chef."

„Wir kennen Frau Witt. Sie ist die Schwester von Sebastian Witt und hat Mittwochnacht Phillip Richter gefunden." Simon zeigte auf das dritte Foto an der Tafel. „Wir müssen uns wohl noch mal mit ihr unterhalten. Vielleicht fällt ihr ja doch noch etwas ein. Manchmal dauert es ein paar Tage. Entschuldige, Maike, jetzt kannst du weitermachen."

„Momang ens!", rief Rosa Schmidt und winkte mit ihrer rechten Hand. „Kann das mit der Todeszeit hinkommen, Frau Gottburg?"

„Absolut. Zeit des Todes zwischen 16.30 und 17.30 Uhr. Gefunden wurde er von Karl Pütz um 18 Uhr, als dieser sein Plakat aufhängen wollte. Da er kein Handy besitzt und auch nicht mehr der Schnellste ist, dauerte es bis ca. 18.30 Uhr, bis wir informiert wurden."

„Hm, um welche Uhrzeit hat Frau Witt denn das Haus ihrer Patientin verlassen? Wie lange dauert so ein Pflegebesuch in der Regel?"

„Stephan!" Maike blickte in Seiferts Richtung. Dieser schaute in seine Unterlagen.

„Höchstens 20 Minuten, meinte sie. Mehr Zeit ist nicht. Das bedeutet, sie war schon wieder weg, als Karl Pütz den Toten gefunden hat."

„Dat deit mer ävver leid." Rosa Schmidt schüttelte den Kopf. „Ihr habt nichts, rein gar nichts." Wieder betretene Stille. „Das ist nicht sehr befriedigend."

Maike räusperte sich und setzte zum zweiten Mal an, ihren Bericht vorzutragen:

„Eindeutig Tod durch Erdrosseln, er hat sich heftig gewehrt, doch er war recht schmächtig und der Überraschungsmoment des Todes traf ihn völlig unvorbereitet, denn der Angriff folgte von hinten."

„Braucht man dafür viel Kraft? Was ich meine: Könnte es auch eine Frau schaffen?"

„Mit der richtigen Mordwaffe gelingt das in jedem Fall. Der Strick", sie zeigte auf das Tatortfoto, „war es nicht. Wir gehen davon aus, dass es eine Art Kabel, Wäscheleine oder vielleicht auch ein dünner Gürtel war. Die Tatwaffe wurde allerdings nicht gefunden. Der Mörder oder die Mörderin muss größer als das Opfer gewesen sein. Da Enzo Rossi recht klein war, könnte es sich auch um eine große Frau handeln. Er hat sich gewehrt und versucht, mit den Händen das Kabel zu lockern. Einige Fingernägel sind abgebrochen, Abschürfungen an den Fingerkuppen. Wir haben aber keine fremde DNA gefunden."

„Der Mörder erdrosselt also sein Opfer, schleift es wenige Meter zum Baum und hängt ihn mit der Schlinge auf. Dann nimmt er den Hund und geht seelenruhig von dannen. Was ist das für ein Mensch?" Simon verzog bei dieser Vorstellung sein Gesicht.

„Auch wenn ihn oder sie jemand dabei beobachtet hat, wie er mit dem Hund geht, das allein ist ja im oder am Wald nichts Außergewöhnliches. Wird sich wahrscheinlich auch niemand etwas dabei gedacht haben."

„Er spielt mit uns." Reiser starrte nachdenklich vor sich hin. „Der Mörder wollte unbedingt, dass wir das zweite Gedicht finden, also kam er auf die glorreiche Idee, es am Hund zu befestigen."

„Krank", warf Seifert verächtlich ein.

„Auf jeden Fall eine gestörte Persönlichkeit, die es eigentlich darauf anlegt, geschnappt zu werden, oder die sich ihrer Sache so sicher ist, dass sie meint, uns immer einen Schritt voraus zu sein", bemerkte Maike.

„Also kommt für den Mord", Simon trat erneut an die Tafel, „jeder, der hier steht, infrage. Außer vielleicht Viktoria Stein, denn eine Verbindung von Enzo Rossi zu ihr ist uns nicht bekannt. Aber es kann durchaus eine bestehen, wir wissen es halt nur noch nicht. Keiner von ihnen hatte für die Tatzeit ein wasserdichtes Alibi. Sebastian Witt steht auch hier ganz oben auf der Liste der Hauptverdächtigen."

„Wir sollten ihn verhaften." Reisers Laune war auf dem Nullpunkt. „Schließlich gibt es genügend Zeugen, die seinen tätlichen Angriff auf Enzo Rossi am Samstagabend beobachtet haben. Es läuft alles auf ihn hinaus. Er bedroht und beschimpft ihn, und pah, Sonntagabend ist Rossi tot. Welch ein Zufall."

„Aber warum sollte er Christoph Stein ermorden? Die zwei waren Freunde. Das passt einfach alles nicht." Maike räusperte sich.

„Entschuldige, Maike, wir haben dich schon wieder unterbrochen", sagte Simon reumütig.

„Ich komme dann auch schon zum Schluss", erwiderte Maike. „Tom, machst du weiter?" Tom erhob sich von seinem Stuhl und räusperte sich.

„Das einzig Verwertbare, was von der Spurensicherung am Tatort sichergestellt wurde, ist dieser kleine Ohrstecker." Er hob die Plastiktüte mit dem Gegenstand in die Höhe. Auf dem Projektor zeigte er das vergrößerte Bild des Schmuckstückes. „Doch ob es eine Verbindung zum Mord gibt, wissen wir natürlich nicht, nur dass es in unmittelbarer Nähe des Opfers gefunden wurde." Er machte eine kurze Pause, dann sprach er weiter: „Es handelt sich um ein sehr altes Stück und ist von beträchtlichem Wert. Wir schätzen ihn auf etwa hundert Jahre."

„Vielleicht ein Erbstück?"

„Mit Sicherheit. Der Tote hatte keine Ohrlöcher, also kann es durchaus sein, dass er dem Mörder während des Kampfes einen Ohrstecker herausgerissen hat. Ist möglich. Die andere Variante ist die, dass er von einem völlig Unbeteiligten verloren wurde, der mit der Sache überhaupt nichts zu tun hat."

„Na, klasse." Rosa Schmidts Geduld schien am Ende. „Wenn, einfach mal angenommen, dieser Ohrstecker dem Mörder gehörte, ist unser Mörder dann weiblich?"

Tom lächelte.

„Nicht unbedingt, Frau Schmidt. Die jungen Männer tragen heutzutage auch Ohrschmuck, obwohl ...“ Er brach ab und blickte auf das Foto. „Diese Art von Schmuck würde ich eher an einem weiblichen Wesen vermuten. Aber“, er hob seine Hände, „alles ist möglich.“

Simon stand auf und drehte sich zu den Leuten.

„Okay, machen wir Schluss für heute, ich erwarte eure Berichte. Die Aufgaben sind verteilt. Ich brauche Ergebnisse. Reiser und ich nehmen uns Hoffstedt vor. Seifert bearbeitet unter anderem den Waldbrand und vielleicht lässt sich ja auch noch etwas über das Schmuckstück in Erfahrung bringen.“

Erleichtert, der saunaähnlichen Luft in diesem Zimmer endlich entkommen zu können, erhoben sich die Beamten und machten sich schleunigst auf in Richtung Tür.

„Momang, Momang. Nit esu flöck, leev Lück! Alle Mann zurück, ävver flöck! Hauptkommissär Hachenberch!“ Empört sprang Rosa Schmidt auf. „Ich habe da draußen eine ganze Horde an Pressehyänen, die mich und Sie lynchen wollen. Denen muss ich ein paar Häppchen zuwerfen. Also können wir noch mal kurz auf die Geiselnahme und die Verhaftung Hoffstedts eingehen? Diese Verhaftung muss ich denen auf jeden Fall als Erfolg der Heiligenburger Polizei verkaufen.“ Das klang drohend und betretenes Schweigen folgte. „Oder soll ich der Presse da draußen erzählen, wie inkompetent die Polizei hinter einem Taxi herjagte, während sich die Verbrecher aus dem Staub machten? Ich sinn alt de Schlaachzeil en de Zeidung. Also, leev Fraulück und Käls, setzt üch!“

Drei Stunden nach seiner Verhaftung saß Rainer Hoffstedt wie ein bockiger kleiner Junge, dem nicht bewusst war, dass er etwas angestellt hat, im Verhörraum und starrte schweigend vor sich hin. Zwei Beamte bewachten ihn.

Reiser sah durch die Glasscheibe in den Raum. Er hörte, wie sich hinter ihm die Tür leise öffnete, doch Reiser bewegte nicht einmal den Kopf, denn er erwartete Simon, um gemeinsam das Verhör zu beginnen.

„Du siehst müde aus", sagte Maikes Stimme hinter ihm. Erfreut drehte er sich um und schaute in ihre schönen Augen. Er lächelte.

„Das konntest du gar nicht sehen, du hast mich doch nur von hinten betrachten können."

Auch Maike lächelte.

„Ich hab's an deinen Schultern erkannt", antwortete sie vergnügt.

„Ich sehe so etwas."

„Ja, du hast recht, ich könnte tatsächlich eine Mütze Schlaf gebrauchen. Gleich nach dem Verhör hau ich mich ein, zwei Stündchen hin, eine Dusche und ich bin wie neu."

„Meinst du", ihr Kopf zeigte in Richtung des Gefangenen, „dass er euch weiterhelfen kann?"

„Keine Ahnung, aber es sieht ja ganz danach aus, dass Mario – oder von mir aus auch Lorenzo – ihn auch ziemlich verarscht hat. Er muss eine Stinkwut auf den Mistkerl haben. Das könnte für uns von Vorteil sein."

„Seine Fingerabdrücke sind nicht bei den Abdrücken dabei, die wir bei Christoph Stein sichern konnten. Aber das bedeutet ja gar nichts."

„Nein, das bedeutet nichts. Gewalttätigkeit scheint kein Fremdwort für ihn zu sein. Eine wehrlose Frau so fest zu schlagen, wie er Annabell Stein geschlagen hat, deutet auf Gleichgültigkeit und Skrupellosigkeit hin. Ich traue ihm diese Morde durchaus zu. Gedichteschreiben allerdings nicht. So viel Hirnmasse ist bei dem nicht mehr übrig. Was uns also wieder zurück zu Mario-Lorenzo bringt. Er könnte der Kopf hinter dieser ganzen Geschichte sein, Hoffstedt nur sein armseliger Handlanger."

Wieder öffnete sich die Tür, sein Kollege trat ein.

„Lass uns anfangen, Partner. Bevor ich noch einschlafe."

Die Kritik, die er und Simon vor wenigen Minuten einstecken mussten, hatte sie beide schwer getroffen. Besonders weil sie der Wahrheit entsprach und sie nichts dagegen vorbringen konnten.

Sie traten nacheinander in den Verhörraum. Sofort erhob sich der Festgenommene und schickte einige zornige Verwünschungen in ihre Richtung. Einer der Beamten ging zu ihm, legte ihm beide Hände auf die Schultern und drückte ihn zurück auf den Stuhl.

„Setzen!", befahl er ihm mit Nachdruck.

„Ruft sofort meinen Bruder an! Ich sage euch überhaupt gar nichts!" Seine dunklen Augen blickten aufsässig und trotzig, sein bulliges Gesicht zu einer Grimasse verzerrt.

„Wer sagt denn, dass wir Sie etwas fragen wollen?" Reiser nahm auf dem gegenüberliegenden Stuhl Platz. Simon blieb mit verschränkten Armen stehen. „Eigentlich ist die Sache für uns ganz klar. Wir haben genug Beweise, um Sie für lange Zeit hinter Gitter zu bringen. Drogenhandel, Körperverletzung, bewaffnete Geiselnahme, Entführung und so weiter und so weiter. Eine ganz schön lange Liste, Herr Hoffstedt, nicht wahr?" Reiser beugte sich zu ihm hinüber, während er sich mit den Ellbogen seiner Arme aufstützte. „Und dann haben wir noch die zwei Morde an Ihren Freunden, dafür werden Sie lebenslänglich bekommen", sprach er leise, hauchte diese Worte beinahe, sodass sie kaum zu verstehen waren.

Doch sein Gegenüber hatte ihn verstanden. Sein Gesicht war kalkweiß.

„Das könnt ihr mir nicht anhängen, ihr Schweine. Das war ich nicht."

„Jetzt kommt auch noch Beamtenbeleidigung dazu, die Liste wird länger, Hoffstedt." Reiser lehnte sich entspannt zurück und lächelte. „Wir werden Sie drankriegen, keine Frage. Sie hatten mit beiden Opfern Kontakt, der eine war Ihr Abnehmer, der andere Ihr Dealer. Warum mussten sie sterben, Hoffstedt? Haben sie Sie erpresst? Wollten sie ein Stück vom Kuchen abhaben?"

„Ich sage gar nichts."

„Sie wissen aber schon, dass es strafmildernd für Sie sein könnte, wenn Sie mit uns kooperieren. Ich will ganz ehrlich sein, Herr Hoffstedt." Simon setzte sich auf den zweiten Stuhl neben Reiser.

„Wir wollen Ihren Partner. Und wie es aussieht, hat er Sie ziemlich reingehauen und ohne sich viel Gedanken zu machen, was aus Ihnen wird, hat er sich aus dem Staub gemacht." Betroffenheit lag in dessen Augen, doch er sagte nichts. „Er wusste ganz genau, dass Sie keine Chance hätten, davonzukommen. Er hat Sie nur ausgenutzt, um selbst mehr Zeit für seine Flucht zu haben."

„Verdammt, das glaube ich nicht." Doch sein Blick sprach Bände, die sowohl bittere Enttäuschung als auch Wut erkennen ließen.

„Erzählen Sie uns, wie es abgelaufen ist? Denken Sie daran, er hält immer noch Frau Stein in seiner Gewalt. Wenn ihr etwas passiert, sind auch Sie dran. Dann wird Beihilfe zum Mord ebenfalls auf Ihrer Liste ganz oben stehen. Helfen Sie uns, den Mann zu kriegen." Simon hatte mit freundlicher, doch bestimmter Stimme gesprochen, sein Gesicht zeigte keinerlei Gefühle. Sie warteten und beobachteten den Kampf, den Rainer Hoffstedt mit sich ausfocht.

Als er antwortete, klang seine Stimme weiterhin wütend und aggressiv.

„So eine Scheiße, dieser Mistkerl! Also gut. Was wollen Sie wissen?"

„Erzählen Sie uns, was abgelaufen ist. Wie konnte er entkommen?"

„Er hat das Taxi schon unterwegs bestellt. Dem Taxifahrer hat er 500 Euro in die Hand gedrückt und ihm gesagt, er solle Richtung Wahner Heide in das Sperrgebiet fahren. Der hat keine Fragen gestellt, hat sich das Geld geschnappt und ist davongebraust."

„Aber vorher hat er den Sender gefunden, denn den konnten wir im Taxi sicherstellen."

„Ja, das war genial, nicht wahr." Rainer grinste sie an. „Das Püppi musste sich bis auf die Unterwäsche ausziehen. Mario wusste genau, dass die Bullen an ihr einen Sender installiert hatten. Die hatte vielleicht eine Figur, ein echtes Sahneschnittchen, und jetzt hat der die ganz für sich alleine. Das Schwein."

„Nach unseren Auswertungen habt ihr euch am Flughafenhotel getrennt. Hat dort das Taxi gewartet? Und wohin ist Mario mit Frau Stein verschwunden? Reden Sie, Mann." Reiser wurde ungeduldig, das dauerte ihm alles zu lange.

„Mario und die Frau sind ins Hotel. Keine Ahnung, wie die da weggekommen sind. Ich bin auf seine Anweisung hin mit meinem Auto in den Wald gefahren, da sollte nach seiner Aussage der Fahrzeugwechsel stattfinden und ein Lieferwagen auf mich warten. Aber da war kein verdammter Wagen. Dieser verfluchte Mistkerl!"

„Ja, dafür kamen wir." Reisers Stimme klang sarkastisch. „Er hat Sie ins offene Messer laufen lassen, eiskalt. Auch Sie haben genau wie das Taxi doch nur als Ablenkungsmanöver für seine eigene Flucht gedient. Es war ihm scheißegal und er wusste genau, dass es nur eine Frage der Zeit war, bis wir Sie schnappen würden. In der Zwischenzeit ist der auf und davon. Fragt sich nur wie."

Reiser wandte sich an seinen Partner:

„Die Kollegen sollten das ganze Hotel auseinandernehmen. Jeden einzelnen Gast, jeden Kunden, jeden, der dort arbeitet, unter die Lupe nehmen."

„Ist doch schon alles passiert. Seifert ist vor Ort. Er wird uns gleich Bericht erstatten."

Simon drehte sich wieder Rainer Hoffstedt zu.

„Woher kannten Sie Lorenzo Greco?"

„Wer soll das sein?“ Simon seufzte.

„Mario, sein richtiger Name ist Lorenzo Greco.“

„Schwachsinn. Sein Name ist Mario Rossi. Er ist Enzo Rossis älterer Bruder, hat Heiligenburg allerdings verlassen, da war Enzo gerade mal fünf Jahre alt. Mario war das schwarze Schaf der Familie, wie man so schön sagt. Er hatte keinen Kontakt zu ihnen.“

Die beiden Kommissare wechselten einen Blick.

„Warum, was ist passiert damals?“, fragte Simon.

„Keine Ahnung, das müssen Sie wohl seine Eltern fragen.“

„Hat es irgendwas mit Viktoria Stein zu tun?“ Interessiert lehnte er sich vor und schaute Hoffstedt erwartungsvoll an.

„Mann, sind Sie taub!“, schnauzte dieser ihn an. „Ich weiß es nicht!“ Dabei betonte er das Wort „Ich“ und zog es in die Länge. „Wir hatten nur geschäftlich miteinander zu tun. Sein Privatleben hat mich nicht interessiert. Das einzige ...“, brach er den Satz kurz ab, „... er hat sich bei mir mal nach Enzo erkundigt. Ich glaube, er weiß gar nicht, dass sein kleiner Bruder einer der toten Jungen ist. Ich habe es nicht übers Herz bringen können, es ihm zu sagen. Bin ja schließlich kein Unmensch.“ Reiser lächelte, sagte aber nichts.

„Ich habe ihm nur von dem Mord an Christoph Stein erzählt, habe ihm gesagt, dass ihr überall rumschnüffelt und wir das Zeug aus dem Studio schaffen müssten. Ich wollte nicht, dass mein Bruder da mit reingezogen wird.“ Es klang aufrichtig, seine weiteren Worte schienen dies zu bestätigen: „Hören Sie, mein Bruder hat mit der ganzen Sache nichts zu tun. Halten Sie ihn da raus. Er ist ein Guter, verstehen Sie.“

„Okay, okay, er ist ein Guter, wir haben es verstanden.“ Reisers Grinsen wurde breiter.

Hoffstedt schaute ihn mit verachtungsvollem Blick an. Natürlich hatte er die Ironie in der Stimme des Polizisten erkannt.

„Eine Frage noch“, ging Simon dazwischen, bevor der Mann vollkommen dichtmachen würde. „Hat Lorenzo, ich meine Mario, hat er Ihnen irgendwann einmal gegenüber erwähnt, wo er hin wollte? Denken Sie nach, vielleicht fällt Ihnen ja etwas ein." In Simons Gesicht zeigte sich der Frust, der sich langsam in ihm breitmachte. Das Verhör hatte sie keinen Schritt weitergebracht. „Es könnte auch schon etwas zurückliegen, überlegen Sie, Mann."

Rainer Hoffstedt überlegte. Sein ganzer Körper war angespannt. Sie sahen ihm an, wie sein Gehirn auf Hochtouren arbeitete, denn er wollte unbedingt, dass Mario geschnappt würde. Nichts schien ihm in diesem Moment wichtiger, auch wenn es bedeutete, dass er den Bullen helfen würde.

„Scheiß drauf. Aber es ist nicht viel und ich habe auch keine Ahnung, ob Ihnen das hilft." Ängstlich und einen Tick zu theatralisch blickte er sich um, so als ob er nicht wollte, dass ihm jemand zuhörte. Die folgenden Worte sprach er so leise, dass Reiser und Simon ihn kaum verstehen konnten. „Er sagte mir wortwörtlich, er würde ins Paradies fahren, wenn er ganz viel Kohle zusammen hätte. Daraufhin habe ich ihn gefragt, wo denn dieser wunderbare Ort wäre und ob ich dort auch hinfahren könnte. Er lachte mich aus und sagte: Mein Paradies ist noch lange nicht dein Paradies." Prustend vor Lachen lehnte sich Hoffstedt zurück. „Sorry Leute, aber ihr seid einfach zu blöde. Glaubt mir, ich würde es euch sagen, wenn ich es wüsste. Das mit dem Paradies stimmt übrigens, aber ich habe keine Ahnung, wo das sein könnte."

„Das ist echt schade, Herr Hoffstedt." Simon und Reiser erhoben sich. Reiser gähnte. Er war zu müde, um diesem aufgeblasenen Kerl den Marsch zu blasen. Das musste warten. „Ihr guter Bruder ist draußen, mit Ihrem Anwalt", sagte er daher nur kurz angebunden. „Sagen Sie uns Bescheid, wenn Ihnen doch noch etwas einfallen sollte." Daraufhin verließen Reiser und Simon das Zimmer.

Frau Schneider an der Rezeption in der Altersresidenz Sonnengarten telefonierte, als Reiser am nächsten Tag durch den Haupteingang trat. Er hatte wie ein Toter geschlafen, kein Erdbeben, keine Explosion oder Donnerwetter hätte ihn wecken können, doch ausgeruht fühlte er sich trotz allem nicht. Die Ermittlungen drehten sich im Kreis, ihr peinliches Versagen bei der Geiselnahme und das Vorgeführtwerden der Polizei durch diesen Verbrecher erfüllten ihn mit Zorn. Da er Frau Schneider bei ihrem Telefonat nicht stören wollte, machte er es sich in einem Sessel in der Nähe des Eingangs bequem.

Sein Blick schweifte durch den Raum. Wie schon bei ihrem ersten Besuch bewunderte er die Helligkeit und Gemütlichkeit dieser Anlage. Würde er auch, wenn er alt wäre, in solch einer Residenz leben? Trotz aller Behaglichkeit, die dieses Haus ausstrahlte, hoffte er es nicht. Auch würde er dafür sorgen, dass seine Mutter bei ihm bleiben könnte, denn sie würde das Haus, in dem sie ihr ganzes Leben verbracht hatte, schmerzhaft vermissen und nicht einen Tag in einem Heim überleben. Da war er sich ganz sicher. Sie hatte ja ihn, aber wen hatte er, wenn es einmal so weit wäre ...

Er war kinderlos, noch nicht einmal verheiratet. Seine Gedanken schweiften viele Jahre zurück, zu dem Mädchen, das er heftig geliebt hatte. Sie waren beide erst 20 Jahre alt gewesen, noch so furchtbar jung. Doch mit ihr hätte er sich ein gemeinsames Leben vorstellen können. Und dann war sie verschwunden, ohne ein Wort des Abschieds. Niemals mehr hatte er sich verliebt, er hatte sein Herz verschlossen und sich seiner Karriere gewidmet. Bis jetzt!

Maike, dachte er. Sie hatte viel Ähnlichkeit mit Peggy. Vielleicht wäre seine frühere Freundin so wie Maike heute, wenn es sie irgendwo noch gäbe. Niemand wusste, was mit ihr geschehen war. Die letzten Tage vor ihrem Verschwinden war sie still geworden. Sie hatte sich schlecht gefühlt, ständig hatte sie sich übergeben müssen, sodass er sie einmal, eigentlich mehr zum Spaß, gefragt hatte, ob sie vielleicht schwanger wäre. Sie schüttelte nur traurig ihren Kopf. Am nächsten Tag war sie fort. Aus dieser Zeit kannte er auch Hubert Stein. Peggy half neben der Schule ab und zu bei dessen Eltern im Restaurant aus. Hubert war etwa im gleichen Alter wie sie beide, doch als Sohn des Steinhofs fühlte er sich zu etwas Höherem geboren, als sich mit ihm und Peggy anzufreunden. Obwohl es Reiser nicht entgangen war, mit welchen Blicken er seine Freundin betrachtete. Mädchen waren in seinen Augen Freiwild. Er hatte Peggy gebeten, nicht mehr dort arbeiten zu gehen, doch sie hatte nur gelacht, ihn geküsst und gesagt, ihr würde schon nichts passieren.

Die schlurfenden Schritte von Karl Pütz, der in Begleitung von Charlotte Witt den Empfang betrat, rissen ihn aus seinen düsteren Gedanken. Beide standen mit dem Rücken zu ihm und hatten ihn nicht bemerkt.

„Das ist so lieb von Ihnen, Kindchen, dass Sie mich zum Friedhof begleiten. Es wird immer beschwerlicher, dabei fühle ich mich noch gar nicht so alt“, hörte Reiser ihn sagen. Sein Lachen klang kratzig, als ob er täglich dutzende Zigaretten rauchen würde.

„Dann schauen wir beide mal bei unseren Liebsten vorbei.“ Er nahm den Arm der jungen Frau und ging mit ihr an die Rezeption.

„Wir sind auf dem Friedhof, Frau Schneider.“

Frau Schneider, die noch immer telefonierte, nickte nur. Doch dann schien sie sich an etwas zu erinnern, hielt die Hand über das Telefon und sprach Charlotte Witt direkt an. Sie beugte sich über eine Schublade und hielt ihr einen Schlüssel entgegen.

„Charlotte, willst du den Autoschlüssel schon einmal mitnehmen? Du hast doch gleich Außendienst, nicht wahr?“

Ohne ein Wort der Erwiderung nahm Charlotte den Schlüssel und wandte sich wieder Karl Pütz zu:

„Gehen wir“, sagte sie und im gleichen Moment blickten beide in Reisers Richtung. Er erhob sich sofort, diese Gelegenheit musste er ausnutzen.

„Guten Tag, Herr Pütz“, sagte er freundlich und wandte sich

dann Charlotte zu: „Frau Witt, guten Tag. Hätten Sie einen Moment Zeit für mich? Da Sie nicht im Dezernat erschienen sind, wäre es sehr nett, mir noch ein paar Fragen zu beantworten", sagte er mit einem leicht vorwurfsvollen Ton.

Der Unmut stand ihr ins Gesicht geschrieben und sie sah Karl Pütz hilfesuchend an.

„Jetzt? Wir wollten gerade gehen."

„Es dauert nicht lange, Frau Witt."

„Gehen Sie nur, Kindchen, ich warte auf Sie." Karl Pütz tätschelte ihren Arm. „Ich trinke mir einen leckeren Rotbuschtee in der Stube." Er schlurfte langsam davon.

„Ich habe nicht so viel Zeit", erklärte sie mürrisch und zeigte ihm den Autoschlüssel. „Meine Schicht fängt bald an."

„Erinnern Sie sich, Frau Witt, am Sonntagabend hatten Sie auch Schicht, unter anderem besuchten Sie eine ältere Dame in der Waldstraße. Ist Ihnen irgendetwas aufgefallen? Haben Sie jemanden gesehen oder vielleicht einen kleinen Hund?"

„Das habe ich doch schon Ihrem Kollegen gesagt. Ich habe nichts gesehen. Ich war spät dran, habe nicht nach links und rechts geschaut."

„Warum waren Sie eigentlich spät dran? Die alte Dame meinte, Sie wären sonst immer pünktlich und sie hätte sich Sorgen gemacht."

„Warum ist das wichtig?" Genervt nestelte sie mit dem Schlüsselbund.

„Weil zu dieser Zeit ein junger Mann im Wald hinter dieser Straße ums Leben kam? Und wir brauchen Zeugen, die vielleicht etwas beobachtet haben. Aber ich sehe schon, Sie können mir nicht weiterhelfen."

„Nein, es tut mir wirklich leid, ... warten Sie." Sie hob ihre Hand.

„Ach nein, ich glaube nicht, dass es etwas damit zu tun hat."

„Sagen Sie mir, was es war, wir werden dann entscheiden, ob es wichtig oder unwichtig ist."

„Am Ende der Straße", nervös fuhr sie sich mit der Zunge über die Lippen, „dort, wo die Leute mit ihren Autos immer anhalten, um mit ihren Hunden Gassi zu gehen, da stand nur ein einziges Auto. Dadurch fiel es mir auf, weil es das einzige war, das dort stand. Wahrscheinlich wegen des schlechten Wetters war kaum jemand unterwegs. Es regnete in Strömen, als ich dort ankam."

„Können Sie sich erinnern, was das für ein Auto war?" Charlotte ließ sich einen Moment Zeit, bevor sie antwortete:

„Ich bin mir nicht ganz sicher, aber die Farbe, er war grün, so ein hässliches Giftgrün. Wie kann man nur solch eine furchtbare Farbe wählen."

„Kennen Sie die Marke? Was war das für ein Auto?" Er sah Charlotte scharf an. „War es ein Kombi?"

„Es sind meistens Kombis, die dort parken, wegen der Hunde. Aber ja, es war ein Kombi."

Reiser hielt die Luft an.

„Warum haben Sie das nicht schon bei Ihrer ersten Vernehmung gesagt?", fragte er unwirsch.

„Es erschien mir nicht wichtig, weil es nichts Ungewöhnliches war. Man achtet schon gar nicht mehr drauf."

„Eine Person in oder an dem Fahrzeug haben Sie nicht gesehen, mit einem Hund vielleicht?"

„Nein, wie gesagt, nur das Auto."

„Danke, Frau Witt, Sie haben uns sehr geholfen." Er erhob sich und reichte ihr die Hand zum Abschied. Ihre Hand war trotz der Hitze angenehm kühl. „Aber bitte kommen Sie die Tage ins Präsidium und machen eine offizielle Aussage. Nur fürs Protokoll." Dabei lächelte er sie an. „Auf Wiedersehen." Nachdenklich sah Reiser ihr nach, während er sich auf den Weg zum Empfang machte.

Frau Schneider, weiterhin in ihr, wie es schien, Privatgespräch vertieft, beachtete ihn kaum. Sie hob nur kurz die Hand, ihr Mund formte das Wort „Moment", dann sprach sie weiter über Schlafstörungen, Wechseljahrbeschwerden und Haarausfall, so als ob es ihn gar nicht gäbe. Diese Themen interessierten ihn keineswegs, daher nutzte er die Zeit, um kurz im Dezernat anzurufen. Er fragte nach Tom de Camp.

„Hi, Tom, seid ihr schon an Hoffstedts Kombi dran?“

„Sind dabei, Reiser. Wieso, gibt’s was Neues?“

„Vielleicht eine Spur, Tom. Sag mir bitte Bescheid, ob ihr Hundehaare im Fahrzeug findet.“

„Hundehaare?“

„Ja, von einem Terrier, nee, warte. Wie heißen die noch? Jack Russell, genau.“

Wieder eine Spur, die zu Rainer Hoffstedt führt, dachte er, *oder aber zu diesem Lorenzo.*

Seine Geduld mit Frau Schneider war erschöpft. Als diese gerade dazu ansetzte, weibliche Körperbehaarung zu erörtern, ging er resolut dazwischen:

„Meine Dame, wenn Sie so nett wären, mir ganz kurz Ihre Zeit zu schenken. Ich verspreche Ihnen, Sie nicht lange zu belästigen, aber das Thema, einen Damenbart zu wachsen oder zu zupfen, kann bestimmt ein paar Minuten warten.“

„Sie haben gelauscht.“ Entrüstet schaute ihn Frau Schneider an, legte jedoch zu seiner Erleichterung nach den Worten: „Ich ruf dich zurück, Inge“ das Telefon beiseite. „Bitte, was kann ich für Sie tun?“, fragte sie pikiert.

„Ich habe eine Frage bezüglich der Fahrzeuge, die Sie für den Ambulanten Dienst im Einsatz haben und Ihren Pflegern zur Verfügung stellen. Führen Sie eine Art Buch darüber, wer und wann sich jemand das Auto ausleiht?“

„Natürlich.“ Ihr vorwurfsvoller Blick sprach Bände, so als ob sie es nicht fassen könne, dass er solch eine Frage überhaupt stellen konnte. „Hier“, sie drehte den Computer in seine Richtung, „es gibt einen Ordner. Da steht haargenau, wer wann Schicht hat und mit welchem Auto sie unterwegs sind. Sehen Sie hier, da steht der Name, das Datum, die Zeit und das Kennzeichen des Autos. Hat alles seine Ordnung.“

„Das Auto, das in den Unfall mit Herrn Richter verwickelt war, wer hatte das in der Nacht ausgeliehen?“

Frau Schneider tippte mit flinken Fingern in die Tastatur.

„Niemand.“ Sie runzelte die Stirn. „Warten Sie, ich erinnere mich. Charlotte, also Frau Witt, brachte das Auto Sonntagabend zurück. Am Sonntag hatte sie ambulante Tagesschicht, Montag Nachtschicht hier in der Residenz. Sie erwähnte, dass sie mit dem Auto Probleme gehabt hätte und für Dienstag ein anderes haben wollte."

„Hat sie gesagt, welcher Art die Probleme waren?"

„Nein, nicht direkt. Sie meinte nur, sie würde jemanden vorbeischicken, der sich das Auto einmal anschauen würde. Jemanden, den sie kannte."

„Und?" Interessiert blickte Reiser sie an. „Hat jemand den Schlüssel geholt?"

„Nicht, dass ich wüsste, aber als ich am Dienstag zur Arbeit kam, war er nicht da, der Schlüssel."

„Wann haben Sie den Schlüssel denn zuletzt gesehen?"

„Na ja, bis zum Ende meines Dienstes am Montagabend. Ich habe das Auto ja nicht freigegeben, weil es doch kaputt war."

„Wenn Sie Feierabend machen, kann dann jeder an die Schlüssel?"

„Nein, natürlich nicht, ich schließe sie abends in den Schreibtisch ein. Bis ich gehe, sollten alle Schlüssel wieder im Haus sein."

„Und der Schlüssel vom Schreibtisch? Nehmen Sie den mit nach Hause?"

„Natürlich nicht, den leg ich hier oben in die Schublade. Der Betrieb muss ja weitergehen, falls ich einmal krank werde oder aus einem anderen Grund nicht zur Arbeit erscheinen kann."

„Und das weiß vermutlich jeder hier im Haus?" Frau Schneider zuckte die Schultern. „Vermutlich."

„Ganz schön leichtsinnig."

Frau Schneider reagierte erbost:

„Wir vertrauen unseren Mitarbeitern. Wir sind hier in Heiligenburg und nicht in New York oder Chicago oder wo auch immer die Verbrecher sind." So viel Naivität machte ihn sprachlos. Es war nicht seine Aufgabe, ihr die Illusion nach zwei begangenen Morden, einem versuchten Mord, Drogenhandel, Entführung und Brandstiftung zu nehmen, dass in Heiligenburg eine Atmosphäre der friedlichen Eintracht herrschte. „Und außerdem", ihre Stimme klang jetzt kämpferisch, „wenn ich abends gehe, wird die Vordertür abgeschlossen. Nur die Bewohner und Mitarbeiter haben einen Schlüssel."

Reiser versuchte das Thema zu wechseln.

„Eine andere Frage, Frau Schneider. Hat Ihre Residenz irgendeine Verbindung zu dem Fitness-Studio BFit in Heiligenburg?"

Ihre Antwort verblüffte ihn, hätte er doch damit überhaupt nicht gerechnet.

„Also, eine direkte Verbindung würde ich jetzt nicht behaupten. Aber ab und zu kommt Charlottes Freundin vorbei und trainiert die alten Leutchen ein wenig. Nichts Dolles, mehr so spielerisch. Sie haben so viel Spaß dabei. Annabell heißt sie, und soviel ich weiß, arbeitet sie auch im BFit. Nettes Mädel. Sie arbeitet hier ehrenamtlich, doch ich könnte mir vorstellen, dass die Leutchen ihr hier und da etwas zustecken. Das ist auch völlig in Ordnung. Sie macht das ganz hinreißend." Das erste Lächeln huschte über ihr Gesicht, dann wurde sie wieder ernst. „Stimmt es, dass es ihre Mutter ist, die entführt wurde? Armes Ding."

Reiser ging auf die Frage nicht ein und er hatte auch nicht das Gefühl, als ob sie eine Antwort erwartete. Er bedankte sich für das Gespräch und gerade, als er gehen wollte, fiel ihm noch eine Frage ein:

„Die Autos, wurden die immer vollgetankt zurückgebracht?"

„Nein, um Gottes willen, dafür haben die Pfleger weiß Gott keine Zeit. Wissen Sie eigentlich, was das für ein harter Job ist, Altenpflege? Und wie wenig Zeit ihnen für jeden einzelnen Patienten bleibt? Nein, wenn der Tank leer ist, dann wird getankt, aber nicht täglich."

Das leise Surren der Monitore, die hastigen Schritte der Schwestern und die gedämpften Stimmen auf dem Flur vernahm sie nur am Rande, denn ihre volle Aufmerksamkeit galt dem Mann im Krankenhausbett. Sein Kopf, seine Beine und Arme waren dick einbandagiert und erinnerten ein wenig an die Mumie aus dem gleichnamigen Horrorfilm. Gleichmäßig pumpte das Beatmungsgerät den Sauerstoff in seine Lunge. Sie beobachtete fasziniert, wie sich sein Brustkorb ruhig im stillen Rhythmus hob und senkte. Es erzeugte eine Art hypnotische Wirkung und sie merkte, wie die Spannung, die sie seit Tagen in sich fühlte, ganz langsam von ihr wich.

Niemand hatte sie beachtet, als sie wie selbstverständlich die 2. Etage des Krankenhauses betreten hatte. Langsam war sie den lichtdurchfluteten Flur entlang gegangen, hatte den eifrigen Schwestern freundlich zugenickt, die ihr jedoch keinerlei Aufmerksamkeit gezollt hatten. Sie sah aus wie eine von ihnen. Und nun stand sie vor seinem Bett. Wie hatte sie sich nur so täuschen können? Sie war so sicher gewesen, dass er tot war. Doch da lag er. So schwer verletzt, dass es durchaus möglich wäre, dass er doch noch diese Welt verließ. Aber es gab auch diese eine kleine Sorge, dass er es vielleicht überleben würde. Sie trat an sein Bett. Es wäre ein leichtes, das Beatmungsgerät abzuschalten, doch es erschien ihr zu einfach. Er würde nicht leiden, er würde einfach so einschlafen. Er sollte es wissen, wissen, dass er sterben würde. Sie beugte sich zu ihm herunter und flüsterte:

„Jetzt werde erst einmal wieder richtig gesund. Und dann, Phillip, komm ich wieder. Vielleicht in einem Monat, vielleicht in einem Jahr oder vielleicht noch später. Ich sage dir rechtzeitig Bescheid, damit die Angst bei dir ist, so wie die Angst uns all die Jahre begleitet hat."

Sie nahm seine rechte Hand und umschloss den Zettel vorsichtig mit seinem Finger. Keine Bewegung deutete darauf hin, dass Phillip sie wahrgenommen oder etwas gefühlt hatte. Ein letzter Blick, dann drehte sie sich zur Tür, um das Zimmer zu verlassen. Plötzlich vernahm sie eine aufgebrachte Stimme auf dem Flur, die sie sofort erkannte. Eine zweite flüsternde Stimme versuchte diese Person zu beschwichtigen. Wie versteinert hörte sie dem Dialog unmittelbar vor dieser Tür zu.

„Beruhigen Sie sich. Ich kann Sie nicht zu dem Verletzten lassen, wenn Sie keine Verwandte sind. Also bitte gehen Sie."

„Natürlich können Sie!", kreischte Annabell wütend. „Es würde doch niemand erfahren."

„Ich möchte Sie bitten, jetzt zu gehen, sonst muss ich die Polizei rufen." Die Krankenschwester schien verzweifelt.

„Das ist mir doch egal", erwiderte Annabell störrisch, doch sie hatte ihre Stimme ein wenig gesenkt, wahrscheinlich war ihr bewusst geworden, dass sie sich in einem Krankenhaus auf der Intensivstation befand. „Bitte, lassen Sie mich nur einen Blick auf ihn werfen."

Als sie diese Worte hörte, hielt sie unwillkürlich die Luft an und blickte sich voller Panik im Zimmer um.

Wenn sie mich hier findet, ist alles aus.

Gespannt wartete sie auf die Antwort der Krankenschwester. Beklemmende Sekunden verstrichen, die Angst schnürte ihre Kehle zu. Würde sich diese Tür öffnen? Würde sie noch die Zeit haben, sich zu verstecken? Die Gedanken wirbelten wirr in ihrem Kopf.

Die Stimme der Schwester war jetzt deutlich hinter der Tür zu hören. Stand sie mit dem Rücken davor, die Arme gespreizt und verteidigte unbeirrt ihr Revier gegen das unerlaubte Eindringen dieser ihr unbekannten Frau?

Ein starker Gegner, Annabell würde nicht so leicht aufgeben.

„Es tut mir leid, aber ich kann Sie wirklich nicht zu ihm lassen. Das könnte mich meine Stellung kosten, verstehen Sie. Glauben Sie mir, er würde Sie gar nicht wahrnehmen. Wir haben ihn wegen der Schmerzen in ein künstliches Koma versetzt."

Bei den folgenden Worten, die sie hörte, konnte sie sich ein Lächeln nicht verkneifen.

„Bitte setzen Sie sich doch mit seiner Frau in Verbindung. Es tut mir leid", wiederholte die Schwester hinter der Tür. „Bitte gehen Sie jetzt."

Hatte Annabell einen ebenbürtigen Gegner vor sich? Sie stellte sich ihr Gesicht vor, uneinsichtig, unbeeindruckt, furchtlos. Sie wäre gerne wie sie. Ihre Freundin hatte so viele Dinge, die sie nie gehabt hatte. Einen Vater, der ihr jeden Wunsch von den Augen ablas, ihr alles kaufte, was sie nur wollte. Ein schönes Heim, das ihr niemand wegnehmen konnte, und diese Schönheit und Verspieltheit, sodass jeder Mann in ihrer Nähe ihrem Charme verfiel.

Bitte Annabell, dachte sie, *bitte geh. Ich möchte dir nicht wehtun. Bitte.*

Tränen liefen über ihre erhitzten Wangen, sie wischte sie mit dem Handrücken fort.

„Also gut“, sie konnte Annabells Worte kaum fassen, „diesmal haben Sie gewonnen, aber ich komme wieder und dann lass ich mich nicht noch einmal abspeisen.“ Sie musste sich entfernt haben, denn ihre Stimme war nur noch leise zu hören. „Blöde Kuh“, schien sie zu murmeln.

Erleichterung machte sich in ihr breit, als sie die sich entfernenden Schritte der zwei Frauen im Gang vernahm. Sie wartete noch einen kurzen Augenblick. Mit zitternden Händen drückte sie langsam und behutsam die Türklinke hinunter und steckte vorsichtig den Kopf in den Flur. Der Flur war leer.

Erleichtert trat sie aus dem Zimmer, um ohne Eile den Weg zurück anzutreten. Der Schweiß lief ihr in kleinen Rinnsalen den Rücken hinunter, die Kleidung klebte an ihrem Körper. Das helle Sonnenlicht blendete sie, als sie durch den Eingang des Marienkrankenhauses schritt. Aus diesem Grund hatte sie die junge blonde Frau nicht bemerkt, die kurz vor ihr das Gebäude verlassen hatte, kurzentschlossen umgekehrt war und sie infolgedessen unsanft ineinander rempelten.

„Oh, entschuldigen Sie bitte!“, rief Annabell verschreckt, doch als sie den Kopf hob, huschte ein Lächeln des Erkennens über ihr Gesicht. „Na, das ist ja mal eine Überraschung. Was machst du denn hier?“

Schnell hatte sie sich von ihrem ersten Schrecken erholt und antwortete, ohne auf Annabells Frage einzugehen.

„Genau das Gleiche wollte ich dich fragen. Was machst du hier?“ Es schien sie nicht zu stören, dass sie mit einer Gegenfrage geantwortet hatte. Wahrscheinlich hatte sie es gar nicht bemerkt.

„Ach“, druckste ihre Freundin ein wenig herum, „ich wollte Phillip sehen. Irgendwie habe ich ein schlechtes Gewissen, weil ich ihn so abserviert habe. Und jetzt ist er fast gestorben. Es ist blöde, aber ich wollte ihm einfach sagen, dass es mir leidtut, aber sie wollten mich nicht zu ihm lassen.“

„Dann werden sie ihre Gründe haben, Anna. Er ist verheiratet. Gibt es etwas Neues von deiner Mutter?“, versuchte sie das Gespräch in eine andere Richtung zu lenken.

Sie bemerkte die plötzliche Anspannung bei Annabell.

„Nein, leider nichts.“

„Das tut mir leid, wirklich.“ Sie wandte sich zum Gehen. „Sorry, Anna, ich hab's eilig, vielleicht sehen wir uns später noch.“

„Ja, okay, mach's gut. Bis später.“

Sie spürte, wie Annabell ihr nachschaute, und fragte sich, ob sie locker genug gewesen war oder ob ihre Nervosität ihr aufgefallen war. War es ein wissender, ein fragender oder ein ahnungsloser Blick gewesen, den ihre beste Freundin ihr zugeworfen hatte? Würde sie es wissen, wenn sie sich noch einmal nach ihr umschaute?

Du siehst Gespenster, wo keine sind. Geh einfach weiter, alles ist in Ordnung. Sie versuchte, die Gedanken zu verscheuchen, aber es gelang ihr nicht. *Sie wird sich daran erinnern. Sie wird sich erinnern, mich gesehen zu haben. Sie weiß es jetzt noch nicht, aber sie wird es wissen. Und dann ist es zu spät. Ach Annabell, es tut mir so leid.*

Ich weiß nicht, wie sie es doch noch geschafft hat, hier einzudringen. Sie muss zurückgekommen sein." Simon stand vor der aufgebrachten Krankenschwester, eine kleine pummelige Frau im mittleren Alter, die völlig aufgelöst vor einer halben Stunde die Polizei angerufen hatte. Den Grund ihres hysterischen Anrufes hielt er nun in seinen Händen. Ein zerknitterter Zettel mit computergeschriebenen Wörtern hatte für Unruhe auf der Station gesorgt. Mit zittrigen Händen hatte sie ihm das Stück Papier überreicht.

„Wie sah die junge Frau denn aus?", fragte er erwartungsvoll, während er die Worte immer und immer wieder las. Bewiesen diese wenigen Zeilen, dass Lorenzo nichts mit der Sache zu tun hatte?

Leise murmelte er den Reim vor sich her:

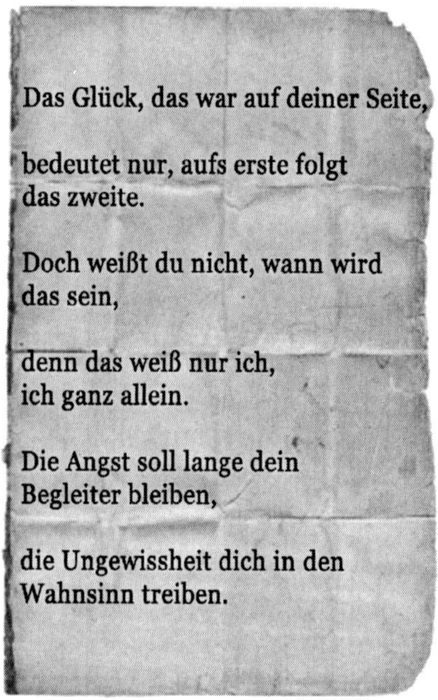
Das Glück, das war auf deiner Seite,

bedeutet nur, aufs erste folgt
das zweite.

Doch weißt du nicht, wann wird
das sein,

denn das weiß nur ich,
ich ganz allein.

Die Angst soll lange dein
Begleiter bleiben,

die Ungewissheit dich in den
Wahnsinn treiben.

„Sie war sehr groß und blond", erwiderte die Schwester, „jung war sie und ziemlich frech." Ihrem Gesichtsausdruck nach schien die Erinnerung an die junge Frau sie wieder aus der Fassung zu bringen. „Hübsch", ergänzte sie scheinbar mit Widerwillen.

Die Beschreibung passt auf Annabell Stein, dachte er jetzt völlig verwirrt. *Aber was bedeutet das jetzt? Hat sie wirklich diesen Zettel hier in Phillip Richters Hand gelegt? Bedeutet das, dass sie eine Serienmörderin ist?*

Irgendwie konnte er es nicht glauben, aber er musste der Sache auf den Grund gehen. Für alle drei Anschläge mussten ihre Alibis nachgeprüft werden, ein Verhör mit ihr hatte höchste Priorität. Er nahm sein Mobiltelefon und wählte Reisers Nummer, der sich nach kurzem Klingeln meldete und interessiert Simons Bericht lauschte.

„Simon, gut, dass du anrufst. Ich habe hier was. Frau Witt hat mir gegenüber erwähnt, dass sie am Abend des Mordes an Enzo Rossi einen grünen Kombi in der Waldstraße gesehen hätte. Bei ihrem ersten Verhör hat sie dies mit keinem Wort erwähnt. Daraufhin bat ich Tom, dieses Auto auf Hundehaare zu untersuchen. Ergebnis: negativ. Wenn der Wagen wirklich am Tatort war und in den Mord verwickelt wäre, dann hätten wir eigentlich welche finden müssen. Ich glaube kaum, dass der Hund zu Fuß bis nach Burgmühle gelaufen ist."

„Glaubst du, sie hat gelogen? Aber warum?"

„Weil sie jemanden schützen will. Weil sie uns deshalb auf eine falsche Fährte führen will. Vielleicht hat sie ja doch etwas beobachtet."

„Und wer fällt uns da ganz spontan ein? Wer ist ihr so nahe, dass sie ihn schützen würde?"

„Jetzt nach dem Vorfall im Krankenhaus fallen mir sogar zwei Personen ein. Sebastian Witt, ihren Bruder, und Annabell Stein, ihre Freundin. Wen von beiden schützt sie?"

Simon spürte eine pochende Stelle in seinem Kopf. Waren sie auf einer völlig falschen Spur? Hatte Lorenzo nichts mit alldem zu tun? War der Drogenhandel eine ganz andere Geschichte?

„Reiser, wir treffen uns bei den Witts. Schauen wir, ob wir da noch irgendetwas herausbekommen. Dann fahren wir zu Annabell Stein. Ich habe das Gefühl, dass wir dort die Lösung finden. Und ruf Tom an. Sämtliche Autos, die auch nur im Entferntesten mit unseren Morden zu tun haben, müssen auf Hundehaare untersucht werden. Gibt es eigentlich etwas Neues von unserem Entführer?"

„Nein, die Fahndung läuft, auch über das soziale Netzwerk WorldXweb. Er scheint vom Erdboden verschluckt worden zu sein. Simon, wenn du mich fragst, hat das der Mistkerl von langer Hand vorbereitet. Du kannst nicht einfach so mir nichts, dir nichts verschwinden."

Simon schluckte. Er wusste es anders.

„Ich befürchte, Reiser, es ist ihm ein zweites Mal gelungen. Doch diesmal ist er nicht alleine. In Begleitung einer Geisel könnte es auch für ihn schwierig werden." Seine düsteren Gedanken sprach er nicht aus. Doch Reiser wusste auch ohne Worte, wie es in ihm aussah.

„Er wird ihr nichts tun, Simon. Warum sollte er erst so ein Theater machen und sie dann töten?"

„Reiser, ich habe es ihr versprochen. Ich habe ihr versprochen, dass ihr nichts passiert. Und glaub mir, wenn dieser Fall hier abgeschlossen ist, werde ich meine ganze Energie darauf verwenden, mein Versprechen einzuhalten."

Mein Gott, Annabell, mach die Tür auf. Die Polizei will mit dir reden." Hubert stand, angelehnt mit beiden Händen, vor Annabells Zimmertür. Mit kraftvollem Klopfen versuchte er zum wiederholten Male, gegen die laute Musik, die aus dem Zimmer drang, anzugehen. Sein Verständnis für ihr Handeln schwand von Stunde zu Stunde. Irgendwann musste auch einmal Schluss sein mit dem Geheule oder was auch immer sie dort drinnen trieb, dachte er genervt, denn er hatte keine Lust mehr, die penetranten Herren von der Polizei mit irgendwelchen Ausreden abzuwimmeln. Außerdem machte ihn die ständige Anwesenheit der Kriminalbeamten nervös. Er holte tief Luft.

„Willst du deiner Mutter nicht helfen?" Er ahnte, dass er sie damit treffen konnte, es war ihm egal, Hauptsache, sie kam endlich aus ihrem Loch gekrochen und stellte sich den beiden Kommissaren, die jetzt zum dritten Mal in seinem Wintergarten standen. Ein junger Mann begleitete sie.

Hubert hastete die Treppe hinunter. Die zwei Polizisten standen am Fenster und schauten in den Garten. Hubert hatte heute früh vorsorglich die Markisen über das Dach des Wintergartens ausgefahren, sodass es angenehm kühl im Raum war, trotzdem schwitzte er. Der junge Mann mit den blonden zerzausten Haaren saß, den Kopf auf den Händen gestützt, auf der Couch, erhob sich ruckartig, als Hubert eintrat, und kam auf ihn zu.

„Herr Stein, darf ich es vielleicht einmal versuchen? Bitte."

Hubert kannte den jungen Mann nicht. Was hatte er mit Annabell zu tun?

„Sind Sie ihr Freund?", fragte er deshalb misstrauisch, schließlich konnte er nicht jeden x-beliebigen Fremden durch sein Haus laufen lassen.

Simon drehte sich rasch um und antwortete stattdessen, eine Aktion, die scheinbar nicht allzu gut bei dem jungen Mann ankam, denn dieser runzelte ärgerlich die Stirn.

„Er ist mein Sohn, Herr Stein. Ihre Tochter und mein Sohn Julian haben gemeinsam die Dummheit begangen, wenn auch in ihren Augen aus durchaus nachvollziehbaren Gründen, in das FitnessStudio einzubrechen. Es kann durchaus sein, dass Annabell ihn sehen will. Das gemeinsam Erlebte schweißt zusammen."

Hubert zündete sich eine Zigarette an, riskierte einen zweiten interessierteren Blick auf Julian und musterte ihn von oben bis unten.

Sieh an, sieh an, dachte Hubert amüsiert. *Meine Tochter und der Sohn des Kommissars, der aussieht wie ein Milchbubi und es faustdick hinter den Ohren hat. Das muss den Herrn Kommissaro schwer getroffen haben.*

„Ich verstehe", sagte er grinsend. Anzüglich und zu Julian gewandt vollendete er den Satz: „Ziemlich dumm, sich erwischen zu lassen, was, junger Mann?"

Reiser, der sich bis jetzt auf Simons Anweisung zähneknirschend zurückgehalten hatte, platzte nun doch der Kragen.

„Das ist ja bei Ihnen ganz anders, nicht wahr, Herr Stein?" Erzürnt drehte sich Hubert zu ihm herum.

„Wollen Sie mir da etwas unterstellen, Herr Kommissar?", fragte er.

„Na ja", war Reiser nicht zu bremsen, „da ist ein ganzer Wald abgefackelt worden. Und das passt Ihnen doch ganz gewaltig gut in den Kram, nicht wahr?"

Hubert lächelte ihn an, sagte aber nichts.

Simon schaltete sich ein, um jeglichen weiteren Streit zu unterbinden.

„Herr Stein, es ist wirklich von äußerster Notwendigkeit, dass wir Ihre Tochter so schnell wie möglich sprechen. Zeugen haben sie vor dem Marienkrankenhaus beobachtet, sie wollte sich Zugang zu Phillip Richters Krankenzimmer verschaffen. Haben Sie eine Ahnung, was Sie da wollte?"

Ein kurzer Moment der Unsicherheit überfiel ihn, doch er antwortete mit sicherer Stimme:

„Wahrscheinlich wollte sie sich nach seinem Befinden erkundigen. Ist das so ungewöhnlich?"

„Kennen die beiden sich so gut? Die Zeugin erwähnte, dass Ihre Tochter sich regelrecht hysterisch aufgeführt hätte, als man sie nicht zu ihm lassen wollte."

„Das weiß ich nicht. Sie kannten sich natürlich, er ging hier ein und aus. Was wollen Sie damit sagen? Dass sie etwas miteinander hatten?"

„Ist das möglich?"

„Natürlich ist das möglich." Seine Augen suchten Julians Blick.

„Sie wissen doch, wie sie aussieht. Da wird schon der ein oder andere schwach werden. Ob das bei Phillip der Fall war, weiß ich nicht. Schließlich ist er verheiratet. Aber das war ja noch nie ein Hindernisgrund, nicht wahr?" Plötzlich stockte er. „He, was soll das hier werden? Verdächtigen Sie etwa meine Tochter, etwas mit seinem Unfall zu tun zu haben?"

Simon reichte ihm den Zettel mit dem Gedicht, das in Richters Zimmer gefunden wurde. Hubert schluckte.

„Was soll das bedeuten?"

„Wissen Sie, ob es Streit zwischen den beiden gegeben hat?", fragte Reiser.

„Hallo!", brüllte Herr Stein ihn an. „Was habe ich Ihnen denn gerade gesagt? Ich weiß nicht, ob die was hatten!"

„Fakt ist, dieser Zettel wurde unmittelbar, nachdem Ihre Tochter im Krankenhaus war, in den Händen von Richter gefunden. Fakt ist auch, dass bei jedem Mord und bei diesem Mordanschlag ein solches Gedicht gefunden wurde. Herr Stein, schreibt Ihre Tochter Gedichte?"

„Woher soll ich das denn bitte wissen, das müssen Sie sie schon selber fragen."

„Ich lese sehr gerne Gedichte, Herr Kommissar." Unbemerkt von ihnen war Annabell in den Wintergarten getreten. Sie sah sehr blass und mitgenommen aus. In ihren Augen schimmerten Tränen. „Rilke zum Beispiel inspiriert mich."

Hubert ging auf Annabell zu, doch sie hob abwehrend die Hände.

„Nicht, Papa“, sagte sie bestimmt.
„Du musst nichts sagen, Kind.“
„Was soll ich nicht sagen, Papa? Was ist das für ein Gedicht, das Sie gefunden haben?“ Sie drehte leicht ihren Kopf und blickte direkt in Julians Augen. „Glaubst du auch, dass ich eine Mörderin bin, Julian? Das ist es doch, nicht wahr, was ihr glaubt, ich hätte diese Menschen getötet.“
Julian senkte seine Augen. Dann schüttelte er den Kopf.
„Verdammt“, überschlug sich Huberts Stimme, „das darf ja wohl nicht wahr sein! Verlassen Sie bitte sofort mein Haus! Was bilden Sie sich eigentlich ein, meine Tochter zu verdächtigen!“
„Beruhigen Sie sich, Herr Stein“, unterbrach Simon ihn. „Wir gehen nur einigen Hinweisen nach, das müssen Sie doch verstehen.“ An Annabell gewandt fuhr er fort: „Es tut uns leid, Frau Stein, aber wir müssen Sie bitten, mit aufs Präsidium zu kommen. Wenn Sie es wünschen, kann Ihr Vater Ihren Anwalt verständigen.“
„So ein Quatsch. Ich bin selber Anwalt und ich werde Sie mit meiner Tochter nicht alleine lassen. Das können Sie mir glauben“, mischte sich Hubert empört ein. „Sie sollten Ihre Energie besser darauf konzentrieren, meine Frau zu finden. Absurd!“ Als Simon zu Annabell trat, hob sie den Kopf und blickte ihn mit offenen Augen an.
„Was ist das für ein Gedicht?“, wiederholte sie ihre Frage von vorhin.
Simon reichte ihr wortlos den Zettel. Aufmerksam begann Annabell zu lesen. Ihr langes blondes Haar fiel ihr ins Gesicht, fast beiläufig strich sie es nach hinten. Niemand sprach ein Wort. Völlig unvermittelt schlug Annabell ihre Hände vor ihr Gesicht und begann zu weinen.
Reiser räusperte sich. Manchen Männern war es unangenehm, Frauen weinen zu sehen. Hubert hasste es.
„Dieser Zettel, Frau Stein, wurde in Phillip Richters Händen gefunden. Es gibt Zeugen, die Sie vor seiner Tür im Krankenhaus gesehen haben, als Sie sich Zutritt zu seinem Zimmer verschaffen wollten“, sagte Reiser in einem energischen Ton.

„Ja, ich war da“, Tränen schimmerten in ihren Augen, „aber sie haben mich nicht zu ihm gelassen. Ich war gar nicht bei ihm, das müssen Sie mir glauben.“

„Was wollten Sie dort? Haben Sie ein Verhältnis mit Phillip Richter? Und wer, wenn nicht Sie, war außerdem bei ihm im Krankenhaus? Die Krankenschwester kann sich an niemanden sonst erinnern“, bemerkte Reiser mit ernster Miene. Julian hatte Annabell nicht aus den Augen gelassen. Jede Regung in ihrem Gesicht beobachtete er. Ein Schatten der Trauer huschte über ihr Gesicht. Doch sie antwortete nicht.

Hubert schaltete sich erneut ein:

„Da hören Sie, sie war nicht bei ihm im Zimmer. Dafür haben Sie keine Zeugen. Also gehen Sie jetzt.“

„Frau Stein?“ Simon ignorierte seinen Einwand und richtete seine Aufmerksamkeit ausschließlich auf Annabell. „Sie arbeiten ab und zu im Altenheim, nicht wahr?“ Überrascht schaute sie hoch.

„Ja, ich arbeite mit den alten Leuten, ein bisschen Gymnastik. Es macht mir und ich glaube auch den Leutchen viel Spaß. Warum fragen Sie?“

„Haben Sie jemals eines der Pflegedienstautos in Anspruch genommen?“

„Nein, wieso sollte ich? Ich habe mein eigenes Auto.“ Verwirrt blickte sie sich um.

„Wissen Sie, wo sich die Schlüssel von den Autos befinden?“

„Nein, was soll das?“ Die Angst und Trauer in ihrem Gesicht hatte sich in Empörung verwandelt.

„Wir brauchen Ihre Alibis für Samstagmorgen, Sonntagabend und Montagnacht. Es ist besser, wenn Sie uns jetzt aufs Präsidium begleiten, Frau Stein, damit wir alles protokollieren können. Wenn Sie so nett wären.“

„Nein!“ Empört stellte sich Hubert zwischen Simon und seine Tochter. „Sie geht nirgendwo hin.“

„Ist schon gut, Papa, das ist alles bestimmt nur ein Missverständnis.“ Und zu Simon gewandt sagte sie: „Wenn Sie mich nur einen Moment noch entschuldigen, ich hole eben meine Tasche aus meinem Zimmer." Damit verließ sie kerzengerade das Wohnzimmer. Simon drehte sich zu Hubert Stein um.

„Wir verhaften Ihre Tochter nicht, sondern vernehmen sie. Sie können gerne dabei sein."

„Da können Sie Ihren Arsch drauf verwetten, dass ich dabei sein werde."

Niemand von ihnen hatte bemerkt, dass Annabell leise zur Vordertür gegangen und das Haus verlassen hatte. Erst das Aufheulen eines Motors schreckte sie auf. Reiser hechtete zur Haustür, doch alles, was er im gleißenden Sonnenlicht noch sah, waren die Bremslichter von Annabells Mini, als sie um die Straßenecke verschwand.

„Scheiße, verfluchter Mist. Sie ist weg", bemerkte Reiser überflüssigerweise. „Herr Stein, wo könnte sie hinwollen? Mann, überlegen Sie!"

„Keine Ahnung, vielleicht hatte sie einfach nur keinen Bock, mit Ihnen zu gehen", erwiderte Hubert Stein mit einer gewissen Schadenfreude in seiner Stimme.

Der Streit zwischen Reiser und ihm schien zu eskalieren. Wütend packte Reiser Hubert Stein am Kragen seines Hemdes. Er hätte zugeschlagen, doch Simon konnte es gerade noch verhindern, indem er die zwei Streithähne auseinander brachte. Scheinbar überrascht über den Ausbruch seines Partners sagte er:

„Entschuldigen Sie das Benehmen meines Kollegen, aber wir versuchen hier etwas Licht ins Dunkle zu bringen, und da wäre etwas Entgegenkommen Ihrerseits sehr willkommen, Herr Stein." Gerade wollte Hubert ihm eine passende Antwort dazu geben, als Julian, der ebenfalls von ihnen unbemerkt den Raum verlassen hatte, das Zimmer wieder betrat.

„Dad", er hielt ein Stück Papier in der Hand und hielt es hoch,

„vielleicht bringt uns das ja weiter." Betroffenheit schwang in seiner Stimme.

Erbost lief Hubert auf ihn zu.

„Was fällt dir ein, einfach so in unserem Haus rumzuschnüffeln!“ Er wollte ihm den Zettel entreißen, doch Simon war schneller. Kurz blickte er auf das Geschriebene.

„Setzen Sie sich, Stein, und sagen Sie uns endlich, wo Ihre Tochter sein könnte.“

Frau Richter, es tut uns leid, wenn wir stören, aber können Sie uns sagen, wo Ihre Tochter ist?" Simon schaute besorgt auf Theresa Richter, die klein und zart neben ihrem Sohn Sebastian wirkte. Schützend hatte ihr Sohn den Arm um ihre Schulter gelegt. Ihre Augen wirkten hohl in dem weißen starren Gesicht, jegliche Freude war daraus verschwunden. Still nickte sie und ließ Reiser und Simon eintreten. Umzugskisten stapelten sich in der Diele, im ganzen Haus herrschte Aufbruchsstimmung.

„Sie ziehen um?", fragte Simon, obwohl es in Anbetracht der Kisten eine völlig überflüssige Frage war. Es war auch mehr eine Feststellung als eine Frage und so schien auch Theresa Richter es empfunden zu haben, denn sie antwortete mit einer Gegenfrage.

„Was wollen Sie von meiner Tochter?"

„Wir hatten Ihre Tochter mehrmals gebeten, ins Präsidium zu kommen, doch dort ist sie nicht erschienen. Können Sie sich erklären, warum das so ist?"

„Vielleicht hat Ihnen meine Schwester nichts zu sagen", antwortete Sebastian Witt anstelle seiner Mutter. Aufsässigkeit lag in seiner Stimme.

„Gut." Reiser blickte Sebastian ernst an. „Dann fangen wir erst einmal mit Ihnen an. Denn Sie haben uns auch noch so einiges zu erklären."

„Ach ja, und was sollte das wohl sein?"

„Zum Beispiel, wo Sie in der Nacht von Sonntag auf Montag waren. Unsere Ermittlungen haben ergeben, dass Sie sich des Öfteren bei Hubert Stein in der Kneipe aufhalten."

„Ach, und ist das vielleicht verboten?"

„Arbeiten Sie hin und wieder für Hubert Stein?"

„Auch das ist nicht verboten."

„Nein, nur dann, wenn es sich um illegale Dinge handelt. Vielleicht zum Beispiel einen Wald abfackeln zu lassen."

„Ich weiß nicht, wovon Sie sprechen." Sebastian Witt wirkte selbstbewusst.

„Entschuldigen Sie, Frau Richter", schaltete sich Simon ein. „Wir sind eigentlich wegen Ihrer Tochter hier."

„Kommen Sie hier herein, meine Herren." Theresa zeigte mit der Hand leicht nach links auf eine Tür. „Da können wir uns wenigstens noch setzen."

Sie folgten ihr in ein Zimmer, das das Wohnzimmer gewesen sein mochte. Auch hier bot sich ihnen das gleiche Bild wie schon im Eingangsbereich zuvor. Sebastian folgte ihnen übellaunig. Inmitten der Umzugskisten standen eine Couch und zwei Sessel. Auf einem kleinen Wohnschrank, der noch nicht ganz leergeräumt war, stand zwischen Gläsern und Vasen ein Bilderrahmen. Im Vorbeigehen erkannte Simon das Foto einer glücklichen Familie.

„Seit gestern Abend haben wir nichts mehr von Charlotte gehört. Sie ist die Nacht nicht nach Hause gekommen. Wir machen uns schreckliche Sorgen." Bei diesen Worten nahm sie Sebastians Hand in ihre Hände. Er wehrte sich nicht. „Sebastian hat die ganze Nacht gesucht. Er war auch bei Annabell, doch dort war sie auch nicht. Sebastian wollte sich gerade auf den Weg zu Ihnen machen, nicht wahr, Sebi?"

„Annabell Stein?", horchte Simon interessiert auf. „Haben Sie mit ihr gesprochen, Herr Witt?"

„Nein, ihr Vater hat gesagt, sie wäre nicht da und Charlotte hätte er auch nicht gesehen. Das muss ich ihm ja dann wohl glauben." Sebastian schien nicht überzeugt. Er wirkte unruhig. „Und dann hat er noch gesagt, dass er Wichtigeres zu tun hätte als hinter zwei nervenden jungen Püppis herumzuschnüffeln. Wahrscheinlich meinte er damit seine verlorengegangene Frau", fügte er ironisch hinzu.

„Waren Sie schon im Sonnengarten, vielleicht hatte sie ja Dienst, musste für jemanden einspringen?"

Sebastian schüttelte den Kopf.

„Nein, da habe ich natürlich als erstes nachgefragt." Theresa fing an zu weinen.

„Ich ertrage das nicht", schluchzte sie und nahm das kleine gerahmte Foto in die Hand, das auf dem Wandschrank stand.

„Mama, weine doch nicht."

„Frau Richter, wir fragen aus einem ganz bestimmten Grund. Es könnte sein, dass sich Ihre Tochter in Gefahr befindet. Wir haben Indizien dafür, dass Annabell Stein etwas mit den Morden zu tun hat und Ihre Tochter davon vielleicht Kenntnis hat."

„Annabell!" Sebastian schaute ungläubig. „Wieso Annabell?"

„Mein Gott!" Theresa umklammerte krampfhaft das Bild in ihren Händen.

„Annabell hat versucht, sich Zugang zu Phillip Richters Zimmer zu verschaffen. Sie wurde dabei gesehen. Irgendwie ist es ihr gelungen, in das Zimmer zu gelangen, wir haben einen Beweis, dass sie dort war."

„Annabell war Richters Freundin, vielleicht war sie deshalb dort." Simon und Reiser blickten sich an.

„Ach, woher wissen Sie das?"

„Keine Ahnung, ich weiß es halt. Weiß doch jeder."

„Wissen Sie auch, ob die zwei Streit hatten? Und kennen Sie die Verbindung von Annabell zu Christoph Stein und Enzo Rossi?"

„Na ja, zu Chrissy ist ja ganz klar. Der hat ja ihre Mami gepoppt, allerdings habe ich keine Ahnung, ob sie das wusste. Und Charlotte hat mir mal gegenüber erwähnt, dass dieser Schmierenkasper Enzo Annabell nachgestellt und sie regelrecht belästigt hätte."

„Frau Richter", wandte sich Simon Theresa zu, „denken Sie nach. Wo könnte Ihre Tochter sein? Annabell Stein ist auch verschwunden und ich glaube, sie weiß, wo sich Ihre Tochter befindet."

Ängstlich hielt Theresa den Bilderrahmen in ihren Händen und wippte leicht mit dem Oberkörper vor und zurück. Ihre Augen waren geschlossen und sie begann, leise vor sich her zu reden:

„Gott wird mir nicht noch ein Kind nehmen", flüsterte sie, dann öffnete sie ihre Augen und schaute sie mit starrem Blick an.

„Schauen Sie hier." Sie hielt ihm das Bild entgegen. „Das sind meine drei Schätze." Simon nahm das Foto und betrachtete es neugierig. Eine junge fröhliche Theresa lachte dem Fotografen glücklich zu. Drei Kinder, zwei Mädchen und einen Jungen im Alter von etwa einem Jahr, hielt sie engumschlungen auf dem Schoß. „Es sind Drillinge", ergänzte sie.

„Mama, bitte", sprach Sebastian ungewohnt ernst. „Das gehört doch jetzt nicht hier hin."

Simon blickte in Sebastians traurige Augen.

„Das sind Sie und Ihre Schwester Charlotte, nicht wahr? Wie heißt das andere Mädchen?" Aber etwas anderes hatte Simons Interesse geweckt. Auf dem Foto trug Theresa goldene Ohrstecker, die dem am Tatort gefundenen Schmuckstück bis ins kleinste Detail glich. Sebastian antwortete nicht.

„Sie hieß Sophie", schluchzte Theresa laut. Sie nahm Simon den Bilderrahmen aus der Hand und streichelte sanft über das Glas. „Sie hat sich das Leben genommen. Und niemand weiß, wieso. Da war sie sechzehn."

Betroffen blickten die Kommissare sich an. Sie dachten beide dasselbe: *Sophie.*

Wortlos reichte Simon Sebastian Witt das Gedicht, das sie bei Annabell gefunden hatten. Mit versteinertem Gesicht begann er zu lesen, erst leise, dann noch einmal laut:

„Meine Angst, in deine Augen zu blicken,
unbeabsichtigt dir Zeichen zu schicken.
Dir nicht die Wahrheit sagen zu können,
meinem Herzen keine Ruhe zu gönnen,
bringt mich bald zum Ende meiner Reisen,
auch wenn es niemand wird beweisen,
so werd ich dich als Freundin doch verlieren,
das kann ich niemals akzeptieren.
Ich wart auf dich an Sophies Grab,
an diesem heißen Sommertag.
Hab keine Furcht, ich bin bereit.
Sie ist gekommen, meine Zeit."

„Hat das Annabell geschrieben?“, fragte Sebastian leise.

„Das wissen wir nicht, Herr Witt. Wir haben es in ihrem Zimmer gefunden.“

Aus Theresas Kehle entwich ein markerschütternder Schrei, so voller Leid und Schmerz, wie ihn Simon selten gehört hatte. Erschreckt schauten die drei Männer sie an. Ihr Gesicht schien um Jahre gealtert. Bestürzt und verängstigt nahm Sebastian Witt seine Mutter in die Arme.

„Charlotte“, sprach sie heiser die Worte aus, „Charlotte hat dieses Gedicht geschrieben. Ich fühle das.“ Voller Angst zog sie an Simons Ärmel. „Bitte, lassen Sie mein Kind nicht sterben.“

Um die rastlose Unruhe, die die neue Bewohnerin schon den ganzen Tag verspürte, in positive Energie umzuwandeln, wirbelte sie in ihrem Häuschen allerlei Staub auf. Einige kleinere Möbelstücke, die den Zenit des Brauchbaren längst überschritten hatten, trug sie bis an die Straße, damit sie am nächsten Morgen durch den Sperrmüll entsorgt wurden. Danach saugte und schrubbte sie die Böden, wischte die Kacheln ab, polierte die Möbel und verrückte alle Gegenstände, die sich ihr in den Weg stellten. Bis sie vor Erschöpfung in den alten Schaukelstuhl ihrer Großmutter plumpste und die Augen schloss.

Die tiefstehende Sonne war hinter den Bäumen verschwunden und ein Dämmerlicht hatte sich wie ein vergilbtes Tuch über das Haus gelegt, ohne dass sie etwas davon bemerkte. Eine unnatürliche, gespenstische Stille hatte sich unvermittelt in der Wohnstube ausgebreitet. Nur das leichte Knarzen des Schaukelstuhls – Molly hatte ihn ganz unbewusst, wie sie es auch früher schon immer getan hatte, in Schwingung gebracht – war zu vernehmen.

„Molly, Molly", hörte sie auf einmal die leise liebevolle Stimme ihres Gatten Eduard, „du musst langsam zum Ende kommen."

„Josefine, mein liebes Kind", raunte es plötzlich in einer wesentlich resoluteren Stimmlage, „du musst dich sputen, sonst ist es zu spät, viel zu spät." Molly seufzte. So viele Jahre hatte sie diese Stimme schon nicht mehr vernommen.

Eine dritte Stimme mischte sich ein:

„Tante Josefine, finde meinen Mörder, finde ihn endlich!"

Von allen Seiten hörte sie ein immer lauter werdendes, aufgebrachtes Tuscheln, Wispern und Flüstern, das zu einer ohrenbetäubenden Sinfonie anschwoll.

„Molly, Josefine, Tante Josefine, Molly Jo! Denk an das Puzzle!" Entsetzt hielt sie sich die Ohren zu. Verwirrt öffnete sie die Augen und sprang mit einem Ruck aus dem Schaukelstuhl. Das Puzzle.

Viel zu lange hatte sie gezögert. Sie musste sich jetzt endlich mit den gesammelten Puzzleteilchen beschäftigen, sie musste ihr Versprechen wahrmachen und Christophs Mörder finden.

Aufgeregt schnappte sie sich den Schuhkarton, der seit ein paar Tagen auf der Kommode stand, und verschwand damit in die Küche. Sorgfältig leerte sie den Inhalt auf den blank polierten Holztisch und begann, die einzelnen Gegenstände zu sortieren: die Zeitung aus Christoph's Schreibtisch mit der Todesanzeige von Sophie Witt, einen Brief, den sie erst kurz vorher in ihrer Schürze wiederentdeckt hatte, geschrieben in einer zierlichen, etwas unbeholfenen Handschrift, einen Mitgliedsausweis vom Fitnessclub BFit, ein Foto von vier fröhlichen Jugendlichen und diverse, von ihr selbst verfasste Notizzettel.

Nachdenklich und konzentriert schaute sie sich jedes Detail der Reihe nach an. Vor Molly's Augen tauchte plötzlich wieder die geheimnisvolle Gestalt vom Friedhof auf, die so verzweifelt auf dem Grab von Sophie Witt gelegen hatte. Erst Tage später hatte sie ihre Identität durch Zufall herausgefunden. Ganz erschüttert hatte sie auch den Brief von Sophie an ihren Neffen Christoph ein weiteres Mal gelesen, und nachdem sie das Foto der jungen Leute immer wieder studiert hatte, spürte Molly, dass sie einem Geheimnis auf die Spur gekommen war und dass dieses Geheimnis sie zu dem Mörder von Christoph führen würde. Sie wusste, dass sie keine hiebund stichfesten Beweise vor sich liegen hatte, aber sie konnte kombinieren und Vermutungen anstellen und ganz intuitiv erkannte sie, dass ihre Überlegungen in die richtige Richtung wiesen. Jetzt musste sie schnell handeln.

Ohne lange zu überlegen, verstaute Molly die einzelnen Hinweise wieder im Karton, schnappte sich die Autoschlüssel und fuhr in einem rasanten Tempo auf direktem Weg in das Kommissariat. Dabei hätte sie beinahe eine rote Ampel übersehen.

Die Hoffnung, diesmal vielleicht den netten schlanken Kommissar zu erwischen, erfüllte sich für Molly nicht. Nachdem sie sich ordnungsgemäß angemeldet hatte, wurde sie von einem übelgelaunten Beamten mit langen fettigen Haaren empfangen. Sie verlangte ausdrücklich nach Hauptkommissar Hachenberg.

„Es ist außerordentlich wichtig. Es geht um Leben und Tod, verstehen Sie. Etwas Verhängnisvolles liegt in der Luft. Die Toten werden unruhig. Hier in diesem Karton befinden sich einige sehr wichtige Hinweise." Sie versuchte, ihrem Gegenüber die Dringlichkeit gestenreich und mit sehr viel Vehemenz darzulegen, aber alle Versuche waren wieder einmal vergeblich.

„Bitte ersparen Sie mir Ihre Gespenstergeschichten. Die Herren Hachenberg und Reiser sind leider nicht vor Ort, versuchen Sie es doch zu einem späteren Zeitpunkt wieder. Wenn Sie mich entschuldigen, die Arbeit ruft."

Sie konnte es nicht glauben. Wie einen begossenen Pudel hatte man sie stehen lassen. Wütend verließ sie das Polizeigebäude. Sie würde sich an höherer Stelle beschweren.

Aber was sollte sie jetzt tun? Nervös lief die alte Dame vor ihrem Auto auf und ab. Schließlich griff sie in ihre Handtasche, die noch auf dem Beifahrersitz gelegen hatte, und zog ein nagelneues glänzendes Mobiltelefon heraus. Stolz betrachtete sie einige Sekunden lang ihre neueste pinkfarbene Errungenschaft, die sie in einem spontanen Anfall von Pioniergeist in einem der neuen kleinen schicken Handy-Läden erstanden hatte. Da sie sich die Bedienung von dem netten jungen Verkäufer ausführlich hatte zeigen lassen, stand der Benutzung nun nichts mehr im Wege. Sie überlegte kurz und wählte dann mit sicheren Fingern einer Eingebung folgend die Telefonnummer von Theresa Richter. Nach längerem Klingeln – vor Aufregung hüpfte sie von einem Bein auf das andere – wurde endlich abgenommen.

„Frau Richter, Theresa? Sind Sie es?", fragte Molly vorsichtig, als sich niemand meldete. „Hier ist Mrs. Hazelwood, kann ich kurz mit Ihnen sprechen?" Ein verzweifeltes Schluchzen war jetzt aus der Leitung zu vernehmen. Dazwischen konnte Molly immer wieder einzelne Wortfetzen ausmachen:

„... die arme Sophie ... Friedhof ... meine Charlotte ...", stammelte Theresa in den Hörer.

Das reichte Molly. Schnell verabschiedete sie sich und legte auf.

Sie hatte es gewusst. Der Friedhof, das Reich der Toten, die Grabstelle von Sophie Witt, all das spielte eine ganz entscheidende Rolle. Es war der Schlüssel zu dieser Tragödie. Kurz entschlossen warf sich Mrs. Hazelwood hinter das Steuer ihres Wagens und düste in Richtung Waldfriedhof davon.

Ich habe dir doch versprochen, dass ich wiederkomme, Sophie." Sie legte ihre Hand auf die kühle Grabplatte. Zärtlich malten ihre Finger die eingemeißelten Buchstaben und Zahlen nach. „Wieso, Sophie? Wieso hast du mir all das verheimlicht? Niemandem hast du davon erzählt, noch nicht einmal mir. Aber du wollest, dass ich es weiß, nicht wahr, Sophie? Wir waren eins, wir beide. Und du hast mir nicht vertraut. Weil du wusstest, dass ich alles Menschenmögliche tun würde, dich von diesem schrecklichen Vorhaben abzuhalten. So viele Jahre habe ich gebraucht, dein Rätsel zu entschlüsseln. Du hast es mir nicht leicht gemacht. Wie viele deiner Gedichte musste ich immer und immer wieder lesen, um zu begreifen, was dir angetan wurde."

Tränen und der wieder einsetzende Regen verschleierten ihr den Blick. Sie hatte die Nacht auf dem Friedhof verbracht, niemand hatte sie gestört oder wahrgenommen. Sie wartete.

„Hier ist es, Sophie. Hier ist dein Tagebuch, gefüllt mit Rätseln, mit Gedichten und Geschichten deines kurzen Lebens. Ich gebe es dir zurück."

Sie bückte sich und begann mit bloßen Händen, ein Loch direkt neben der Grabplatte zu buddeln. Die vom Regen aufgeweichte Erde fühlte sich nass und schwer an. Der Dreck sammelte sich unter ihren Fingernägeln. Doch das bekümmerte sie nicht. Immer weiter umschlossen ihre Hände die feuchte Erde, bis sie plötzlich innehielt. Sie wusste, dass sie gekommen war. Ohne sich umdrehen zu müssen, spürte sie ihre Nähe.

„Du bist gerade zum richtigen Zeitpunkt gekommen, Annabell." Sie hob das kleine Büchlein in die Höhe. „Schau hier, Liebste. Das hier ist Sophies Vermächtnis. Der Gerechtigkeit ist genüge getan, Annabell. Das Rätsel, das sie mir hinterließ, ist gelöst. Er ist tot, somit gebe ich ihr Buch an sie zurück. Verstehst du das?"

Ganz langsam, wie in Zeitlupe, drehte sich Charlotte zu ihrer

Freundin um. In deren glänzenden Augen erkannte sie ihre eigene tiefe Trauer und Verzweiflung, die sie umgab. Charlotte fühlte die Nässe in ihrem Gesicht. Ihre Tränen vermischten sich mit dem Dreck zu einer klebrigen Masse.

„Es sind Gedichte, Annabell", schluchzte sie jetzt laut auf. „Alles verdammte Gedichte."

Wütend schleuderte sie das Buch in das Erdloch. Nasser Dreck spritzte hoch und beschmutzte ihre Jeans. Ihre Schultern bebten, als der Weinkrampf sie übermannte.

Annabell trat vorsichtig einen kleinen Schritt auf sie zu und schlang ihre Arme um ihre schluchzende Freundin. Charlotte klammerte sich an sie, als würde sie ertrinken.

„Ich musste es tun." Ihre Worte waren kaum zu verstehen. Charlotte hob langsam den Kopf. Der Ausdruck in Annabells Augen verriet deren Verwirrung.

„Erkläre es mir, Lotte. Ich verstehe es nicht."

Unbändiger Zorn stieg in dem verzweifelten Mädchen hoch.

„Du kannst doch froh sein, dass er tot ist, Anna. Er hat deine Mutter gefickt und sie dabei auch noch fotografiert. Er war ein Schwein!"

Annabell zuckte bei diesen Worten zusammen. Entsetzt hielt sie ihre Hand vor den Mund, so als ob ihr übel wurde, und sie schien zu begreifen, dass ihre Befürchtungen sich bewahrheitet hatten. Hatte sie noch immer gehofft, einem Irrtum erlegen zu sein?

„Aber das Verhältnis mit meiner Mutter hat doch nichts mit dir zu tun, Lotte."

Zornig packte Charlotte Annabell an den Armen und umschloss sie mit unbändiger Kraft. Diese stöhnte, aufgrund der Hämatome, die Rainer Hoffstedt an ihren Oberarmen hinterlassen hatte, vor Schmerzen auf. Unsanft drückte Charlotte sie auf Sophies Grab.

„Er hat auch Sophie gefickt, Annabell. Er hat sie entjungfert und dann fallen gelassen wie ein Stück Dreck. Kannst du mir folgen? Deshalb liegt sie jetzt in der Erde, verstehst du?" Die Stimme klang verzerrt.

Annabells Blick offenbarte ihr, was sie in diesem Augenblick dachte. *Ich bin ihr fremd. Sie erkennt nicht mehr die vertraute Person in mir, mit der sie so lange befreundet war. Und ich sehe die Angst, die in ihr hochkriecht. Sie hält mich für verrückt,* schoss es ihr durch den Kopf. Mit dem Rücken auf dem Grabstein lag ihre beste Freundin ausgestreckt, ihre Beine und Arme im Schmutz, und starrte sie furchtsam und konfus an. Auch in Charlottes Kopf dröhnte die Angst. Sie konnte nicht mehr klar denken. Die Müdigkeit überrollte sie.

„Meine wunderschöne Sophie", sprach sie weiter, „hat mir dieses Buch hier, voller rätselhafter Reime, hinterlassen. Zuerst dachte ich, es wären einfach nur Gedichte, doch je öfter ich sie las, umso bewusster wurde mir, dass sie mir etwas Wichtiges erzählen wollte."

Charlotte reckte den Kopf in die Höhe, stellte sich in Position, wie ein Theaterschauspieler auf der Bühne, und begann mit monotoner, tragischer Stimme zu sprechen:

„Das Glück umarmt mich wie ein Schleier,
leicht transparent und schwerelos.
Mein Leben ist unendlich freier,
nicht traurig und nicht hoffnungslos.
Die Liebe hält mich wie ein starkes Band,
recht unbefangen, doch auch scheu.
Mein Liebster nimmt mich an die Hand
und zeigt mir froh das Leben neu."

Erschöpft brach sie ab, ihr Blick schaute ins Leere. Sie war wie in Trance, war nicht mehr im Hier und Jetzt. Sie hatte Raum und Zeit verlassen. Sekundenlang blieb es still, dann senkte sie langsam den Kopf und lächelte traurig.

„Wunderschön, nicht wahr, Liebste?"

„Ja", hauchte Annabell. „Wunderschön." Ihr Gesicht war schmerzverzerrt. Vorsichtig versuchte sie sich aufzurichten, indem sie sich seitlich mit ihren Ellbogen abstützte, sodass sie sich in einer etwas bequemeren Sitzhaltung befand. Zaghaft streckte sie einen Arm aus und nahm Charlottes eiskalte Hand in die ihre. Trotz der Hitze fühlte sie, wie ihre Freundin erschauerte.

„Komm, setz dich zu mir, bitte."

Behutsam zog sie Charlotte zu sich hinunter. Die letzten Tage hatten Spuren in Annabells Gesicht hinterlassen. Jegliche Fröhlichkeit war daraus verschwunden. Die Geiselnahme, die Entführung ihrer Mutter und das entsetzliche Begreifen, dass ihre beste Freundin eine eiskalte Mörderin war, hatten gute Arbeit geleistet. Ihre sonst so strahlende Haut war blass und fahl. Dunkle Augenringe zeugten von zu wenig Schlaf, ihr Haar hing ihr schweißnass ins Gesicht. Nichts war von der strahlenden Schönheit Annabells geblieben und Charlotte verspürte eine Art Genugtuung, als sie dies erkannte.

Jetzt bist du nicht mehr schöner als ich, dachte sie, doch es machte sie nicht froh.

„Charlotte, ich verstehe jetzt, warum du glaubst, dass Christoph sterben musste, was aber ist mit Enzo? Und mit Phillip?" Vorsichtig streichelte Annabell ihr das Haar aus dem Gesicht. Es fühlte sich gut an. „Was haben die beiden dir getan?" Ihre Stimme klang vorwurfsvoll und Charlotte reagierte erneut mit ungezügeltem Zorn. Sie funkelte Annabell böse an, zog ihre Hand zurück und lachte ein grausames Lachen.

„Anna, Anna, Anna, was soll ich nur mit dir machen?" Höhnisch spuckte sie die Worte aus und Annabell blickte sie entsetzt an.

„Enzo, der kleine Wurm. Er war ganz vernarrt in dich, nicht wahr? Er hat mir Anabolika besorgt. Der kleine italienische Spaghettifresser hat wirklich versucht, mich zu erpressen. Dumm, dumm. Er meinte, ich solle ein gutes Wort bei dir für ihn einlegen, weil er es

mit dir treiben wolle. Dann würde er auch nicht der Polizei erzählen, wofür ich Anabolika gebraucht hätte und warum ich am Morgen des Mordes aus Christophs Haus spaziert wäre. Er war auch ein Schwein. Ein kleiner unbedeutender Wurm."

Mein Gott, dachte Annabell verzweifelt, was hatte sie sich dabei nur gedacht. Sie saß einer Verrückten gegenüber und niemand wusste, wo sie war. Sie wollte in ihrer besten Freundin einfach keine Serienmörderin sehen. Als ihr bewusst wurde, in welcher Gefahr sie schwebte und die Möglichkeit durchaus bestand, das nächste Opfer zu werden, hielt sie voller Panik den Atem an. Verstohlen blickte sie sich um. Sophies Grab befand sich ganz am Ende des Friedhofes in einer Sackgasse, doch sie hoffte inständig, dass bald jemand vorbeikommen würde, denn die kleine Friedhofskapelle lag ganz in ihrer Nähe.

Charlotte bemerkte ihren Blick und es schien, als ob sie ihre Gedanken erraten hätte. Ihr Lächeln wirkte zynisch.

„Mach dir keine Sorgen, Anna. Wir sind hier ungestört. Um diese Zeit und dazu in dieser Hitze verirrt sich selten jemand hierhin."

Halt sie am Reden, weiter am Reden.

„Wo war ich stehen geblieben? Ach ja. Es war so einfach. Ich habe ihn beobachtet. Er verließ das Haus mit seinem Hund und ich wusste, welche Strecke er ging, denn wenn ich bei Frau Peters war, hab ich ihn des Öfteren gesehen. Also hatte ich Zeit, alles vorzubereiten. Es regnete in Strömen, deshalb würde mich niemand sehen. Ich befestigte den Strick an dem Baum und stellte den Schemel darunter. Dann wartete ich hinter einem anderen Baum. Hätte jemand das skurrile Bild gesehen, er hätte gedacht, dass es eins von den Kunstwerken wäre, die immer wieder im Wald auftauchten." Gedankenverloren blickte sie ins Leere. „Weißt du noch, als wir beim Joggen immer die kleinen Kunstwerke bewundert haben? Was war da alles dabei? Weißt du es noch?" Als die Angesprochene nicht antwortete, schubste sie diese unsanft. „Annabell, hörst du mir überhaupt zu?!", schrie sie plötzlich und ihre Freundin zuckte zusammen.

„Natürlich kann ich mich an die Kunstwerke erinnern. Ein gewobenes Netz zwischen den Sträuchern, ein als Flamme angemalter Baumstamm. Kleine bunte glänzende Kreise auf abgeholzten Bäumen."

Jetzt lächelte Charlotte glücklich.

„Genau, das war doch wunderschön, nicht?"

„Ja, das war toll."

„Und wir wussten nie und wissen bis heute nicht, wer sich so etwas hat einfallen lassen."

Annabell stöhnte. Ihr Rücken schmerzte auf der kalten Grabplatte. Sie versuchte die Stimmung auszunutzen und drückte sich mit den Händen nach oben.

„Charlotte, ich muss nach Hause, vielleicht gibt es Nachricht von meiner Mutter. Tu mir einen Gefallen, bitte, gehe zu Julians Vater. Sprich mit ihm, er wird dir zuhören."

„Du wirst nirgendwo hingehen, Anna." Charlottes Stimme klang eiskalt. „Nur du allein wirst mir zuhören, niemand sonst. Und nur du wirst es wissen. Und dann gehen wir zusammen ins Paradies. Du und ich."

Viel zu spät erkannte sie den kleinen Gegenstand, den Charlotte aus ihrer Tasche zog, und begriff erst, als sie einen kleinen schmerzhaften Stich im Oberarm spürte, dass es sich wohl um eine Spritze handeln musste. Ihre Beine wurden schwach, ihr Kopf leer und dann war da nur noch Dunkelheit ...

„Sophies Grab, Sophies Grab.“ Immer wieder murmelte Julian die Worte vor sich hin. Er wusste nichts damit anzufangen. Gräber? Er musste zum Friedhof. Doch wo anfangen? In Heiligenburg gab es drei Friedhöfe. Der eine lag an der alten Heiligenburger Kirche, ein anderer direkt am Wald und noch ein anderer lag mitten im Ort. Und keiner von den dreien war besonders klein, somit würde seine Suche sich als schwierig erweisen. Wie sollte er vorgehen? Er hatte nicht den blassesten Schimmer.

Das Gedicht hatte ihn beunruhigt. Julian glaubte nicht, dass Annabell irgendetwas mit den Morden zu tun hatte. Und doch war sie im Besitz dieses Gedichtes und es gab Zeugen, die sie im Krankenhaus gesehen hatten. Das ließ sich nicht leugnen. Es musste eine einfache Erklärung dafür geben. Er wusste, dass die Zeit zwischen dem Anschlag auf Phillip Richter und ihrem Einbruch ins Fitness-Studio am Montagabend viel zu kurz gewesen wäre. Sie hatten sich gegen halb eins vor dem Fitness-Studio verabredet und Annabell hatte ihm nicht gerade den Eindruck vermittelt, wenige Minuten vorher Phillip mit dem Auto überfahren zu haben. Sie war weder außer Atem noch irgendwie gestresst gewesen. Das hatte er auch seinem Vater gesagt. „Ich werde das überprüfen, Julian“, hatte dieser erwidert. Sein Gesicht zeigte dabei keinerlei Regung.

Julian hatte sich entschieden, nicht mit zu den Witts zu fahren. Er wollte Annabell suchen. Schnell schwang er sich auf sein Fahrrad und raste durch die Straßen. Wenn Annabell nicht der Verfasser dieses Reimes war, wer war es dann? Das Gedicht handelte von Freundschaft.

Ja, das ist es. Annabell muss sofort gewusst haben, dass ihre Freundin Charlotte ihr die Nachricht in Form eines Gedichtes hat zukommen lassen. Aber wer zum Henker ist Sophie? Ist es eine gemeinsame Freundin, die gestorben ist? Annabell wusste genau, wohin sie gehen musste und sie wollte die Polizei nicht dabeihaben.

Vor ihm tauchte das Eingangstor des Friedhofes auf, der eingebettet im Ortskern von Heiligenburg lag. Er hatte sich für ihn entschieden, weil er am nächsten lag. Die Sonne war weitergewandert und brannte nun schräg auf ihn herab. Er hatte nicht das Gefühl, dass sie an Intensivität verloren hatte. Die Hitze und die weiterhin drückend-schwüle Luft bewirkten, dass Heiligenburg aufhörte, Heiligenburg zu sein. Die Menschen verkrochen sich in ihre klimatisierten Räume und scheuten das Tageslicht. Der Ort war menschenleer und auch der Friedhof lag verwaist vor ihm. Er beobachtete einen kleinen Mückenschwarm, der über einer grünen Regentonne im Sonnenlicht tänzelte. *Wenigstens einer Kreatur, der es bei dieser Hitze gut geht,* dachte er und wischte sich den Schweiß mit dem Handrücken von der Stirn. Das Schild „Fahrradfahren verboten" am Eingang des Friedhofes hatte er ignoriert, schließlich befand er sich in einer Notsituation und mit dem Rad war er deutlich schneller unterwegs als zu Fuß. Weg für Weg ließ er hinter sich, doch von Annabell oder Charlotte gab es keine Spur.

Hier sind sie nicht, dachte er enttäuscht und machte sich auf den Weg zu dem etwa zwei Kilometer entfernten Waldfriedhof. Ein kurzer Weg über die Hauptstraße, dann verließ er in Höhe der Altersresidenz Sonnengarten die Straße und fuhr querbeet durch den angrenzenden Wald. Er beschleunigte so gut er konnte, doch auf den noch aufgeweichten Wegen kam er nur langsam vorwärts. Sein Herz klopfte bis zum Anschlag, in seinen Ohren pochte das Blut und er merkte, dass seine Beine immer schwerer wurden. Am Ende des Waldes bemerkte er einen Bussard, der langsam und gemächlich seine Runden drehte und sich allem Anschein nach auf Mäusejagd befand. *Wäre nicht übel, jetzt ein Bussard zu sein,* dachte Julian und verfolgte fasziniert den Greifvogel mit seinen Augen. *Der hat den totalen Überblick.*

Er erreichte den Friedhof an der Rückseite in der Nähe der kleinen Kapelle, die idyllisch eingebettet zwischen Bäumen und Gräbern lag. Hier bot sich ihm das gleiche Bild wie schon auf dem Friedhof zuvor. Keine Menschenseele war zu sehen. Zögernd stieg er vom Fahrrad und schob es langsam vor sich her.

Eine unsagbare Ruhe überkam ihn und seine Gedanken

schweiften ungewollt zu seiner Mutter. Trauer erfasste sein Herz, denn obwohl er ja wusste, dass sie lebte, hatte er immer das Gefühl gehabt, sie wäre für ihn gestorben. Vielleicht konnte er deshalb besser mit dem Schmerz umgehen. Seine Großeltern hatten ihm eine behütete und glückliche Kindheit beschert und doch hatten ihm seine Eltern gefehlt. An seine Mutter konnte er sich nicht erinnern. Später, als er erwachsen war, hatte er ihr Leben und ihren Werdegang mit Interesse, Wut und Trauer verfolgt. Sein Vater war ja nie ganz aus seinem Leben verschwunden. Sein Vater, der große Held, der so weit fortreisen musste, um die Welt zu retten. Wenn er ihn nach vielen Monaten wieder einmal besuchte, waren sie sich fremd, und als die Abstände zu jedem Besuch immer ein wenig größer wurden, begann er ihn zu hassen. Er war dankbar für die Liebe, die seine Großeltern ihm entgegenbrachten, doch es war für ihn unverständlich, dass sie ihren Sohn immer und immer wieder in Schutz nahmen. Über dessen Frau sprachen sie nie. Er hätte es auch nicht gewollt. Nur eins hatten seine Großeltern ihm immer wieder gesagt: Sein Vater habe seine Mutter sehr geliebt. Deshalb sei er so wie er sei. Doch für ihn war das keine Entschuldigung.

Das laute Krächzen eines Vogels holte ihn aus den Erinnerungen zurück und sein Blick fiel auf den angrenzenden Parkplatz, auf dem nur ein Auto stand. Sein Atem stockte. Es war Annabells Auto. Sie war hier. Hektisch blickte er sich um. Kein Laut war zu hören, keine Menschenseele zu sehen. Wo waren sie? Wo war das Grab von Sophie? Wieder wusste er nicht, wo er mit der Suche beginnen sollte. Erneut schwang er sich auf sein Rad und trat hastig in die Pedale.

Ringsum Stille, nur der Wald rauschte sanft und ein leichter Windhauch strich über sein Gesicht. Keine Wolke verschleierte den Himmel, unbarmherzig strahlte die Sonne auf die Erde. Durch die tiefstehende Sonne hatte er den alten Mann zu spät bemerkt, der, sich schwer auf seinen Stock stützend, aus einem der Nebenwege hervortrat. Erst in letzter Sekunde riss er das Lenkrad herum und schaffte es gerade noch, ihm auszuweichen.

Wie um Entschuldigung bittend und zerknirscht blickte er den älteren Mann an, doch dieser schaute keineswegs unfreundlich.

„Junger Freund, Sie dürfen hier nicht mit dem Fahrrad fahren", schalt dieser ihn nichtsdestotrotz und Julian nickte zustimmend mit dem Kopf.

„Ich weiß, entschuldigen Sie bitte. Das ist auch normalerweise nicht meine Art, aber es ist so etwas wie ein Notfall."

Neugierig blickte ihn der Alte aus seinen wachen Augen an.

„Kann ich Ihnen vielleicht helfen?"

„Das wäre natürlich wunderbar, aber ich habe sehr wenige Anhaltspunkte", erwiderte Julian ratlos.

„Versuchen wir's." Der Alte lächelte Julian an und reichte ihm freundschaftlich die Hand. „Mein Name ist Pütz und mit wem habe ich es zu tun?"

„Julian, nennen Sie mich Julian." Er nahm die ihm gereichte Hand und wunderte sich über die Kraft, mit der der alte Mann zudrückte.

„Also dann schießen Sie mal los. Ich kenne mich hier ziemlich gut aus." Traurig fügte er hinzu: „Ich komme schon viele Jahre hierher. Meine Maria", er zeigte in den Weg, der hinter ihm lag, „sie liegt schon lange hier."

„Ich habe eigentlich nur einen Vornamen", erzählte ihm Julian.

„Sophie." In seiner Stimme schwang ein wenig Hoffnungslosigkeit. „Nicht sehr viel, nicht wahr?"

„Sophie", hauchte Karl Pütz den Namen. „Ich kenne Sophie." Julians Herz setzte aus. Konnte es sein, dass sein Suchen ein Ende gefunden hatte?

Vorsichtig öffnete sie die Augen. Ihre Lider flackerten unruhig und fühlten sich so schwer an, dass sie sie gleich wieder schloss. Verwirrt versuchte sie zu realisieren und zu begreifen, was sie in diesem Bruchteil der Sekunde wahrgenommen hatte. Ausgestreckt auf einem kalten Betonboden hatte sie ganz deutlich für diesen kleinen Moment Jesus Christus am Kreuz gesehen. Panik überrollte sie und krampfhaft hielt sie ihre Augen geschlossen. *Bin ich schon tot?*, dachte sie erschüttert, aber sie konnte doch ganz deutlich den harten Boden unter sich fühlen und einen modrigen Geruch, der wie verfaulte Erde roch, in ihrer Nase wahrnehmen. Der dröhnende Schmerz in ihrem Kopf brachte ihr die Sicherheit, dass sie noch leben musste. Erinnerungen fluteten ihr Gehirn und die plötzliche Erkenntnis der Geschehnisse ließ sie aufstöhnen. Sie fröstelte in der kühlen Luft.

Wieder öffnete sie ihre Augen und versuchte ganz leicht, ihren Kopf zu drehen. Verständnislos blickte sie um sich und begriff zunächst nicht, wo sie sich befand. Sie war schon einmal hier gewesen. Wann war das? Angestrengt versuchte sie sich zu erinnern. Dann fiel es ihr ein. Sie lag genau an der Stelle, wo der Sarg ihrer verstorbenen Großmutter gestanden hatte, in der kleinen Friedhofskapelle in Heiligenburg. Szenen glitten vorbei an ihrem geistigen Auge, Szenen der Trauer, aber auch der Bewunderung, die die Heiligenburger ihrer Omi entgegengebracht hatten. Sie erinnerte sich, dass diese kleine Kapelle bis auf den letzten Platz gefüllt war und viele der Trauergäste hinter der letzten Reihe eng aneinander standen, um der Verstorbenen die letzte Ehre zu erweisen. Annabells Großmutter hatte bis kurz vor ihrem Tod den Steinhof mit Liebe und resoluter Hingabe geführt und eine große Lücke bei den Heiligenburger Bürger hinterlassen. Doch nun lag sie selber hier und ängstlich erkannte Annabell, dass sie unfähig war, ihren Körper zu bewegen. Charlotte ... Wo war sie? Sie hatte ihr das angetan.

„Charlotte?“, hauchte sie und starrte gebannt auf das Jesuskreuz, das direkt über ihr schwebte.

„Pst!“ Charlottes Stimme war ganz nah bei ihr. „Ich bin bei dir, habe keine Angst, Sophie.“ Charlotte saß neben ihr auf dem Steinboden und streichelte Annabell sanft über den Kopf. *Oh, mein Gott, sie denkt, ich bin Sophie. Sie ist verrückt. Was soll ich tun?*

„Charlotte“, flüsterte sie angestrengt und versuchte dabei ihren Körper zu fühlen. „Ich bin Annabell, ich bin nicht Sophie.“ Ganz sachte bewegte sie ihre Finger. Ein Kribbeln in ihren Beinen erlöste sie von dem Gedanken, sich niemals wieder bewegen zu können. Ganz zaghaft spürte sie die Kraft, die langsam wieder in ihren Körper zurückkehrte. Mit allergrößter Willensstärke hielt sie die Bewegungen zurück, die sich ähnlich wie ein heftiges Niesen entladen wollten, denn sie spürte, dass ihre Freundin nicht wissen durfte, dass die Wirkung der Spritze, die sie ihr gegeben hatte, nachließ. Noch war sie zu schwach, um gegen Charlotte anzukommen. Sie musste Zeit gewinnen. „Ich bin Annabell, Charlotte. Ich bin deine Freundin. Warum tust du mir das an?“ Ihre Worte waren kaum zu verstehen und doch wusste sie, dass Charlotte sie gehört hatte, denn sie drehte ganz leicht den Kopf in ihre Richtung und blickte ihr in die Augen.

„Du hast sie nicht gekannt, Annabell.“ So viel Trauer schwang in dieser Stimme, dass Annabell trotz ihrer misslichen Lage Mitleid mit ihrer Freundin bekam, die den Schmerz über den Tod ihrer Schwester nicht verwinden konnte.

„Du musst loslassen, Lotte. Sie ist tot, aber du lebst.“

„Neiiiiiin!“ Charlotte sprang wie ein gehetztes Tier auf und raufte sich verzweifelt die Haare. „Neiiiiiin!“, schrie sie erneut, dann brach sie erschöpft zusammen und weinte jämmerlich.

„Lotte.“ Hilflos und müde versuchte Annabell, sich zu konzentrieren. „Erzähl mir von ihr“, wisperte sie, doch sie wusste nicht, ob Charlotte sie überhaupt noch wahrnahm. So plötzlich wie ihr Weinen begonnen hatte, so plötzlich war es verschwunden. Die Stille, die sie beide in dieser Kapelle umgab, war für Annabell unerträglich. Sie musste dieses unheimliche Schweigen beenden. „Bitte, Lotte, es geht mir nicht gut, lass mich bitte nach Hause gehen.“ Stille, Schweigen. Sekundenlang. Unendliche Sekunden.

„Willst du nicht mit mir ins Paradies?“ Charlottes Stimme klang ruhig, und wären die Worte andere gewesen, hätte sie beinahe vernünftig geklungen. „Ich soll dir von ihr erzählen“, begann sie, doch im gleichen Atemzug hob sie alarmiert ihren Kopf, ihre Augen weiteten sich vor Schreck und starrten gebannt auf das Portal.

Annabell spürte augenblicklich die Anspannung in Charlottes Körper, jeder Muskel, jeder Nerv schien aufs Äußerste gespannt zu sein. Auch sie hatte die leisen Stimmen vernommen. Hoffnung keimte in ihr auf. Jemand war da. Ihr Herz schlug vor Aufregung aus dem Takt und sie war sich nicht sicher, ob ihre eigene Stimme laut und stark genug wäre, um die Aufmerksamkeit dieser Menschen auf der anderen Seite der Tür zu erlangen. Sie hatte keine andere Wahl, sie musste es versuchen. Ein Blick in Charlottes versteinertes Gesicht gab ihr den letzten Anstoß.

Sie holte einmal tief Luft und schrie. Die ganze Angst, der Schmerz und die Verzweiflung, all das legte sie in diesen einzigen Schrei und doch hatte sie das Gefühl, dass nur ein kümmerliches Krächzen aus ihrer Kehle entwich. Charlotte war sofort über ihr, dem anklagenden Blick, der sie aus ihren Augen traf, hielt sie tapfer und trotzig stand. Als Charlotte begann, ihr Mund und Nase zuzuhalten und ihr die Luft zum Atmen nahm, regte sich ein unsagbarer Wille und Kampfesgeist in ihr und sie versuchte mit aller Verzweiflung, ihren Körper zu fühlen, zu dirigieren. Wild schlug sie um sich, packte Charlotte am Haar und zerrte ihren Kopf nach hinten. Doch sie merkte, wie ihre Kraft schwand und ihr schlanker Körper den ungleichen Kampf verlor. Ermattet schloss sie die Augen. Tränen kullerten über ihre Wangen und Hoffnungslosigkeit breitete sich in ihr aus, als sie plötzlich das Öffnen einer knarrenden Tür vernahm. Sie riss ihre Augen weit auf und ein Gefühl der Erleichterung überkam sie, als warmes Sonnenlicht den Raum flutete.

Hier ist es", sagte der alte Mann. Die Erschöpfung war ihm deutlich anzumerken. Mit großer Anstrengung hob er den Stock und zeigte auf ein schlichtes Urnengrab mit dem eingravierten Namenszug „Sophie Witt". Julian hatte reichlich Geduld aufbringen müssen, als ihn der alte Herr in einem Schneckentempo über den Friedhof geführt hatte. Nachdem sie mehrmals jeweils nach wenigen Minuten anhalten mussten, damit der alte Mann erneut Kräfte sammeln konnte, hatten sie endlich das Grab erreicht.

„Was ist denn hier passiert?" Karl Pütz blickte entsetzt auf die aufgewühlte Erde. „Wer macht denn so was?"

Julian blickte sich enttäuscht um. *Wo sind sie?*, dachte er unglücklich. Er kam zu spät. Sie waren hier gewesen, keine Frage. Er konnte deutlich die Fußspuren in der feuchten Erde erkennen. Er bückte sich und von Nahem betrachtet bemerkte er, wie locker die Erde an einer Stelle war, so als ob jemand vor noch nicht allzu langer Zeit dort gegraben hätte.

„Warum interessiert Sie das Grab der jungen Frau? Kannten Sie sie?"

Der Alte stützte sich schwer auf seinen Stock. Sein Atem ging unregelmäßig, sodass sich Julian langsam Sorgen um sein Wohlergehen machte. Julian blickte sich erneut um und entdeckte an der Wand vor der Friedhofskapelle eine kleine Bank im Schatten.

„Kommen Sie", sagte er und hakte sich bei dem Alten ein. „Dort drüben ist eine Bank. Schön im Schatten gelegen, da können Sie sich erst einmal ausruhen." Vielleicht fand er dort etwas, womit er graben könnte. Eine Schaufel oder ähnliches. „Nein", antwortete er auf die Frage des Alten, „ich kannte sie nicht, aber ich kenne ihre Schwester Charlotte."

Bei der Nennung ihres Namens leuchteten die Augen des alten Mannes auf.

„Ja, sie ist ein so nettes Mädchen, immer freundlich zu uns alten Menschen."

„Haben Sie sie heute schon auf dem Friedhof gesehen?" Der dringende Tonfall in Julians Stimme ließ Karl Pütz aufhorchen.

„Ist etwas passiert?" Seine Stimme klang ängstlich.
„Wir suchen sie, sie und ihre Freundin Annabell. Sie wollten sich wahrscheinlich hier am Grab treffen."
„Annabell, ja, sie kenne ich auch. Sie macht immer so lustige Übungen mit uns. Das ist immer ein Spaß." Er lächelte, doch seine Augen blickten ernst. „Was ist passiert?", wiederholte er seine Frage.
Julian wusste nicht, was er dem alten Mann sagen sollte. Sollte er ihm sagen, dass eines der Mädchen im Verdacht steht, eine Mörderin zu sein? Das brachte er nicht übers Herz. Und er wollte das selber auch nicht glauben.
Plötzlich zerriss ein Schrei die Stille. Mit versteinerten Mienen blickten sie sich an.
„Oh, mein Gott", krächzte Karl Pütz, „das kam aus der Kapelle."
„Sie bleiben hier", wies Julian den alten Mann an und hechtete zum Eingangsportal der kleinen Kirche. Sein Herz schlug hart in seiner Brust. Schnell drückte er die gusseiserne Türklinke. Laut knarrend öffnete sich die Tür. Feuchte, kühle, modrige Luft schlug ihm entgegen und im ersten Moment konnte er kaum glauben, was er sah.
Unter dem Altar und dem Jesuskreuz inmitten der Kapelle sah er in einem Kreis von kleinen brennenden Teelichtern die zwei gesuchten Mädchen. Charlotte saß rittlings auf Annabell und hielt ihr Mund und Nase zu. Zu seinem Entsetzen bemerkte er, dass sich Annabell nicht mehr regte.
„Charlotte!", schrie er voller Panik. „Was machst du da?"
Mit aufgerissenen Augen drehte sich Charlotte ruckartig zu ihm um und ließ zu seiner Erleichterung von Annabell ab. Annabell regte sich nicht. *Oh, mein Gott,* dachte er angstvoll, *ist sie tot?*
„Julian, verpiss dich!", schrie Charlotte ihn an. „Ich meine es ernst!" Sie zog etwas aus ihrer Shorts, das so aussah wie eine Spritze, und hielt es demonstrativ in die Höhe. „Sie wird sterben, wenn du nicht gehst, Julian. Das hier tötet sie in Sekunden, also mach dich dünne, Julian. Lass uns in Ruhe!"

Julians Herz hämmerte wild. Er wusste nicht, was er tun sollte. Bluffte sie oder hatte sie wirklich Gift in der Spritze? Ein weiteres Mal fühlte er sich unfähig, unfähig, Annabell zu helfen. Der Schweiß rann ihm über die Stirn und seinen Rücken. Er glaubte, noch nie so stark geschwitzt zu haben. *Ich muss mit ihr reden, das ist alles, was ich machen kann,* dachte er frustriert. Er räusperte sich, denn er hatte das Gefühl, ein riesengroßer Kloß würde seine Kehle zuschnüren.

„Charlotte, bitte. Lass Annabell gehen. Sie ist doch deine beste Freundin. Du willst ihr doch nichts tun, bitte, Charlotte."

„Du verstehst das nicht, Julian. Weil sie meine beste Freundin ist, wird sie mich begleiten. Wir gehen überall zusammen hin. Und das hier ist jetzt unsere letzte Reise."

„Aber du kannst sie doch nicht gegen ihren Willen einfach sterben lassen, das kann doch nicht deine Entscheidung sein." Ein Hauch von Ärger lag in seiner Stimme.

Charlotte hörte es sofort.

„Sie will es bestimmt, sie will mit mir ins Paradies, dorthin, wo meine Süße ist und mein Papa."

„Nein, sie will leben, Charlotte." Er trat ein paar Schritte in die Kirche hinein.

„Halt, bleib stehen, Julian, sofort!" Wütend schaute Charlotte ihn an. „Ich hab dir doch gesagt, du sollst dich verpissen!"

Ein schlurfendes Geräusch hinter Julian ließ sie aufhorchen. Auch Julian drehte kurz den Kopf. Die tiefstehende Sonne blendete sie, deshalb waren nur die Umrisse von Karl Pütz zu sehen, doch sie schien ihn zu erkennen.

„Kindchen." Seine Stimme klang unendlich traurig. „Kindchen, was machen Sie denn da?"

Wir müssen zu Sophies Grab, so viel steht fest." Minuten vorher hatte Simon versucht, der schluchzenden Theresa die Fotografie nochmals aus den Händen zu nehmen, um Reiser seine Entdeckung zu zeigen, doch Theresa hatte das Foto krampfhaft umschlossen und nicht hergeben wollen. Es hatte einiges an Zuspruch seinerseits und das Versprechen bedurft, es ihr sofort wieder zurückzugeben, bis sich schließlich ihre verkrampften Finger gelöst hatten. Simon hatte Reiser das Bild gereicht und mit seinem Zeigefinger auf den Ohrring gezeigt. Reiser hatte wortlos genickt. Die Erkenntnis, dass Annabell nicht Täter, sondern vielleicht Opfer war, war ihnen angesichts dieses Fundes sofort klargeworden.

„Frau Richter, darf ich Ihnen noch eine Frage stellen?" So sanft wie möglich versuchte Simon, Theresas Aufmerksamkeit zu bekommen, als er ihr das Foto zurückgab. „Sie haben auf diesem Foto ein wunderschönes Paar Ohrringe an. Sind es Erbstücke?" Theresa lächelte unter Tränen und nickte. „Ja, sind sie nicht wunderschön? Ich habe sie von meiner Großmutter bekommen. Sie sind sehr alt und mit dem anderen Schmuck meiner Großmutter das einzig Wertvolle, was ich je besaß." Sie sagte es ohne Wehmut, fast gleichgültig.

„Haben Sie Ihrer Tochter Charlotte diese Ohrringe geliehen oder vielleicht geschenkt?"

„Was soll das werden?" Sebastian war aufgesprungen und funkelte ihn zornig an. „Was haben die Ohrringe mit Charlottes Verschwinden zu tun?"

Sebastians Augen wirkten glasig, sein Gesicht war kalkweiß.

„Ich habe sie ihr zu ihrem 18. Geburtstag geschenkt." Drei Augenpaare blickten Theresa mitleidig an. „Sie sah wunderschön aus und sie trug sie ständig. Ich habe ihr gesagt, sie solle sie nur zu besonderen Gelegenheiten tragen. Ich hatte Angst, sie würde sie verlieren, doch sie lachte nur und sagte, Schmuck sei zum Tragen da und nicht, um in irgendeiner Schatulle zu vergammeln. Hat sie sie verloren?"

„Ja, Frau Richter, sie hat sie verloren." Simon drehte sich zu

Sebastian, er wollte keine Zeit mehr verlieren. „Herr Witt, zeigen Sie uns das Grab Ihrer Schwester, bitte."

Reiser, der unruhig hin und her lief, hatte derweil im Dezernat angerufen und hielt sein Telefon am Ohr, als er Sebastian anbrüllte:

„Der Friedhof! Auf welchem Friedhof liegt Ihre Schwester?" Sebastian antwortete nicht, sondern schaute nur benommen auf den Boden.

„Mensch, machen Sie schon, welcher Friedhof?", fragte auch Simon und legte einen dringenden Ton in seine Stimme. „Vielleicht geht es um Leben und Tod."

Theresa schluchzte leise und zuckte bei diesen Worten zusammen, als hätte man sie geschlagen.

„Müssen Sie meine Mutter so quälen? Sie Schwein!" Sebastian war außer sich vor Wut. „Sie sehen doch, wie sie leidet." An seine Mutter gewandt sagte er ruhig: „Mama, ich gehe jetzt mit den Herren Charlotte suchen. Du bleibst hier und wartest auf uns. Ich rufe jetzt Dieter an." Er nahm sein Mobiltelefon und wählte Dieter Hoffstedts Nummer. „Dieter? Ja hallo, hier ist Sebastian. Sebastian Witt. Meiner Mutter geht es nicht gut. Könntest du vielleicht bei ihr vorbeischauen?" Sie beobachteten, wie er das Handy an das andere Ohr wechselte und dann weitersprach: „Es geht um meine Schwester. Sie ist verschwunden." Er machte eine Pause. Dann setzte er erneut an: „Ich kann leider nicht bei ihr bleiben. Ich fahre mit der Polizei mit." Bei diesen Worten schaute er Simon und Reiser trotzig an. In Reisers Gesicht zeigte sich Abneigung, doch Simon nickte nur. „Ich danke dir, Dieter. Auf Wiedersehen." Sebastian bückte sich zu seiner Mutter hinunter und küsste sie auf die Stirn. „Mama, er ist gleich da. Ich melde mich, sobald ich kann." Dann ging er zur Tür und sagte: „Kommen Sie endlich?"

Auf dem Weg zum Waldfriedhof sprach niemand ein Wort. Jeder der drei Männer hing seinen eigenen Gedanken nach. Kurz bevor sie losgefahren waren, hatte Simon weitere Unterstützung im Dezernat angefordert. Er konnte sich keine weiteren Fehler mehr leisten bei seinem ersten Fall nach seiner Rückkehr. Seifert hatte ihm berichtet, dass eine Mrs. Hazelwood nach ihm gefragt und steif und fest behauptet hätte, dem Mörder auf der Spur zu sein. Die laute Auseinandersetzung zwischen dieser merkwürdigen Frau und Reiser kam Simon wieder in den Sinn. Hätten sie tatsächlich besser auf die alte Dame hören sollen? Hatte sie bedeutende Hinweise gefunden, die der Polizei entgangen waren?

„Wie ist Ihre Schwester damals gestorben?“ Simon drehte kurz seinen Kopf nach hinten zu Sebastian, der auf dem Rücksitz seines Autos Platz genommen hatte.

„Sie ist gesprungen. Von der Autobahnbrücke.“

„Und Sie wissen nicht, warum sie das getan hat? Hat sie keinen Abschiedsbrief hinterlassen?“

„Nein.“ Sebastian schluckte. „Wir wissen nicht, warum. Sie war so fröhlich gewesen und dann auf einmal das komplette Gegenteil.“ Das Zittern in seiner Stimme wurde stärker. „Sie weinte sehr viel und schrieb ständig in ihrem Tagebuch irgendwelche Gedichte. Nach ihrem Tod hat Charlotte fast täglich in dem Buch gelesen. Ich verstehe es nicht.“

„Haben Sie sich jemals das Buch angeschaut? Der Satz »Hab keine Furcht, ich bin bereit, sie ist gekommen, meine Zeit«, haben Sie den in ihrem Buch gelesen?“

„Keine Ahnung, nein, ich habe für Gedichte nicht so viel übrig.“

„Es hört sich wie eine Ankündigung zu einem Selbstmord an. Wir vermuten, Ihre Schwester ist hochgradig gefährdet. Wir können nur hoffen, dass Annabell nicht in Gefahr schwebt und dass sie die Sache unter Kontrolle hat.“

„Falls sie sie gefunden hat“, fügte Reiser hinzu.

Der Wagen bog mit überhöhter Geschwindigkeit in die Straße ein, die zum Waldfriedhof führte.

„Da!“ Sebastian zeigte wie wild auf das auf dem Parkplatz parkende Auto. „Das ist Annabells.“ Schnell brachte Reiser das Auto zum Stehen. Gleichzeitig verließen sie das Fahrzeug und stürmten zu Fuß weiter. „Hier lang!“ Sebastian lief bald weit vor ihnen und drehte sich auch nicht nach ihnen um. „Es ist in der Nähe der Kapelle.“

Keuchend versuchten Reiser und Simon mit dem durchtrainierten Sebastian mitzuhalten. In der Ferne hörten sie das Martinshorn des angeforderten Streifenwagens. Das Eintreffen eines buntbemalten VW-Busses auf dem Parkplatz nahmen sie nur aus dem Augenwinkel wahr. Sie sahen Sebastian in einen Nebenweg einbiegen und sprinteten hinter ihm her. Sie waren etwa hundert Meter hinter ihm. Als sie um die Ecke bogen, sahen sie ihn vor einem Grab knien. Während sie so schnell sie konnten näherkamen, drehte sich Sebastian mit Tränen in den Augen um.

„Jemand war hier, sehen Sie?“

Reiser und Simon blickten sich suchend um. Simons Blick blieb am Eingang der kleinen efeubewachsenen Kapelle hängen. Die Tür zur Kirche stand weit offen, und aus der Ferne erkannte er Karl Pütz aus der Sonnengartenresidenz. Trotz des Abstandes konnte er erkennen, dass der alte Mann völlig aufgelöst und desorientiert wirkte.

Simon schubste Reiser an und zeigte ihm die Richtung.

„Wir müssen dorthin.“

Reiser nickte, und ohne ein Wort der Erklärung ließen sie Sebastian am Grab seiner Schwester zurück.

Sperren Sie sofort das Gelände ab und schicken Sie nach einem Krankenwagen!", teilte Simon den eintreffenden Beamten mit. „Reiser, schau nach, ob es hier einen Hintereingang gibt."

Simon hatte nur einen kurzen Blick in die Kapelle gewagt. Vollkommen aufgelöst war ihnen Herr Pütz entgegengekommen. Der Schreck saß tief bei dem alten Mann und er murmelte immer wieder die Worte:

„Was macht das Kindchen da bloß, was macht sie da?" Verwirrt schüttelte er seinen Kopf wieder und wieder.

„Setzen Sie sich hier auf die Bank, Herr Pütz. Alles wird gut, das verspreche ich Ihnen", sagte Simon zu ihm, doch seine Worte klangen hohl in seinen Ohren, denn noch nicht einmal vor vierundzwanzig Stunden hatte er Viktoria Stein das gleiche Versprechen gegeben. „Bringt jemand den Herrn Pütz nach Hause?" Es klang mehr wie ein Befehl als eine Frage.

Kaum hatte er die Worte ausgesprochen, stürmte eine Frau keuchend um die Ecke der Kapelle. Mrs. Hazelwood! Verblüfft registrierte Simon, wie ungemein flink die pummelige Dame noch auf ihren Beinen war. Verschwitzt, ihr Gesicht glühte förmlich, und sichtlich nach Luft schnappend lief sie auf ihn zu. In ihren Händen, fest an ihre üppige Oberweite gedrückt, hielt sie einen kleinen Karton.

„Herr Kommissar, Herr Kommissar", keuchte sie, als sie ihn erkannte.

Alarmiert sprang Simon auf und legte warnend seinen Zeigefinger über seine Lippen, um ihr unmissverständlich klarzumachen, ruhig zu sein.

„Jetzt nicht, Mrs. Hazelwood. Sie bleiben hier bei Herrn Pütz. Und Mrs. Hazelwood, das ist ein Befehl. Sie bleiben genau hier!"

„Aber ...", wollte Molly Hazelwood widersprechen, doch ein Blick in sein Gesicht ließ sie verstummen. Sie nickte fast unmerklich und wandte sich Herrn Pütz zu. Sie hatte verstanden.

Leise betrat Simon die kleine Kirche. Julian stand mit dem

Rücken zu ihm und hatte sich schon schrittweise auf die Stelle vorgearbeitet, auf der sich die beiden Mädchen befanden. Mit ruhiger Stimme sprach Julian auf Charlotte, die, wie es Simon erkennen konnte, eine Spritze in der Hand hielt, ein. Annabell rührte sich nicht. *Verdammte Scheiße,* dachte Simon. Ein unwirkliches Bild, was sich ihnen dort bot. Die zu einem Kreis gelegten Teelichter flackerten, als für einen kurzen Moment ein leichter Wind durch die Kapelle zog. *Durchzug,* dachte Simon. Hatte Reiser eine Hintertür gefunden?

„Macht, dass ihr wegkommt. Julian, sag deinem Bullenvater, dass er sich besser verpisst, denn hier ist", und sie hob die Spritze wieder in die Höhe, „etwas drin, was nicht guttut. Also!", schrie sie jetzt erneut. „Verpisst euch alle, sofort!"

Julian drehte sich zu seinem Vater um. In seinen Augen stand Hilflosigkeit. Aber auch Simon fühlte sich in diesem Moment hilflos. Er wusste, dass sie schnell sein mussten. Er hob die Hand und machte mit den Fingern das Zeichen zum Weitersprechen. *Lenk sie ab, Julian,* sagten seine Augen. Julian nickte unmerklich.

„Beruhige dich, Charlotte, wir sind alle da, um dir zu helfen." Er wusste nicht, was er noch sagen sollte. Das hier war eine Nummer zu groß für ihn. Doch ein Blick auf Annabell verscheuchte jeden Gedanken daran, aufzugeben.

„Willst du mich verarschen, Julian!" Charlottes Stimme klang nervöser, hysterischer als noch vor wenigen Minuten. „Ich weiß genau, was mit mir passieren wird. Ihr werdet mich wegschließen, wie damals, als Sophie gestorben ist. Aber das lass ich nicht zu. Da geh ich nicht mehr hin, zu all diesen Gutmenschen." Verächtlich sprach sie das Wort aus. „Charlotte, wie fühlst du dich, wir wollen dir doch helfen, alles wird gut, Charlotte", spuckte sie höhnisch jedes einzelne Wort aus. „Also verschon mich mit deinem Gesülze, Herr Möchtegernkommissar!" Auf einmal brach sie in schallendes Gelächter aus. Erschrocken starrte Julian sie an. „Und was hat der Scheiß gebracht? Nichts, aber auch gar nichts!"

Aus den Augenwinkeln konnte Simon Reiser erkennen, der sich hinter dem Altar in Position gebracht hatte. Er war bereit.

„Charlotte, ich kann dich verstehen, dass du nicht mehr dorthin willst, wo immer du auch warst, aber ich frage dich noch einmal: Was hat Annabell damit zu tun?"

Ja, mach weiter, Junge, du machst das gut, dachte Simon. Seine Nerven waren bis zum Äußersten gespannt. Er wartete auf Reisers Einsatz. Sekunden vergingen. Er hörte das Blut in seinem Kopf rauschen. Ein plötzliches Geräusch hinter ihm veranlasste ihn, sich umzudrehen. Für ihn völlig überraschend stürmte Sebastian Witt wütend wie ein Stier durch die Kirchentür auf ihn zu. Typisch, würde Simon später resümieren, als er sah, wie Mrs. Hazelwood noch verzweifelt versuchte, den Jungen aufzuhalten und sie sich ein weiteres Mal nicht an die vorgegebenen Anweisungen hielt, doch bevor Simon überhaupt reagieren konnte, war Sebastian Witt an ihm vorbei, schubste Julian grob zur Seite und nahm direkten Kurs auf die Mitte der Kapelle.

Dann ging alles sehr schnell. Jeder schien zu wissen, was er zu tun hatte. Simon sprintete vor und hielt den tobenden Sebastian fest. Reiser hatte leichtes Spiel, Charlotte, abgelenkt durch das Szenario, hinterrücks zu überrumpeln, um ihr die Spritze aus der Hand zu schlagen. Charlotte schrie und wehrte sich heftig, doch sie hatte keine Chance gegen einen Mann wie Reiser. Simon hätte da bedeutend mehr Probleme haben können, denn Sebastian war ihm rein körperlich weit überlegen. Es nutzte ihm allerdings sehr wenig. Denn dank Simons intensiver Kampfsportausbildung, die er in den langen Jahren bei den Einsätzen in Übersee erlernt hatte, lag Sebastian, trotz massiver Gegenwehr, mit wenigen Griffen hilflos auf dem Boden. Julian stürmte indes zu Annabell, berührte sie sanft und fühlte ihren Puls. Erleichterung machte sich auf seinem Gesicht breit, als er erkannte, dass sie noch lebte. Zärtlich hielt er ihren Kopf und streichelte ihr sanft über das verschwitzte Haar, bis die Sanitäter kamen und er zur Seite treten musste.

Charlotte wurde abgeführt. Ihr Gesicht war vollkommen ausdruckslos, ihre Augen erloschen.

Mrs. Hazelwood stampfte energisch auf Simon und Reiser zu, drückte ihnen den Karton mit den Worten: „Das nächste Mal vertrauen Sie einfach den Geistern“ in die Hände, hakte sich bei dem erschöpften Karl Pütz unter und verließ, ohne sich noch einmal umzudrehen, den Ort des Geschehens.

Sebastian saß zusammengesunken auf der Bank. Er schluchzte wie ein kleines Kind und murmelte wieder und wieder die Worte:

„Was soll ich nur meiner Mutter sagen, was soll ich ihr nur sagen?“

Julian trat hinaus, setzte sich neben ihn und blickte in die untergehende Sonne. Vorsichtig legte er seinen Arm um Sebastians Schulter. Sebastian ließ es zu. Sie saßen einfach dort, ohne ein Wort zu wechseln. Zwei junge Männer, die sich gegenseitig Trost gaben.

Zwei Tage waren vergangen und er hatte sich immer noch nicht überwinden können, Annabell anzurufen. Er wusste nichts zu sagen. Das Fitness-Studio blieb nach wie vor geschlossen, Dieter Hoffstedt dachte über einen Verkauf nach. Man konnte es ihm nicht verdenken. Wenn er Glück hätte, würde man ihn nicht wegen Mittäterschaft anzeigen, schlimm genug zu wissen, dass der eigene Bruder in kriminelle Machenschaften verwickelt war.

Julian fühlte sich schlecht. Er war ein Feigling. Aber was sollte er ihr sagen? Hi, Annabell, wie geht es dir? Blöde Frage, wenn er doch genau wusste, dass es immer noch keine Spur von ihrer Mutter gab. Die Ungewissheit musste ihr den Verstand rauben. Er war und blieb ein Feigling und hatte definitiv nichts bei der Polizei verloren. Wie enttäuscht musste sein Vater sein? Gerade ihn hatte er beeindrucken wollen. Nur aus diesem Grund hatte er sich auf dieses waghalsige Abenteuer mit Annabell eingelassen. Es sollte ihr Triumph sein, die Entdeckung des Drogenlagers, und dann war alles ganz anders gekommen. Annabells Mutter war immer noch in der Hand des Verbrechers Mario Rossi, wer weiß, ob sie überhaupt noch lebte. Und er, Julian Bryan-Hachenberg, er wäre mitschuldig an ihrem Tod. Und da konnte sein Vater ihm tausendmal erklären, dass dieser Lorenzo, wie er ihn nannte, es sowieso auf Viktoria Stein abgesehen hatte. Er fühlte sich dadurch nicht besser. Wieder kehrten seine Gedanken zurück zu Annabell. Wie es ihr wohl ging? Er nahm sein Mobiltelefon, überlegte kurz und legte es wieder fort. Dies hatte er in den letzten beiden Tagen des Öfteren gemacht. Jedes Mal verließ ihn der Mut.

Das Knarren des Wohnungsschlüssels im Schloss der Vordertür riss ihn aus seinen trüben Gedanken. Verärgert über sich selbst schmiss er sein Telefon zu all den anderen Sachen, die auf seinem, wie er zugeben musste, unordentlichen Bett verteilt waren, und machte sich auf den Weg zur Diele. Er wollte Simon aus dem Weg gehen, wollte sich nicht mit ihm auseinandersetzen und außerdem brauchte er dringend frische Luft. Eine Runde durch den Wald zu joggen, würde ihm guttun.

„Hallo Julian", begrüßte ihn sein Vater. „Gehst du weg?" Seine Stimme klang merkwürdig enttäuscht und unsicher. „Ich hätte gerne kurz mit dir gesprochen."

„Kann das nicht warten?" Er wusste, dass er sich wie ein bockiges kleines Kind anhörte, doch er hatte keine Lust auf Standpauken, Vorwürfe und, was noch viel wichtiger war, er wollte nicht die Enttäuschung in dessen Augen lesen. Er setzte sich auf den Boden, um seine Laufschuhe anzuziehen.

„Ich wollte gerade joggen gehen."

„Wenn du einen Moment wartest, komm ich mit dir." Überrascht schaute er seinen Vater an. „Ich zieh mir nur schnell etwas anderes an."

Bevor er überhaupt irgendetwas erwidern konnte, war Simon in seinem Schlafzimmer verschwunden und Julian blieb überrumpelt auf dem Fußboden sitzen.

Was soll das jetzt werden?, überlegte er. *Macht er die Vater-Sohn-Kiste auf und erzählt mir anschließend, wie unzufrieden er mit mir ist? Das kann er sich echt sparen.*

Die Versuchung war groß, einfach die Tür zu öffnen und zu verschwinden, bevor Simon zurückkam. Doch in seinem tiefsten Inneren fühlte er, dass dies der falsche Weg sein würde. Also blieb er sitzen und wartete.

„Ich nehme ein wenig Kleingeld mit, vielleicht können wir anschließend im Dorf etwas trinken!", rief sein Vater ihm aus dem Schlafzimmer zu. „Und sei gnädig mit mir", fuhr er fort, als er den Flur betrat, „ich bin etwas aus der Übung."

Julian konnte sich ein Lächeln nicht verkneifen, als sein Vater in voller Montur vor ihm stand. Die Sachen waren hauteng und nagelneu. Es hätte nicht viel gefehlt und er hätte nach einem Preisschildchen gesucht. Kalkweiße lange Beine rundeten das Bild ab.

„Was ist?", fragte Simon und schaute an sich herunter. „Stimmt etwas nicht?"

Julian verzog keine Miene.

„Nein, nein. Passt schon. Lass uns gehen."

Sie verließen die Wohnung Richtung Burgmühle zum See. Der Weg dorthin führte sie durch den Gierather Wald. Erstaunlicherweise hielt sich Simon recht wacker, denn Julian versuchte sich seinem langsameren Tempo anzupassen. Die Hitze hatte sich in den letzten beiden Tagen verabschiedet, die Luft war kühl und angenehm. *Das richtige Wetter zum Joggen*, dachte er. Wortlos liefen sie nebeneinander her. Ein seltsames Gefühl der Verbundenheit überkam Julian und er wusste nicht damit umzugehen. Leichter Brandgeruch durchzog den Wald und erinnerte sie an die Ereignisse der letzten Tage. Er merkte, dass sein Vater etwas sagen wollte, doch schien es, als ob er nach Worten suchen würde, vielleicht war er aber auch nur außer Atem. Simon räusperte sich und seine Worte klangen wie Musik in Julians Ohren.

„Ich wollte dir nur sagen, dass ich stolz auf dich bin, mein Sohn." Julian blickte ihn verblüfft an. „Du hast dich auf dem Friedhof sehr geschickt angestellt." Sein Atem ging stoßweise. „Du bist ruhig und überlegen geblieben, instinktiv hast du das Richtige getan, Julian." Bei diesen Worten blieb er stehen, senkte seinen Kopf und seine Arme und fuhr keuchend fort: „Ich weiß, dass dich Zweifel plagen, aber du wirst es schaffen, da bin ich mir ganz sicher. Und glaube mir, was meinst du, wie viele Dinge ich in meiner Laufbahn schon verbockt habe. Unzählige." Er hob den Kopf und sah ihm direkt in die Augen. Sein Lächeln wirkte gequält. „Und wir werden den Mistkerl kriegen und du wirst mir dabei helfen."

Julian konnte es kaum glauben. Sein Vater hatte tatsächlich gesagt, er wäre stolz auf ihn. Unfassbar. Ein warmes Gefühl machte sich in seinem Bauch breit. Aber die passenden Worte fielen ihm nicht ein. Deshalb nickte er nur und lächelte Simon mit einem glücklichen breiten Grinsen an.

Ihr weiterer Weg führte sie vorbei an den verbrannten Bäumen, ein trauriger Anblick, denn das Feuer hatte ganze Arbeit geleistet.

„Es wurde ein Brandbeschleuniger benutzt, das konnten wir feststellen, und dank unserer Miss Marple, auch bekannt unter dem Namen Mrs. Hazelwood, sind wir in Besitz einer auf ihrem Grundstück verlorenen Mitgliedskarte des Fitnessstudios, ausgestellt auf den Namen Sebastian Witt. Mrs. Hazelwood ist sich ziemlich sicher, dass sie den Ausweis erst gefunden hat, nachdem sie an diesem betreffenden Tag den Rasen gemäht hatte. Und für wahr, Julian, ich bin gewillt, dieser Dame in Zukunft alles zu glauben. Leider können wir nicht beweisen, dass Hubert Stein hinter dieser Sache steckt, obwohl wir relativ sicher sind, denn er zieht den größten Vorteil daraus, aber er hat definitiv ein Alibi." Simon wirkte gefrustet. „Unsere Recherchen haben ergeben, dass Sebastian Witt den einen oder anderen Job für Hubert Stein erledigt hat." Der Schweiß lief Simon über den ganzen Körper. „Witt ist nicht wichtig für uns. Er ist nur der Handlanger. Wir wollen Stein. Du kennst Witt doch ganz gut, Julian. Kannst du in der Richtung ermitteln? Sprich mit ihm, vielleicht erzählt er dir etwas, was er uns nicht erzählt."

Julian war verwirrt. Sein Vater sprach mit ihm, als wäre er einer von ihnen. Konnte es sein, dass er wirklich seine Hilfe suchte? Völlig verschwitzt erreichten sie Burgmühle. Am idyllisch gelegenen Mühlensee tummelten sich weit über fünfzig Kanadagänse, mehrere Graugänse und Enten, die sehr zum Leidwesen der Spaziergänger und Jogger recht rabiat werden konnten, wenn man ihnen zu nahe kam. Zwei von den Kanadagänsen spazierten direkt an ihnen vorbei und zischten sie drohend an. Als sie merkten, dass sie nicht beachtet wurden, zogen sie schnatternd von dannen.

„Ich kann es versuchen", antwortete Julian, „doch ich weiß nicht, ob er mich oder überhaupt schon jemanden sehen möchte. Er war ziemlich geschockt von den Ereignissen. Seine Mutter befindet sich wohl im Krankenhaus und ist nicht ansprechbar." Er machte eine kleine Pause, bevor er weitersprach: „Ich werde ihn morgen mal besuchen, vielleicht lässt er mich ja zu sich."

„Mach das." Simon pfiff mittlerweile aus dem letzten Loch und keuchte schwer. „Hast du etwas von Annabell gehört?" Julian hatte die Frage erwartet, aber trotzdem erschreckte sie ihn. Inzwischen hatten sie das Lokal in Burgmühle erreicht und setzten sich abgekämpft und durstig auf die Terrasse mit Blick über den See. Julian antwortete erst, als der Kellner die Bestellung entgegengenommen hatte.

„Nein, ich habe sie noch nicht erreicht", log er und fühlte sich miserabel dabei. Doch er wollte nicht, dass sein Vater wieder dachte, er sei ein Feigling. Niemals mehr wollte er das. „Vielleicht sollte ich einfach mal bei ihr vorbeischauen, um zu sehen, wie es ihr geht. Das war ja ganz schön heftig, was ihr alles passiert ist. Was hatte Charlotte ihr eigentlich gespritzt?"

„Ein Babiturat, jedoch in einer kleinen Menge. Hätte sie nachgespritzt, so wie sie es vorgehabt hatte, wäre es wohl tödlich ausgegangen. Du bist gerade noch rechtzeitig gekommen, Julian."

„Wie furchtbar muss sie gelitten haben, all diese Jahre, um so etwas Schreckliches zu tun. Ich kann es immer noch nicht glauben." Julians Blick schweifte nachdenklich in die Ferne. Er beobachtete ein Liebespaar, das Hand in Hand verliebt am See spazieren ging. Ab und zu hielten sie an und küssten sich. Auch Simon hatte sie gesehen.

„Mensch, das ist doch Reiser", sagte er, als das Pärchen langsam näher kam. „Ich werde verrückt, und Maike." Er sprang auf und fuchtelte aufgeregt mit seinen Armen. „Der Schwerenöter", lachte er.

„Dad, lass das. Vielleicht wollen sie nicht gesehen werden." Julian war das peinlich.

„Meinst du?", antwortete dieser und setzte sich prompt wieder hin, doch zu spät, Reiser und Maike hatten sie längst entdeckt und kamen händchenhaltend auf sie zu. Sie schienen keineswegs peinlich berührt, sondern sahen glücklich aus und lächelten sie an.

„Was macht ihr denn hier? Hast du dich etwa bewegt, Hachenberg?" Reiser zwinkerte Simon an.

„Sehr witzig, Reiser. Hallo Maike, setzt euch doch zu uns."

„Ein anderes Mal, Simon. Wir sehen uns morgen bei der

Dienstbesprechung. Dieser Tag“, sagte er zärtlich und legte dabei seinen Arm um Maikes Schulter, „gehört nur Maike und mir. Das verstehst du doch, Kumpel.“ Er winkte noch einmal grüßend und ging mit Maike im Arm wieder Richtung See. Maike drehte ihren Kopf und sagte über die Schulter blickend:

„Simon, nur eins noch: Tom hat mir berichtet, dass Hundehaare von einem Jack Russell in dem Auto gefunden wurden, das Phillip Richter angefahren hat. Ich dachte, das solltest du noch wissen.“ Sie lächelte zufrieden und winkte ihnen zu. Staunend blickte Simon ihnen nach und sagte verblüfft:

„Julian, hast du das gesehen? Er ist verhext. Ich lach mich schlapp.“ Dann wurde er plötzlich ernst und Julian schaute ihn überrascht an. „Schön für ihn“, fügte er mit leiser Stimme hinzu. Gedankenverloren blickte er über das Wasser. Zwei Schwäne, aufgescheucht durch spielende Kinder, flogen aufgeregt mit den Flügeln schlagend über den See. „Ich weiß, das passt jetzt vielleicht nicht hierhin, aber wusstest du, dass Schwäne ein Leben lang zusammenbleiben, Julian? Wieso schaffen wir Menschen das nicht?“ Julian antwortete nicht. Simon blickte ihn traurig an. „Ich wollte dich um Verzeihung bitten, Julian. Dafür, dass ich dir kein guter Vater sein konnte. Und ich würde mir wünschen, dass du mir eine zweite Chance geben könntest. Vielleicht nicht als Vater und Sohn, denn da habe ich ja kläglich versagt, aber vielleicht als Freunde. Verzeih mir, Julian.“

Julian war wie gelähmt. Sein Herz pochte laut in seiner Brust. Die Trauer, die er all die Jahre in sich trug, kam mit aller Macht zurück. Er schluckte hart, bevor er antwortete:

„Ich hatte eine schöne Kindheit, Dad. Oma und Opa haben mir alle Liebe auf der Welt gegeben. Und doch habe ich dich und Mum vermisst. Mummy bald nicht mehr so sehr. Ihr Bild verschwamm immer mehr, doch dich, weil ich dich ja ab und zu sah, habe ich unendlich vermisst. Ich konnte nicht verstehen, warum ich nicht bei dir sein konnte. Und irgendwann habe ich dich gehasst.“

Bei diesen Worten liefen Tränen über sein Gesicht. Es war

ihm egal. Hier und jetzt war die Gelegenheit, seiner Verbitterung Luft zu machen. Der Blick, den ihm sein Vater zuwarf, war so voller Kummer, dass er seine Augen senkte.

„Und irgendwann war da nur noch eine große Leere." Ganz langsam hob er den Kopf und erwiderte Simons Blick.

„Es wäre schön, wenn wir diese Leere wieder füllen könnten", sagte er lächelnd.

Epilog

Eine Woche später saß Molly Jo Hazelwood wieder in ihrer geliebten Wohnküche auf der Eckbank und umschloss mit ihren Händen eine dampfende Tasse Kräutertee. *Wie behaglich,* dachte sie entspannt.

Nach den vielen heißen und schwülen Spätsommertagen hatte man in Heiligenburg einen kräftigen Temperaturrückgang hinnehmen müssen. Die Septembersonne hatte schon einiges an Kraft eingebüßt und Molly fühlte mit jeder Faser das Näherrücken einer neuen Jahreszeit. Die ersten leuchtend gelb gefärbten Blätter an den Bäumen kündigten den kommenden Herbst an.

Molly ließ ihren Gedanken freien Lauf. Wie in Zeitlupe liefen die aufregenden Ereignisse ihrer ersten Woche in Heiligenburg ein weiteres Mal an ihrem inneren Auge vorbei. Ihr grenzenloses Entsetzen über die Tragödie um Charlotte Witt konnte sie immer noch verspüren. Der kleine Ort schien nur langsam zur Normalität zurückzukehren, da sich Viktoria Stein noch immer in der Gewalt ihres Entführers befand.

Durch einen Anwalt hatte Molly ihrem Cousin Hubert unmissverständlich ausrichten lassen, dass er leider auf den Erwerb einer gewissen Immobilie, befindlich in 1a-Waldlage von Heiligenburg, verzichten müsse, da Molly gedenke, dort ihr weiteres glückliches Dasein zu verbringen. So hatte sich Vieles zum Guten gewandelt. Auch der ruhelose Geist von Christoph konnte endlich seinen wohlverdienten Frieden finden.

Solchermaßen optimistisch gestimmt hatte Molly angefangen, größere Veränderungen in ihrem Häuschen vorzunehmen. Den kleinen Anbau, der nur aus einem Zimmer plus Bad bestand und einst von ihren Großeltern bewohnt wurde, hatte Molly entrümpelt und in einem frischen Mintgrün gestrichen. Bei einem Antiquitätenhändler in Köln hatte sie einen schönen dunkel gebeizten Eichenkleiderschrank erstanden, den ein ovaler Spiegel mit Facetteschliff zierte. Eine passende Kommode dazu hatte sie auch noch gefunden.

Ihr neues modernes Boxspringbett jedoch hatte sie in einem luxuriösen Spezialgeschäft entdeckt. Es handelte sich um eine exklusive Mischung aus Bequemlichkeit, Elastizität und Komfort.

Molly wusste, ein neuer Lebensabschnitt hatte begonnen. Auch wenn sie gelegentlich spürte, wie die Einsamkeit sich heimlich in sie hineinschlich, blieb sie zuversichtlich. Ihr liebster Gatte Eduard würde immer treu an ihrer Seite stehen.

Und als hätte er ihre Gedanken erahnt, wehte plötzlich ein frischer Windzug durch die Küche und ließ die neuen zitronengelben Vorhänge lustig aufflattern.

Molly's Blick blieb an einem kleinen vergoldeten Bilderrahmen hängen, auf dem der Spruch von Shakespeare zu lesen war:

Das Schicksal liegt nicht in der Hand des Zufalls,
es liegt in deiner Hand,
du sollst nicht darauf warten,
du sollst es bezwingen.

Danksagung

Wir danken
Hans-Helmut Biesdorf
Sarah und Alexander Gerlach
Gertrud Meinert
Guido Müller
Markus Anhalt
für ihre Hilfe und Unterstützung.

HACHENBERG UND REISER ERMITTELN WEITER ...

Der Schein trügt ...

Weihnachtsbudenzauber und Schneeidylle übertünchen nur unzureichend die Panik, die im Schlosshotel ausbricht. Ein Mord in der Nobelherberge im friedlichen Engelshof. Promis unter Mordverdacht. Ein 5-Sterne-Crash für die Hotelleitung. Kein Motiv, kein Mörder. Die Kommissare Reiser und Hachenberg stehen mächtig unter Druck, erst recht, als Molly Josefine Hazelwood eincheckt und vorgibt, ausgerechnet hier und jetzt einen Wellnessurlaub genießen zu wollen. Und der Mörder? Läuft immer noch frei herum!

354 Seiten, Broschur

11,80 €
ISBN 978-3-936405-80-4

www.buecken-sulzer.de

Der grüne Mann schaute ihr lachend nach. Es war der Förster, und er dachte sich: die gibt sicher acht, daß ihr Hund nicht so schnell wieder einen Hasen jagt.

Und so kam es auch. Dorle gab immer gut auf ihren Mohrle acht. Der schlaue Mohrle paßte gut auf das Brüderchen und das Kätzchen Marbuz auf.

Aber wer weiß, vielleicht geht Mohrle doch wieder einmal allein spazieren. Und ihr, die ihr diese Geschichten gelesen habt, seht ihn dann irgendwo herumschnuppern: ein schwarzes Zwergschnauzerle mit guten braunen Augen. Dann ruft ihn an, ruft: „Mohrle!“ Und wenn er es ist, dann sagt zu ihm:

„Mohrle, Mohrle,
schwarzer Mohrle,
schnell geh heim
zu deiner Dorle!“